Danielle Steel · Väter

DANIELLE STEEL

VÄTER

Roman

Aus dem Amerikanischen von
Dr. Ingrid Rothmann

Goldmann Verlag

Die amerikanische Originalausgabe
erschien unter dem Titel »Daddy«
bei Delacorte Press, New York

Der Goldmann Verlag
ist ein Unternehmen der Verlagsgruppe Bertelsmann

1. Auflage

Satz: IBV Satz- und Datentechnik GmbH, Berlin
Printed in Germany · Mohndruck, Gütersloh
ISBN 3-442-30412-1

DADDY

Dem allerbesten Daddy,
den ich kenne – dem neunfachen!
Ihr Daddy ...
  Unser Daddy ...
    Mein Daddy!
Aus ganzem Herzen,
Mit aller Liebe,
Für Popeye von neuem,
Diesmal aber von
Uns allen,
    aus ganzem Herzen,
      von ganzer Seele,
        mit aller Liebe
            Deine Olive

DADDY

Erste Liebe,
  erster Sohn,
    oder gar
eine Tochter, so kostbar,
Kinderlachen,
    schnell
  und so lieb,
seine Hand so fest,
  seine Liebe so rein,
    seine Hingabe
      an die Kinder
        ein Wunder,
seine Geduld
    unendlich,
und sein Herz
  weiter
als das Himmelszelt,
Fundament
  ihres Lebens,
die helle Sonne
ihres Himmels,
  derjenige,
    zu dem sie rennen,
der Mensch, für den
  sie entbrennen,
die Flamme

der Liebe,
stets leuchtend,
seine Weisheit
immer bereit,
seine Hand
so fest,
so selten
im Irrtum,
so lieb,
so nahe,
so teuer,
so sehr Mittelpunkt,
um den sich alles dreht,
und damals, vor langer Zeit
so groß,
mit einer Liebe immerwährend,
stets zu Späßen aufgelegt,
hübsch,
flott,
voller Wissen,
mit dem Griff
nach den Sternen,
in komischen Autos unterwegs,
Hand und Herz voller Liebe
für Mädchen
und Jungen,
geliebter Mann,
ewiger Freund,
wie glücklich
seid ihr,
liebe Kinder,
ihn zum
Daddy
zu haben.

1. Kapitel

Große weiße Schneeflocken wirbelten vom Himmel wie auf den Bildern der Märchenbücher, aus denen Sarah den Kindern vorzulesen pflegte. Sie saß an ihrem Schreibtisch und blickte aus dem Fenster, sah zu, wie der Schnee den Rasen bedeckte und als feines Kristallgebilde auf den Bäumen lag, und vergaß dabei die Geschichte, die ihr seit dem frühen Morgen im Kopf herumging. Es war so malerisch. So hübsch. Hier war alles hübsch. Es war ein Bilderbuchleben in einer Bilderbuchstadt, und die Menschen ihrer Umgebung kamen ihr vor wie Bilderbuchmenschen. Sie waren genauso, wie sie selbst nie hatte werden wollen, und jetzt war sie eine der Ihren, seit Jahren schon. Und sie würde es wahrscheinlich immer sein. Sarah McCormick, die Rebellin, stellvertretende Redakteurin von *Crimson,* das Mädchen, das 1969 als Beste seines Jahrgangs das Radcliffe absolviert und gewußt hatte, daß es anders war. Sie war nun eine von ihnen. Über Nacht. Oder beinahe. Tatsächlich hatte es fast zwanzig Jahre gedauert. Aber jetzt war sie Sarah Watson, Mrs. Oliver Wendell Watson. Sie lebte in Purchase im Staate New York in einem schönen Haus, das ihnen nach vierzehnjährigem Kampf gegen die Hypothek zum größten Teil gehörte. Sie hatte drei Kinder und einen Hund. Der Hamster war vor einem Jahr gestorben. Und sie hatte einen Mann, den sie liebte. Den lieben guten Ollie. Als sie auf dem Radcliffe ihren Abschluß machte, besuchte er die Harvard Business School. Seit dem ersten Semester waren sie verliebt gewesen. Ollie war das genaue Gegenteil von ihr. Er war konservativ, während sie temperamentvoll war, er hatte geglaubt, daß Amerika in Vietnam eine Aufgabe zu erfüllen hatte, und sie hatte ihn deswegen eine Zeitlang gehaßt. Nach Beendigung des Studiums hatte sie sich vorübergehend nicht mehr mit ihm getroffen, da sie überzeugt war, sie seien zu verschieden. Sie war damals nach SoHo in New York gezogen und hatte zu schreiben versucht, und es war recht gut gelaufen. Zweimal waren Arbeiten von ihr in *The Atlantic Monthly* erschienen, und einmal... gütiger Himmel...! sogar im *New Yorker*. Sie war gut, und sie wußte es. Oliver wohnte während dieser Zeit an der Neunundsiebzigsten Straße in einer Wohnung mit zwei Freunden. Nach seinem Studienabschluß bekam er einen guten Job in einer Werbeagentur an der Madison Avenue. Sie hätte ihn am liebsten gehaßt, ja, sie hätte ihn gern gehaßt, weil er sich anpaßte, aber sie tat es nicht. Schon damals war sie sich trotz allem bewußt, wie sehr sie ihn liebte.

Er schwärmte von einem Leben auf dem Land, wollte sich einen Irish Setter halten, wünschte sich vier Kinder und eine Frau, die nicht berufstätig war, und sie machte sich deshalb über ihn lustig. Er aber lächelte nur sein unglaublich jungenhaftes Lächeln, das ihr vom ersten Augenblick an Herzklopfen bereitete – auch wenn sie sich weiszumachen versuchte, daß sie eigentlich einen Mann wollte, der das Haar länger trug als sie – einen Maler, einen Bildhauer, Schriftsteller, einen ›Kreativen‹. Oliver war kreativ, und er war gescheit. Er war mit erstklassigen Zensuren von Harvard abgegangen, die Trends der Sechziger hatten ihn nie berührt. Hatte sie demonstriert, hatte er sie aus der Haft herausgeholt. Wenn sie mit ihm debattiert und ihn sogar beschimpft hatte, war er ruhig geblieben und hatte ihr vernünftig erklärt, woran er glaubte. Dazu kam, daß er so verdammt anständig war, so gutherzig. Er war ihr bester Freund, auch wenn er sie auf die Palme brachte. Sie trafen sich ab und zu im Village oder noch weiter draußen zum Kaffee, zu Drinks oder zum Lunch. Dabei erzählte er ihr immer, was er trieb, und erkundigte sich nach dem Stand ihrer jeweiligen Arbeit. Er wußte, daß auch sie gut war, wollte aber nicht einsehen, warum sie nicht ›kreativ‹ und gleichzeitig verheiratet sein konnte.

»...eine Ehe ist etwas für Frauen, die jemanden suchen, der sie erhält. Ich möchte selbständig sein, Oliver Watson.« Und sie war sehr wohl dazu imstande oder war es damals irgendwie gewesen. Sie hatte stundenweise in einer Galerie in SoHo gearbeitet und nebenher geschrieben. Und sie hatte Geld damit verdient. Hin und wieder. Jetzt aber fragte sie sich mitunter, ob sie sich selbst erhalten könnte, ob sie ihre Steuerformulare hätte ausfüllen können und ob sie darauf geachtet hätte, mit den Zahlungen für die Krankenversicherung nicht in Rückstand zu geraten. In den achtzehn Jahren ihrer Ehe war sie von ihm völlig abhängig geworden. Er kümmerte sich um all die kleinen Probleme ihres Lebens und um die meisten großen. Es war, als lebte sie in einer hermetisch abgeschlossenen Welt, in der Ollie stets zur Stelle war, um sie zu beschützen.

Sie rechnete in allem mit ihm, und das jagte ihr sehr oft Angst ein. Was, wenn ihm etwas zustieße? Würde sie es dann schaffen? Wäre sie imstande, das Haus zu halten, sich und die Kinder durchzubringen? Zuweilen versuchte sie, mit ihm darüber zu reden, doch er lachte nur und riet ihr, sich keine Sorgen zu machen. Ein Vermögen hatte Oliver zwar nicht erworben, aber er hatte es zu etwas gebracht und war sehr verantwortungsbewußt. Die vielen Versicherungen, die er abgeschlossen hatte, bewiesen es. Die Madison Avenue hatte es gut mit ihm gemeint. Mit vierundvierzig Jahren war er bei Hinkley, Burrows and Dawson, einer der größten Werbeagenturen des Landes, die Nummer drei. Er hatte dem Unternehmen die vier größten Kunden gebracht, war für die Firma praktisch unersetzlich und bei seinen Vorgesetzten beliebt und geachtet. Er war einer der jüngsten stellvertretenden Direktoren der ganzen Branche, und sie war stolz auf ihn. Und dennoch litt sie unter Angstgefühlen. Was machte sie eigentlich hier draußen, im hübschen kleinen Purchase, während sie die Schneeflocken beobachtete und wartete, daß die Kinder nach Hause kamen, während sie so tat, als schriebe sie eine Geschichte, die nie ein Ende finden würde, die nirgendwohin gelangen würde, wie alle anderen, die sie in den vergangenen zwei Jahren zu schreiben versucht hatte? Am Vorabend ihres neununddreißigsten Geburtstages hatte sie sich entschlossen, wieder mit dem Schreiben anzufangen. Es war für sie eine bedeutsame Entscheidung gewesen. Neununddreißig zu werden war eigentlich schlimmer als der vierzigste Geburtstag. Mit vierzig hatte sie sich mit dem ›drohenden Untergang‹ abgefunden, wie sie es schmerzlich nannte. Oliver war seinerzeit allein mit ihr für einen Monat nach Europa gefahren... Die Kinder waren unterdessen im Ferienlager, zwei zumindest, und ihre Schwiegermutter hatte Sam übernommen. Damals war er erst acht gewesen, und es war das erste Mal, daß sie ihn allein ließ. In Paris war ihr, als hätten sich die Pforten des Himmels für sie geöffnet – keine Fahrgemeinschaften, keine Kinder, keine Haustiere, keine Elternversammlungen, keine Wohltätigkeitsveranstaltungen für die Schule oder das örtliche Krankenhaus, die zu organisieren gewesen wären – niemand und nichts, nur sie beide und vier unvergeßliche Wochen in Europa.

Paris, Rom, eine Fahrt durch die Toskana, ein kurzer Aufenthalt an der italienischen Riviera, anschließend ein paar Tage auf einem gemieteten Boot, mit dem sie zwischen Cannes und St. Tropez die Küste entlanggebummelt waren, Ausflüge nach Eze und Saint-Paul-de-Vence, ein Besuch im Colombe d'Or, und als Abschluß ein paar turbulente Tage in London. Auf der Reise hatte sie ständig gekritzelt und sieben Hefte vollgeschrieben.

Doch als sie dann nach Hause kam – nichts. Nichts hätte zu Geschichten, Erzählungen, Artikeln oder gar Gedichten getaugt. Sie saß nur da, starrte ihre Hefte an und den leeren Bogen in der Schreibmaschine, den sie nicht zu füllen vermochte. Eineinhalb

Jahre später ging es ihr nicht anders. Mit einundvierzig hatte sie das Gefühl, ihr ganzes Leben läge hinter ihr. Wenn sie Oliver davon erzählte, lachte er nur.

»Menschenskind, Sarrie... seit wir uns kennen, hast du dich nicht geändert.« Er meinte es tatsächlich so. Fast stimmte es auch. Aber nicht ganz. Sie und jeder, der sie mit kritischen Augen betrachtete, konnte den Unterschied sehen. Das schimmernde dunkelrote Haar, das ihr früher wie leuchtendes Kupfer offen über den Rücken flutete, war zu rötlichem Braun verblaßt. Sie trug es nun schulterlang, und die Silberfäden darin waren nicht nur vereinzelt, ein Umstand, der den Kindern mehr zu schaffen machte als Sarah selbst. Die strahlenden blauen Augen waren dieselben, sie waren von einem dunklen lebendigen Blau. Die sahnige Haut war noch immer zart und wies kaum Falten auf, bis auf ein paar Spuren, die die Zeit da und dort hinterlassen hatte; Oliver aber sagte nur, sie verliehen ihrem Gesicht mehr Ausdruck. Sie war eine hübsche Frau und war ein hübsches Mädchen gewesen, groß und schlank, mit einer guten Figur, mit schmalen Händen und mit viel Sinn für Humor, der in ihren Augen funkelte. Das war es, was er von Anfang an an ihr geliebt hatte. Ihr Lachen und ihr Feuer, ihren Mut und die eiserne Entschlossenheit, an ihren Grundsätzen festzuhalten. In ihrer Jugend hatten viele sie für schwierig gehalten, nicht aber Ollie. Ollie niemals. Ihm sagte zu, was sie dachte, was sie sagte und wie sie es sagte. Ihre Beziehung beruhte auf gegenseitiger Achtung und Fürsorge, und im Bett hatten sie viel Spaß miteinander – immer schon und jetzt auch noch. Manchmal hatte er sogar den Eindruck, daß es nach zwanzig Jahren noch besser geworden war. Und das war es in gewisser Hinsicht auch. Sie kannten sich bis ins letzte, wie seidenglattes Holz, das von liebenden Händen voll zärtlichem Besitzerstolz tausendmal berührt, liebkost und erkundet worden war.

Er hatte genau zwei Jahre gebraucht, um Sarah nach ihrer Zeit in SoHo zur Ehe zu überreden. Mit dreiundzwanzig war sie seine

Frau geworden. Immer noch störrisch wie üblich, hatte sie sich einer traditionellen Hochzeit widersetzt. Sie waren im Garten seines Elternhauses in Pound Ridge getraut worden. Sarahs Eltern und ihre jüngere Schwester waren eigens aus Chikago angereist. In ihrem hellroten Kleid und mit dem großen romantischen Hut sah sie eher wie ein einem Gemälde entsprungenes junges Mädchen aus und nicht wie eine Braut, aber beide waren sie glücklich gewesen.

In den Flitterwochen, die sie auf den Bermudas verbrachten, war das Wetter lausig gewesen, doch sie hatten es gar nicht wahrgenommen. Sie lachten und schmusten und blieben bis zum Spätnachmittag im Bett, ließen sich nur ganz kurz im ruhigen Speisesaal des Hotels blicken, um anschließend sofort wieder kichernd wie Kinder auf ihr Zimmer zu verschwinden.

Drei Wochen später freilich war Sarah alles andere als heiter zumute. Sie bewohnten eine kleine Wohnung an der Second Avenue, in einem Haus voller Stewardessen und junger Aufsteiger, ›Singles‹, die das ganze Gebäude für eine ununterbrochene Party benutzten.

Oliver war nach der Arbeit nach Hause gekommen, und Sarah hatte ein Gesicht gemacht, als sei ihre beste Freundin gestorben. Das Ausbleiben ihrer Periode nach der Rückkehr hatte sie zwar gewundert, da sie aber immer peinlich ›aufgepaßt‹ hatten, wäre sie nie auf den Gedanken gekommen, daß sie schwanger sein konnte. Aber irgendwie war offensichtlich doch etwas schiefgegangen, und seit heute wußte sie, daß sie schwanger war. Und jetzt wollte sie unbedingt einen Abbruch.

Oliver war entsetzt, daß sie überhaupt einen Gedanken daran verschwendete. Aber Sarah war noch entsetzter bei dem Gedanken, so bald ein Kind zu haben.

»Wir wollen noch keine Familie... ich möchte wieder arbeiten... etwas tun...« Sie hatte erwogen, sich einen Job als Redakteurin eines literarischen Magazins zu suchen, da ihre Geschichten sich in letzter Zeit nicht so gut verkauften, und sie hatte sich an der Columbia Graduate School beworben, weil sie ein Studium ins Auge faßte. Nach der Hochzeit hatte sie den Job in der Galerie aufgegeben, da die tägliche Fahrt nach SoHo zu umständlich war.

»Später kannst du dir immer noch Arbeit suchen!« Oliver hatte mit ihr gestritten, sie getröstet, ihr geschmeichelt, er tat alles, damit sie sich besser fühlte. Doch sie war untröstlich, und allabendlich auf dem Nachhauseweg wurde er von einer Woge des Entsetzens übermannt: Was, wenn sie es getan hatte, wenn sie, während er im Büro war, jemanden aufgesucht und eine Abtreibung veranlaßt hatte? Doch sie tat es nicht. Sie fühlte sich zu elend und war zu erschöpft, um auch nur einen Versuch zu unternehmen, und als nächstes wußte sie nur, daß sie in ihrer Wohnung herumwatschelte und sich fragte, wie sie das nur hatte geschehen lassen können. Oliver hingegen war entzückt. Er wollte vier Kinder, das hatte er immer schon gesagt, und auch wenn es für ihr Budget eine arge Belastung darstellte, war er gewillt, sich der Verantwortung zu stellen. Beruflich ging es ihm gut. Er kletterte die Stufenleiter in der Firma rasch hoch, und auch wenn sie hätten verhungern müssen, er wollte nichts von einer Abtreibung wissen. Er wollte nicht. Es war ihrer beider Kind, das er schon lange vor seiner Geburt liebte.

Benjamin Watson kam mit einem hellroten Haarschopf und einem Ausdruck des Erstaunens in den hellen Augen zur Welt. Er schien es kaum erwarten zu können, die Welt zu entdecken, brüllte viel und glich seiner Mutter fast aufs Haar, sehr zur Freude Olivers, der begeistert war, einen Sohn zu haben, besonders einen, der Sarah ähnelte. Benjamin, der sehr rasch wuchs, hatte aber mehr als nur Sarahs Aussehen mitbekommen. Er besaß ihre Entschlossenheit, ihren Eigensinn und ihr hitziges Temperament. Es gab Tage, an denen Sarah glaubte, sie müßte den Kleinen erwürgen, ehe Oliver heimkam und beide beruhigte. Minuten nachdem er erschienen war, brachte er das Baby dazu, glücklich zu krähen und zu lachen. Er spazierte mit dem Kind auf den Armen in der Wohnung herum, während Sarah mit einem Glas Wein in einem Sessel zusammensank und sich fragte, wie sie das alles überleben sollte. Die Mutterschaft gehörte offensichtlich nicht zu ihren Stärken, und die Wohnung war so klein, daß sie wahnsinnig wurde. War das Wetter schlecht, wie so oft in jenem Jahr, konnten sie nicht hinaus, und das Gebrüll des Kleinen hallte in den engen Räumen, bis sie glaubte, sie müßte überschnappen. Oliver hätte seine Familie gern aufs Land in ein eigenes Haus verfrachtet, doch das war ein Traum, dessen Erfüllung noch lange auf sich warten lassen würde. Sie konnten es sich einfach nicht leisten. Sarah bot an, sich Arbeit zu suchen, doch immer wenn sie nachrechneten, erschien es ihr sinnlos, denn ihr Verdienst wäre zur Gänze für einen Babysitter draufgegangen. Immerhin wäre Sarah aus ihren vier Wänden herausgekommen – eine Vorstellung, die ihr sehr gefiel, während Oliver der Meinung war, daß sie bei dem Kind bleiben sollte.

»Sei nicht so chauvinistisch, Ol! Was erwartest du eigentlich? Soll ich den ganzen Tag hier hocken und Selbstgespräche führen, während Benjamin brüllt?« Es gab immer wieder Tage, da glaubte sie, daß sie es nicht mehr aushalten könnte. Und die Aussicht, die vier Kinder aufziehen zu müssen, die Oliver immer noch wollte, brachte sie dem Selbstmord nahe.

Ihre eigenen Eltern waren keine Hilfe, da sie in Chikago lebten, und trotz aller guten Absichten waren Ollies Eltern wenig besser. Seine Mutter hatte nur ein Kind gehabt, und sie konnte sich nicht mehr erinnern, wie sie mit ihm fertig geworden war. Benjamin schien sie nur nervös zu machen. Aber nicht so nervös, wie er Sarah machte.

Allmählich aber wurde es mit dem Kleinen leichter, und als er zu laufen anfing, war alles nur mehr halb so schlimm. Sie waren endlich aus dem Gröbsten heraus. Für den Sommer wurde ein Haus auf Long Island gemietet, und im nächsten Jahr konnte Benjamin in einen Kindergarten gehen – ein Jahr noch, dann war Sarah fast frei und konnte sich wieder ans Schreiben machen.

Den Gedanken an einen Job hatte sie aufgegeben. Lieber wollte Sarah einen Roman schreiben. Alles ging bergauf, bis sie krank wurde. Es war die schlimmste aller Erkältungen, und nach einem Monat war sie überzeugt, sterben zu müssen. So krank war sie noch nie im Leben gewesen. Sie hatte einen entsetzlichen Husten, der sich nicht besserte, und litt von früh bis spät an Übelkeit. Nach einem vierwöchigen Kampf gegen die Krankheit entschloß sie sich schließlich, zum Arzt zu gehen. Sie hatte eine Grippe, aber damit nicht genug – sie erwartete wieder ein Kind. Diesmal folgten kein Zorn, keine Wutausbrüche, kein Toben, sondern nur simple Verzweiflung und stundenlange Heulkrämpfe. Sie wollte sich nicht damit abfinden und auf keinen Fall noch einmal alles durchmachen. Sie konnte nicht noch ein Kind aufziehen, denn Benjamin war noch nicht aus den Windeln, und jetzt sollte alles von vorn beginnen! Es war das einzige Mal, daß sie auch Oliver am Boden zerstört sah. Er wußte nicht, wie er sie aufheitern konnte. Wie beim ersten Mal war er begeistert von dem Baby, doch wenn er es ihr sagte, weinte sie nur um so heftiger.

»Ich kann nicht... ich kann einfach nicht, Ollie... bitte... verlang es nicht von mir...« Wieder stritten sie sich um die Abtreibung, und beinahe wäre es Sarah gelungen, seine Zustimmung zu erreichen. Oliver hatte Angst, sie würde den Verstand verlieren, wenn er sich dagegen aussprach. Aber er redete es ihr wieder aus, und während ihrer Schwangerschaft bekam er eine Gehaltserhöhung und verwendete jeden Penny für ein Mädchen, das drei Nachmittage wöchentlich kam und Sarah mit Benjamin half. Sie war Irin und kam aus einer Familie mit dreizehn Kindern – genau das, was Sarah brauchte. Plötzlich konnte sie ausgehen, in Bibliotheken sitzen, sich mit Freundinnen treffen, Galerien und Museen besuchen, und ihre Stimmung hob sich gewaltig. Fast fing sie an, das Zusammensein mit Benjamin zu genießen, und nahm ihn ein-, zweimal sogar ins Museum mit. Und Oliver wußte, daß sie sich auch ein wenig auf ihr zweites Kind freute, obwohl sie es nie zugegeben hätte.

Melissa kam zur Welt, als Benjamin zwei Jahre alt war, und Oliver erwog ernsthaft, aufs Land zu ziehen. Nahezu jedes Wochenende sahen sie sich Häuser in Connecticut an und gelangten schließlich zu der Einsicht, daß sie sich keines leisten konnten. Sie versuchten es in Westchester auf Long Island, und allmählich sah es aus, als täten sie an den Wochenenden überhaupt nichts mehr außer Häuser besichtigen. Pound Ridge, Rye, Bronxville, Katonah, und schließlich fanden sie nach einem Jahr, was sie suchten – in Purchase. Ein altes Farmhaus, das seit zwanzig Jahren unbewohnt und ziemlich renovierungsbedürftig war. Es war Teil eines großen Anwesens, und sie wurden für einen Pappenstiel Besitzer des Hauses, aber der Umbau kostete sie noch einiges. Sie sparten, verrichteten die nötigen Arbeiten selbst und verwandelten es im Laufe eines Jahres in ein bemerkenswert hübsches Haus, auf das beide sehr stolz waren. »Das bedeutet aber nicht, daß ich noch mehr Kinder bekomme, Oliver Watson!« Für Sarah war es schon ein großes Opfer, aufs Land zu ziehen. Als sie sich noch nicht lange kannten, hatte sich Sarah geschworen, die Stadt nie zu verlassen, aber jetzt mußte sie zugeben, daß es sinnvoller war, auf dem Land zu wohnen. In der Wohnung an der Second Avenue war es unerträglich geworden, und alles, was sie sich in der Stadt angesehen hatten, war winzig und viel zu teuer. Hier hatten die Kinder ihre eigenen Zimmer.

Es gab ein riesiges, aber gemütliches Wohnzimmer mit Kamin, eine Bibliothek, die sie liebevoll mit Büchern füllten, eine behagliche Küche mit zwei rohen Ziegelwänden, schweren Holzbalken an der Decke und einem altmodischen Backofen, den Sarah unbedingt instand setzen und benutzen wollte. Die Küche hatte große Erkerfenster, die auf das hinausblickten, was Sarah wie durch Zauberhand in einen Garten verwandelte, so daß sie beim Kochen die spielenden Kinder beaufsichtigen konnte. Mit dem Umzug aufs Land hatte sie das irische Mädchen verloren, aber sie konnten sich im Moment ohnehin keine Hilfe leisten.

Benjamin war schon drei und ging täglich in den Kindergarten, und zwei Jahre darauf konnte auch Melissa in den Kindergarten. Sarah nahm sich vor, jetzt endlich mit dem Schreiben anzufangen. Irgendwie sollte sie aber nicht mehr dazu kommen. Immer gab es etwas zu tun. Sie betätigte sich ehrenamtlich im Krankenhaus, arbeitete einen Tag in der Woche im Kindergarten, machte Erledigungen, beteiligte sich an Fahrgemeinschaften, hielt das Haus in Ordnung, bügelte Ollies Hemden und arbeitete im Garten. Für die ehemalige stellvertretende Redakteurin von *Crimson* war das eine gewaltige Veränderung. Das Komische daran war, daß es ihr nichts ausmachte.

Sobald sie New York den Rücken kehrten, hatte sie das Gefühl, einen Teil ihrer selbst dort gelassen zu haben, jenen Teil, der sich noch immer gegen Ehe und Mutterschaft wehrte. Und plötzlich schien sie zu einem Teil der friedlichen kleinen Welt um sie herum zu werden. Sie lernte andere Frauen mit Kindern kennen. An den Wochenenden spielten Sarah und Ollie Tennis und Bridge mit anderen Ehepaaren, ihre ehrenamtlichen Tätigkeiten nahmen sie immer mehr in Anspruch, und alles Kämpfen und Streben war nahezu vergessen. Und damit war es auch aus mit ihren schriftstellerischen Versuchen. Das Schreiben fehlte ihr nicht einmal mehr. Sie war mit dem, was sie hatte, zufrieden und führte ein glückliches, ausgefülltes Leben mit Mann und Kindern.

Benjamins von Gebrüll geprägte Babyzeit verblaßte als ferne Erinnerung. Er verwandelte sich in ein süßes sonniges Kind, das ihr nicht nur äußerlich ähnlich sah, sondern auch ihre Interessen, ihre Leidenschaften und Wertvorstellungen teilte. Er war wie ein kleiner Schwamm, der alles aufsaugte, was sie selbst war, so daß er in mancher Hinsicht zu Sarahs Spiegelbild wurde. Oliver, dem dies nicht entging, lachte darüber. Sarah war irgendwie geschmeichelt und fand es lustig, obschon sie es kaum einmal zugab. Auch Melissa war ein süßes Kind, einfacher, als Benjamin gewesen war, und in gewisser Weise wie ihr Vater. Sie lachte gern und hatte eine glückliche Einstellung dem Leben gegenüber.

Uns sie schien nichts zu fordern. Es genügte ihr, wenn sie Sarah überallhin mit einem Buch, einer Puppe, einem Puzzlespiel folgen konnte. Hin und wieder geschah es, daß Sarah überhaupt vergaß, daß Melissa im Raum nebenan war. Melissa war ein anspruchsloses kleines Ding, mit Olivers blondem Haar und grünen Augen ausgestattet. Dennoch sah sie ihm nicht ähnlich. Eigentlich sah sie aus wie seine Mutter, ein Umstand, der Sarah unweigerlich ärgerte, wenn ihre Schwiegereltern darauf zu sprechen kamen.

Sie und Olivers Mutter hatten sich nie richtig angefreundet. Mrs. Watson hatte von Anfang an ihrem Sohn unverblümt gesagt, was sie von Sarah hielt – noch vor der Hochzeit. Sie hielt sie für ein dickköpfiges, schwieriges Mädchen, das sich um jeden Preis durchsetzen wollte, und sie wurde die Angst nicht los, daß Sarah ihrem Sohn eines Tages sehr weh tun würde. Bislang aber war Sarah ihm eine gute Frau gewesen, mußte sie ihrem Mann grollend beipflichten, der Sarahs Partei ergriff, trotzdem hatte Sarah immer das Gefühl, daß die Ältere sie ständig beobachtete, als warte sie auf einen Fauxpas, der ihr am Ende recht geben würde. Die einzige gemeinsame Freude der zwei Frauen waren die beiden Kinder, die Mrs. Watson entzückten und die Sarah nun so liebhatte, als hätte sie sie von Anfang an gewollt, was nicht der Fall gewesen war, wie Mrs. Watson nicht vergessen hatte. Oliver hatte ihr zwar nichts gesagt, aber sie hatte auch so gespürt, was vor sich ging. Als intelligente Frau mit Scharfblick war ihr nicht entgangen, daß Sarah über die Schwangerschaften nicht glücklich gewesen war und sich in der ersten Zeit nicht über Benjamin gefreut hatte, andererseits aber mußte sie zugeben, daß er kein unkompliziertes Kind gewesen war. Er war ihr mit seinem von Koliken hervorgerufenen Gebrüll auch gehörig auf die Nerven gegangen. Das alles aber war nun vergessen. Die Kinder wuchsen heran, Sarah und Oliver ging es blendend, beide waren viel beschäftigt, glücklich und gut versorgt. Sarah schien endlich ihre literarischen Ambitionen aufgegeben zu haben, die Mrs. Watson immer ein wenig übertrieben erschienen waren.

»Sie ist ein gutes Mädchen, Phyllis. Beurteile sie nicht so hart. Sie war ja noch so jung, als sie geheiratet haben. Und sie macht Oliver sehr glücklich.« Ihr Mann hatte alles immer philosophischer gesehen.

»Ich weiß... aber ich habe immer das Gefühl, daß sie mehr möchte, etwas Unerreichbares... etwas, das Oliver teuer zu stehen kommen wird.« Diese Feststellung war scharfsinniger, als ihr selbst bewußt war. Aber George Watson schüttelte nachsichtig lächelnd den Kopf.

»Ollie wird gut mit ihr fertig.«

»Ich glaube, er würde Sarah ihren Willen lassen, koste es, was es wolle. Er gehört zu den Männern dieses Typs.« Sie lächelte ihren Mann an, den sie seit mehr als vierzig Jahren liebte – Jahre, zu kostbar, um gezählt zu werden. Sie waren zu einem Körper verschmolzen, zu einer Seele, seit langem schon. An eine Zeit ohne ihn konnte sie sich gar nicht mehr erinnern. »Er ist wie sein Vater. Viel zu gut. In den Händen der falschen Frau kann das sehr gefährlich werden.« Ständig war sie in Sorge um ihren Sohn und betrachtete nach all den Jahren Sarah noch immer mit einem gewissen Argwohn.

Das Kompliment war ihrem Mann nicht entgangen. Er sah seine Frau nun mit jenem Blick an, der noch immer etwas in ihr anrührte. »Phyllis, du mußt Sarah mehr Vertrauen entgegenbringen. Sie hat unserem Jungen nichts getan. Im Gegenteil, sie hat ihm und uns zwei prächtige Kinder geschenkt...« Ja, es waren prächtige Kinder. Obwohl keines der beiden seinem Vater wirklich ähnelte, hatten sie etwas von seinem im klassischen Sinn guten Aussehen mitbekommen. Oliver war groß und schlank, dabei von athletischem Körperbau. Um sein dichtes blondes Haar hatten ihn in seiner Kindheit alle Mütter und in seiner College-Zeit alle Mädchen beneidet. Sarah hätte es Oliver gegenüber nie erwähnt, weil sie seiner Eitelkeit nicht über Gebühr schmeicheln wollte, aber sie hatte mehr als einmal jemanden flüstern hören, daß er der am besten aussehende Mann in Purchase sei. Im

Sommer war er braungebrannt, und in seinen Augen funkelte es jungenhaft. Daß er sich seines guten Aussehens nicht bewußt war, machte ihn noch attraktiver.

»Glaubst du, daß sich die beiden noch Kinder wünschen, George?« fragte Phyllis ihren Mann hin und wieder, hätte aber nie gewagt, ihrem Sohn oder gar Sarah diese Frage zu stellen.

»Liebling, ich weiß es nicht. Ich glaube, ihr Leben ist ausgefüllt, so wie es jetzt ist. Und heutzutage weiß man ja nie, was noch kommt. Oliver arbeitet in einer kurzlebigen Branche. Die Werbung ist mit dem Bankgeschäft nicht zu vergleichen. Von Sicherheit kann keine Rede sein. Wahrscheinlich ist es vernünftiger, wenn sie es bei zwei Kindern belassen.«

In letzter Zeit gab George Watson immer häufiger dieser Meinung Ausdruck. Er war nun in die Jahre gekommen und hatte viele seiner einst als bombensicher gepriesenen Geldanlagen dahinschmelzen sehen. Die Lebenskosten waren erstaunlich hoch, er und Phyllis mußten mit ihren Mitteln haushalten. Sie besaßen ein hübsches kleines Haus in Westchester, das sie vor fünfzehn Jahren, zu der Zeit, als Oliver auf dem College war, gekauft hatten. Sie hatten gewußt, daß der Junge nie wieder für längere Zeit nach Hause kommen würde und es unvernünftig gewesen wäre, das weitläufige alte Haus in New London zu behalten. Gegenwärtig machte sich George große Sorgen über ihre finanzielle Lage. Zwar waren sie alles andere als mittellos, aber wenn sie noch weitere fünfundzwanzig Jahre lebten, was im Alter von neunundfünfzig und zweiundsechzig durchaus im Bereich des Möglichen lag und was er auch hoffte, würden ihre Ersparnisse ziemlich knapp. George hatte sich erst vor kurzem aus dem Bankgeschäft zurückgezogen und bekam eine anständige Pension. Dazu kamen zahlreiche im Laufe der Jahre getätigte kluge Investitionen, aber dennoch – man konnte nie vorsichtig genug sein. Das predigte er Oliver jedesmal, wenn sie beisammen waren. Er hatte im Laufe seines Lebens viel gesehen, einen großen Krieg und mehrere kleine. Er hatte auf Guadalcanal gekämpft und war zum

Glück unversehrt davongekommen. Er wußte alles über den großen Börsenkrach von 1929 und die damalige Depression. Er hatte das Auf und Ab der Wirtschaft miterlebt. Deswegen wollte er, daß sein Sohn sich vorsah. »Ich kann mir nicht vorstellen, daß sie sich noch mehr Kinder wünschen.«

Und Sarah war mit ihm einer Meinung, einer der wenigen Punkte, in denen sie und George übereinstimmten. Wann immer sie mit Oliver auf das Thema zu sprechen kam, hin und wieder spätabends im Bett oder bei einem gemächlichen Waldspaziergang in einer stillen Ecke von Purchase, immer sagte sie ihm, daß es Wahnsinn sei, auch nur einen Gedanken daran zu verschwenden. »Warum sollten wir uns jetzt noch Kinder wünschen, Ollie? Melissa und Benjamin wachsen rasch heran. Mit ihnen ist es jetzt schon viel einfacher, sie leben ihr eigenes Leben. Noch ein paar Jahre, dann können wir tun, was uns gefällt. Warum sollten wir uns noch einmal alle diese Sorgen aufhalsen?« Allein der Gedanke daran jagte ihr Schauer über den Rücken.

»Diesmal wäre es ganz anders. Wir könnten uns jetzt eine Hilfskraft leisten. Ich weiß nicht recht – ich glaube, es wäre ganz einfach nett. Eines Tages werden wir vielleicht bereuen, daß wir nicht mehr Kinder haben.« Er sah sie mit jenem zärtlichen Blick an, der einige Frauen im Elternverein dahinschmelzen ließ, aber Sarah tat so, als würde sie es nicht bemerken.

»Nicht einmal die Kinder wären begeistert. Benjamin ist sieben, Melissa fünf. Ein Baby wäre für sie nur ein Eindringling. Das solltest du bedenken. Wir sind ihnen auch etwas schuldig.« Das hörte sich so entschieden, so sicher an. Er lächelte und nahm ihre Hand, während sie zu der Stelle zurückgingen, wo sie ihren Wagen geparkt hatten. Oliver hatte sich vor kurzem einen Mercedes gekauft. Sarah wußte noch nicht, daß er ihr zu Weihnachten einen Pelz schenken wollte. Er hatte ihn bei Bergdorf-Goodman ausgesucht und veranlaßt, daß das Futter mit ihren Initialen versehen wurde.

»Das klingt so überzeugt.« Er wirkte enttäuscht.

»Ich bin überzeugt.« Und das war sie tatsächlich. Es gelang ihm nicht, sie zu einem dritten Kind zu überreden. Sie war einunddreißig, und ihr gefiel das Leben, das sie nun führte. Ihre Tage waren ausgefüllt mit Vereinsarbeit, sie verbrachte viel Zeit mit Fahrgemeinschaften, mit der Pfadfindergruppe ihres Sohnes und Melissas Ballettunterricht. Ihr reichte es. Er hatte sie gezähmt, soweit sie sich eine Zähmung gefallen ließ. Sie besaßen einen adretten Staketenzaun, zwei Kinder, ein Haus auf dem Land, und im Vorjahr hatten sie sich sogar einen Irish Setter zugelegt. Mehr vermochte sie nicht zu geben, nicht einmal Ollie zuliebe...

»Was hältst du davon, wenn wir nach Weihnachten mit den Kindern Skiurlaub machen?« fragte er beim Einsteigen. Die Feiertage verbrachte er lieber zu Hause, weil er der Meinung war, daß es daheim viel lustiger war, zudem war es für seine Eltern netter. Sarahs Eltern hatten noch eine Tochter mit Kindern, die sie jedes Jahr in Chikago besuchten, seine Eltern aber hatten nur ihn. Zudem lag Sarah nicht viel daran, die Feiertage mit ihren Eltern zu verbringen. Sie hatten es einmal getan, und hinterher hatte sie sich drei Jahre lang darüber beklagt. Ihre Schwester war für sie ein ständiges Ärgernis, und mit ihrer Mutter war sie ohnehin nie ausgekommen, also war die jetzige Lösung ideal.

»Das wäre ein Mordsspaß. Wohin? Nach Vermont?«

»Vielleicht sollten wir uns dieses Jahr etwas Rasanteres leisten. Wie wär's mit Aspen?«

»Im Ernst? Dein Weihnachtsscheck muß ja astronomisch ausgefallen sein!« Er hatte für seine Firma den größten Kunden an Land gezogen. Wie groß sein Bonus war, hatte Oliver ihr noch gar nicht erzählt. Und Sarah hatte nicht danach gefragt, da sie beide zu beschäftigt gewesen waren.

»Na ja, groß genug jedenfalls, um ein wenig über die Stränge zu schlagen, wenn einem danach zumute ist. Wir könnten auch zu Hause bleiben und allein verreisen, wenn die Ferien für die Kinder zu Ende sind. Meine Mutter könnte kommen und sich um sie kümmern.« Das hatte sie schon des öfteren getan, und jetzt, da die beiden schon größer waren, klappte es immer besser. »Na, was hältst du davon?«

»Das klingt ja fabelhaft!« Sie umarmte ihn, und es endete damit, daß sie in dem neuen Wagen, in dem es nach Herrenparfum und frischem Leder duftete, schmusten.

Schließlich unternahmen sie beides. In der Woche zwischen Weihnachten und Neujahr fuhren sie mit den Kindern nach Aspen, und einen Monat später verbrachten Oliver und Sarah eine romantische Woche in Round Hill auf Jamaica, wo sie eine eigene kleine Villa mit Blick über die Montego Bay bewohnten. Sie dachten oft an ihre Flitterwochen, in denen sie kaum aus dem Zimmer gekommen waren und es im Speisesaal nicht einmal so lange ausgehalten hatten, um satt zu werden, und lachten bei der Erinnerung daran. Dieser Urlaub war aber nicht viel anders. Sie spielten Tennis, schwammen viel und verbrachten jeden Vormittag am Strand, doch am späten Nachmittag liebten sie sich leidenschaftlich in der Zurückgezogenheit ihrer Villa. Und von den insgesamt sechs Abenden ließen sie sich an vieren das Abendessen ins Haus bringen. Es war die romantischste Reise, die sie je unternommen hatten. Beide fühlten sich wie neu geboren, als sie den Heimflug antraten. Sarah wunderte sich immer wieder, wie leidenschaftlich sie Oliver noch immer liebte. Sie kannte ihn seit zwölf Jahren, war seit acht Jahren mit ihm verheiratet und dennoch hatte sie das Gefühl, daß ihre Romanze noch ganz jung war, und es war offensichtlich, daß Oliver ähnlich empfand. Er liebte sie mit der Energie eines Achtzehnjährigen und tat nichts lieber, als sich stundenlang mit ihr zu unterhalten. Der Sex, den sie miteinander hatten, war immer toll gewesen, doch mit den Jahren war ihre Beziehung fester geworden – sie hatten neue Ideen, neue Horizonte, so daß ihre Ansichten nicht mehr so diametral entgegengesetzt waren wie früher. Mit den Jahren waren sie allmählich zusammengewachsen. Oliver zog Sarah damit auf, daß sie konservativer geworden war, während er sich mit der Zeit etwas liberalere Ansichten zugelegt hatte. Er spürte, daß sie allmählich zu einer einzigen Persönlichkeit verschmolzen waren, mit einem Verstand, einem Herzen, einer Richtung.

Nach ihrer Rückkehr aus Jamaica fühlten sie sich wie von einem Nebel eingehüllt – sanfter, verhaltener im Tempo, und am Morgen saß Oliver am Frühstückstisch und gestand ihr, wie ungern er sie allein ließ und ins Büro fuhr. Sie wechselten einen heimlichen Blick über die Köpfe der Kinder hinweg. Sarah hatte den Toast verbrannt, die Haferflocken waren klumpig, und der Speck war noch fast roh, als sie ihn zu Tisch brachte.

»Ein tolles Frühstück, Mom!« maulte Benjamin. »Die Ferien müssen ja sagenhaft gewesen sein, weil du sogar das Kochen verlernt hast!« Er lachte über seinen eigenen Scherz, und Melissa kicherte. Sie war viel schüchterner als Benjamin, den sie wie einen Helden anhimmelte.

Die Kinder gingen aus dem Haus und wurden von Fahrgemeinschaften zur Schule gebracht, während Oliver zum Bahnhof lief. Sarah gelang es nicht, richtig in Schwung zu kommen. Den ganzen Tag über trödelte sie herum und hatte das Gefühl, überhaupt nichts fertigzubringen. Es wurde Zeit fürs Abendbrot, und sie war noch nicht aus dem Haus gekommen. Den ganzen Tag hatte sie vor sich hin gewerkelt, ohne etwas geschafft zu haben. Das war wohl der Preis dafür, daß sie es sich im Urlaub zu gut hatte gehen lassen.

Doch dieser Zustand sollte über Wochen andauern. Sie hatte Mühe, den Tag irgendwie hinter sich zu bringen. Allein die Aufgabe, die Kinder von da nach dort zu befördern, schien alle ihre Energie zu beanspruchen. Um zehn Uhr abends lag sie schlafend im Bett.

»Das muß das Alter sein«, beklagte sie sich stöhnend eines Samstagmorgens bei Oliver, während sie den Versuch unternahm, einen Stapel Rechnungen durchzusehen. Aber auch diese leichte Tätigkeit erschöpfte sie, und es fiel ihr schwer, sich zu konzentrieren.

»Vielleicht ist es wieder Blutarmut.« Ein- oder zweimal hatte sie daran gelitten. Es schien eine einfache Erklärung dessen, was sich für sie zu einem ärgerlichen Problem auswuchs. Im Laufe eines ganzen Monats hatte sie so gut wie nichts geschafft, dabei stand ihr die Organisation zweier Wohltätigkeitsveranstaltungen, die im Frühjahr stattfinden sollten, bevor, etwas, das ihr plötzlich viel zu anstrengend erschien.

An einem Montagmorgen ging sie zum Arzt, um einen Bluttest vornehmen und sich untersuchen zu lassen, und als sie an jenem Nachmittag die Kinder abholte, fühlte sie sich schon besser.

»Ich glaube, es war alles nur Einbildung«, sagte sie zu Oliver, als er anrief, um ihr mitzuteilen, daß er noch arbeiten mußte und zum Essen nicht nach Hause käme. »Ich habe mich heute untersuchen lassen, und jetzt geht's mir schon besser.«

»Und was hat der Arzt gesagt?«

»Nicht viel.« Sie verschwieg ihm, daß der Arzt sie gefragt hatte, ob sie an Depressionen leide oder unglücklich sei oder ob sie und Ollie Probleme hätten. Offenbar gehörten chronische Erschöpfungszustände zu den ersten Symptomen einer Depression. Was immer es war, es konnte nichts Ernstes sein, davon war sie jetzt überzeugt. Sogar der Arzt hatte festgestellt, daß sie sich in guter Verfassung befand. Sie hatte seit ihrem Jamaica-Urlaub sogar fünf Pfund zugenommen. Kein Wunder, wenn sie nichts tat, außer herumzuhocken und zu schlafen, und sogar zum Lesen zu faul war. Auch ihre wöchentliche Tennispartie hatte sie nicht wiederaufgenommen. Für den nächsten Tag hatte sie eine Verabredung im Klub. Gerade als sie mit dem Tennisschläger in der Hand losgehen wollte, rief der Arzt an.

»Alles in Ordnung, Sarah!« Er war persönlich am Apparat, was ihr zunächst einen Schrecken einjagte. Sicher war es nur Freundlichkeit, nach all den Jahren, die sie ihn kannte. »Sie sind kerngesund, keine Blutarmut, keine größeren Probleme.« Fast glaubte sie, ein Lächeln herauszuhören. Sie war so müde, daß sein Ton sie erbitterte.

»Warum dann die ständige Müdigkeit? Ich kann kaum einen Fuß vor den anderen setzen.«

»Meine Liebe, Ihr Gedächtnis hat Sie wohl im Stich gelassen?«

»Großartig, wollen Sie mir zu verstehen geben, daß ich senil werde? Wunderbar. Genau das, was ich um Viertel nach neun am Morgen hören möchte.«

»Na, und was halten sie von guten Nachrichten?«

»Zum Beispiel?«

»Zum Beispiel ein Baby.« Er sagte es so triumphierend, als würde er ihr ein Millionen-Dollar-Geschenk machen. Sarah war einer Ohnmacht nahe.

»Das ist wohl ein Scherz. Nun, in diesem Haus gibt es kein Baby. Meine Kinder sind schon ziemlich groß... ich... ich kann nicht... ach, Mist!« Sie ließ sich schwer auf einen in der Nähe stehenden Stuhl fallen, während sie gegen die Tränen ankämpfte. Es konnte nicht sein. Und doch wußte sie, daß es so war. Und plötzlich wußte sie auch, daß sie alle Anzeichen geflissentlich ignoriert hatte. Dieses Ausweichen hatte sie daran gehindert, die Wahrheit zu erkennen. Ihre Periode war nicht ausgeblieben, weil sie anämisch oder überarbeitet oder über das Alter hinaus war, sondern weil sie schwanger war. Nicht einmal Ollie hatte sie etwas davon erzählt. Sie hatte sich eingeredet, daß es nichts zu bedeuten hatte. Irgendein Nichts. Diesmal bestand für sie kein Zweifel, wie sie sich verhalten würde. Man schrieb das Jahr 1979. Ihre Kinder waren relativ selbständig. Sie selbst war über dreißig, und Abtreibungen waren legal. Diesmal konnte Ollie sie nicht umstimmen. Sie würde das Kind nicht zur Welt bringen. »Wie weit bin ich?« Sie wußte es ohnehin... es mußte... ja, es mußte auf Jamaica passiert sein... so wie sie auf den Bermudas in den Flitterwochen Benjamin empfangen hatte... verdammte Ferien...

»Wann war die letzte Periode?« Sie zählte rasch zurück und nannte ihm das Datum. Aus medizinischer Sicht war sie in der sechsten Woche, mit anderen Worten im ersten Monat, genug

Zeit also, eine Abtreibung zu planen. Einen Augenblick lang erwog sie sogar abzutreiben, ohne Ollie etwas davon zu sagen. Ihren Hausarzt wollte sie auch nicht einweihen. Sie würde ihren Frauenarzt anrufen und ihn um einen Termin bitten. »Meinen Glückwunsch, Sarah. Hoffentlich freut Oliver sich auch«, hörte sie den Hausarzt sagen.

»Sicher wird er sich freuen.« Ihre Kehle wurde eng, als sie sich bedankte und auflegte, um sogleich mit zitternden Fingern die Nummer ihres Gynäkologen zu wählen und sich für den nächsten Morgen einen Termin geben zu lassen. Trotz ihrer Verzweiflung fiel ihr nun ein, daß ihre Tennispartnerinnen sie im Westchester Country Club auf dem Platz erwarteten. Am liebsten wäre sie gar nicht hingegangen, aber das wäre unfair gewesen, deshalb lief sie aus dem Haus und startete ihren Kombi. Dabei erhaschte sie zufällig einen Blick auf ihr Spiegelbild. Nein, das durfte ihr nicht passieren... es konnte nicht sein... es war ungerecht... schon als junges Mädchen hatte sie Schriftstellerin werden wollen... wenn... vielleicht aber auch nicht. Vielleicht würde sie nie etwas anderes als Hausfrau sein. In ihrer College-Zeit hatte das für sie wie ein Todesurteil geklungen. Hausfrau hatte sie niemals sein wollen. Und jetzt war sie es doch. Mehr war sie wohl nicht, oder? Eine Hausfrau. Sie sprach es laut aus, als wäre es ein schmutziges Wort... ein Baby... Allmächtiger... ein Baby... und was machte es schon aus, daß es diesmal anders wäre und sie sich eine Hilfe leisten konnten und das Haus groß genug für alle war? Das Kleine würde dennoch die ganze Nacht brüllen, es mußte gebadet, angezogen, gefüttert und umhegt werden, es mußte ausgefahren und eines schönen Tages zum Kieferorthopäden gebracht werden. Sie würde nie die Möglichkeit bekommen, das zu tun, was sie eigentlich tun wollte. Niemals. Sie hatte das Gefühl, als würde das ungeborene Kind, oder vielmehr allein schon das Wissen um dieses Kind, ihre Existenz bedrohen. Und das wollte sie nicht zulassen.

Sie legte den Rückwärtsgang ein und schoß aus der Auffahrt.

Zehn Minuten später stand sie auf dem Tennisplatz, blaß und elend, ganz von der Aussicht auf ihr Vorhaben erfüllt.

Irgendwie schaffte sie es, am allgemeinen Geplauder teilzunehmen, und abends war sie froh, daß Ollie, der an einer Präsentation für einen neuen Kunden arbeitete, Überstunden machen mußte. Es handelte sich um einen sehr wichtigen Kunden. Aber welche Rolle spielte es schon, wie groß die Kunden waren? Sarah hatte das Gefühl, daß ihr Leben aus und vorbei war.

Als Oliver nach Hause kam, schlief sie, und am nächsten Morgen brachte sie sogar ein Frühstück zustande. Ollie fragte sie, was sie bedrücke, und sie behauptete, bohrende Kopfschmerzen zu haben.

»Na, was hat die Untersuchung ergeben? Sind die Befunde schon da? Jede Wette, daß etwas mit deinem Blut nicht stimmt.« Plötzlich sah er richtig besorgt drein, und anstatt ihn deswegen zu lieben, haßte sie ihn bei dem Gedanken an das, was er ihr angetan hatte.

»Sie haben sich noch nicht gemeldet.« Sarah wandte sich ab, um das Geschirr in die Spülmaschine zu räumen, damit er die Lüge in ihrem Blick nicht lesen konnte, und gleich darauf war er fort, und die Kinder wurden abgeholt. Eine Stunde später saß sie in der Praxis des Frauenarztes, mit dem sie über einen Schwangerschaftsabbruch sprechen wollte, aber er durchkreuzte ihren Plan, indem er sie fragte, was Ollie von ihren Plänen hielt. »Ich... er... hm...« Sie konnte den Arzt nicht anlügen. Er kannte sie zu gut, dazu kam, daß sie ihn mochte. Mit einem sonderbaren Schimmer im Blick sah sie ihn herausfordernd an. »Ich habe ihm nichts gesagt.«

»Von der Abtreibung oder von dem Baby?« Er schien irritiert, da er immer der Meinung gewesen war, daß sie eine glückliche Ehe, in der man vertrauensvoll und offen miteinander redete, führten.

»Weder noch. Und ich werde ihm auch nichts sagen.«

Seine Miene verfinsterte sich, als er dies hörte. Mißbilligend schüttelte er den Kopf. »Sarah, ich glaube, Sie begehen einen Fehler. Er hat ein Recht darauf, davon zu erfahren. Es ist ja auch sein Kind.« Da fiel ihm etwas Unangenehmes ein. Womöglich waren Dinge vorgefallen, von denen er nichts wußte. Es war ja alles möglich. »Er ist doch der Vater, oder?«

Ihre Antwort war ein Lächeln. »Natürlich ist es sein Kind. Ich möchte es nur nicht zur Welt bringen.« Sie zählte die Gründe auf, und er hörte kommentarlos zu, aber als sie fertig war, wiederholte er, daß sie die Sache mit ihrem Mann besprechen sollte. Er drängte sie, sich alles noch einmal gründlich zu überlegen. Dann erst wollte er ihr einen Termin geben, nicht eher.

»Sie sind noch jung... auf keinen Fall zu alt für dieses Kind.«

»Ich möchte endlich meine Freiheit. In elf Jahren kommt mein Sohn aufs College, zwei Jahre darauf meine Tochter. Wenn ich dieses Kind bekomme, bin ich für weitere zwanzig Jahre gebunden. Ich bin nicht gewillt, alles noch einmal durchzumachen.« Das hörte sich unglaublich selbstsüchtig an, auch in ihren Ohren, und doch konnte sie nicht anders. Es entsprach ihren Gefühlen, und daran konnte niemand etwas ändern.

»Ist Oliver auch dieser Meinung?« Darauf blieb sie ihm lange die Antwort schuldig. Sie wollte ihm nicht sagen, daß sich Oliver seit jeher mehr Kinder gewünscht hatte.

»Ich habe nicht mit ihm darüber gesprochen.«

»Das sollten Sie aber, Sarah. Rufen Sie mich in ein paar Tagen an. Sie haben noch genügend Zeit, Ihre Entscheidung zu überlegen und dann alles zu veranlassen.«

»Die Bedenkzeit wird nichts an meiner Meinung ändern.« Sie verspürte Trotz und Wut. Ziemlich niedergeschlagen ging sie aus der Praxis. Der Arzt hätte das Problem für sie lösen sollen, aber er hatte ihr nicht die geringste Unterstützung angeboten.

Sie ging nach Hause und weinte sich aus, und als Oliver um elf Uhr abends nach Hause kam, lag sie schon im Bett und schützte wieder Kopfschmerzen vor. Die Kinder schliefen schon längst, im Schlafzimmer lief das Fernsehgerät, während Sarah auf Ollie wartete. Sie war noch immer fest entschlossen, ihre Schwangerschaft vor ihm geheimzuhalten.

»Na, wie war's heute? Du siehst müde aus.« Niedergeschlagen sah sie auf, als er heimkam.

»Alles ist prächtig gelaufen«, sagte Ollie, der sich auf dem Bettrand niederließ und seinen Schlips lockerte. Sein blondes Haar war noch vom Wind zerzaust, er sah unglaublich hübsch aus, trotz seiner Erschöpfung. Wie konnte er nur so aussehen? Für ihn war das Leben so einfach. Er brauchte nur täglich ins Büro zu fahren und sich mit wirklichen Menschen in einer wirklichen Welt abzugeben. Er hatte sein Vergnügen, während sie jede wache Stunde mit Frauen und Kindern zubrachte. Es gab Dinge im Leben, die nicht fair waren, und in ihren Augen gehörte dies dazu. Es gab Momente, in denen sie sich wünschte, ein Mann zu sein oder ihr Leben anders gestaltet zu haben. Sie hätte schon vor Jahren einen Job annehmen sollen, anstatt ihre Zeit mit Haushalt und Familie zu vertun. Aber es war für sie am einfachsten gewesen. Sie hatte den Weg des geringsten Widerstandes gewählt und zwei Kinder in die Welt gesetzt. Sie war in einen Vorort gezogen und hatte ihre Träume aufgegeben. Und jetzt sollte sie noch ein Kind bekommen... Das tue ich nicht, sagte sie sich hastig. Sie würde die Schwangerschaft abbrechen lassen. »Was ist los, Sarrie?« Ollie beugte sich mit besorgter Miene über sie, um sie zu küssen. Ollie kannte sie zu gut und las den Schmerz in ihrem Blick, den Schmerz, der nicht aus Schuldbewußtsein ihrer Absichten wegen erwuchs, sondern aus dem Zorn über das, was geschehen war.

»Nichts. Ich bin auch müde.«

»Haben dich die Kinder heute sehr in Anspruch genommen?«

»Nein... sie waren wunderbar.«

»Na, was ist dann los?« drängte er weiter.

»Nichts«, log sie.

»Unsinn.« Er zog sein Jackett aus, knöpfte sein Hemd auf und rückte näher. »Versuch nicht, mich hinters Licht zu führen. Du machst dir aus irgendeinem Grund große Sorgen.« Und dann überfiel ihn eine Woge der Angst. Vor einem halben Jahr war es einem Kollegen aus der Firma passiert. Man hatte bei seiner Frau Krebs diagnostiziert, und vier Monate später war sie gestorben und hatte ihn mit drei Kindern total verzweifelt zurückgelassen. Oliver wußte, daß er einen solchen Verlust nicht überlebt hätte. Er liebte Sarah schon zu lange, sie bedeutete ihm alles. »Sind die Befunde schon da? Gibt es etwas, was ich wissen sollte?«

Einen Augenblick dachte sie an das, was der Arzt gesagt hatte... Sie sollten es ihm sagen, Sarah... er hat ein Recht, davon zu erfahren... es ist auch sein Kind... Aber ich will nicht! rief eine innere Stimme. »Die Befunde waren in Ordnung.«

Von jener Aufrichtigkeit getrieben, die stets zwischen ihnen geherrscht hatte, sagte sie etwas, was sie, wie sie wußte, später sehr bereuen würde. »Mehr oder weniger.«

Angst durchschnitt ihn messerscharf, als er sanft nach ihrer Hand faßte. »Was soll das heißen?« Er brachte die Worte kaum heraus. »Was hat man dir gesagt?«

Sie wußte sofort, was er befürchtete, und sie wußte auch, daß sie ihm nicht noch länger Grund zur Besorgnis liefern durfte. Sie wollte kein Kind mehr von ihm, aber sie liebte ihn. »Nein, nicht, was du denkst. Mach kein so erschrockenes Gesicht.« Sie gab ihm einen Kuß, und als er sie festhielt, spürte sie, wie er zitterte.

»Was ist es dann?«

Widerstrebend gestand sie: »Ich bin schwanger.« Ihre Stimme klang verzweifelt und war kaum mehr als ein Flüstern.

Im ersten Moment verharrten beide reglos, während ihre Worte in Ollies Bewußtsein drangen. Sein Körper schien nachzugeben, als die Spannung von ihm wich. »Gott im Himmel... warum hast du mir kein Wort gesagt?« Er lehnte sich lächelnd zurück, aber sein Lächeln erlosch, als er ihren Blick bemerkte. Sarah sah aus, als hätte sie eine Krebsdiagnose vorgezogen.

»Bis gestern hatte ich keine Ahnung. Ziemlich dumm von mir. Es muß wohl in Jamaica passiert sein.«

Er konnte ein Schmunzeln nicht unterdrücken, und in diesem Augenblick hätte sie ihm an liebsten ins Gesicht geschlagen. »Nicht zu fassen! Daran hatte ich nie gedacht. Es ist auch schon lange her, mein Gedächtnis ist eingerostet...« Stimme und Blick waren sanft, doch sie entzog ihm ihre Hand und legte sich in die Kissen. Sie schien möglichst viel Distanz zwischen sich und ihn legen zu wollen. Es war allein seine Schuld.

»Ich bin zu einem Abbruch entschlossen.«

»Ach? Wann hat du dich dazu entschlossen?«

»Eine halbe Minute nachdem ich es erfuhr. Ollie, ich kann nicht anders.«

»Stimmt etwas nicht?«

Langsam schüttelte sie den Kopf. Schlagartig wurde ihr klar, welch erbitterten Kampf es zwischen ihnen geben würde, aber diesmal war sie nicht bereit nachzugeben. Dieses Kind würde sie nicht zur Welt bringen. »Ich bin zu alt. Und es ist den Kindern nicht zuzumuten.«

»Das ist blanker Unsinn, das weißt du genau. Vermutlich werden sie begeistert sein, wenn sie davon erfahren.«

»Sie werden es nicht erfahren. In ein paar Tagen ist alles vorüber.«

»Und das ist deiner Meinung nach der richtige Weg?« Er stand auf und fing an, den Raum zu durchmessen. »So einfach geht das? Was ist denn mit dir los? Jedesmal wenn du schwanger wirst, müssen wir diesen verdammten Unsinn mit der Abtreibung hinter uns bringen.«

»Es ist kein Unsinn. Im Gegenteil – für mich ist es sinnvoll. Ich will kein Kind mehr. Du fährst täglich ins Büro und führst dein eigenes Leben. Ich hänge hier draußen herum, spiele Fahrgemeinschafts- und Elternbeiratsmutter und habe nicht die Absicht, mich für weitere zwanzig Jahre festnageln zu lassen. Ich habe es lange genug getan und die Hälfte der Zeit überstanden. Es wird dir nicht gelingen, mich umzustimmen.«

»Und was passiert dann? Aus welchem Grund möchtest du dieses Kind töten? Möchtest du etwa Gehirnchirurgin werden? Um Himmels willen, du leistest hier wichtige Arbeit, indem du unsere Kinder erziehst. Ist für eine Radcliffe-Absolventin das Opfer für Gott und Vaterland zu groß? Ich weiß, ich weiß, du wolltest in SoHo bei den großen Ungewaschenen leben, Gedichte und den großen amerikanischen Roman schreiben. Persönlich bin ich der Meinung, daß dies hier verdienstvoller ist, und ich habe gedacht, daß du mittlerweile auch zu dieser Einsicht gelangt bist. Um Himmels willen, Sarah, werde endlich erwachsen!«

»Ich bin erwachsen, verdammt noch mal. Ich bin erwachsen, ausgewachsen und alt geworden, und ich werde niemals wieder mein Leben für jemanden wegwerfen. Gib endlich mir eine Chance, um Himmels willen. In dieser Welt gibt es mehr als nur Kinder, oder sollte dir das entgangen sein, Ollie?«

»Mir ist nicht entgangen, daß du hier draußen ein verdammt gutes Leben führst. Während ich mich in New York abrackere, spielst du mit Freundinnen Tennis, bäckst Plätzchen mit Melissa, und so soll es auch sein. Aber komm mir nicht damit, daß dies eine Härte darstellt, Sarah, denn das nehme ich dir nicht ab, und ein Baby wird daran nichts ändern.«

»Mist!«

Der Streit tobte bis zwei Uhr morgens, und in der nächsten und übernächsten Nacht, und in der Nacht darauf. Sie stritten das ganze Wochenende über, bis in die folgende Woche. Beide vergossen Tränen, knallten Türen und warfen sich häßliche Anschuldigungen an den Kopf. Die Auseinandersetzung endete schließlich damit, daß Oliver Sarah anflehte, das Kind zu bekommen, und zu guter Letzt hob er hilflos die Hände und sagte, sie sollte tun, was sie für richtig hielt.

Zweimal vereinbarte sie einen Termin für den Abbruch. Sie beging den großen Fehler, ihre Schwester in Grosse Pointe anzurufen, was ihr einen noch heftigeren Streit einbrachte, denn ihre Schwester beschuldigte sie, unanständig, unmoralisch und höchstwahrscheinlich verrückt zu sein.

Sarah war wochenlang unschlüssig, und am Ende waren Ollie und sie ausgelaugt, verletzt, desillusioniert, aber irgendwie schafften sie es, alles wieder ins Lot zu rücken, und Sarah entschied sich gegen die Abtreibung. Oliver war damit einverstanden, daß sie sich nach der Geburt sterilisieren ließ. Er hielt es zwar für eine unglückliche Lösung, gleichzeitig war ihm jedoch klar, daß sie einen solchen Angriff auf die Grundfesten ihrer Ehe nicht noch einmal überstehen würden. Sarah versicherte ihm, daß sie unter keinen Umständen mit vierzig noch ein Kind zur Welt zu bringen gedachte.

Das Baby kam am Tag der Präsidentschaftswahlen zur Welt, während Oliver bei Sarah im Kreißsaal war und ihr, die ihm bei jeder Wehe versicherte, wie sehr sie ihn haßte, Mut zusprach. Schon in den vergangenen Monaten hatte sie fast stündlich beteuert, daß sie sich aus diesem Kind niemals auch nur einen Deut machen würde. Ollie erwiderte ihr immer wieder, daß er es für sie beide lieben würde. Auch die Kinder hatten sich begeistert gezeigt. Der achtjährige Benjamin war neugierig und erwartungsvoll, und für die sechsjährige Melissa war es, als würde sie eine lebendige Puppe zum Spielen bekommen. Nur Sarah schien von dem bevorstehenden Familienzuwachs alles andere als begeistert zu sein. Und als der Kopf des Babys sichtbar wurde, sah Oliver verwundert zu, wie Samuel Watson sich seinen Weg auf die Welt bahnte, mit einem lauten Schrei und einem erstaunten Blick auf seinen Vater. Das Baby wurde erst Oliver gereicht, der es liebevoll in Sarahs Arme legte. Sarah brach in Tränen aus, als sie an all die häßlichen Dinge dachte, die sie über das Baby gesagt hatte. Der Kleine hatte schwarzes Haar und Ollies grüne Augen, dazu eine helle Haut und einen Blick, der viel Weisheit und Humor vorausahnen ließ. Er gehörte zu den Babys, in die man sich auf den ersten Blick verliebte. So heftig sie ihn abgelehnt hatte, so glühend verliebte sie sich in ihn, als sie ihn in den Armen hielt. Sam wurde ›ihr‹ Baby, kein Schreihals, kein Brüller, sondern ein unkompliziertes, friedliches, glückliches Baby von Anbeginn an.

Er sollte zu ihrer großen Liebe werden. Allabendlich tischte sie Oliver Geschichten über die genialen Fortschritte des Kleinen auf. Sam war ein goldiges kleines Kerlchen, in das alle vernarrt waren, Ollie, Sarah, seine Geschwister und seine Großeltern. Insofern hatte Ollie also recht behalten. Er verlor jedoch kein Wort darüber. Beide waren froh über Sarahs Entscheidung, das Baby zur Welt zu bringen. Alles an ihm war problemlos, liebenswert und drollig. Nie wurde Sam zu der Last, vor der sich Sarah gefürchtet hatte.

Um ihr das Leben zu erleichtern, hatte Ollie eine Haushälterin eingestellt, eine Frau aus dem Ort, die fünfzehn Jahre bei einem Bischof gearbeitet hatte und nun einen Haushalt suchte, in dem es lebendiger und lustiger zuging. Sie mochte Melissa und Benjamin und verliebte sich wie alle anderen auf den ersten Blick in Sam. Der Kleine hatte runde Bäckchen und das passende Lächeln dazu, und seine gepolsterten Ärmchen und Beinchen forderten alle dazu heraus, ihn ständig zu herzen und zu drücken. Immer wieder geschah es, daß Agnes, sein Schutzengel, und Sarah, seine ihn anbetende Mutter, je ein Bäckchen küßten und die drei Nasen zusammenstießen. Sie lachten, während Sam vor Wonne kreischte. Agnes war genau das, was Sarah gebraucht hatte, und sie wünschte sich, sie hätte sie schon damals gehabt, als Benjamin vor Bauchweh brüllte, daß die Wände an der Second Avenue wackelten, doch damals hätten sie sich ohnehin keine Hilfe leisten können. Jetzt war alles anders. Wie Ollie vorausgesagt hatte, gestaltete sich alles erstaunlich einfach.

Sarah brauchte sich nicht mehr um das Frühstück zu kümmern und kein Abendessen mehr zu kochen. Sie machte nicht mehr sauber und hatte auch nichts mehr mit der Wäsche zu tun. Zweimal wöchentlich kam eine Putzfrau, und die wunderbare Agnes war ständig im Haus. Sie bewohnte einen kleinen Raum neben Sams Zimmer. Sam hatte Tag und Nacht Gesellschaft – seine Schwester sah ständig nach ihm, sein Bruder schenkte ihm schon Baseballhandschuhe und Fußbälle, und Sarah, Oliver und

Agnes hatten stets ein Auge auf ihn. Seltsamerweise wurde aus Sam kein verzogener Fratz – im Gegenteil, er entwickelte sich zu einem bemerkenswert angenehmen Kind, einer stetigen Quelle der Freude, die seine Umgebung mit Sonnenschein erfüllte. Der Alptraum, daß dieses Kind Sarahs Leben zerstören könnte, war vergessen. Sam brauchte keine zusätzliche Aufmerksamkeit, machte in der Schule keinen Ärger, spielte mit Agnes, Melissa oder mit Benjamin und seinem Vater ebensogern wie mit Sarah. Sarah hatte also keinen Grund mehr, Ausflüchte zu suchen.

Und ehe sie wußte, wie ihr geschah, war Benjamin siebzehn und in seinem letzten High-School-Jahr. Die fünfzehnjährige Melissa hing ständig am Telefon, das sie merkwürdigerweise in einen Einbauschrank im Oberstock zerrte, in dem sie sich inmitten alter Skibekleidung auf den Boden hockte und mit Jungen plauderte, die kein Mensch je zu Gesicht bekam. Und Sam war neun, spielte selbstzufrieden in seinem Zimmer, von eigenen Interessen in Anspruch genommen, ohne die Aufmerksamkeit seiner Mutter über Gebühr zu strapazieren... Sarah hatte also keinen Grund, sich nicht der Schreiberei zu widmen. Sie konnte die leeren Seiten oder das Schweigen der Schreibmaschine nicht ihren Kindern anlasten.

Und während sie dasaß und zusah, wie es schneite, fragte sie sich, wie sie es Ollie beibringen sollte. Sie wünschte, er würde sie nicht fragen, wie ihr das Schreiben von der Hand ging. Seit zwei Jahren zeigte er sich aufrichtig besorgt deswegen, und das machte sie wahnsinnig. Sie konnte ihm nicht sagen, daß sie nichts zustande brachte, daß das alles zu nichts führte und sich ihre schlimmsten Befürchtungen mit einundvierzig erfüllt hatten. Ihr Leben war gelaufen. So abgestanden, alt und müde hatte sie sich noch nie gefühlt, und diesmal wußte sie, daß sie nicht schwanger sein konnte. Vereinbarungsgemäß hatte sie gleich nach Sams Geburt eine Tubenligatur vornehmen lassen. Nein, diesmal war es etwas anderes. Es war die allmähliche und demoralisierende Erkenntnis, daß das Leben nirgendwohin führte, daß die Träume, die man mit zwanzig gehabt hatte, schon vor Jahren verflogen waren und überdies nie nennenswerten Wahrheitsgehalt besessen hatten. Sie würde nie eine echte Schriftstellerin werden. Dieses Wissen hätte sie mit fünfunddreißig vernichtet, mit neununddreißig hätte es sie vielleicht um den Verstand gebracht. Mit einundvierzig erfüllte es sie mit abgrundtiefer Traurigkeit. Es war ihr nichts geblieben als die tägliche Routine, während Ollie immer mehr Erfolg hatte. Ein sonderbares Gefühl. Sogar ihre Kinder waren wichtiger als sie. Jedes hatte etwas Lohnendes im Leben. Benjamin war ein hervorragender Sportler und ein großartiger Schüler. Melissa verfügte über eine unglaubliche künstlerische Begabung und war eine richtige Schönheit. Zuweilen äußerte sie den Wunsch, Schauspielerin zu werden, und sie und Benjamin redeten davon, nach Harvard zu gehen. Sam sang mit einer wahren Engelsstimme im Chor, viel wichtiger aber war seine warmherzige und liebevolle Wesensart, die ihn zum Liebling aller machte. Und was hatte sie selbst? Die Kinder. Ollie. Das Haus. Die Tatsache, daß sie vor zwanzig Jahren in Radcliffe ihren Abschluß gemacht hatte. Na und? Wen kümmerte das? Wer wußte überhaupt davon? Wer konnte sich daran erinnern? Ihr war nur eine Hoffnung geblieben, eine winzige nur, ein weiteres Stückchen Unwirklichkeit in ihrem großen Nichts. Außerdem sah sie keine Möglichkeit, ihren Plan zu verwirklichen. Wie denn? Sie lebte hier. Man brauchte sie hier. Oder nicht? Sie hatten ja Agnes... aber sie konnte es Ollie nicht antun. Sie lächelte betrübt, als Agnes den Hund hinausließ und dieser japsend und springend im Schnee tollte. Alle waren so glücklich. Alle. Sogar Agnes. Wieso fühlte sie selbst sich so ausgehöhlt? Was hatte sie verloren? Was hatte sie nie besessen? Was wollte sie jetzt? Etwas. Alles. Sie wollte einfach alles. Ruhm. Erfolg. Erfüllung. Ein tolles Leben. Tolle Menschen. Gleichzeitig wußte sie, daß sie das alles nie haben würde. Sie würde für ewige Zeiten hier hocken und dem Schneetreiben zusehen, während das Leben an ihr vorüberzog und Ollie seiner Firma neue Kunden verschaffte. Sie fuhr sogar ihren eigenen Mercedes und besaß nun zwei Pelze. Sie hatte dank Ollies Beharrlichkeit drei prächtige Kinder, einen phantastischen Ehemann – und nichts Eigenes, was der Rede Wert gewesen wäre, nicht einmal Talent. Sie hatte nichts erreicht. Alles war vorbei. Das Mädchen, das sie gewesen war, gab es nicht mehr.

»Die Post, Mrs. Watson«, hörte sie Agnes, die die Briefe auf den Schreibtisch neben Sarah legte, leise sagen.

»Danke, Agnes. Ist etwas dabei, das halbwegs gut aussieht?«

»Meist Rechnungen. Und ein Brief von Benjamins Schule. Er ist an Sie adressiert.« Benjamin war im Begriff, sich fürs kommende Jahr in Harvard zu bewerben, hatte aber seine Unterlagen noch nicht abgeschickt. Er konnte noch keine Zuschrift bekommen haben, auch keine, die an seine Mutter gerichtet gewesen wäre. Dieser Brief war etwas anderes, und das wußte sie. Sie wußte ohnehin, was er enthielt, dennoch zitterte ihre Hand, als sie den Brief von Agnes entgegennahm. Einen Augenblick stand sie reglos da und starrte ihn an, dachte zurück... als alles anders war – aber das war vorbei. Alles war vorbei. Sie mußte sich zwingen, daran zu denken, als sie den Umschlag aufriß. Dann ging sie langsam ins Wohnzimmer und blieb umgeben von hellen Chintzüberzügen und geblümten Druckdessins stehen, die auch mitten im Winter Sommer und Frühling ins Haus zauberten.

Langsam faltete sie das Blatt auseinander, als gelte es, eine Schale zu öffnen, als bräche sie ihr Leben auf – doch diesen Gedanken gestattete sie sich nicht. Langsam ließ sie sich in einem Sessel nieder, ohne zu bemerken, daß Agnes sie voller Verwunderung beobachtete. Sarah las langsam, bevor sie verblüfft den Atem anhielt. Das konnte nicht sein! Es mußte sich um einen Irrtum handeln. Sie hatte sich beim Lesen geirrt. Es mußte so sein. Und doch war es wahr. Die Worte standen da. Mein Gott... die Worte standen da, und plötzlich hatte sie das Gefühl, ihr Körper sei von Licht und Musik erfüllt. Sie empfand keine Leere mehr, ihr war, als sei nun etwas in ihr. Etwas Besseres als ein Kind. Es war ihr Ich. Sie war wieder da. Sie war wieder am Leben. Und sie las die Zeilen immer wieder.

»Wir freuen uns, Ihnen mitteilen zu können, daß Sie an der Harvard University zu dem mit dem akademischen Grad eines Magisters abschließenden Studiengang zugelassen wurden... freuen uns, Ihnen mitzuteilen... freuen uns, Ihnen mitzuteilen...« Die Worte verschwammen, während ihr die Tränen übers Gesicht liefen. Es war ein Traum. Nur ein Traum. Es gab ja keine Möglichkeit, ihn zu verwirklichen. Sie konnte die Familie nicht im Stich lassen. Sie konnte das Studium nicht wiederaufnehmen. Und doch hatte sie sich vor Monaten beworben – im September, als die Kinder wieder mit der Schule anfingen und sie sich gelangweilt und einsam gefühlt hatte. Es war nur ein Versuch gewesen. Sie wollte nur sehen, ob... und jetzt teilte man ihr mit, daß man sie aufnehmen wollte. Aber sie konnte nicht annehmen. Doch als sie aufblickte, sah sie, daß es draußen noch immer schneite, daß der Hund noch immer herumtollte und daß Agnes sie von der Tür her beobachtete. Sie wußte, daß sie es tun mußte. Die anderen würden gewiß Verständnis aufbringen. Sie mußten... und es würde nicht für lange sein. Sie konnte wieder eine eigene Persönlichkeit sein. Ja, eine eigene Persönlichkeit. Sie würde wieder wirklich sein. Sie würde Sarah sein.

2. Kapitel

»Schlechte Nachrichten, Mrs. Watson?« Agnes hatte gesehen, daß Sarah bleich geworden war, und ihr war auch nicht entgangen, daß Tränen auf ihren Wangen schimmerten, als sie aus dem Fenster blickte. Agnes konnte nicht verstehen, was in ihr vorging. Die Erregung, die Fassungslosigkeit, die Hoffnung und die Angst. Sie hatte sie im Arbeitszimmer ihren Gedanken überlassen, und es verging eine ganze Stunde, bis Sarah wieder in die Küche kam.

»Nur eine Überraschung...« Sarahs Miene verriet nichts, fast war es, als stünde sie unter Schockeinwirkung. Sie wirkte weder glücklich noch traurig, während sie geistesabwesend in der Küche auf und ab lief, Dinge zurechtrückte, ohne sie zu sehen, einen Stuhl an den Tisch schob, ein Stückchen Papier vom Boden aufhob, als wüßte sie nicht, was sie jetzt tun sollte. Sie tat, als sähe sie ihr Zuhause zum ersten oder zum letzten Mal. Was, zum Teufel, sollte sie bloß tun? Sie konnte jetzt unmöglich nach Harvard. Sie konnte die Familie nicht verlassen. Insgeheim fragte sie sich, warum sie sich überhaupt beworben hatte. Es war lächerlich, nur ein Traum, Ollie würde sie auslachen... und doch – irgendwie war es jetzt nicht mehr komisch. Es war furchteinflößend, traurig und wundervoll – und eine Chance, die sie sich nicht entgehen lassen wollte, auch nicht der Familie zuliebe. Nie im Leben hatte sie sich so hin- und hergerissen gefühlt. Und sie wußte, daß sie es Ollie nicht sagen konnte. Noch nicht. Vielleicht nach den Feiertagen. Bis Weihnachten waren es ja nur mehr zwei Wochen. Anschließend wollte sie es ihm gestehen. Vielleicht würden sie ein paar Tage zum Wintersport fahren, und bei dieser Gelegenheit könnte sie mit ihm darüber reden. Aber wie sollte sie sich, um Gottes willen, entscheiden? Sollte sie sagen: Ich möchte wieder auf die Schulbank – ich ziehe für ein, zwei Jahre nach Boston – ich muß hier raus? Wieder stiegen ihr die Tränen in die Augen, und einen verzweifelten Augenblick lang wußte sie, daß sie ihre Familie nicht verlassen wollte.

Agnes behielt Sarah im Auge, da sie ihrer Erklärung nicht traute. In dem Brief mußte es um mehr gehen als um eine Überraschung. Und wenn es eine war, dann konnte es keine gute sein.

»Wann kommen die Kinder?« Sarah sah die zierliche kleine Frau an, die sich in der Küche zu schaffen machte und das Abendessen vorbereitete. Für gewöhnlich war sie froh über ihre Anwesenheit. Plötzlich aber gab ihr Agnes das Gefühl, nutzlos zu sein. Ihr schimmerndes weißes Haar war straff zu einem Knoten zusammengefaßt, die Miene gesammelt, die Lippen geschürzt, als sie den Küchentisch deckte. Wenn Sarah und Ollie ausgingen, aßen die Kinder mit Agnes in der Küche. Hin und wieder aßen auch alle gemeinsam in der Küche. Blieben Ollie und sie zu Hause, nahmen sie das Abendessen meist im Eßzimmer ein, da Ollie darauf Wert legte. Er liebte eine gewisse Förmlichkeit, Traditionen und sprach gern über die Ereignisse des Tages während des Essens. Auf diese Weise löste er sich aus dem Berufsstreß und hielt sich über das Leben und Treiben der Kinder auf dem laufenden. Heute wollten sie und Ollie mit Freunden ein neues Restaurant im benachbarten Rye besuchen.

Das Schrillen des Telefons unterbrach ihre Gedanken, ehe Agnes ihr antworten konnte. Sarah lief an den Apparat. Vielleicht rief Ollie an. Plötzlich hatte sie Sehnsucht nach seiner Nähe, wollte seine Stimme hören, ihn an sich drücken. In einem einzigen Augenblick hatte sich plötzlich alles geändert – mit dem Brief, den sie eben gelesen hatte.

Der Anruf kam von einer Freundin. Sie mußte die Verabredung absagen wegen Halsschmerzen, und ihr Mann mußte noch arbeiten. Sarah wandte sich nachdenklich Agnes zu. »Ich glaube, wir bleiben heute daheim und essen mit den Kindern. Unsere Freunde haben abgesagt.«

Agnes nickte, ohne Sarah aus den Augen zu lassen, bevor sie sagte: »Warum gehen Sie nicht mit Mr. Watson allein aus?« Sarah machte den Eindruck, als könne sie etwas Zerstreuung gebrauchen. Sarah lächelte Agnes an. Die beiden Frauen kannten sich sehr gut, wenngleich Agnes stets respektvoll Distanz wahrte. Sie hatte keine Scheu, ihre Meinung deutlich zu sagen, wenn sie es für notwendig hielt, insbesondere der Kinder wegen, aber auch wenn Agnes die Stimme erhob, was hin und wieder der Fall war, waren die beiden für sie immer ›Mr. und Mrs. Watson‹. »Mr. Watson mag Hackbraten nicht besonders.«

Sarah lächelte. Agnes hatte recht. Ollie konnte Hackbraten

nicht ausstehen. Vielleicht war es wirklich besser, wenn sie auswärts aßen. Aber plötzlich schreckte sie davor zurück, mit ihm allein zu sein. Während sie noch nach einer Ausrede suchte, hörte sie das Knallen der Haustür und eine laute Stimme, im nächsten Moment schlenderte Benjamin in die behagliche Küche. Mit seinen siebzehn Jahren war er stattliche einsachtzig. Das leuchtend rote Haar und die dunkelblauen Augen hatte er von seiner Mutter geerbt. Die Kälte hatte seine Wangen gerötet. Mit einem Ruck riß er sich die Mütze vom Kopf und warf sie auf den Tisch.

»Schrecklicher Junge!« Agnes schwenkte mißbilligend einen Kochlöffel in seine Richtung, während aus ihrem Blick die überströmende Liebe sprach, die sie dem Jungen entgegenbrachte. »Nimm die Mütze von meinem Küchentisch!«

Lachend stopfte er sie in seine Jackentasche. »Entschuldige, Aggie... Hi, Mom.« Statt der Mütze landete nun ein Stapel Bücher auf dem Tisch. »Mensch, saukalt ist es draußen!«

Seine Hände waren rot, da er nie Handschuhe trug. Benjamin war noch ein ganzes Stück zu Fuß gelaufen, nachdem ein Freund ihn abgesetzt hatte. Mit einem einzigen Schritt war er am Kühlschrank und suchte etwas zu essen, um die Zeit bis zum Abendessen zu überbrücken. Er vertilgte geradezu furchteinflößende Mengen. Trotzdem war er dünn wie ein Faden, schlank wie sein Vater und mit dessen kraftvollen Schultern ausgestattet.

»Hände weg! In einer knappen halben Stunde gibt's Abendessen!« Wieder schwenkte Agnes drohend den Kochlöffel, und Benjamin grinste.

»Nur ein Häppchen, Agnes. Ich bin am Verhungern.« Er stopfte sich unter Sarahs belustigtem Blick ein paar Scheiben Salami in den Mund. Benjamin war ein Mann, ein sehr gut aussehender sogar. Er führte sein eigenes Leben, hatte einen eigenen Freundeskreis, und in einigen Monaten ging er aufs College. Mit einemmal konnte Sarah sich nicht vorstellen, daß ihm ihre Anwesenheit hier noch etwas bedeutete. Da drehte er sich um und sah betroffen ihren ernsten Blick. »Ist etwas, Mom?«

»Nein, nein«, gab sie mit heftigem Kopfschütteln zurück, so wie sie vorhin auf Agnes' Frage reagiert hatte. »Ich bin nur unentschieden, ob ich heute mit deinem Vater ausgehen soll. Was hast du vor? Lernst du für die Prüfungen?«

Er nickte. Benjamin war ein guter Schüler, ein prächtiger junger Mann, der einem Bewunderung abnötigte. Ihr Erstgeborener, von den drei Kindern dasjenige, das ihr am ähnlichsten war, obschon er viel weniger rebellisch zu sein schien als sie in seinem Alter. »Ja, morgen ist die letzte. Chemie. Ich gehe nachher zu Bill, um mit ihm zu lernen. Kann ich den Wagen haben?« Mehr brauchte er von ihr nicht. Den Kühlschrank und die Wagenschlüssel.

Ihr Lächeln kam zögernd. Er würde ihr fehlen, falls sie das Haus verließ. Alle würden ihr fehlen – besonders Sam. O Gott – und Ollie. »Sicher, aber sei vorsichtig. Wenn es friert, sind die Straßen spiegelglatt. Ach, übrigens – könnte dieser Bill nicht zu uns kommen?«

Benjamin schüttelte entschlossen den Kopf.

»Die letzten drei Male war er bei uns. Ich habe mit ihm ausgemacht, daß ich diesmal zu ihm komme. Außerdem geht Mel auch aus. Hat sie angerufen?«

Sarah schüttelte den Kopf. »Noch nicht.« Melissa rief nie an. Sie vergaß es einfach. Sie machte immer nur das, was sie wollte – ohne Umschweife. Melissa führte ihr eigenes Leben. Mit fünfzehn war das Mädchen erstaunlich selbständig. »Was heißt das, sie ist aus? Wir haben Dienstag.« Melissa durfte erst seit September einen Abend am Wochenende mit Jungen ausgehen, die ihre Eltern kannten, in Lokale, die sie billigten. »Und wie kommt sie nach Hause?«

»Ich habe ihr versprochen, sie abzuholen.« Ben nahm sich einen Apfel aus dem Korb auf der Küchentheke und biß hinein. »Sie hat heute Probe. Sie spielt in einem Stück des Theaterklubs mit. Melissa ist in Ordnung, Mom.«

Wieder hörten sie die Haustür, und Sarah sah, daß Agnes mit

heimlichem Lächeln einen Blick auf die Uhr und gleich darauf auf den Braten warf.

Schwere Schritte waren zu hören, wie von einem Mann, ein wildes ›Wuff‹ ertönte, ein gedämpfter Laut, das Zuschlagen einer anderen Tür, wieder Gebell, und dann platzten Sam und Andy, der Irish Setter, in die Küche. Der Hund hinterließ überall Schmutzspuren und sprang an dem dunkelhaarigen Jungen hoch, der grüne Augen hatte wie sein Vater. Sam lächelte unbefangen, sein Haar war naß, seine Stiefel hinterließen Pfützen auf dem Boden, während Andy Sam das Gesicht leckte, indem er zwei Pfoten auf seine Schultern legte.

»Hallo, allerseits! Mensch, hier riecht's aber gut! Was gibt es denn? Etwa Hackbraten?«

Agnes wandte sich mit breitem Lächeln um und bemerkte jetzt erst die Katastrophe, die der Junge verursachte. Sarah und Benjamin lachten. Sam war hoffnungslos. Er schaffte es mühelos, ein Zimmer in wenigen Augenblicken in einen Müllhaufen zu verwandeln.

»Raus hier, du Schlingel! Wo ist deine Mütze? Du wirst dir mit dem nassen Haar noch den Tod holen!« Agnes drohte ihm mit dem Kochlöffel wie vorhin Benjamin, diesmal aber mit mehr Überzeugung, und lief grollend und scheltend davon, um einen Lappen zu holen.

»Hi, Mom!« Sam lief auf Sarah zu, um ihr einen Kuß zu geben, während Andy schweifwedelnd zusah. Dann schlüpfte Sam aus seinen Stiefeln, die er mitten in der Küche liegenließ. Andy stürzte sich mit Wonne auf sie, schnappte einen und zerrte ihn zur Wohnzimmercouch. Agnes schrie erschreckt auf, als der Hund den nassen Stiefel auf dem geblümten Bezug deponierte.

»Raus hier, ihr beiden! Sam, geh hinauf und nimm ein Bad!« rief sie ihm nach, als Sam mit Andy zur Treppe lief und seine Jacke auf den Boden warf.

»Komm zurück und heb dein Zeug auf!« rief Sarah ihm nach. Aber Sam war schon auf dem Gang und spielte mit dem kläffenden Hund. Agnes wischte eifrig die Küche auf. Benjamin ging ebenfalls hinauf, um sich die Bücher für den Abend zu holen, und als auch Sarah langsam die Treppe hinaufstieg, durchschoß sie wieder der Gedanke, wie sehr ihr alle fehlen würden.

Im Schlafzimmer angekommen, hörte sie das Telefon. Es war Melissa, die sagen wollte, was Sarah ohnehin schon wußte, nämlich daß sie noch in der Schule blieb, weil sie Probe hatte, und daß Benjamin sie auf dem Heimweg abholen wollte. Und dann kam ein Anruf von Ollie. Er wollte auch ohne ihre Bekannten auswärts essen – wie Agnes es vorausgesehen hatte.

»Ein gemütliches, stilles Essen zu zweit. Das ist mir ohnehin viel lieber.« Sie spürte selbst auf die Entfernung die Wärme, die aus seinem Ton sprach, und als sie auflegte, standen Tränen in ihren Augen. Was sollte sie ihm noch sagen? Nichts. Nicht heute. Sie mußte warten. Sie hatte sich vorgenommen, erst nach Weihnachten die Neuigkeit bekanntzugeben.

Sarah machte sich im Schlafzimmer zu schaffen, räumte auf, hörte die Kinder in ihren Zimmern, berührte vertraute Gegenstände und dachte dabei an ihren Mann. Und dann legte sie sich aufs Bett und dachte an alle und daran, wieviel sie ihr bedeuteten. Aber zugleich kostete die Familie sie auch etwas, unwissentlich und unbeabsichtigt, jeder hatte auf seine Weise etwas von ihr genommen und ihr auch etwas gegeben. Aber jetzt reichte ihr nicht mehr, was man ihr gab, und es war auch nicht mehr das, was sie wollte. Ein niederschmetterndes Eingeständnis, so niederschmetternd, daß sie nie imstande wäre, es ihnen zu sagen. Das änderte aber nichts daran, daß sie jetzt ihr Leben selbst in die Hand nehmen wollte. Sie war bereit. Sie wollte mehr sein als Agnes, die täglich in der Küche stand und darauf wartete, daß sie zum Essen kamen und eines Tages das Haus für immer verließen. Das würde nicht mehr lange dauern. Benjamin ging im Herbst aus dem Haus, Melissa in zwei Jahren. Blieb nur noch Sam – bis er erwachsen war, würde Sarah ihr Vorhaben längst zu Ende geführt haben. Was machte es also aus? Warum konnte sie zur Abwechslung nicht auch tun, was sie wirklich wollte? Doch während sie sich das vorsagte, machten sich unerträgliche Schuldgefühle bemerkbar.

Wieder unterbrach das Telefon ihre Gedanken. Es war ihr Schwiegervater, der entmutigt und müde klang. Neuerdings hatte er Probleme mit dem Herzen, und Phyllis ging es auch nicht gut.

»Hallo, George, was gibt's?«

»Ist Oliver da?« George war ungewöhnlich kurz angebunden.

»Nein.« Sarah runzelte die Stirn. Sie mochte ihn mehr als Phyllis. »Ist etwas passiert?«

»Ich... nein, eigentlich weiß ich nicht recht. Phyllis ist seit Mittag zum Einkaufen, allein, und jetzt ist sie noch immer nicht zurück. Und bei diesem Wetter... nun, ich machte mir Sorgen, weil sie nicht einmal angerufen hat. Das sieht ihr gar nicht ähnlich.« Sie war neunundsechzig und rüstig, in letzter Zeit aber ein wenig zerstreut, wie ihre Umgebung übereinstimmend feststellte. Vor einigen Monaten hatte sie eine Lungenentzündung überstanden, und seither war sie nicht mehr so wie früher. Sarah wußte, daß George in ständiger Sorge um sie war. Mit seinen zweiundsiebzig Jahren schien er geistig frischer zu sein als seine Frau, zugleich aber auch körperlich gebrechlicher. Er sah noch immer gut aus – seinem Sohn sehr ähnlich, groß und aufrecht, mit sanftem Blick und einem freundlichen Lächeln, und doch sah er zuweilen älter aus, als es seinen Jahren entsprach. Oliver machte sich deswegen Sorgen.

»Sicher hat sie die Zeit vergessen. Du weißt ja, wie Frauen sind, wenn sie einkaufen.« Sarah wollte ihn beruhigen. Es konnte seinem Herzen schaden, wenn er sich wegen jeder Kleinigkeit aufregte. Zweifellos würde Phyllis jeden Moment nach Hause kommen.

»Ich wollte mich auf die Suche nach ihr machen, da fiel mir ein, ob vielleicht Oliver...« In letzter Zeit verließ er sich immer häufiger auf Oliver.

»Ich werde ihm sagen, daß er zurückrufen soll, wenn er kommt.« Damit war das Essen im Restaurant wohl gelaufen, falls Phyllis nicht zuvor nach Hause kam. Vielleicht war das nicht einmal schlecht, denn plötzlich wollte Sarah mit ihrem Mann nicht allein sein.

Aber George rief noch einmal an, bevor Oliver nach Hause kam. Phyllis war wohlbehalten nach Hause gekommen. Sie hatte nur mit Mühe ein Taxi bekommen und hatte kein Kleingeld bei sich gehabt, um anzurufen. Er verschwieg Sarah, daß Phyllis ihm irgendwie verändert vorkam und der Taxifahrer ihm anvertraut hatte, daß sie sich nur mit Mühe auf ihre Adresse hatte besinnen können. Und als George sie danach fragte, stellte er entsetzt fest, daß sie ihre Telefonnummer nicht mehr wußte. Deshalb hatte sie ihn nicht angerufen. »Entschuldige, meine Liebe, daß ich dich behelligt habe.«

»George, sei nicht komisch. Du kannst uns doch jederzeit anrufen. Das weißt du.«

»Danke.« George warf seiner Frau, die vor sich hin summend in der Küche auf und ab lief, einen besorgten Blick zu. In letzter Zeit hatte er das Kochen übernommen, nur um sich zu betätigen, wie beide vorgaben. Er brüstete sich damit, daß seine Kochkünste denen von Phyllis überlegen seien. »Richte Oliver meine Grüße aus, wenn er kommt. Er soll mich anrufen, falls er Zeit hat.«

»Mach' ich«, versprach Sarah und vergaß es prompt, als Oliver Minuten später kam. Er beeilte sich, unter die Dusche zu kommen und sich umzuziehen, weil er mit ihr ausgehen wollte. »Aber Sam ist den ganzen Abend allein.« Sie wünschte sich verzweifelt, zu Hause bleiben zu können, um ihm nicht bei Tisch gegenübersitzen zu müssen. Es gab nichts, was sie ihm hätte sagen können. Noch nicht. Es war einfacher, sich hier in ihren eigenen vier Wänden hinter den Kindern und dem Fernsehgerät zu verstekken. Alles war besser, als sich ihm zu stellen.

»Hat Agnes heute frei?« fragte Ollie sie beim Rasieren und warf einen Blick auf die Fernsehnachrichten. Er war voller Vorfreude auf den gemeinsamen Abend und hatte sogar eine Überraschung parat. Er war befördert worden und hatte eine Gehaltserhöhung bekommen. Die oberste Sprosse der Firmenleiter war greifbar nahe. Mit vierundvierzig hatte Oliver Watson eine Traumkarriere gemacht. Er wußte, daß er erfolgreich war, und er war dankbar für alles, für den Beruf, den er liebte, für die Frau, die er anbetete, und für die drei Kinder, an denen er mit ganzem Herzen hing. Er konnte sich nicht mehr im Leben vorstellen.

»Nein, Agnes ist da, aber ich dachte...«

»Denk nicht, zieh dich lieber um.« Er versetzte ihr einen zärtlichen Klaps auf die Kehrseite, als sie an ihm vorbeiging, um sie sodann aufzuhalten und in die Arme zu nehmen, nachdem er den Rasierapparat abgeschaltet hatte. »Weißt du, daß ich dich liebe?« Sie wußte es nur zu gut. Sie liebte ihn auch, und genau das machte ihr in diesem Augenblick zu schaffen.

»Ich liebe dich auch.« In ihrem Blick lag Traurigkeit.

Er zog sie enger an sich. »Na, allzu glücklich siehst du nicht aus. Harter Tag heute?«

»Ach, eigentlich nicht.« Es gab keine großen Probleme mehr. Die Kinder waren mit sich beschäftigt und so oft außer Haus, Agnes kümmerte sich um den Haushalt, sie selbst hatte die Vereinsarbeit in den letzten zwei Jahren eingeschränkt, damit ihr mehr Zeit zum Schreiben blieb, aber das nützte nichts. Was also hätte in diesem perfekten Leben schwierig sein sollen? Nichts, wenn man von der ständigen Leere und Langeweile absah. »Ich bin nur müde. Ach, fast hätte ich es vergessen. Dein Vater hat angerufen. Er möchte, daß du zurückrufst.«

»Ist alles in Ordnung?« Um seine Eltern machte sich Ollie ständig Sorgen. Sie waren betagt, und seit der Herzattacke wirkte sein Vater so hinfällig. »Fühlt er sich nicht wohl?«

»Es geht ihm gut, zumindest seit deine Mutter nach Hause gekommen ist. Er rief an, weil sie von ihren Einkäufen so lange nicht zurückkam. Ich glaube, er war ein wenig beunruhigt.«

»Er regt sich wegen allem und jedem auf. Deswegen hatte er den Herzanfall. Mutter kann gut auf sich selbst achtgeben, das versuche ich ihm ständig klarzumachen. Aber er behauptet, daß sie immer verwirrter wird. Sie ist viel weniger verwirrt, als er glaubt. Wenn wir nicht zu spät nach Hause kommen, rufe ich ihn noch an. Komm jetzt«, drängte er. »Beeil dich. Der Tisch ist für sieben Uhr reserviert.«

Sie gaben Sam einen Gutenachtkuß und hinterließen Agnes die Nummer des Restaurants. Benjamin war schon fort, ohne sich zu verabschieden. Er hatte Sarahs Autoschlüssel genommen und sich auf den Weg gemacht, nachdem er den Großteil des Hackbratens, zwei Portionen Gemüse und ein Stück vom Apfelauflauf verschlungen hatte. Sarah war überzeugt, daß er bei Bill sofort weiteressen und nach der Heimkehr vermutlich den Rest des Apfelauflaufs vertilgen würde. Manchmal hatte sie Angst, daß er dick wurde, aber er schien ein schlechter Futterverwerter zu sein. Wenn er nicht so breite Schultern gehabt hätte, hätte er wie die sprichwörtliche Bohnenstange ausgesehen.

Das Restaurant hatte Atmosphäre, wie sie gleich beim Eintreten feststellten. Es war gemütlich, ein wenig verspielt und im französischen Landhausstil eingerichtet. Im Kamin loderte ein Feuer. Das Essen war hervorragend, und Oliver bestellte dazu einen erstklassigen kalifornischen Chardonnay. Beide spürten, wie der Streß des Tages sie freigab, und Sarah hörte ihm aufmerksam zu, als er von der Beförderung und seiner Gehaltserhöhung berichtete. Sonderbar, ihm so zuzuhören. Jahrelang hatte sie nur durch ihn gelebt, und jetzt stand ihr schlagartig ein eigenes Leben bevor. Ihr war, als höre sie nicht Oliver, sondern einem Fremden zu. Sie freute sich für ihn, sein Erfolg war für sie aber keine gemeinsame Errungenschaft mehr. Er war allein seine Sache, das war Sarah jetzt deutlich bewußt. Nach dem Essen lehnte er sich zurück und sah sie prüfend an. Oliver spürte eine Veränderung, hatte aber keine Ahnung, was es war. Für gewöhnlich spürte er, was Sarah beschäftigte, nicht aber heute abend. In ihrem Blick lag etwas Entrücktes und Trauriges, und plötzlich fühlte er, wie Angst sein Herz anrührte. Was, wenn sie eine Affäre hatte? Auch wenn es nur eine flüchtige war ... eine jener Affären, die grüne Witwen häufig erlebten, mit dem Versicherungsagenten, dem Zahnarzt oder einem ihrer Bekannten. Das konnte er nicht glauben. Sarah war immer loyal, geradeheraus, anständig und aufrichtig. Es gehörte zu ihrem Wesen, das er so liebte. Nein, das konnte es nicht sein. Auch er hatte sie nie betrogen. Dennoch konnte er sich nicht vorstellen, was mit ihr los war, und als er das Dessert und Champagner bestellte, musterte er sie im Kerzenlicht. Nie hatte sie schöner und jünger ausgesehen. Mit einundvierzig sah sie besser aus als die meisten Frauen mit dreißig. Ihr dunkelrotes Haar schimmerte seidig. Ihre Figur war großartig, ihre Taille fast so schmal wie vor der Geburt der Kinder.

»Was bekümmert dich, mein Schatz?« Seine Stimme war wie eine Liebkosung, als er nach ihrer Hand faßte. Oliver war ein guter, anständiger Mensch, das wußte sie, und sie wußte auch, wie sehr er sie liebte.

»Nichts. Warum? Warum sagst du das? Der heutige Abend war wundervoll.« Sie schwindelte und hoffte, daß er es nicht merkte. Aber er durchschaute sie immer – er kannte sie zu gut. Zwanzig gemeinsame Jahre waren eine lange, lange Zeit.

»Nun, ich würde sagen, auf einer Zehnerskala wäre der heutige Abend eine Zwei. Vielleicht eine Eins. Wenn man den Zahnarztbesuch als Null wertet.«

Da lachte sie, und er grinste, als er ihr Champagner einschenkte. »Du bist verrückt, weißt du das?« sagte sie vorwurfsvoll.

»Ja, nach dir. Stell dir vor, ein alter Knacker wie ich, der noch immer verrückt nach seiner Frau ist. Ziemlich komisch, nach achtzehn Ehejahren.«

»Du willst mit vierundvierzig ein alter Knacker sein? Wann hast du dich dazu ernannt?«

Im Verschwörerton gab er halblaut zurück: »Als ich dich letzten Sonntag nicht zum dritten Mal lieben konnte... ich glaube, da landete ich endgültig in dieser Kategorie.«

Sie lächelte. Was ihr Liebesleben betraf, so waren sie fast immer große Klasse... »Zweimal in eineinhalb Stunden ist gar nicht mal so übel. Außerdem hast du ordentlich getrunken, vergiß das nicht.«

Nach einem Blick auf die leere Weinflasche und die Champagnerflasche vor ihnen grinste er sie an. »Ich schätze, damit ist auch der heutige Abend gelaufen.«

»Na, ich weiß nicht. Vielleicht sollten wir heimfahren und es ausprobieren, bevor du mehr in dich hineinschüttest.« Dabei lachte sie und war froh, daß sie ausgegangen waren. Von ihrer Anspannung war nichts mehr zu spüren.

»Vielen Dank. Aber erst sag mir, was dich bekümmert.«

»Absolut nichts.« In diesem Augenblick meinte sie es aufrichtig.

»Na ja, jetzt vielleicht nicht, aber gerade eben war es noch so. Als ich nach Hause kam, hast du ein Gesicht gemacht, als wäre dein bester Freund gestorben.«

»Nein, habe ich nicht.« Ganz unrecht hatte er nicht. Schließlich war er ihr bester Freund, und wenn sie mit dem Studium begann, würde sie ihn in gewisser Weise verlieren. »Sei nicht albern, Ol.«

»Versuch ja nicht, mich hinters Licht zu führen. Dich bedrückt oder bekümmert etwas. Ist es deine Schreiberei?« Er wußte, daß sie seit zwei Jahren nichts mehr geschrieben hatte, eine Tatsache, die ihn selbst nicht weiter berührte. Er wollte nur, daß sie glücklich war.

»Vielleicht. Ich komme damit nicht weiter. Vielleicht ist mir das Schreibtalent abhanden gekommen. Wäre ja möglich, daß es bei mir nur ein jugendlicher Geniestreich war.« Ihre Worte waren von einem Achselzucken begleitet. Zum erstenmal seit zwei Jahren machte sie den Eindruck, als sei ihr das gleichgültig.

»Sarah, das glaube ich nicht. Du warst sehr gut. Mit der Zeit wirst du auch wieder schreiben können. Vielleicht bist du dir noch nicht ganz im klaren, worüber du schreiben möchtest. Vielleicht solltest du mehr unter Menschen, etwas anderes machen...« Unwissentlich hatte er ihr eine Brücke gebaut, aber sie hatte Angst, sie zu betreten. Egal, was sie tat oder sagte oder wie sie es sagte, sobald es ausgesprochen war, würde sich ihr ganzes Leben ändern – für immer.

»Hm, daran dachte ich auch schon.« Sie tastete sich behutsam weiter.

»Und?« Er wartete.

»Was meinst du mit ›und‹?« Sie empfand plötzlich Angst vor ihm. Das war noch nie der Fall gewesen. Zum erstenmal im Leben fürchtete sie ihren Mann.

»Du stellst ja sonst nie Überlegungen an, ohne zu irgendwelchen Folgerungen zu gelangen oder aktiv zu werden.«

»Du kennst mich wirklich gut.« Sarahs Lächeln leuchtete kurz auf, um sofort einem ernsten Ausdruck zu weichen. Nein, sie durfte es ihm jetzt nicht sagen.

»Sarrie, was verschweigst du mir? Nicht zu wissen, was in deinem Kopf vorgeht, macht mich verrückt.«

»In meinem Kopf geht nichts vor.« Damit überzeugte sie weder sich noch ihn. Sie bewegte sich im Kreis. »Vielleicht ist es nur die Midlife-crisis.«

»Ach, schon wieder?« Er lächelte. »Die hast du doch vor zwei Jahren durchgemacht, und jedem steht nur eine zu. Beim nächsten Mal bin ich an der Reihe. Ach komm, Baby, was ist es?«

»Ollie... ich weiß nicht...«

»Geht es um uns?« Er stellte die Frage mit traurigem Blick.

»Natürlich nicht. Wie auch? Du bist wunderbar... Ich bin selbst schuld. Ich mache mir künstlich Kopfschmerzen. Oder aber es ist das völlige Fehlen von Kopfweh. Ich leide unter dem Gefühl, auf der Stelle zu treten, seit wir verheiratet sind.« Er wartete mit angehaltenem Atem. Champagner, Wein und die lockere

Partyatmosphäre waren vergessen. »Ich habe nichts geleistet, während du so viel erreicht hast.«

»Mach dich nicht lächerlich. Ich unterscheide mich nicht von Millionen anderen Männern.«

»Unsinn! Sieh dich an. Denk an das, was du mir vorhin erzählt hast. In fünf Jahren wirst du bei Hinkley, Burrows and Dawson an der Spitze stehen. Du spielst in einer der größten Erfolgsstorys deiner Branche die Hauptrolle.«

»Sarah, das ist doch unwichtig, und das weißt du. Meine Arbeit ist nichts, was Bestand hat. Eine ganz nette Sache, gewiß. Na und? Du hast drei prächtige Kinder großgezogen. Das ist sehr viel wichtiger.«

»Aber was bleibt für mich noch zu tun? Sie sind so gut wie erwachsen, in ein, zwei Jahren werden sie aus dem Haus sein, Mel und Benjamin zumindest, und was dann? Dann sitze ich herum und warte darauf, daß auch Sam uns verläßt. Anschließend verbringe ich meine Tage damit, Seifenopern im Fernsehen anzusehen und mit Agnes zu schwatzen.« Diese Aussicht trieb ihr Tränen in die Augen. Oliver mußte lachen. Viel eher konnte er sich vorstellen, daß sie sich auf die Lektüre von Baudelaire oder Kafka stürzte.

»Du zeichnest ein sehr düsteres Bild, meine Liebe. Nichts wird dich davon abhalten zu tun, was du möchtest.« Er meinte es aufrichtig, hatte jedoch keine Vorstellung vom Umfang ihrer Ambitionen. Sie hatte ihren Ehrgeiz schon lange zusammen mit ihrem Radcliffe-Diplom begraben.

»Das meinst du doch nicht im Ernst?«

»Aber sicher. Du kannst dich sozial engagieren, dir einen Teilzeitjob suchen, wieder Geschichten schreiben. Du kannst machen, was du dir in den Kopf setzt.«

Sie holte tief Luft. Jetzt war der Augenblick gekommen, ob sie bereit war oder nicht. Sie mußte es ihm sagen. »Ich möchte studieren.« Das sagte sie so leise, daß ihre Stimme kaum über den schmalen Tisch drang.

»Großartig.« Er wirkte erleichtert. Also war sie nicht in einen anderen Mann verliebt. Sie wollte einfach ein paar Kurse belegen. »Du könntest dich auf der Uni in Purchase einschreiben. Und wenn du dir die Zeit nimmst, schaffst du sogar einen Abschluß.« Wie er das sagte ... sie ärgerte sich. Sie sollte hier studieren und sich Zeit nehmen? Wieviel Zeit? Zehn Jahre? Zwanzig? Wie eine der zahlreichen Großmütter, die ›kreatives Schreiben‹ belegten und nichts zustande brachten.

»Nun, das hatte ich mir eigentlich anders gedacht.« Ihr Ton war schlagartig fester und lauter geworden. Jetzt war Oliver der Gegner, derjenige, der sie daran gehindert hatte, ihre Ziele zu verfolgen.

»Was hast du dir vorgestellt?« Er wirkte ein wenig ratlos.

Sie schloß die Augen, um sie sofort wieder zu öffnen und ihn anzusehen. »Ich bin in Harvard angenommen worden, ich könnte meinen Magister machen.«

Endlos scheinende Stille trat ein, während er sie anstarrte und zu begreifen versuchte, was sie eben gesagt hatte.

»Was soll das heißen?« Jetzt verstand er gar nichts mehr. Was redete sie da ... die Frau, die er zu verstehen geglaubt hatte, die zwei Jahrzehnte mit ihm gelebt hatte, und jetzt war sie mit einem Wimpernschlag zur Fremden geworden. »Wann hast du dich beworben?«

»Ende August.« Sie sagte es ganz leise. Die Entschlossenheit, die er in ihrer Jugend an ihr kennengelernt hatte, war von neuem in ihrem Blick aufgeflammt. Vor seinen Augen verwandelte sich Sarah in einen fremden Menschen.

»Hm, reizend. Es wäre nett gewesen, wenn du ein Wort gesagt hättest. Und was hattest du für den Fall, daß man dich aufnimmt, geplant?«

»Damit habe ich nie gerechnet. Ich habe es nur so versucht – als Benjamin davon sprach, sich in Harvard zu bewerben.«

»Wie rührend, Mutter und Sohn im gleichen Semester. Und jetzt? Welche Absichten hast du?« Sein Herz pochte wie wild, und er wäre jetzt am liebsten zu Hause, um im Raum auf und ab laufen zu können. In der Nische des Restaurants fühlte er sich wie ein Gefangener. »Was redest du da? Das ist doch wohl nicht dein Ernst, oder?«

Ihre Augen waren wie blaues Eis, als sie langsam nickte. »Doch, es ist mein Ernst, Ollie.«

»Du willst nach Cambridge und an der Harvard studieren?« Er hatte sieben Jahre und Sarah vier Jahre dort gelebt, aber das lag ein Menschenalter zurück. Nie hätte er selbst erwogen, dorthin zurückzukehren.

»Ich ziehe es in Erwägung.« Sie tat sogar mehr, aber sie brachte es noch nicht übers Herz, ihm dies zu sagen. Es war zu hart.

»Und was soll ich machen? Meinen Job aufgeben und mitkommen?«

»Ich weiß nicht. Darüber habe ich noch nicht nachgedacht. Von dir erwarte ich eigentlich gar nichts. Es ist meine alleinige Entscheidung.«

»Ist es das? Wirklich? Und was soll aus uns werden? Was sollen wir deiner Meinung nach tun, während du wieder Studentin spielst? Darf ich dich daran erinnern, daß Melissa noch zwei Jahre zu Hause sein wird und Sam noch ein Kind ist, hast du das vergessen?« Er war wütend, und die Handbewegung, mit der er vom Kellner die Rechnung forderte, verriet Ungeduld. Sarah war übergeschnappt. Sie war verrückt geworden. Lieber wäre ihm gewesen, sie hätte ihm eine Affäre eingestanden. Damit wäre er leichter fertig geworden, zumindest bildete er es sich ein.

»Das habe ich keineswegs vergessen. Ich brauche nur Zeit, um eine Lösung zu finden«, flüsterte sie, während er ein paar Geldscheine aus seiner Brieftasche fischte und sie auf den Tisch legte.

»Du solltest einen erfahrenen Psychiater aufsuchen, wenn du dich aufführst wie die typische gelangweilte, neurotische Hausfrau.« Als er entschlossen aufstand, sah sie mit flammendem Blick auf. Der aufgestaute Frust der vergangenen zwanzig Jahre brodelte in ihr so heftig, daß sie nicht mehr an sich halten konnte.

»Du weißt gar nichts von mir, gar nichts!« Jetzt stand auch sie auf und stellte sich ihm, vom Personal aus einiger Entfernung diskret beobachtet, während die Gäste an den umstehenden Tischen sich blind und taub stellten. »Du weißt ja nicht, was es heißt, all seine Träume aufgeben zu müssen! Du hast alles, Beruf, Familie, eine Frau, die dich zu Hause wie ein gehorsames Hündchen erwartet, die dir die Zeitung bringt und die Pantoffeln holt. Und was ist mit mir, verdammt noch mal? Wer holt mir die Pantoffeln? Wann kann ich endlich tun, was ich möchte? Wenn du tot bist, wenn die Kinder aus dem Haus sind, wenn ich neunzig bin? So lange will ich nicht warten. Ich möchte es jetzt, bevor ich zu alt bin, um noch etwas Nennenswertes zu schaffen, und es mich kaltläßt und mich nicht mehr reizt. Ich werde nicht warten, bis du unsere Kinder anrufst, weil du dir Sorgen machst, wenn ich nicht rechtzeitig vom Einkaufen zurückkomme. Ich will auch nicht warten, bis ich mein Leben so satt habe, daß ich mich entschließe, einfach nicht mehr nach Hause zu kommen. So lange werde ich nicht warten, Oliver Watson!«

Eine Frau an einem Nachbartisch, die seinerzeit ihrem Mann zuliebe ihr Medizinstudium aufgegeben hatte, wäre am liebsten aufgestanden und hätte Sarah Beifall geklatscht. Sie hatte vier Kinder und einen Ehemann, der sie seit zwanzig Jahren betrog und ihre Anwesenheit als Selbstverständlichkeit betrachtete. Oliver marschierte hinaus, Sarah nahm Mantel und Tasche und folgte ihm. Erst auf dem Parkplatz machte er wieder den Mund auf. Diesmal hatte er Tränen in den Augen. Sie konnte nicht unterscheiden, ob die Kälte oder seine Wut daran schuld war. Sarah war nicht klar, daß sie im Moment all das zerstörte, woran er glaubte. Er war gut zu ihr gewesen, er liebte sie, er liebte die Kinder, er hatte nie gewollt, daß sie arbeitete, weil er für sie sorgen und sie lieben, ehren, hochhalten und beschützen wollte. Und jetzt haßte sie ihn dafür und wollte weiterstudieren, aber schlimmer noch, wenn sie nach Harvard ging, mußte sie die Familie verlassen. Es war nicht das Studium, gegen das er sich auflehnte – er hatte etwas dagegen, daß sie die Familie allein lassen wollte, um in einem anderen Ort zu studieren.

»Willst du mir damit zu verstehen geben, daß du mich verlassen möchtest? Geht es darum? Läßt du uns im Stich? Und seit wann hast du diese Absicht schon?«

»Oliver, ich habe die Zusage erst heute bekommen. Ich habe sie selbst noch nicht richtig verdaut. Nein, ich habe nicht die Absicht, dich zu verlassen.« Sie bemühte sich, ruhiger zu werden. »Ich kann zu den Wochenenden und in den Ferien nach Hause kommen.«

»Ach, um Himmels willen ... und was soll unterdessen aus uns werden? Was ist mit Mel und Sam?«

»Die haben ja Agnes.« Sie standen in der Kälte und schrien sich an. Sarah wünschte sich sehnlichst, sie hätte sich mit der Eröffnung Zeit gelassen. Sie hatte die Neuigkeit selbst noch nicht richtig überdacht.

»Und was ist mit mir? Steht Agnes auch für mich zur Verfügung? Sie wird entzückt sein, davon zu erfahren.«

Sarah lächelte. Auch in höchster Erregung blieb er anständig und verlor seinen Humor nicht. »Ach komm, Ollie ... lassen wir die Sache fürs erste auf sich beruhen. Wir beide brauchen Zeit zum Überlegen.«

»Nein, wir brauchen keine Zeit.« Seine Miene war plötzlich ernster als je zuvor. »Da gibt es kein Überlegen. Du bist eine verheiratete Frau mit einem Ehemann und drei Kindern. Es gibt keine Möglichkeit, daß du an einem zweihundert Meilen weit entfernten Ort studierst – es sei denn, du verläßt uns schlicht und einfach.«

»So einfach ist das nicht. Mach es dir nicht so leicht, Ollie. Was ist, wenn ich beides will?«

»Du bist hemmungslos.« Er riß die Autotür auf und glitt hinters Steuer. Als Sarah einstieg, starrte er sie, von neuen Fragen bewegt, an. »Und wie stellst du dir die finanzielle Seite vor? Erwartest du, daß ich gleichzeitig dein und Benjamins Studium finanziere?« Ein Kind auf dem College stellte eine gewisse Belastung für ihn dar, außerdem mußte er daran denken, daß Mel auch bald soweit war. Sarah als zusätzlicher Kostenfaktor wäre absurd, aber ausgerechnet diesen Punkt hatte sie sich schon lange und gründlich überlegt, für den Fall, daß sie aufgenommen wurde.

»Ich habe noch immer das Geld von meiner Großmutter. Von dem neuen Hausdach abgesehen, ist es unangetastet.«

»Ich dachte, dieses Geld sei für die Kinder bestimmt. Wir waren übereingekommen, daß wir es nicht anrühren.«

»Vielleicht wird es ihnen einmal mehr bedeuten, eine Mutter zu haben, die etwas im Leben erreicht, die etwas schreibt oder einen Beruf ergreift, in dem sie etwas Nützliches leisten kann.«

»Ein verlockender Gedanke, aber ehrlich gesagt, glaube ich, daß deine Kinder eine richtige Mutter einem literarischen Vorbild vorziehen.« Er redete voller Verbitterung auf sie ein, während er die kurze Strecke nach Hause fuhr. An ihrem Ziel angekommen, blieb er im Wagen sitzen. »Dein Entschluß steht also fest? Du läßt dich nicht davon abhalten?« Das klang sehr traurig, und als er sich ihr diesmal zuwandte, wußte sie, daß seine Tränen echt waren.

Auch ihre Augen waren feucht. Sie zögerte erst und starrte ins Schneetreiben, bevor sie ihn wieder ansah. »Vielleicht muß ich es tun, Ollie. Ich weiß nicht, ob ich es dir jemals erklären kann, aber ich muß es tun. Nicht für lang, das verspreche ich. Ich möchte möglichst rasch weiterkommen...« Damit konnte sie niemanden hinters Licht führen. Beide wußten, daß ihr Studium zwei Jahre dauerte.

»Wie kannst du das nur tun?« Am liebsten hätte er gesagt ›wie kannst du mir das antun‹, aber das hätte zu egoistisch geklungen.

»Ich muß«, flüsterte sie. Ein Wagen hielt hinter ihnen an, und das Scheinwerferlicht erhellte ihre Gesichter. Sarah sah, daß Oliver Tränen über die Wangen liefen, und sie verspürte den Wunsch, ihn in die Arme zu nehmen. »Es tut mir so leid. Ich wollte es dir noch nicht sagen... erst nach Weihnachten.«

»Was hätte das geändert?« Er schaute nach hinten. Benjamin und Melissa stiegen aus dem Wagen. Dann sah er wieder seine Frau an, die Frau, die er bald verlor und die ihre Familie verlassen wollte, um zu studieren, und vielleicht nie wieder zurückkommen würde, mochte sie jetzt auch das Gegenteil behaupten. Er wußte, daß es nie wieder so sein würde wie früher. Beide wußten es. »Was wirst du den Kindern sagen?«

Mel und Ben warteten, daß ihre Eltern ausstiegen, und unterhielten sich in der Nachtkälte. Sarah betrachtete sie traurig. »Ich weiß es noch nicht. Warten wir die Feiertage ab.« Oliver nickte und öffnete die Tür. Zuvor wischte er sich eilig die Tränen ab, damit die Kinder nichts merkten.

»Hallo, Dad. Na, wie war's?« Benjamin schien bester Laune, und Melissa, die nur aus Beinen und blondem Haar zu bestehen schien, lächelte. Sie hatte sich nach der Kostümprobe noch nicht abgeschminkt und war ziemlich aufgedreht.

»Es war ein schöner Abend«, antwortete Sarah rasch an Olivers Stelle. »Ein tolles Lokal.« Oliver streifte sie mit einem Blick. Wie sie das nur schaffte... wie brachte sie es überhaupt fertig, mit ihnen zu sprechen, wie konnte sie so tun, als ob alles in Ordnung wäre, wie konnte sie ihnen überhaupt ins Gesicht sehen? Womöglich gab es Seiten an ihr, die er nie kennengelernt hatte und vielleicht auch gar nicht kennen wollte.

Er ging ins Haus, wünschte den Kindern eine gute Nacht und schleppte sich langsam die Treppe hinauf, in dem Gefühl, alt, müde und aller Illusionen beraubt zu sein.

Sarah schloß leise die Tür des gemeinsamen Schlafzimmers und sah ihn an. »Es tut mir leid, Ollie... wirklich.«

»Mir auch.« Er hatte noch immer Hoffnung. Vielleicht würde sie ihre Absicht ändern, wenn sie die Krise überwunden hatte. Oder hatte sie einen Gehirntumor? Oder waren das die ersten Anzeichen einer Gemütskrankheit? Vielleicht war sie verrückt, war es immer schon gewesen. Aber eigentlich war ihm das jetzt einerlei. Sie war seine Frau, und er liebte sie. Er wollte, daß sie bei ihm blieb und alles zurücknahm, was sie gesagt hatte. Er wünschte verzweifelt, sie würde ihm erklären, daß sie es nicht fertigbrachte, *ihn* zu verlassen, um nichts in der Welt... doch als sie dastand und ihn mit ernstem Blick musterte, wußte er, daß sie es nicht tun würde. Sie hatte Wort für Wort ernst gemeint. Sie wollte nach Harvard und die Familie verlassen. Und als diese Erkenntnis wie ein Messerstich in sein Herz drang, fragte er sich, was er ohne sie anfangen sollte. Allein der Gedanke trieb ihm fast die Tränen in die Augen. Und als er im Bett neben ihr lag und ihre Wärme spürte, war ihm sterbenselend zumute. Er sehnte sich nach ihr und nach den Jahren, die verflogen waren. Er begehrte sie mehr als je zuvor, aber er rollte sich auf die Seite, damit sie seine Tränen nicht sehen konnte, und rührte sie nicht an.

3. Kapitel

Die Tage vor Weihnachten krochen quälend langsam dahin. Oliver kam jeden Abend nur noch widerstrebend nach Hause. Er schwankte zwischen Haß und Liebe, einer Liebe, die größer war als je zuvor, und er versuchte sich Möglichkeiten auszudenken, wie er Sarah umstimmen konnte. Aber jetzt stand ihr Entschluß fest. Sie hatten endlos darüber diskutiert, spätabends, wenn die Kinder im Bett waren, und Ollie merkte, daß Sarah ihre jugendliche Starrköpfigkeit nicht abgelegt hatte.

Sie versprach hoch und heilig, daß sie jeden Freitagabend nach Hause kommen wolle und ihre Liebe und das Familienleben nicht unter ihren Ambitionen leiden würden, und doch wußten beide, daß sie sich etwas vormachten. Sie würde Arbeiten schreiben und für Prüfungen lernen müssen, es gab keine günstige Verkehrsverbindung, und wenn sie nach Hause kam, nur um sich in ihre Bücher zu vergraben, hatten er und die Kinder auch nichts von ihr. Wenn sie tatsächlich ein Studium in Harvard begann, würde alles anders werden, ob sie es sich nun eingestand oder nicht. Oliver beschwor sie, an eine Uni zu gehen, die näher lag – sogar die Columbia wäre besser gewesen als Harvard. Aber Sarah war für seine Argumente unzugänglich. Manchmal fragte er sich, ob sie ihre Jugend nachholen und das Uhrwerk zurückdrehen wollte. Er selbst war mit seiner Familie glücklich, und es war ihm unbegreiflich, wie Sarah ihre Kinder verlassen konnte, die von den Plänen ihrer Mutter noch immer keine Ahnung hatten. Die beiden älteren spürten zwar, daß eine gewisse Spannung in der Luft lag, und Melissa fragte Sarah einige Male, ob sie und Oliver Krach hätten. Sarah tat ihre Fragen unbefangen ab, um den Kindern das Weihnachtsfest nicht zu verderben – sie wußte, daß ihr Vorhaben alle in Aufregung versetzen würde. Sie hatte sich vorgenommen, gleich nach den Feiertagen mit ihnen darüber zu sprechen, und Ollie war einverstanden, weil er insgeheim die Hoffnung hegte, sie bis dahin von ihrem Entschluß abbringen zu können. Die ganze Familie besuchte die Schulaufführung, in der Melissa mitwirkte, und schmückte dann in scheinbar völliger Harmonie den Christbaum. Sie sangen Weihnachtslieder und scherzten, während Oliver und Benjamin sich mit den Kerzen abmühten und Sam das Zuckerwerk rascher vertilgte, als Melissa und Sarah es aufhängen konnten. Oliver brach fast das Herz, als er seine Kinder beobachtete. Sarah konnte ihnen das nicht antun. Er konnte sich doch nicht allein um die Kinder kümmern! Agnes war schließlich nur eine bezahlte Hilfe, so lieb und fürsorglich sie auch war. Und er verbrachte den ganzen Tag in New York. Er befürchtete ernsthaft, daß Benjamin und Melissa jeden Halt verlieren könnten und Sam in der Schule nichts mehr leistete, während ihre Mutter Studentin an der Harvard spielte.

Am Abend vor Weihnachten setzte sich Ollie vor das lodernde Feuer in der Bibliothek und bat Sarah, sich zu ihm zu gesellen. Er betrachtete sie nachdenklich und flehte sie mit ernster Miene an, von ihren Plänen Abstand zu nehmen.

»Du kannst den Kindern so etwas nicht antun.« Oliver hatte in vierzehn Tagen zehn Pfund verloren, und die im Haus herrschende Spannung drohte beide umzubringen, aber Sarah blieb eisern. Sie hatte in der Woche zuvor einen Brief nach Harvard abgeschickt und zugesagt. In zwei Wochen wollte sie abreisen und sich in Boston eine Wohnung suchen. Vorlesungsbeginn war Mitte Januar. Sie brauchte also nur noch die Feiertage hinter sich zu bringen, ihre Sachen zu packen und mit den Kindern zu sprechen.

»Ollie, ich möchte das alles nicht noch einmal durchkauen.«

Am liebsten wäre er aufgesprungen und hätte sie tüchtig geschüttelt. Sie war so uneinsichtig und hartnäckig! Vermutlich konnte sie selbst nicht ertragen, was sie ihm und den Kindern antat.

Die Kinder hatten ihre Strümpfe neben dem Baum aufgehängt, und spätabends holten er und Sarah die Geschenke herunter. Seit Wochen schon hatte Sarah mit Agnes' Hilfe die Sachen liebevoll verpackt. Diesmal war sie besonders großzügig gewesen – fast so, als handle es sich um ihr letztes Weihnachtsfest. Ollie hatte bei Van Cleef einen Smaragdring für Sarah erstanden – ein Prachtstück, das sie sich immer schon gewünscht hatte. Es war ein schlichter, mit rechteckigen Diamanten besetzter Goldreif, in dessen Mitte ein herrlich geschliffener Smaragd saß. Oliver hatte sich vorgenommen, ihn Sarah an diesem Abend zu schenken, aber plötzlich hatte er das Gefühl, daß sein Präsent wie ein Bestechungsversuch aussehen mußte, und er bereute schon, ihn gekauft zu haben.

Vor dem Zubettgehen stellte Sarah den Wecker auf sechs Uhr. Sie wollte zeitig aufstehen, um den Truthahn vorzubereiten. Auch Agnes, die ohnehin die meiste Arbeit erledigte, würde schon früh auf den Beinen sein, aber den Truthahn wollte Sarah selbst füllen – auch ein letztes Geschenk an die Familie.

Nachdem sie das Licht ausgeknipst hatte, lag sie im Bett, dachte nach und lauschte Ollies Atemzügen. Sie ahnte, daß er wach war, und wußte nur zu gut, woran er dachte. Die letzten zwei Wochen war er völlig aus den Fugen geraten. Sie hatten gestritten, geweint, geredet, diskutiert, und dennoch war sie sicher, daß sie das Richtige tat – für sich jedenfalls. Sie wünschte sich jetzt nur, alles rasch hinter sich bringen zu können. Sie mußte ihr neues Leben beginnen und hatte dann die Chance, den Schmerz, den sie Ollie zufügte, zu vergessen.

»Tu doch nicht so, als ginge ich für immer.« Ihre Stimme drang leise durch die Dunkelheit.

»Aber du gehst für immer.« Das klang unerträglich traurig.

»Wir haben doch besprochen, daß ich möglichst jedes Wochenende nach Hause komme und in den Ferien hier bin.«

»Und wie lange wird das deiner Meinung nach klappen? Du kannst nicht hin und her fahren und zugleich studieren. Ich kann mir einfach nicht vorstellen, daß du das schaffst.« Das hatte er ihr in den vergangenen Wochen schon oft vorgehalten. Genausooft hatte er darüber nachgedacht, was er in all den Jahren getan haben könnte, das Sarah aus dem Haus trieb. Bestimmt hatte er einen Fehler begangen, denn niemand, der seine Familie wirklich liebte, konnte sie so ohne weiteres im Stich lassen und sich ein völlig anderes Leben aufbauen.

»Vielleicht kannst du mich später besser verstehen. Wenn ich mein Studium beendet habe und einen interessanten Beruf ergreife, wirst du stolz auf mich sein und erkennen, daß das alles der Mühe wert war.«

»Ich bin auch so auf dich stolz – ich war es schon immer.«

Er drehte sich im Mondlicht zu ihr um. Sie sah so bezaubernd aus und übte einen solchen starken Reiz auf ihn aus, weil der Schmerz des drohenden Verlustes seine Liebe nur noch verstärkte. »Wann wirst du die Kinder informieren?« fragte er vorsichtig.

»Morgen abend, wenn deine Eltern gegangen sind, wäre es vermutlich am günstigsten.«

»Ein scheußlicher Abschluß für Weihnachten.«

»Ich glaube nicht, daß ich die Aussprache länger hinausschieben sollte. Die Kinder spüren, daß etwas nicht in Ordnung ist. Mel war die ganze Woche schon argwöhnisch, und Benjamin läßt sich kaum mehr blicken. Das ist bei ihm immer ein Zeichen, daß er Schwierigkeiten wittert und nicht weiß, wie er ihnen begegnen soll.«

»Und wie wird ihnen zumute sein, wenn sie deinen Entschluß kennen... was meinst du?«

»Ähnlich wie uns. Sie werden aufgebracht und durcheinander sein. Vielleicht freuen sie sich aber auch für mich. Bei Benjamin und Melissa werde ich vielleicht auf Verständnis stoßen. Sam hingegen macht mir Sorgen.« Das sagte sie ganz leise und faßte behutsam nach Ollies Hand. Als sie wieder zum Reden ansetzte, klang ihre Stimme unsicher. »Ollie, gib gut acht auf ihn... Sam braucht dich viel mehr als mich.«

»Er braucht dich auch. Ich sehe ihn ja nur ein paar Stunden am Tag, und dann sprechen wir nur über Football, Baseball und Hausaufgaben.«

»Das ist immerhin ein guter Anfang. Vielleicht kommt ihr euch durch meine Abwesenheit näher.«

»Ich dachte eigentlich, daß wir uns schon nahestehen.« Dies war das schmerzlichste an der Sache. Er war fest davon überzeugt gewesen, daß die Familie ein perfektes Leben und daß er mit Sarah eine perfekte Ehe führte. »Immer dachte ich, zwischen uns sei alles wunderbar. Mir war nie klar, daß du andrer Meinung bist... na ja, als du schwanger warst, bist du nicht besonders glücklich gewesen, aber ich dachte immer, daß sich das – besonders nach Sam – geändert hätte.« Der Gedanke schmerzte, daß er ihr nicht alles hatte geben können, was sie wollte.

»Ich war glücklich... immer... ich wollte nur auch noch etwas, was du mir nicht geben kannst. Es muß aus mir selbst kommen, und ich habe es bis jetzt noch nicht gefunden.« Sie litt Höllenqualen, weil sie ihm damit das Gefühl der Unzulänglichkeit vermittelte, obwohl er immer ein idealer Ehemann gewesen war.

»Und wenn du es jetzt auch nicht finden kannst?«

»Dann muß ich wohl aufgeben.« Doch sie wußte, daß sie es finden würde – zum Teil hatte sie es bereits, denn allein schon ihr Entschluß hatte sie verändert.

»Ich glaube, du könntest es auch hier finden. Vielleicht brauchst du nur mehr Freiheit.«

Sie rückte in ihrem breiten Bett näher zu ihm, und er legte einen Arm um sie. »Ich hatte alle Freiheit, die ich wollte. Ich wußte nur nichts damit anzufangen.«

»O Liebes...« Er vergrub sein Gesicht in ihrem Haar. Wieder bekam er feuchte Augen, und als sie sich an ihn schmiegte, spürte er ihre Tränen und das Beben ihrer Schultern. »Warum tun wir das alles? Können wir nicht einfach die Zeit ein paar Wochen zurückdrehen und vergessen, daß etwas geschehen ist?«

Sie schüttelte den Kopf unter Tränen und blickte zu ihm auf. »Nein, das geht nicht. Ich würde immer das Gefühl haben, ich hätte etwas versäumt. Ich werde zurückkommen... das verspreche ich... das schwöre ich. Ich liebe dich zu sehr.« Doch die Stimme seines Herzens sagte ihm, daß es nie dazu kommen würde, auch wenn sie es jetzt behauptete. Es war sicherer, sie zu Hause zu halten und sie gar nicht erst gehen zu lassen.

Lange lagen sie so da und hielten sich fest, Wange an Wange, während ihre Lippen sich immer wieder fanden und schließlich Ollies Sehnsucht die Oberhand gewann. Zum erstenmal seit zwei Wochen liebte er sie mit einer Leidenschaft, die er längst vergessen hatte. Jetzt haftete ihrer Liebe etwas Verzweifeltes an, das sie nie zuvor empfunden hatten, ein Durst, eine Einsamkeit, ein unstillbarer Hunger. Auch Sarah spürte dies alles, und dazu plagten sie noch Schuldgefühle, Reue und Sorgen. Sie erlebten gemeinsam den Höhepunkt, um anschließend wieder Seite an Seite dazuliegen und Küsse zu tauschen, bis Ollie schließlich in ihren Armen einschlief... Oliver... der Junge, den sie schon so lange liebte... der Mann, der aus ihm geworden war... die Liebe, die in Harvard begonnen hatte und dort nun vielleicht enden würde.

4. Kapitel

Am Morgen des Weihnachtstages herrschte hektisches Durcheinander: das Frühstück, der Truthahn, die Geschenke, das ständig klingelnde Telefon. George rief an, um mitzuteilen, daß Phyllis nicht ganz bei sich sei. Oliver tat dies einfach als unbedeutend ab und meinte, daß sich sein Vater über Bagatellen aufrege. Phyllis und George hatten sich für Mittag angesagt und kamen um zwei, die Arme voller Geschenke für alle, darunter ein Kaschmirschal für Agnes und ein großer Suppenknochen für Andy. Und als ob sie Georges Befürchtungen Lügen strafen wollte, schien Phyllis in bemerkenswert guter Verfassung zu sein, und sie sah in ihrem neuen dunkelroten Wollkleid, das sie an dem Tag gekauft hatte, als sie stundenlang ausgeblieben war und ihren Mann in tausend Ängste versetzt hatte, hervorragend aus.

Das Auspacken der Geschenke schien ewig zu dauern. Sarah war wie erschlagen von dem Smaragdring, den Ollie ihr früh am Morgen zugesteckt hatte, während sie mit dem Truthahn beschäftigt gewesen war. Sie hatte ihm einen Ziegenfellmantel geschenkt, ein paar Tonbandkassetten, von denen sie wußte, daß er sie sich wünschte, Krawatten, Socken, ein paar alberne Kleinigkeiten und einen schönen neuen schwarzen Aktenkoffer aus Leder. Von Oliver scherzhaft gemeint waren eine kleine rote ›Schultüte‹, um ihr in Erinnerung zu rufen, daß sie für ihn ›nur ein Kind sei‹, und dazu ein goldener Kompaß, damit sie wieder nach Hause fände. Darauf hatte er die Worte eingravieren lassen: »Komm bald nach Hause, ich liebe dich. Ollie.«

»Was soll das, Dad?« hatte Sam gefragt, der das Geschenk sah, als Sarah es auspackte. »Gehst du mit Mom zelten? Ein komischer Kompaß.«

»Deine Mutter ist eine komische Frau. Ich dachte, das Ding könnte ihr nützen, falls sie verlorengeht.« Er lächelte, und Sam kicherte, während Sarah die Hand ausstreckte, um Ollies Arm zu berühren. Sie gab ihm einen zärtlichen Kuß, und er begleitete sie in die Küche, um ihr beim Tranchieren des Truthahns zu helfen.

Das Essen verlief ohne Zwischenfälle, wenn man davon absah, daß Grandma Phyllis bei Tisch auffallend nervös wurde. Sie schien bei jeder sich bietenden Gelegenheit aufzuspringen, reichte Platten weiter, die niemand brauchte, holte Sachen aus der Küche, die gar nicht paßten, und fragte jeden zehnmal, ob er sich nicht noch nachnehmen wollte.

»Was ist denn mit Grandma los?« flüsterte Sam seinem Vater zu, als Phyllis Agnes in die Küche nachlief und darauf bestand, ihr zu helfen. »Sie hat doch sonst nicht gern in der Küche gearbeitet.«

Auch Oliver war aufgefallen, daß sie sich irgendwie unbehaglich zu fühlen schien. Seine Mutter wirkte ungewöhnlich ruhelos.

»Sie will Mom und Agnes helfen. Ältere Menschen sind manchmal so, alle sollen sehen, daß sie noch nicht zum alten Eisen gehören.«

»Ach so.« Sam nickte zufrieden.

Den anderen war Phyllis' seltsames Benehmen ebenfalls aufgefallen. Mel warf ihrer Mutter einen besorgten Blick zu, aber Sarah schüttelte nur den Kopf. Sie wollte nicht, daß darüber gesprochen wurde. Ihr war schlagartig aufgegangen, daß ihre Schwiegermutter große Schwierigkeiten hatte.

Bis auf diesen Umstand verlief das Essen reibungslos. Alle aßen zuviel von allen Gängen und ließen sich anschließend ermattet im Wohnzimmer in den Sesseln nieder, während Sarah, Agnes und Phyllis die Küche in Ordnung brachten. Melissa half ein wenig mit, setzte sich aber bald zu den Männern und ihren beiden Brüdern.

Sie nahm ihrem Großvater gegenüber Platz und fragte besorgt: »Was ist denn los mit Grandma? Sie wirkt so nervös.«

»Hin und wieder ist sie richtig aufgedreht und läßt sich nur schwer wieder beruhigen. Am besten, man läßt sie gewähren, solange sie keinen Schaden anrichtet. Ist in der Küche alles in Ordnung?«

»Ich denke schon. Sie fegt wie ein Wirbelwind herum.« In Wahrheit brachte Phyllis dabei nichts Vernünftiges zustande. Sie redete nur ununterbrochen, schob schmutziges Geschirr hin und her und wieder zurück, ohne etwas zu erledigen. Auch Sarah und Agnes fiel das auf, aber sie schwiegen dazu, bis sie schließlich Mel nach nebenan schickten. Bei der Nennung von Melissas Namen hatte ihre Großmutter aufgehorcht und ihre einzige Enkeltochter eindringlich angesehen.

»Mel? Ist sie denn da? Ach, wie gern würde ich sie sehen. Wo ist sie denn?« Melissa war so verblüfft, daß sie kein Wort herausbrachte, und ihre Mutter bedeutete ihr wortlos, ins Wohnzimmer zu gehen. Sie war immer noch völlig durcheinander, als sie ihren Großvater um eine Erklärung bat. »Sie ist völlig verwirrt. Noch nie habe ich sie so gesehen.«

»Das passiert jetzt immer häufiger.« George Watson sah seinen Sohn bekümmert an. Genau das versuchte er Ollie schon seit einiger Zeit zu erklären. Zuweilen war Phyllis ganz klar im Kopf, und dann fragte er sich, ob er sich nicht nur eingebildet hatte, daß sie nicht ganz bei sich war. Wirklich, man wußte nicht, was man davon halten sollte. An einem Tag tat sie die merkwürdigsten Dinge, und am nächsten war sie wieder normal. Es konnte auch vorkommen, daß sie sich von Stunde zu Stunde änderte. Das war beängstigend und verwirrend zugleich. »Mel, ich weiß nicht, was es ist«, antwortete George. »Ich wünschte, ich wüßte es. Vielleicht ist es das Alter, aber sie ist ja noch nicht einmal siebzig!« Phyllis Watson war erst neunundsechzig, drei Jahre jünger als ihr Mann.

Einige Minuten später kamen Phyllis und Sarah aus der Küche. Die Ältere schien nun viel ruhiger. Sie setzte sich hin und plauderte mit Benjamin, der ihr von seiner Bewerbung in Harvard erzählte. Daneben hatte er sich noch in Princeton und Stanford sowie an einigen anderen Colleges beworben. Bei seinen Zensuren und mit seinen sportlichen Leistungen hatte er keine Schwierigkeiten, an einem College seiner Wahl unterzukommen. Er hoffte aber, in Harvard aufgenommen zu werden, und Sarah teilte seine Hoffnungen. Es mußte herrlich sein, mit ihm gemeinsam zu studieren. Vielleicht würde er ihr dann verzeihen, daß sie das Haus acht Monate vor seinem Schulabschluß verließ. Ollie hatte sogar vorgeschlagen, daß sie auf Benjamin warten solle, aber sie wollte nichts mehr aufschieben. Sie hatte zu viele Jahre gewartet, um sich jetzt noch eine einzige Stunde gedulden zu können. Eine solche Handlungsweise hatte Phyllis schon vor Jahren vorausgesehen, aber in ihrem derzeitigen Zustand hätte sie sich nicht mehr daran erinnert und wäre nicht imstande gewesen, überhaupt zu begreifen, was Sarah vorhatte.

»Wann erwartest du die Bescheide von den Colleges?« George Watson freute sich für seinen Enkel.

»Ach, erst gegen Ende April.«

»Na, das ist für einen Jungen deines Alters eine lange Wartezeit.«

»Ja, das stimmt.« Benjamin lächelte und warf seinem Vater einen liebevollen Blick zu. »Dad und ich wollen im Frühjahr eine Besichtigungstour machen und uns die Colleges ansehen. Die meisten kenne ich ohnehin, nur das Duke und Stanford möchte ich noch anschauen.«

»Das ist viel zu weit weg. Ich bin immer noch der Meinung, du solltest nach Princeton gehen.« Es war Georges ehemalige Schule, und alle lächelten. George trat immer vehement für ein Studium in Princeton ein.

»Mach' ich vielleicht, wenn ich von Harvard nicht genommen werde. Vielleicht kannst du Mel auch noch überreden, nach Princeton zu gehen.«

Diese Bemerkung bewirkte, daß Mel aufstöhnte und ein angebissenes Plätzchen nach ihm warf. »Du weißt doch, daß ich an die UCLA und Schauspielerei studieren möchte.«

»Ja, falls du nicht vorher heiratest.« Für gewöhnlich pflegte er zu sagen ›falls dir nicht jemand einen dicken Bauch macht‹, aber das hätte er vor seinen Eltern und Großeltern nicht gewagt. Melissa erlebte momentan eine glühende Romanze mit einem Jungen aus seiner Klasse. Zwar glaubte Benjamin nicht, daß sie schon ›alles‹ gewagt hatten, aber er war ziemlich sicher, daß alles darauf zusteuerte. Melissa hingegen war hinter seinen Flirt mit einer gewissen Sandra Carter gekommen – einer hübschen Blondine mit Traumfigur.

Der Abend zog sich hin, bis die Großeltern endlich gingen. Kaum hatten sie das Haus verlassen, warf Oliver Sarah einen fragenden Blick zu. Sie hatte sich in der letzten halben Stunde sonderbar schweigsam gezeigt, und er wußte, daß sie sich überlegte, wie sie den Kindern die Neuigkeit beibringen sollte. Alle waren so müde, daß es besser gewesen wäre, noch einen Tag zu warten, aber Sarah hatte sich schon so lange auf dieses Gespräch vorbereitet, daß sie es nicht mehr aufschieben wollte.

Benjamin wollte sie eben um die Autoschlüssel bitten, und Melissa ging zum Telefon, um eine Freundin anzurufen. Sam gähnte, und Agnes sagte: »Für Sam ist es Zeit, ins Bett zu gehen. Wenn es Ihnen recht ist, bringe ich ihn hinauf, Mrs. Watson.« In der Küche war alles aufgeräumt, und Agnes wollte sich auf ihr Zimmer zurückziehen und das Weihnachtsgeschenk der Watsons, ein Fernsehgerät, genießen.

»Ich bringe ihn heute selbst zu Bett. Wir haben noch etwas zu besprechen. Danke, Agnes.« Sarah lächelte ihr zu, und einen Augenblick stutzte Agnes. Im Blick der Dame des Hauses lag etwas Sonderbares, doch dann nickte Agnes nur und wünschte allen frohe Weihnachten, bevor sie sich auf ihr Zimmer zurückzog. Sam blickte mit großen, müden Augen zu seiner Mutter auf.

»Was wollen wir besprechen?«

»Mom... darf ich... ich wollte ausgehen...« Benjamin konnte es kaum erwarten fortzukommen, wie der Blick bewies, den er auf seine neue Uhr warf, aber Sarah schüttelte den Kopf.

»Ich möchte, daß du hierbleibst. Es gibt etwas, das ich mit euch allen besprechen möchte.«

»Ist etwas passiert?« Er wirkte verdutzt, und Mel, die bereits die halbe Treppe hinter sich hatte, drehte sich erstaunt um. Sarah wartete, bis alle wieder beisammensaßen. Oliver ließ sich in einen Sessel vor dem Feuer nieder. Er war gespannt, wie Sarah es ihnen beibringen würde, und vor allem interessierte ihn, wie die Kinder darauf reagieren würden.

»Ich weiß nicht recht, wie ich anfangen soll.« Plötzlich wurde es Sarah eng ums Herz, als sie alle musterte, ihren großen hübschen Sohn, ihre Tochter, die schon so erwachsen und doch noch ein Kind war, und dann Sam, der sich an sie gekuschelt hatte. »Es gibt etwas, was ich schon seit langem gern gemacht hätte, und jetzt habe ich mich entschlossen, es zu tun, obwohl es für uns alle nicht leicht sein wird. Aber als erstes möchte ich, daß ihr wißt, wie lieb ich euch habe und wieviel mir an euch liegt... Ich habe euch immer wieder gesagt, wie wichtig es ist, daß man sich selbst gegenüber ehrlich ist.« Sie drückte Sams Hand und wich Olivers Blick aus, als sie fortfuhr: »Man muß das tun, was man für richtig hält, auch wenn es einem manchmal schwerfällt.« Wieder holte sie tief Atem. Im Raum herrschte Totenstille, und alle warteten. Plötzlich hatten die Kinder Angst vor dem, was sie zu sagen hatte. Sie sah so ernst aus, und Benjamin fiel auf, daß Oliver blaß geworden war. Vielleicht wollten sie sich scheiden lassen... oder es würde noch ein Baby kommen... ein Baby war nicht so schlimm, eine Scheidung aber wäre der Weltuntergang. Keiner von ihnen konnte sich vorstellen, wie das war. »Ich werde weiterstudieren.« Sarah sprach die Worte mit einem Seufzer aus.

»Ach, wirklich?« Mel glaubte, sich verhört zu haben.

»Wo?« fragte Benjamin.

»Wieso?« wollte Sam wissen. Für ihn hörte sich das ziemlich dämlich an. Schule war etwas für Kinder, und er selbst konnte es kaum erwarten, sie hinter sich zu bringen. Sich vorzustellen, daß ein Erwachsener freiwillig die Schulbank drückte... Er war sicher, daß er später vor solchen Wünschen gefeit war. »Geht auch Dad wieder zur Schule?«

Sarah lächelte, aber Oliver blieb ernst. Es wäre für alle einfacher gewesen, wenn er auch ein Studium angefangen hätte. Dann hätten sie alle nach Cambridge ziehen können. Aber sie war die einzige, die umzog. Die Familie blieb hier, mit ihrem gesicherten und behaglichen Leben. Nur Sarah lief aus dem Hafen in unbekannte Gewässer aus. Diese Vorstellung erheiterte sie mehr, als daß sie ihr Angst einflößte. Eines Tages würde sie ihren Kindern alles erklären können, nur jetzt nicht. Jetzt brauchten sie nur zu wissen, was ihr Entschluß für sie bewirkte. Natürlich würde sich einiges verändern, das war nicht zu leugnen. Besonders Sam, der dasaß und den Blick erwartungsvoll auf sie gerichtet hatte, mußte sich umstellen. Ihn so zu sehen, brach Sarah fast das Herz. Und dennoch wußte sie, daß sie das Haus verlassen mußte.

»Nein, Dad wird nicht studieren. Nur ich. Ich werde in zwei Wochen an die Harvard gehen.«

»Harvard?« Benjamin war schockiert. »Du? Warum?« Er konnte es nicht begreifen, wie konnte sie in Boston studieren? Erst allmählich begriff er, was das alles zu bedeuten hatte. Er suchte den Blick seines Vaters und erkannte alles: die Einsamkeit, den Schmerz und die Sorgen, die Sarahs Entscheidung verursacht hatte. Aber auch im Blick seiner Mutter lag nun etwas Furchtsames und Bekümmertes.

»Ich werde so oft wie möglich nach Hause kommen. Und ihr habt ja Dad und Agnes, die sich um euch kümmern.«

»Du willst uns allein lassen?« Sam setzte sich neben ihr kerzengerade auf. Aus seinen aufgerissenen Augen sprach Angst. »Für immer?«

»Nein, nicht für immer«, beeilte sie sich zu versichern. »Nur eine Zeitlang. An den Wochenenden und in den Ferien kann ich nach Hause kommen.« Sie entschloß sich, ihnen reinen Wein einzuschenken, das war sie ihnen schuldig. »Das Studium dauert zwei Jahre.«

»Zwei Jahre?« Sam brach in Tränen aus. Niemand sagte ein Wort, als sie versuchte, die Arme um ihn zu legen, und er sich losriß und schutzsuchend zu seinem Vater lief. »Du gehst weg und läßt uns hier allein? Wieso? Hast du uns nicht mehr lieb?« Sie stand auf und streckte ihm die Arme entgegen, aber der Junge wollte nichts mehr von ihr wissen. Nun standen auch in Sarahs Augen Tränen. Daß es schwer sein würde, hatte sie erwartet, aber sie hatte nicht mit einer solchen Reaktion gerechnet, und plötzlich empfand sie selbst den Schmerz, den sie ihrer Familie zufügte. Dennoch stand ihr Entschluß fest – sie konnte um ihrer selbst willen nicht mehr zurück.

»Natürlich habe ich dich lieb, Sam... euch alle... aber ich muß das tun – für mich...« Sie versuchte ihren Kindern zu erklären, warum sie sich zu einem Studium entschlossen hatte, aber Sam verstand vor lauter Schluchzen kein Wort. Er hatte sich an Mel geklammert, die nun auch zu weinen anfing. Sie umarmte ihren kleinen Bruder wie einen Ertrinkenden und sah mit anklagendem Blick zu ihrer Mutter auf.

»Warum, Mom?« Es waren die zwei schmerzlichsten Worte, die Sarah je vernommen hatte. Auf ihren hilfesuchenden Blick reagierte Ollie mit Schweigen. Er hatte das Gefühl, daß sein Herz beim Anblick seiner fassungslosen Kinder brach.

»Es ist schwer zu erklären. Ich wollte mich schon seit sehr langer Zeit weiterbilden.«

»Ist es wegen dir und Dad?« fragte Mel, die noch immer Sam an sich drückte und Tränen in den Augen hatte. »Wollt ihr euch scheiden lassen?«

»Nein, nein, nichts wird sich ändern. Ich werde nur für eine Weile das Haus verlassen... um ein Ziel zu erreichen. Ich möchte aus eigener Kraft – ohne euch alle – etwas vollbringen.« Daß die Kinder wie Mühlsteine auf ihr lasteten und sie daran hinderten, kreativ zu sein, verschwieg sie. Es wäre unfair gewesen, aber die ganze Situation war unfair, wie sie jetzt merkte. In gewisser Weise hatte Oliver recht behalten – wie immer –, aber sie wußte zugleich, daß auch sie recht hatte. Die Kinder würden es überleben, und sie würde eines Tages zurückkommen – hoffentlich als besserer Mensch. Wenn sie jedoch ihr altes Leben weiterführte, würde es sie über kurz oder lang umbringen. Das wußte Sarah jetzt mit absoluter Sicherheit.

»Kannst du nicht hier Kurse belegen?« fragte Benjamin erschüttert. Er war schon zu erwachsen, um zu weinen, aber er betrachtete sie argwöhnisch. Er wollte seine Mutter verstehen, war aber überzeugt, daß hinter ihrem Entschluß noch etwas anderes steckte. Womöglich wollten sich seine Eltern doch scheiden lassen und schreckten davor zurück, mit ihren Kindern unverblümt darüber zu reden. Aber warum verließ ausgerechnet ihre Mutter die Familie? Das erschien ihm so sinnlos. Er wußte nur, daß seine Familie auseinanderbrach, und er hatte keine Ahnung, warum. Er hoffte, daß seine Mutter gute Gründe für ihr Vorgehen hatte, denn er hatte sie sehr lieb. Er wollte sie verstehen, aber genau das fiel ihm ausgesprochen schwer.

»Benjamin, ich glaube nicht, daß ich hier erreichen könnte, was ich mir vorgenommen habe. Harvard ist für mich genau das Richtige.« Ihr Lächeln wirkte unendlich traurig, während sie Sams Schluchzen wie körperlichen Schmerz empfand und nicht wagte, sich dem Jungen zu nähern. Jedesmal wenn sie es versuchte, schlug er wild um sich. Und auch Oliver hielt Distanz. »Vielleicht sind wir im Herbst beide in Harvard.«

»Das wäre schön.« Benjamin lächelte. Er würde immer an sie und an die Dinge glauben, die sie tat, auch wenn er jetzt innerlich aus dem Gleichgewicht geraten war. Er hatte das Gefühl, daß sein ganzes Leben in einem einzigen Augenblick zerstört worden war. Niemals wäre er auf den Gedanken gekommen, daß ein Elternteil die Familie verlassen könnte. Eltern mußten sich um die Kinder kümmern... aber vielleicht auch nicht. Noch weniger aber hätte er gedacht, daß ausgerechnet Sarah gehen würde. Benjamin war kaum imstande, einen klaren Gedanken zu fassen, während er bemüht war, ruhig zu bleiben, bis er schließlich aufstand, seinen

Dad ansah und ihn unumwunden fragte: »Dad, was hältst du davon?«

»Es ist die Entscheidung deiner Mutter, mein Sohn. Wir dürfen ihr nicht im Weg stehen. Sie stellt uns ja auch vor vollendete Tatsachen. Sie glaubt, richtig zu handeln, und wir müssen das Beste daraus machen und ihr helfen.« Er begegnete Sarahs Blick und spürte, daß sich für ihn etwas geändert hatte. Sie hatte jetzt auch seinen Kindern weh getan, nicht nur ihm allein, und das würde er nie vergessen. Ebenso wußte er auch, daß er sie immer lieben würde. »Sarrie, du wirst uns fehlen.« Vergessen war die schöne Stimmung des Weihnachtsfestes, das Lachen und die Geschenke. Es war der härteste Abend ihres Lebens, aber es hätte auch noch schlimmer kommen können. Immerhin wollte sie ja nicht für immer weggehen... das behauptete sie jedenfalls. Zwei Jahre. Den Kindern kam es vor wie eine ganze Ewigkeit, als Sarah wieder den Versuch unternahm, mit Mel und Sam zu reden. Sam heulte nur noch heftiger, und Mel hob abwehrend die Hand und funkelte ihre Eltern wütend an.

»Ich glaube, du belügst uns. Du willst für immer fort und traust dich nicht, es uns zu sagen. Warum nimmst du uns nicht mit?«

»Mel, ich lüge nicht. Was würdet ihr in Cambridge tun? Ihr müßtet eure Freunde verlassen und auf eine neue Schule gehen. Wollt ihr mit mir in einer winzigen Wohnung leben, während ich schriftliche Arbeiten schreibe und für Prüfungen lerne? Benjamin ist im letzten Schuljahr, und du wirst in zwei Jahren fertig. Möchtest du das alles wirklich aufs Spiel setzen? Während ich studiere, könnte ich mich nicht um euch kümmern. Ihr seid hier viel besser dran, mit Daddy und Agnes, im eigenen Haus, auf einer Schule, die ihr gern besucht, mit Freunden, die ihr schon lange kennt, in vertrauter Umgebung.«

»Du läßt uns im Stich.« Aus Mels Blick sprachen Zorn und Kummer, und Sams Schluchzen hatte keine Sekunde nachgelassen. Jetzt wandte Mel sich anklagend an ihren Vater. »Dad, du mußt ihr etwas Schreckliches angetan haben, weil sie uns im Stich läßt.« Sie haßte alle beide für immer und in alle Ewigkeit.

Sarah ergriff sofort für Oliver Partei. »Mel, das stimmt nicht. Dein Vater hat damit nichts zu tun.«

»Man geht nicht einfach auf und davon und fängt ein Studium an. Jedenfalls macht das kein Erwachsener. Du mußt uns sehr hassen, wenn du einfach fortgehen kannst.« Sams Schluchzen steigerte sich zu lautem Wehklagen. Mel stand auf und nahm ihn in die Arme. Der kleine Kerl drehte sich zu seiner Mutter um, mit einem von Tränen verwüsteten Gesicht, und diesmal tat sie keinen Schritt auf ihn zu. Er gehörte jetzt nicht mehr zu ihr. Er gehörte zu den anderen.

Sam brachte kaum ein Wort heraus. »Ist... ist das wahr?«

Sarah brach das Herz bei dem Gedanken, und Tränen liefen über ihre Wangen, als sie den Kopf schüttelte. »Nein, es ist nicht wahr. Ich liebe euch aus ganzem Herzen... euch alle und Daddy.« Jetzt weinte sie ungehemmt, und Oliver wandte sich ab. Plötzlich waren alle still und sahen sich an. Keiner wußte, was er tun sollte. Die Familie war mit einem Schlag zerstört worden. Leise ging er auf Mel zu und nahm Sam in die Arme. Der Junge klammerte sich an ihn wie seinerzeit, als er noch ein Baby gewesen war.

»Es wird alles gut werden, mein Junge... wir schaffen das schon.« Er beugte sich vor, um Mel zu küssen, sie aber wich ihm aus und lief auf ihr Zimmer. Gleich darauf schlug sie die Tür zu, und Oliver führte Sam langsam in den Oberstock, während Sarah und Benjamin allein im Wohnzimmer blieben. Ben schaute seine Mutter an, noch immer fassungslos, obwohl er wußte, daß das Unbegreifliche tatsächlich geschehen würde.

»Mom, warum?«

Er war alt genug, und Sarah konnte offen mit ihm reden – sie hatte es immer so gehalten. »Ich bin gar nicht sicher, ob ich selbst weiß, warum ich mich dazu entschlossen habe. Ich weiß nur, daß ich so nicht weiterleben kann. Was ich tun werde, erscheint mir als das einzig Richtige. Mehr weiß ich nicht. Ich möchte mehr sein, als ich bin. Mehr als jemand, der Kinder durch die Gegend kutschiert und darauf wartet, daß Sam von der Schule kommt.«

Mit einemmal hatte Benjamin das Gefühl, daß Sarah es verabscheute, Mutter von drei Kindern zu sein.

»Könntest du nicht noch ein wenig warten?« Andere Mütter wurden auch erst aktiv, wenn ihre Kinder aus dem Haus waren.

»Nicht so lange. Ich muß die Gelegenheit nutzen.« Sie putzte sich die Nase, aber ihre Tränen wollten kein Ende nehmen. Es war schrecklich, den Kindern weh tun zu müssen, aber unwissentlich verletzten sie sie auch.

Seit Jahren schon. Und Ollie war keine Ausnahme.

Benjamin nickte. Er hätte viel darum gegeben, sie verstehen zu können – er liebte sie und wünschte ihr Glück, insgeheim aber war er der Meinung, daß sie einen folgenschweren Entschluß gefaßt hatte. Er konnte sich einfach nicht vorstellen, daß eine Mutter ihre Kinder verlassen konnte. Nie hätte er gedacht, daß *seine* Mutter so etwas fertigbrächte. Aber sie hatte es vor, und mit einem Schlag änderte sich das ganze Leben. Was war übriggeblieben? Nichts; drei Kinder, ein Vater, der immer nur arbeitete, und eine bezahlte Hilfe, die für alle kochte. Plötzlich konnte er es kaum erwarten, ins College zu kommen. Er wäre gleich gegangen, wenn es möglich gewesen wäre. Er hatte keine Familie mehr, nur ein paar Leute, mit denen er zusammenlebte. Fast war es, als wäre seine Mutter gestorben, nein, ärger noch, weil sie ja hätte bleiben können, wenn sie nur gewollt hätte. Und das Wissen, daß sie nicht wollte, verletzte ihn. All dieser Humbug, wie sehr sie an ihnen hing... wenn es so gewesen wäre, würde sie bleiben, aber sie ließ sie im Stich. Das sagte alles. Er starrte auf seine Füße, dann warf er Sarah einen Blick zu – Schuldgefühle plagten ihn wegen seiner Überlegungen. Am liebsten wäre er auf der Stelle aus dem Haus gegangen. Immer hatte er an sie geglaubt, mehr noch als an seinen Vater, und plötzlich ließ seine Mutter sie allein. Einfach so. Ihn, Mel, Sam, sogar seinen Dad.

»Es tut mir leid, dich jetzt darum bitten zu müssen... ich wollte eben... meinst du, daß Dad etwas dagegen hätte, wenn ich den Wagen heute abend nehme?«

Sie schüttelte den Kopf und fragte sich, was er wirklich dachte. Benjamin hatte ihr immer besonders nahegestanden. »Sicher hat er nichts dagegen.« Fast war es so, als hätte sie selbst keine Autorität mehr. Sie hatte ihre Schlüssel abgegeben. Dieses Erlebnis war ein kleiner Vorgeschmack darauf, wie sich ihre Aufenthalte an den Wochenenden gestalten würden. Die Kinder würden nicht mehr gewöhnt sein, sie um sich zu haben, und sie würde dann überhaupt nichts mehr zu sagen haben – leicht würde es nicht sein, egal, wie sie sich verhielt. »Alles in Ordnung mit dir?« Sie machte sich Sorgen um Benjamin. Auch wenn er nicht viel Worte verlor, hatte ihn die Sache schwer getroffen, das wußte sie. Benjamin war ja erst siebzehn. Sie wollte nicht, daß er ausging und sich betrank und dann versuchte, sich ans Steuer zu setzen, oder sonst etwas Verrücktes unternahm. »Wohin möchtest du um diese Zeit?« Es war Weihnachten und nach zehn Uhr. Der Gedanke, daß er in der Nacht in der Gegend herumkurvte, bereitete ihr Unbehagen.

»Einen Freund besuchen. Ich bin bald wieder da.«

»Na schön.« Sarah nickte, und Ben wandte sich zum Gehen. Da streckte sie plötzlich die Arme nach ihm aus und erfaßte seine Hand. »Ich habe dich lieb... bitte, denk immer daran...« Sie fing wieder zu weinen an, und Ben wollte etwas sagen, ließ es aber dann doch bleiben. Sie hatte ihn zu sehr verletzt – sie alle. Er beschränkte sich auf ein Nicken und griff auf dem Weg zur Tür nach seiner Jacke. Im nächsten Moment war er fort. Sarah überlief ein Frösteln, als die Tür ins Schloß fiel.

Sie ging langsam in ihr Schlafzimmer. Aus Mels Zimmer war noch immer Weinen zu hören, und als Sarah an die Tür klopfte, gab Mel keine Antwort. Aus Sams Zimmer drang kein Laut. Sarah wagte nicht, hineinzugehen und ihn zu wecken. Statt dessen ging sie in ihr Zimmer und setzte sich aufs Bett. Sie fühlte sich wie von einem schweren Laster plattgewalzt. Es dauerte eine Stunde, bis Oliver schließlich hereinkam. Er traf sie in Tränen aufgelöst.

»Wie geht es Sam?« Sie war nicht zu ihm gegangen. Er gehörte jetzt zu Oliver und nicht mehr zu ihr. Alle gehörten zu ihm. Sie hätte ebensogut schon fort sein können. Plötzlich war ihr klar, daß sie so bald wie möglich gehen mußte. Das wäre bestimmt für alle eine Erleichterung – jetzt, da sie von ihrem Plan wußten.

»Er schläft.« Mit einem erschöpften Seufzer ließ Oliver sich in einen Sessel sinken. Es war ein langer Tag und ein endloser Abend gewesen, und er wollte mit Sarah keine Spielchen mehr spielen. Sie zerstörte ihrer aller Leben, nur um durchzusetzen, was sie sich vorgenommen hatte. Seine Mutter hatte recht behalten, aber diese Überlegung half jetzt auch nicht weiter. Das Wasser stand ihnen bis zum Hals, und wenn seine Kinder überleben sollten, dann mußte er ganz tüchtig schwimmen. Er hatte sich bei Sam eben die Füße naßgemacht, blieben noch Mel und Benjamin, an die er denken mußte. Ihm war Bens Blick nicht entgangen. Er war von Sarahs Vorhaben ziemlich erschüttert. »Ich weiß nicht, ob sie jemals darüber hinwegkommen.«

»Sag doch nicht so was. Ich fühle mich schon elend genug.«

»Vielleicht doch nicht. Wenn du dich elend genug fühlen würdest, könntest du es nicht tun. Sie werden niemals wieder jemandem Vertrauen schenken, am allerwenigsten mir. Wenn die eigene Mutter einen im Stich läßt – was soll man da vom Rest der Welt erwarten? Wie wird sich das deiner Meinung nach auf sie auswirken? Wird es bessere Menschen aus ihnen machen? Zum Teufel, nein! Sie können von Glück reden, wenn sie es einigermaßen überstehen. Wenn wir alle es überstehen.«

»Und was wäre, wenn ich sterben würde?«

»Dann wäre es leichter für sie. Das wäre dann wenigstens nicht deine eigene Entscheidung. Daß du sie freiwillig verläßt, weckt in den Kinder das Gefühl, zurückgestoßen zu werden.«

»Vielen Dank. Du willst mir also klarmachen, daß ich abgrundtief schlecht bin.« Zorn flammte in ihr auf. Oliver versuchte, ihr Schuldgefühle einzureden – als ob sie die nicht ohnehin schon gehabt hätte.

»Ja, vielleicht will ich dir das sagen, Sarah. Vielleicht bist du schlecht. Vielleicht bist du auch nur ein egoistisches Biest, dem wir nichts mehr bedeuten. Ist doch möglich, oder?«

»Ja, das wäre möglich. Willst du mir damit zu verstehen geben, daß du mich ganz wegschicken möchtest?«

»Leg mir nicht etwas in den Mund.« Das Problem war, daß er sie haben wollte, daran würde sich nie etwas ändern – nicht einmal nach allem, was sie ihm und den Kindern antat, und dennoch haßte er sie dafür. Sam hatte sich wie ein Ertrinkender an ihn geklammert, und das war er ja auch. Er würde sehr, sehr lange unter der Abwesenheit seiner Mutter leiden, und Oliver fragte sich allen Ernstes, ob sie alle nicht für ihr Leben gezeichnet sein würden, wenn Sarah nicht mehr zurückkam, was Oliver nun als Möglichkeit durchaus in Betracht zog, auch wenn sie es noch abstritt. Aber für Sarah würde sich auch alles ändern. Ganz andere Menschen traten in ihr Leben, und Oliver und die Kinder rückten in weite Ferne. Es gab jetzt keine Garantien mehr – für keinen von beiden.

»Ich glaube, ich sollte schon in den nächsten Tagen nach Boston fahren. Wenn ich noch zwei Wochen hierbleibe, wird es für uns alle viel schwerer.«

»Das hängt von dir ab.« Er ging ins Bad und zog sich aus. Plötzlich war jedes Gefühl der Nähe verschwunden. Erst letzte Nacht hatten sie sich geliebt, und jetzt war Sarah für ihn wie eine Fremde. Eine Fremde, die in sein Haus eingedrungen war und seine Kinder seelisch verletzt hatte. »Wann willst du abreisen?« fragte er, als er zurückkam und sich aufs Bett setzte.

»Übermorgen vielleicht. Ich muß erst noch einiges vorbereiten.«

»Vielleicht sollte ich mit den Kindern für diese Zeit wegfahren, damit sie nicht zusehen müssen, wie du uns verläßt.«

»Gute Idee.« Dabei sah sie ihn bekümmert an. Es gab nichts mehr zu sagen. Alles war schon gesagt worden. Anklagen, Bedauern, Entschuldigungen, Erklärungen. Jetzt gab es nur noch Tränen, und sie gestand: »Ich weiß nicht mehr, was ich dir sagen soll.« Nicht nach dem heutigen Abend, nachdem sie gesehen hatte, wie betroffen ihre Kinder gewesen waren. Trotz allem aber hielt sie an ihrem Vorhaben fest.

»Ich auch nicht«, gab Oliver zurück.

Sarah wirkte wie betäubt und war völlig am Ende.

Wortlos lagen sie in der Dunkelheit nebeneinander, bis Oliver schließlich um zwei Uhr morgens einschlief. Sarah aber lag bis in die Morgendämmerung wach. Dann erst hörte sie Benjamin nach Hause kommen. Sie verlor keine Wort darüber. Er war ein guter Junge, und er litt sehr unter der Situation. Es würde für ihn sehr schwer werden. Er ist ja noch ein Junge – das dachte sie zumindest.

In jener Nacht war Benjamin ein Mann geworden, und das Erlebnis war für ihn sonderbar und beglückend gewesen. Sandras Eltern waren außer Haus gewesen, und er war zum erstenmal mit ihr intim geworden. Fast war es so, als hätte er eine eigene Frau bekommen, quasi als Ersatz für die Mutter, die er am Abend verloren hatte. Für ihn war es eine sonderbare, bittersüße Nacht gewesen, und anschließend hatten sie sich bis tief in die Nacht über das, was Benjamins Mutter vorhatte und was er deswegen empfand, unterhalten. Mit Sandra konnte er reden wie mit niemandem sonst, und dann hatten sie sich wieder geliebt. Schließlich war er nach Hause gefahren und zu Bett gegangen, um an seine neue Liebe und an die Mutter, die er verloren hatte, zu denken. Nun kam ihm alles weniger beängstigend vor, weil es Sandra gab.

Sarah lauschte auf die Geräusche des Hauses, als alle endlich schliefen, und sie wünschte, sie wäre wieder eine von ihnen. Doch das war sie nicht mehr. Es war, als wäre sie von einer Minute zur anderen eine Außenseiterin geworden. Als einziges blieb ihr das neue Leben, das es jetzt zu planen galt. Trotz allem, was es sie gekostet hatte, erfüllte die Aussicht sie noch immer mit freudiger Erregung. Als nun alle schliefen, stand sie auf und fing an zu packen. Sie verstaute alles, was sie brauchte, in drei Koffern, und als Oliver am Morgen aufstand, war sie fertig. Sie hatte geduscht, war angezogen, hatte ein Flugticket bestellt und in einem Hotel in Cambridge, das sie von früher kannte, ein Zimmer reservieren lassen. Sie war entschlossen, am Nachmittag das Haus zu verlassen.

»Wohin willst du denn um diese Zeit?« Oliver registrierte verwundert, daß sie schon angezogen war.

»Nirgendwohin. Ich reise heute abend ab. Sobald die Kinder aufstehen, sage ich es ihnen. Das kann sie kaum mehr aus der Fassung bringen, als sie es ohnehin schon sind. Warum unternimmst du mit ihnen nicht einen Ausflug?«

»Ich werd's versuchen. Mal sehen, was sich machen läßt.« Oliver duschte, zog sich an und erledigte einige Anrufe. Und beim Frühstück erfuhren die Kinder, daß Sarah das Haus früher als geplant verlassen würde und daß Oliver mit ihnen zum Skilaufen nach Vermont fahren wollte. Ollie bat Agnes, für Sam die Sachen zu packen, aber Benjamin schien zu zögern. Er sagte, er hätte in den Ferien noch einiges für die Schule zu erledigen.

»Während der Weihnachtsferien?« Oliver, der argwöhnte, daß ein Mädchen dahintersteckte, ließ ihn seine Skepsis spüren.

»Wie lange werden wir fort sein?«

»Drei, vier Tage.« Lange genug, um ihnen Ablenkung zu verschaffen, falls dies überhaupt möglich war. Dann mußten sie wieder in das Haus zurückkehren, aus dem nach Sarahs Abschied Wärme und Leben geschwunden sein würden. Es war jetzt schon deutlich spürbar. Die Kinder waren betroffen, als sie hörten, daß Sarah noch am gleichen Tag abreisen wollte, aber sie waren vom Schmerz des Vorabends noch so benommen, daß sie über dem kaum berührten Frühstück nur matt nickten. Benjamin, der müde aussah, blieb wortkarg und aß kaum etwas, während Mel überhaupt nichts sagte und Sam unausgesetzt seinen Vater anstarrte, als wollte er sich vergewissern, daß wenigstens er noch an seinem Platz war und sie nicht auch verlassen wollte.

Schließlich zeigte sich Benjamin doch einverstanden, mit ihnen nach Vermont zu fahren. Sie verließen das Haus, bevor Sarah zum Flughafen fuhr. Der Abschied war schrecklich. Sam schluchzte haltlos, während Agnes starr vor Enttäuschung in der Tür stand. Diesmal hatte auch Benjamin feuchte Augen. Sarah brachte kein Wort heraus, und Oliver weinte ungeniert, als sie losfuhren. Nur einmal warf er einen Blick in den Rückspiegel und spürte fast körperlich, wie ihm das Herz brach, als er Sarah vor dem Haus stehen und den Arm zu einem letzten Winken heben sah. Sein ganzes Leben war dahin – in einem einzigen Augenblick war die Frau, die er liebte, und alles, was er aufgebaut hatte, zerstört. Verschwunden für den Irrsinn, der ihr vorschwebte. Es störte ihn nicht, wenn die Kinder ihn weinen sahen. Er litt ebenso wie sie. Erst als er zu Sam hinunterblickte, lächelte er unter Tränen und zog den Jungen an sich.

»Komm, mein Junge, es wird schon wieder. Mom schafft es auch.« Mit feuchten Augen versuchte er Sam und den anderen zuzulächeln.

»Werden wir sie denn überhaupt wiedersehen?« Sam sprach damit Olivers eigene Befürchtungen aus. Der Junge traute niemandem mehr, und Ollie war nicht sicher, ob er selbst noch jemandem trauen konnte. Kein Wunder.

»Aber natürlich. Und bald schon werden wir uns nicht mehr so elend fühlen. Im Moment ist es noch schrecklich, nicht?« Seine Stimme klang erstickt, und Benjamin auf dem Hintersitz putzte sich die Nase. Mel weinte. Sie war schon seit dem Morgen in ihre eigenen Gedanken versunken, von denen sie niemandem etwas sagte.

Es würde eine sonderbare Erfahrung sein, für die Kinder Vater und Mutter spielen zu müssen, die Dinge zu tun, die Sarah getan hatte... mit ihnen zum Arzt gehen... zur Zahnkorrektur... Sam Schuhe kaufen... wann sollte Oliver dafür Zeit finden? Wie sollte er ohne Sarah zurechtkommen? Wichtiger noch, wie sollte er ohne die Frau, die er liebte, leben, ohne ihre Hand, ihren Trost und ihr Lachen? Es wurde eine lange, stille Fahrt nach Vermont. Keiner sprach ein Wort, bis sie in Massachusetts waren und zum Abendessen eine Pause einlegten.

Inzwischen war Sarah schon in Boston und unterwegs nach Cambridge, um ein neues Leben zu beginnen, das Leben, das sie sich gewünscht hatte – ein Leben ohne Familie.

5. Kapitel

Das Skilaufen machte den vier Watsons doch noch Spaß, denn nach den ersten schlimmen Stunden erwachten sie wieder zum Leben, die einen langsamer, die anderen rascher. Sam litt unter Alpträumen und war oft den Tränen nahe, aber er lachte auch und fand es großartig, mit seinem Vater Ski zu laufen. Benjamin nahm sogar an einem Rennen teil, aber wenn er nicht auf den Skiern stand, telefonierte er mit Freunden, als hätten sie die Lösung für alle seine Probleme parat. Nur Mel blieb verschlossen. Sie betrieb das Skilaufen nur halbherzig und ging allen aus dem Weg. Sie war nun das einzige weibliche Wesen in der Familie, und Oliver versuchte mehrfach, sie aufzurichten, aber sie ließ ihn nicht an sich heran und schien auch nichts mehr zu sagen zu haben. Der einzige, mit dem sie sprach, war Sam, und auch ihm gegenüber war sie zurückhaltend.

Oliver hatte alle Hände voll zu tun. Er borgte Ski und Stiefel für alle aus, be- und entlud den Wagen, sorgte für die Mahlzeiten, brachte Sam zu Bett, behielt Mel im Auge, achtete darauf, daß alle richtig angezogen waren, und um acht Uhr abends war er jedesmal völlig erschöpft. Nachdem er das Abendessen mühsam hinter sich gebracht hatte, fiel er gleichzeitig mit Sam ins Bett. Er teilte sich das Zimmer mit dem Jungen, damit Sam sich nicht so allein fühlte. Sam machte das Bett zweimal naß und hielt Oliver damit auch nachts in Trab, da er das Laken wechseln, Matratzen umdrehen und frisches Bettzeug suchen mußte. Es lag auf der Hand, daß Sam zutiefst verstört war, wie sie alle, aber Ollie war so beschäftigt, daß ihm kaum Zeit blieb, an Sarah zu denken. Erst abends, wenn er im Bett lag, spürte er das Herzweh, und beim Erwachen am Morgen traf ihn der Schmerz der Erinnerung mit voller Wucht. Fast war es, als sei sie gestorben, und erst am dritten Tage ihres Urlaubs sprach Ollie von ihr. Er erwähnte ›Mom‹, und alle wandten sich ihm blitzartig zu, und auf ihren Mienen zeichnete sich überdeutlich der Kummer ab. Sofort tat es Oliver leid, daß er das Thema angeschnitten hatte.

Am Neujahrstag ging es wieder heimwärts. Alle waren schon besserer Stimmung und sahen gut aus. Erst zu Hause plagte sie die Traurigkeit von neuem. Das Haus war viel zu still, der Hund schlief, sogar Agnes war ausgegangen. Oliver merkte, daß die Kinder insgeheim gehofft hatten, Sarah hätte sich anders entschieden. Es war nicht der Fall. Sie war schon längst fort, und Ollie rief sie nicht einmal an, obwohl er die Nummer ihres Hotels in Cambridge kannte. Er brachte Sam zu Bett, nachdem Mel ihm bei der Zubereitung des Abendessens geholfen hatte. Benjamin ging aus. Er erschien, gekleidet für eine Verabredung, in der Küche, als die anderen um den Küchentisch saßen.

»So rasch?« Ollie lächelte. Sie hatten ihre Koffer noch nicht ausgepackt. »Das muß eine ganz besondere Verabredung sein.«

Benjamin schenkte seinem Vater ein nichtssagendes Lächeln. »Nur eine Freundin. Kann ich den Wagen haben, Dad?«

»Komm nicht zu spät nach Hause, mein Sohn. Und fahr vorsichtig. Heute sind jede Menge Betrunkene unterwegs.« Er konnte froh sein, daß sein Sohn vorsichtig war und sich niemals ans Steuer setzte, wenn er auch nur einen Tropfen Alkohol getrunken hatte. Wie oft hatte Benjamin zu Hause angerufen und gebeten, daß man ihn abholte, wenn er nur ein Bier mit Freunden getrunken hatte. Das hatte Sarah ihm eingebleut – dies und viele andere Dinge. Sie hatte allen ihren Stempel aufgedrückt, und jetzt war sie fort. Oliver fragte sich schon, ob sie am Wochenende heimkommen würde. Obwohl sie erst seit sechs Tagen fort war, hatte er bereits das Gefühl, daß ein ganzes Menschenalter vergangen war.

Es war sonderbar, an jenem Abend allein zu Bett zu gehen. Er lag da und dachte an Sarah wie schon die ganze Woche. Um Mitternacht machte er endlich Licht und versuchte ein paar Unterlagen durchzuarbeiten, die er aus dem Büro mitgebracht hatte. Sein Chef hatte sich sehr verständnisvoll gezeigt und ihm kurzfristig eine Woche freigegeben. Jetzt war er schon in etwas besserer Verfassung. Als Benjamin um eins nach Hause kam und vor der Tür innehielt, um seinem Vater gute Nacht zu wünschen, war er noch wach. Oliver hatte die Tür offengelassen, damit er Sam hören konnte. Benjamin stand da und sah in traurig an, während er die Autoschlüssel auf einen Tisch legte.

»Muß schwer für dich sein, da... ich meine... da Mom nun nicht mehr da ist.«

Oliver nickte. Was hätte er sagen sollen? Es war für alle schwer. »Wir werden uns daran gewöhnen – und außerdem... sie wird bald wiederkommen.« Sehr überzeugend klang das nicht. Benjamin nickte. »Na, hast du dich amüsiert? Es ist spät, und morgen ist Schule.«

»Ja... ich muß wohl die Zeit übersehen haben. Tut mir leid, Dad.« Er lächelte und sagte gute Nacht. Eine Stunde später hörte Oliver Sam weinen und ging zu ihm. Der Junge schlief fest. Oliver setzte sich neben ihn und strich ihm über den Kopf. Sams dunkles Haar war ganz feucht. Schließlich beruhigte sich der Junge. Um vier spürte Oliver, daß Sam neben ihn ins Bett schlüpfte. Er kuschelte sich an ihn, und Oliver erwog, ihn wieder zurück in sein Zimmer zu tragen. In Wahrheit aber war er froh, ihn bei sich zu haben. Er drehte sich um und schlief weiter. Vater und Sohn schlummerten friedlich bis zum Morgen.

Am nächsten Morgen herrschte beim Frühstück das übliche Chaos. Aggie buk Waffeln und briet Speck für alle... besondere Leckerbissen, die den Wochenenden oder besonderen Anlässen vorbehalten waren. Sie wußte, daß die Familie etwas Besonderes brauchte, und für Sam hatte sie ein ganz spezielles Frühstückspaket bereitet, das alle seine Lieblingshäppchen enthielt. Jetzt war sie es, die die Kinder in die Schule brachte, und als Ollie zum Bahnhof ging, fühlte er sich überfordert – für ihn sehr untypisch. Er hatte Anweisungen für alle zurückgelassen und alle ermahnt, rechtzeitig zu Hause zu sein und die Hausaufgaben zu machen. Das hatte Sarah doch auch getan, oder? Oder nicht? Alles hatte immer so reibungslos funktioniert, solange sie dagewesen war. Alles war friedlich und in guter Stimmung verlaufen, wenn er aus dem Haus ging.

Im Büro erwartete ihn viel Arbeit, die in der letzten Woche liegengeblieben war, und dazu die Berichte über laufende Projekte. Er konnte erst um sieben Uhr weg, und es war fast neun, als er zu Hause ankam. Benjamin war wieder ausgeflogen. Mel hing am Telefon und schwatzte mit Freundinnen, und Sam hockte im Bett seines Vaters und sah fern. Er hatte seine Hausaufgaben vergessen, und Agnes hatte ihn nicht gedrängt. Sie habe ihn nicht aufregen wollen, erklärte sie Oliver.

»Dad, kann ich bei dir schlafen?«

»Meinst du nicht, du solltest es im eigenen Bett versuchen?« Oliver befürchtete schon, es könne zur Gewohnheit ausarten.

»Nur heute... bitte... ich bin auch ganz brav, das verspreche ich.«

Oliver lächelte und bückte sich, um ihm einen Kuß aufs Haar zu drücken. »Ich wäre sehr viel glücklicher, wenn du deine Hausaufgaben gemacht hättest.«

»Hab' ich vergessen.«

»Offensichtlich.« Oliver legte Jacke und Krawatte ab, stellte seinen Aktenkoffer neben dem Schreibtisch ab und setzte sich zu Sam aufs Bett. Er hätte zu gern gewußt, ob Sarah angerufen hatte, wagte aber nicht, danach zu fragen. »Was hast du heute so getrieben?«

»Nicht viel. Aggie hat erlaubt, daß ich fernsehe, als ich aus der Schule kam.« Beide wußten, daß Sarah so etwas nie gutgeheißen hätte. In ihrer Abwesenheit änderte sich alles sehr rasch, viel zu rasch für Ollies Geschmack.

»Wo steckt Benjamin?«

»Ausgegangen«, antwortete Sam völlig desinteressiert.

»Dachte ich mir's doch.« Auch damit mußte Oliver jetzt fertig werden. Benjamin durfte an Wochentagen nicht ausgehen, auch wenn es sein letztes Schuljahr war. Er war erst siebzehn, und Ollie hatte nicht die Absicht, die Zügel schleifen zu lassen, nur weil Sarah nicht da war. »So, nun will ich dir was sagen: Heute lasse ich dich bei mir schlafen, aber damit ist dann Schluß. Morgen schläfst du wieder in deinem eigenen Bett. Abgemacht?«

»Gute Nacht, Dad.« Sam sah richtig glücklich aus, als er sich ins große Bett schmiegte und Sarahs Hälfte ganz in Anspruch nahm.

»Schlaf schön...« Oliver blieb in der Tür stehen und betrachtete seinen Jüngsten nachdenklich. »Ich hab' dich lieb«, flüsterte er, dann drehte er sich um und ging, um nach Mel zu sehen, die das Telefon vom Gang in ihr Zimmer geschleppt hatte, in dem heillose Unordnung herrschte. Überall lagen Kleidungsstücke, Bücher, Lockenwickler, Schuhe. Ein Wunder, daß sie es schaffte, den Raum überhaupt zu betreten. Neugierig sah sie zu ihrem Vater auf. Oliver wartete, daß sie das Gespräch beendete, aber sie begnügte sich damit, die Hand auf den Hörer zu legen.

»Willst du etwas, Dad?«

»Ja, eine Begrüßung und ein Kuß wären ganz nett. Hast du deine Hausaufgaben gemacht?«

»Hallo, ja hab' ich.«

Schon die Frage an sich schien ihr die Laune zu verderben.

»Möchtest du mir beim Abendessen Gesellschaft leisten?« Nach kurzem Zögern nickte sie ohne Begeisterung. Lieber wäre ihr gewesen, weiter mit ihrer Freundin plaudern zu können, ihr Vater aber schlug einen Ton an, der keine Widerrede duldete. In Wahrheit widerstrebte es ihm, sich allein zu Tisch zu setzen.

»Schön, ich komme gleich.« Oliver bahnte sich behutsam einen Weg durch das Zimmer und ging hinunter, um sich das Abendessen zusammenzusuchen, das Aggie für ihn vorbereitet hatte. Der in Alufolie eingeschlagene Teller stand im Backrohr zum Warmhalten, doch als er die Folie abnehm, fand er nichts, was ihm geschmeckt hätte. Die Lammkotteletts waren lasch, die Folienkartoffel noch hart, und der Brokkoli war bestimmt schon vor Stunden weich. Nicht einmal der Duft machte ihm Appetit, so daß er alles in den Mülleimer warf, sich Spiegeleier und frischgepreßten Orangensaft machte und auf Mel wartete. Schließlich gab er es auf, und als sie sich endlich herunterbequemte, hatte er schon gegessen.

»Wo ist Benjamin?« Vielleicht wußte es Mel, aber sie zog nur die Schultern hoch.

»Bei Freunden, denke ich.«

»An einem Wochentag? Nicht sehr vernünftig.« Wieder reagierte sie mit einem Achselzucken. Es behagte ihr ganz und gar nicht, Babysitter für ihren Vater spielen zu müssen. »Kümmerst du dich ein wenig um Sam, wenn du aus der Schule kommst?« Sam bereitete Ollie am meisten Sorgen, besonders dann, wenn er selbst nicht pünktlich nach Hause kommen konnte. Der Junge brauchte eine Bezugsperson.

»Dad, ich habe selbst jede Menge Hausaufgaben.«

»Na, na, in deinem Zimmer sah es eben nicht gerade nach Hausaufgaben aus.«

»Er ist doch jetzt im Bett, oder?«

»Als ich heimkam, war er es nicht. Mel, er braucht dich jetzt. Wir alle brauchen dich.« Er lächelte matt. »Wenn Mom nicht da ist, bist du die Dame des Hauses.« Es war eine Verantwortung, um die Mel nie gebeten hatte. Sie wollte frei sein, um mit ihren Freundinnen zusammensein oder wenigstens mit ihnen telefonieren zu können. Ihre Schuld war es nicht, daß Mom gegangen war. Es war allein seine Schuld. Hätte Dad nicht getan, was er getan hatte und was sie sich nicht vorstellen konnte, hätte Sarah sie nie verlassen. »Ich möchte, daß du dich mit ihm ein wenig abgibst, daß du mit ihm redest, ihm ein wenig Gesellschaft leistest und seine Hausaufgaben kontrollierst.«

»Wieso das? Er hat doch Agnes?«

»Das ist nicht dasselbe. Ach komm, Mel, sei doch lieb zu ihm. Du hast ihn doch immer behandelt wie dein Baby.« Sie hatte ihn in den Armen gewiegt an dem Abend, als Sarah ihnen sagte, was sie vorhatte. Und jetzt war es, als wolle Mel mit ihnen allen nichts mehr zu tun haben. Wie Sarah hatte sie sich von ihnen losgesagt. Und Oliver fragte sich plötzlich, ob Benjamin eine ähnliche Reaktion zeigte. Der Junge schien seine gesamte Freizeit außer Haus zu verbringen. Damit mußte schleunigst Schluß gemacht werden. Oliver wünschte nur, er hätte mehr Zeit für alle, um ihnen helfen zu können, ihre Probleme zu bewältigen.

Das Telefon läutete, und Oliver wäre fast ein Seufzer entschlüpft, als sich sein Vater meldete. Er war viel zu müde, um jetzt noch mit ihm zu plaudern. Es war zehn Uhr vorbei, und Ollie wollte nur noch duschen und zu Sam ins Bett kriechen. Im Büro hatte er einen harten Tag gehabt, und jetzt bot auch das Nachhausekommen keine Erholung mehr.

»Hi, Dad. Na, wie geht's?«

»Gut, danke.« George schien zu zögern, und Oliver beobachtete Mel, die sich vorsichtig davonstahl. »Aber deiner Mutter geht es nicht besonders.«

»Ach? Ist sie krank?« Oliver war zu erschöpft, um sich ernsthaft Sorgen zu machen.

»Mein Sohn, das ist eine lange Geschichte.« Der alte Mann seufzte tief, während Oliver wartete. »Heute hat man einen Gehirn-Scan bei ihr vorgenommen?«

»Mein Gott... weswegen?«

»Sie ist total verwirrt... und vorige Woche, als du nicht da warst, war sie wieder verschwunden. Sie stürzte über eine Treppe und verstauchte sich den Knöchel.« Oliver hatte ein schlechtes Gewissen, weil er von Vermont aus nicht angerufen hatte, auch wenn er dort alle Hände voll zu tun gehabt hatte. »Sie hat dabei noch Glück gehabt, denn in ihrem Alter hätte sie sich die Hüfte brechen oder noch schlimmere Verletzungen davontragen können.« Aber was man ihm eröffnet hatte, war schlichtweg eine Katastrophe.

»Dad, man macht doch keinen Gehirn-Scan wegen eines verstauchten Knöchels. Was ist los?«

Auch sein Vater schien seine Gedanken nicht mehr beisammenhalten zu können, und Oliver war zu müde, um sich eine langatmige Geschichte anzuhören.

Wieder schien der alte Herr zu zögern. »Ich dachte eben ... ob ich wohl zu dir rüberkommen könnte?«

»Jetzt?« Oliver war verdutzt. »Dad, was ist passiert?«

»Ich muß mit dir reden, mehr nicht. Margaret Porter, unsere Nachbarin, paßt unterdessen auf Phyllis auf. Sie war mir eine große Hilfe. Ihr Mann litt seinerzeit unter ähnlichen Problemen.«

»Was für Probleme? Wovon redest du? Was hat man festgestellt?« Oliver war ungeduldig – bei ihm eine Seltenheit –, aber er war müde, und plötzlich erschreckte ihn das Benehmen seines Vaters.

»Keine Tumore, nichts dergleichen ... Das wäre natürlich eine Möglichkeit gewesen. Sieh mal ... falls es dir zu spät ist ...« Es war klar, daß er sich aussprechen wollte, und Ollie brachte es nicht übers Herz, ihn abzuweisen.

»Nein, schon gut, Dad, komm ruhig rüber.«

Er setzte Kaffeewasser auf und nahm sich eine Tasse, noch immer von der Frage bewegt, wo Benjamin steckte und wann er endlich nach Hause kommen würde. Es war viel zu spät für einen Wochentag, und das wollte er ihm klar und deutlich zu verstehen geben. Aber erst kam sein Vater. George war abgespannt und bleich und sah um Jahre älter als noch zu Weihnachten aus. Oliver dachte sofort an die Herzschwäche seines Vaters. Ob er sich überhaupt noch allein in der Nacht ans Steuer setzen sollte? Er wollte ihn jetzt aber nicht mit einer Frage in dieser Richtung aufregen.

»Komm herein, Dad.« Er hoffte, daß die Türklingel Sam nicht geweckt hatte, als er seinen Vater in die große, wohnliche Küche führte. Sein Vater lehnte den Kaffee ab, nahm statt dessen eine Tasse koffeinfreien Pulverkaffee und ließ sich langsam auf einen Küchenstuhl sinken. Oliver musterte ihn forschend und sagte: »Du siehst abgespannt aus.« Es wäre besser gewesen, er hätte ihn gar nicht kommen lassen, und doch hatte er den Eindruck gehabt, daß sich sein Vater aussprechen wollte. Er hatte sich nicht getäuscht. Stockend berichtete der alte Herr Oliver von den Ergebnissen der Gehirnuntersuchung.

»Deine Mutter leidet an der Alzheimerschen Krankheit. Ihr Gehirn schrumpft sichtbar zusammen, wie die Untersuchung ergeben hat. Ganz sicher sind sich die Ärzte nicht, aber die Ergebnisse der Untersuchung und ihr Benehmen in letzter Zeit deuten darauf hin.«

»Ach was, lächerlich!« Oliver wollte es nicht glauben. »Geh zu einem anderen Arzt.«

George Watson schüttelte nur den Kopf. Er wußte es besser. »Es hat keinen Sinn. Ich weiß, daß es stimmt. Du hast ja keine Ahnung, was sie in letzter Zeit getrieben hat. Sie verliert die Orientierung, sie ist verwirrt, sie vergißt die einfachsten Dinge, die sie ihr Leben lang wußte, zum Beispiel, wie man ein Telefon benutzt, die Namen von Bekannten.« Tränen stiegen ihm in die Augen. »Manchmal weiß sie nicht mal mehr, wer ich bin. Sie weiß nicht mehr, ob ich vor ihr stehe oder du. Sie nannte mich tagelang Oliver und bekam einen Wutanfall, als ich sie korrigierte. Und sie verwendet Ausdrücke, die ich von ihr noch nie gehört habe. Die Dame am Bankschalter, mit der wir jede Woche zu tun haben, nannte sie neulich ›verdammtes Arschloch‹. Die Ärmste war einer Ohnmacht nahe.« Oliver lächelte unwillkürlich, obwohl es nicht komisch war, sondern tieftraurig. Plötzlich stutzte George Watson und blickte um sich. »Wo ist Sarah? Ist sie schon zu Bett gegangen?«

Einen kurzen Augenblick war Oliver versucht, ihm weiszumachen, daß sie ausgegangen sei, aber es hatte keinen Sinn, ihm die Wahrheit zu verheimlichen. Irgendwann mußte er es doch erfahren. Das Merkwürdige daran war, daß sich Oliver schämte, als hätte er es nicht geschafft, seine Frau zu halten, als sei alles ganz eindeutig seine Schuld. »Dad, sie ist fort.«

»Fort – wohin?« Sein Vater sah ihn verständnislos an. »Ausgegangen?«

»Nein, zurück auf die Schulbank. Nach Harvard.«

»Sie hat dich verlassen?« George war wie vor den Kopf geschlagen. »Wann ist das passiert? Zu Weihnachten war sie noch da...«

Es war für George unfaßbar, aber er erkannte den Kummer im Blick seines Sohnes und begriff. »O Gott, Ollie... das tut mir aber leid... Wann hat sich das alles ergeben?«

»Vor drei Wochen ist sie damit herausgerückt. Sie hat sich im Herbst für die Zulassung beworben, aber ich glaube, es steckt mehr dahinter. Sie sagt zwar, sie käme zurück, aber ich bin nicht so sicher. Sie macht sich da selbst mehr vor als uns. Was davon zu halten ist, weiß ich nicht. Wir müssen abwarten und sehen, wie sich alles entwickelt.«

»Wie haben die Kinder es aufgenommen?«

»Oberflächlich gesehen, sehr gut. Letzte Woche war ich mit ihnen beim Skilaufen, und das hat uns allen sehr gutgetan. Deswegen konnte ich dich nicht anrufen. Am Tag nach Weihnachten ist sie auf und davon. In Wahrheit haben wir alle den Schock noch gar nicht verarbeitet. Mel gibt mir die Schuld, Sam hat Alpträume, und Benjamin verkriecht sich Tag und Nacht bei Freunden. Ich kann es ihm nicht verübeln. Wäre mir dies in seinem Alter zugestoßen, ich hätte nicht anders reagiert.« Die Vorstellung, seine Mutter hätte ihn und seinen Vater verlassen, war für beide unvorstellbar. Damit waren sie in Gedanken wieder bei Phyllis angelangt. »Und was wirst du wegen Mom unternehmen?«

»Ich weiß gar nicht, was ich tun kann. Der Arzt sagt, daß es mit ihr, wenn sie so weitermacht, sehr rasch bergab gehen könnte. Mit der Zeit wird sie dann niemanden mehr erkennen, nicht mal mich.« Wieder kamen ihm die Tränen. Der Gedanke war ihm unerträglich, und er hatte das Gefühl, sie Tag für Tag ein Stück mehr zu verlieren. Mit dieser Erfahrung konnte er Olivers Schmerz über Sarahs Verlust stärker mitempfinden. Doch Oliver war noch jung, er würde eines Tages eine andere Frau finden, aber Phyllis war die einzige Frau, die George jemals geliebt hatte. Nach siebenundvierzig Jahren war ihm der Gedanke, sie zu verlieren, unerträglich. Er zog ein Taschentuch hervor, putzte sich die Nase und fuhr, tief Atem holend, fort: »Es könnte ein halbes oder ein Jahr dauern – oder sogar nur wenige Monate –, bis sie völlig verwirrt sein wird. Es läßt sich nicht voraussagen. Aber wenn es einmal soweit ist, wird sie nicht mehr zu Hause wohnen können. Ich weiß nicht, was ich tun soll...« Seine Stimme bebte, und Oliver wurde von Mitgefühl überwältigt. Er griff nach Georges Hand. Schwer zu glauben, daß von seiner eigenen Mutter die Rede war, von der Frau, die immer so viel Verstand und Kraft bewiesen hatte und die nun ihr Gedächtnis verlor und damit seinem Vater das Herz brach.

»Du darfst nicht zulassen, daß dich die Sache zu sehr mitnimmt, sonst wirst auch du noch krank.«

»Das sagt Margaret auch. Sie ist die Nachbarin, von der ich dir erzählt habe. Sie war sehr nett zu uns. Ihr Mann hatte auch die Alzheimersche Krankheit, schließlich mußte sie ihn in ein Heim geben. Sie selbst hat zwei Herzanfälle erlitten und konnte ihn nicht mehr pflegen. So ging es sechs Jahre, bis er im letzten Sommer starb.« Er sah seinen Sohn verzweifelt an. »Ollie... ich ertrage es nicht, sie zu verlieren... es ist, als könnte man mit ansehen, wie sie Stück für Stück dahinschwindet. Sie ist sehr schwierig geworden, dabei war sie immer so ausgeglichen.«

»Zu Weihnachten kam sie mir irgendwie konfus vor, aber ich hatte ja keine Ahnung, was das zu bedeuten hatte. Vermutlich war ich von meinen eigenen Problemen zu stark in Anspruch genommen. Wie kann ich dir helfen?« Es war schlimm – er stand im Begriff, seine Mutter zu verlieren, seine Frau war schon weg, und seine Tochter würdigte ihn kaum mehr eines Wortes. Die Frauen in seinem Leben schienen sich alle zur gleichen Zeit davonzumachen, aber er mußte jetzt an seinen Vater denken und nicht an sich. »Dad, was kann ich für dich tun?«

»Einfach dasein.« Die Blicke der beiden trafen sich. Oliver fühlte sich seinem Vater so nahe wie schon seit Jahren nicht mehr.

»Dad, ich habe dich sehr lieb.« Jetzt schämte sich George nicht mehr, so etwas zu hören. Vor Jahren hätten ihn Worte wie diese in große Verlegenheit gebracht, denn er hatte Oliver als Kind sehr hart angefaßt. Im Laufe der Jahre war seine Strenge väterlicher Milde gewichen, und jetzt brauchte er seinen Sohn verzweifelt – mehr, als er jemals einen Menschen gebraucht hatte.

»Mein Sohn, ich liebe dich auch.« Jetzt ließen beide ihren Tränen freien Lauf, bis George sich wieder die Nase putzte. Oliver hörte, wie die Haustür leise geöffnet und geschlossen wurde. Er drehte sich um und sah Benjamin eilig die Treppe hinauflaufen.

»Nicht so hastig, junger Mann!« rief er ihm nach. »Wo warst du an einem Wochentag bis um halb zwölf?«

Benjamin drehte sich um, hochrot vor Kälte und Verlegenheit. Als er seinen Großvater bemerkte, nahm seine Miene einen überraschten Ausdruck an. »Ich war mit Freunden aus... tut mir leid, Dad. Ich dachte, daß du nichts dagegen hast. Hi, Grandpa, was machst du denn hier? Ist etwas passiert?«

»Deiner Großmutter geht es nicht gut«, erwiderte Oliver in strengem Ton. Plötzlich fühlte er sich wieder stark, die Wärme seines Vaters schien ihm neue Kraft zu verleihen. Einen Menschen wenigstens gab es, dem etwas an ihm lag. Sein Vater und die Kinder brauchten ihn, auch wenn Sarah vielleicht ohne ihn besser zurechtkam. »Ben, du weißt verdammt gut, daß du nicht ausgehen darfst, wenn am nächsten Tag Schule ist. Noch ein solches Vorkommnis, und du hast zwei Wochen Hausarrest. Verstanden, Mister?«

»Schon gut, schon gut... es tut mir leid, Dad.«

Oliver nickte. Merkwürdig, wie der Junge aussah. Nicht angesäuselt oder gar volltrunken, aber so, als hätte er sich irgendwie verändert. Er wirkte männlicher und schien bedacht, einen Streit zu vermeiden. »Was fehlt Großmama?«

Sein Großvater sah ihn bekümmert an, und Oliver antwortete an seiner Stelle. »Sie hat gesundheitliche Probleme.«

»Wird sich das bessern?« Benjamin wirkte plötzlich wieder ganz jung und war sehr erschrocken, fast als ertrüge er den Gedanken nicht, noch jemanden zu verlieren. Er sah die beiden Männer so besorgt an, daß Oliver sich bemüßigt fühlte, ihm auf die Schulter zu klopfen. »Es wird schon wieder. Dein Grandpa braucht ein bißchen Beistand, das ist alles. Vielleicht könntest du etwas Zeit erübrigen, wenn deine Freunde, die dir so wichtig sind, dich nicht so stark in Anspruch nehmen.«

»Aber sicher. Am Wochenende komme ich mal rüber.« Der Junge hing an seinem Großvater, und George Watson war versessen auf seine Enkelkinder. Manchmal hatte Oliver den Eindruck, sie stünden ihm näher als er selbst. Sein Vater war jetzt gereifter und besser imstande, mit Kindern umzugehen.

»Deine Großmutter und ich – wir würden uns sehr über deinen Besuch freuen.« Er war von dem Gefühl überwältigt, abgekämpft und alt zu sein, und berührte den Arm des Jungen, als könne er damit etwas von seiner Jugend gewinnen. »Ich danke euch beiden. Jetzt muß ich gehen. Mrs. Porter wird selbst nach Hause wollen. Ich habe deine Großmutter in ihrer Obhut gelassen.«

Benjamin und Oliver begleiteten ihn zur Haustür.

»Dad, schaffst du es allein?« Oliver überlegte, ob er ihn nicht fahren sollte, sein Vater aber zog es vor, unabhängig zu bleiben. »Dann ruf wenigstens an, wenn du zu Hause bist.«

»Sei nicht albern!« entgegnete George heftig. »Mir geht es tadellos. Deine Mutter hat die Probleme.« Dann wurden seine Züge wieder weich, und er zog Oliver an sich. »Danke, mein Sohn... für alles... und es tut mir leid wegen...« Er sah zuerst Benjamin an, dann Oliver. »... wegen Sarah. Ruf mich an, wenn du etwas brauchst. Wenn deine Mutter sich besser fühlt, könnte Sam ja übers Wochenende zu uns kommen.« Er hörte sich nicht an, als ob er ernsthaft damit rechnete.

Beide sahen George nach, als er davonfuhr. Seufzend schloß Oliver die Haustür. Nichts war mehr einfach. Für niemanden. Das Leiden seiner Mutter wirkte auf ihn sehr ernüchternd. Er drehte sich zu Benjamin um, von der Frage bewegt, was im Leben seines Sohnes vor sich ging.

»Na, wo treibst du dich neuerdings immer herum, wenn du stundenlang wegbleibst?« Oliver musterte Ben eingehend, bevor sie die Lichter ausmachten und hinaufgingen.

»Ich war mit Freunden zusammen. Immer dieselbe alte Clique.« Etwas an der Art, wie er die Lippen bewegte, verriet Ollie, daß sein Ältester log.

»Ich wünschte, ich hätte den Eindruck, daß du die Wahrheit sagst.«

Benjamin fuhr jäh auf und drehte sich dann um. »Warum sagst du das?«

»Ein Mädchen, nicht wahr?« Oliver kannte ihn besser, als er dachte. Benjamin wich mit einem Lächeln, das alles sagte, seinem Blick aus.

»Vielleicht. Keine große Sache.« Und doch war es so. Es war eine größere Sache. Seine erste Affäre, und er war verrückt nach Sandra. Jede freie Minute verbrachten sie im Bett, da ihre Eltern nie daheim waren. Beide arbeiteten und gingen viel aus, und Sandra war das letzte noch zu Hause wohnende Kind, deshalb hatten sie viel Zeit für sich und wußten genau, wie sie sie nutzen wollten. Sandra, ein hübsches Mädchen von seiner Schule, war seine erste große Liebe. Sie besuchten denselben Chemiekurs, und er half ihr, denn Sandra war ständig in Gefahr, von der Schule zu fliegen. Allerdings gingen ihr die schlechten Zensuren nicht sehr unter die Haut. Ihr Interesse galt in erster Linie Benjamin, und er wiederum genoß es, wie sich ihr Körper anfühlte. Er liebte alles an ihr.

»Warum bringst du sie nicht mal mit? Kennt Mel sie? Ich möchte sie kennenlernen.«

»Hm ja... könnte sein... irgendwann... gute Nacht, Dad.« Benjamin trollte sich in sein Zimmer. Mit einem Lächeln auf den Lippen ging Oliver in sein Schlafzimmer. Sein Blick fiel auf Sam, als das Telefon schrillte. Er lief mit dem Apparat ins Bad, die lange Schnur im Schlepptau, die Sarah hatte anbringen lassen, damit sie von der Wanne aus telefonieren konnte. Er meldete sich im Flüsterton, weil er glaubte, daß sein Vater ihn doch noch anrief. Sein Herz drohte auszusetzen, als sich Sarah meldete.

»Hallo?«

»Bist du es?«

»Ja.« Es folgte eine lange Pause, die Oliver benötigte, um seine Fassung wiederzuerlangen. »Sarah, wie geht es dir?«

»Mir geht's gut. Heute habe ich endlich eine Wohnung gefunden. Was machen die Kinder?«

»Sie halten sich wacker.« Er lauschte angestrengt, von Sehnsucht nach ihr verzehrt. Und plötzlich erwachte in ihm der Haß, weil sie ihn verlassen hatte. »Es war für sie nicht einfach.«

Sie überging die Bemerkung. »Wie war's beim Skilaufen?«

»Sehr schön. Den Kindern hat es Spaß gemacht.« Aber ohne dich war es nicht dasselbe... wollte er hinzufügen, aber er sprach es nicht laut aus. Statt dessen sagte er das, was er sich vorgenommen hatte, nicht zu sagen. »Kommst du übers Wochenende?«

»Ich bin doch erst eine Woche weg.« Vergessen war das Versprechen, jedes Wochenende zu kommen. Er hatte es gewußt, und sie hatte es glühend abgestritten. Jetzt hörte sie sich auf einmal so fremd an – so herb und abweisend. Unglaublich, daß sie vor kurzem gemeinsam Tränen vergossen hatten. Jetzt klang sie wie eine flüchtige Bekannte, nicht wie die Frau, mit der er seit achtzehn Jahren verheiratet war und die in ein Hotel bei Boston gezogen war. »Ich dachte, es wäre besser, allen Zeit zu lassen, um sich umzugewöhnen. Nach allem, was wir in der letzten Woche durchgemacht haben, brauchen wir eine Atempause.« Vor allem deswegen hatte sie ihre Familie verlassen, um sich eine ›Atempause‹ zu verschaffen.

»Und wie lange soll diese Atempause dauern?« Er haßte sich, weil er weiterbohrte, aber er konnte nicht anders. »Eine Woche? Einen Monat? Ein Jahr? Ich glaube, die Kinder möchten dich sehen.«

»Ich möchte sie auch sehen. Aber wir sollten uns ein paar Wochen Zeit lassen. Zeit, damit sie sich beruhigen.« Und was ist mit mir? Am liebsten hätte er ihr die Worte entgegengebrüllt, und tat es doch nicht.

»Du fehlst ihnen sehr.« Und er vermißte sie auch.

»Sie fehlen mir auch«, gestand sie unbehaglich. Sie hatte es plötzlich eilig, das Gespräch zu beenden. Ihr war das Schuldgefühl unerträglich, das sie während des Gespräches erfaßt hatte. »Ich wollte dir nur meine neue Adresse geben. Samstag ziehe ich ein. Sobald ich ein Telefon habe, melde ich mich.«

»Und in der Zwischenzeit? Wenn bei den Kindern ein Notfall eintritt?« Allein der Gedanke daran jagte ihm Angst ein. Er hatte ein Recht zu wissen, wo sie sich aufhielt. Er mußte es wissen, auch seinetwegen.

»Du kannst im Hotel eine Nachricht für mich hinterlassen. Und danach könntest du an meine Adresse telegrafieren, wenn es unbedingt sein muß.«

Olivers eisiger Ton sollte seinen Schmerz überdecken. »Das hört sich wie ein lächerliches Arrangement an.«

»Anders geht es nicht. Hör zu, ich muß Schluß machen.«

»Warum? Erwartet dich jemand?« Auch für diese Frage haßte er sich, doch seine Eifersucht regte sich, während er sie sprechen hörte.

»Lächerlich. Es ist schon spät, das ist alles. Sieh mal, Ollie... du fehlst mir...« Etwas Grausameres hätte sie nicht sagen können. Sarah war aus freien Stücken gegangen, sie hatte ihm das Herz aus der Brust gerissen, und jetzt wagte sie, ihm zu sagen, daß er ihr fehlte.

»Sarah, du hast Mut. Ich begreife das Spiel nicht, das du spielst.«

»Es ist kein Spiel. Du weißt genau, weswegen ich hier bin. Ich brauche es.«

»Du hast aber auch gesagt, daß du jedes Wochenende heimkommen willst. Du hast gelogen.«

»Ich habe nicht gelogen. Aber ich habe mir überlegt, daß wir dann alle nur noch mehr leiden. Ich, du und die Kinder.«

»Unter diesem lächerlichen Studium leiden wir genauso, und was soll ich eigentlich machen, wenn du fort bist? Soll ich mich mit dem ›Playboy‹ im Bad einschließen?«

»Ollie... nicht... bitte... es ist schwer für uns beide.« Doch es war ihre Entscheidung gewesen und nicht seine.

»Ich habe dich nicht verlassen. Ich hätte das nie getan.«

»Ich konnte nicht anders.«

»Ach was, du verdammtes Weibsstück! Meine Mutter hat schon vor Jahren gesagt, daß du egoistisch bist.«

»Fangen wir nicht wieder damit an. Um Himmels willen, Ollie, es ist Mitternacht vorbei.« Plötzlich war ihre Neugierde erwacht. »Wieso flüsterst du?« Sie hatte erwartet, ihn im Bett anzutreffen, aber jetzt hörte sie ein Echo beim Sprechen.

»Sam schläft in unserem Bett. Ich bin im Bad.«

»Ist er krank?« Das klang plötzlich sehr besorgt, und sein Zorn erwachte jäh. Was hätte sie getan, wenn Sam wirklich krank gewesen wäre? Wäre sie nach Hause geflogen? Vielleicht hätte er ihr weismachen sollen, daß Sam krank war, aber die Wahrheit war viel schlimmer.

»Er leidet jede Nacht unter Alpträumen. Und er macht ins Bett. Heute wollte er bei mir schlafen.«

Nun trat Stille ein, während Sarah sich vorstellte, wie Sam in dem Bett lag, das vor wenigen Tagen noch ihr eigenes gewesen war. »Ein Glück, daß er dich hat«, sagte sie verhalten. »Gib acht auf ihn. Ich rufe dich an, sobald ich den Anschluß habe.«

Oliver wollte noch mehr sagen, aber er spürte, daß Sarah das Gespräch beenden wollte. »Paß auf dich auf.« Er wollte ihr sagen, daß er sie immer noch liebte, aber auch das verkniff er sich. Sarah machte sich selbst etwas vor – über ihre Rückkehr nach zwei Jahren, über die Wochenenden und Ferien, die sie zu Hause verbringen wollte. Sie hatte die Familie verlassen, so sah die simple Wahrheit aus. Sie hatte sie alle im Stich gelassen. Und das schlimmste war, daß Oliver sie – egal, was passiert war – immer lieben würde.

6. Kapitel

Die ersten Wochen ohne Sarah waren für Oliver sehr hart. Die Eier waren nie richtig, der Orangensaft zu dicklich, der Toast zu dunkel oder zu hell, und sogar der Kaffee schmeckte seiner Meinung nach anders. Er wußte, daß es lächerlich war. Aggie kochte jetzt seit zehn Jahren für sie, und alle liebten sie innig, aber sie waren Sarahs Frühstück gewöhnt. Sam schien die ganze Zeit über zu maulen, und nicht nur einmal ertappte Ollie ihn dabei, wie er dem Hund einen Tritt versetzte. Mel verharrte in ihrem Trübsinn, und Benjamin beehrte die Familie kaum mehr mit seiner Anwesenheit. Statt dessen verdrückte er sich mit der Behauptung, er würde nie frühstücken. Und auf einmal schien Ollie in ständigem Streit mit seinen Kindern zu liegen. Mel wollte an beiden Wochenendabenden ausgehen, Benjamin kam an Wochentagen noch immer zu spät nach Hause, behauptete aber, er würde zusammen mit Freunden lernen, und Sam war nachts unruhig und landete unweigerlich in Ollies Bett, was anfangs ziemlich tröstlich war, ihm aber mit der Zeit auf die Nerven ging. Die friedliche Familie, die sie einmal gewesen waren, gab es nicht mehr.

Sarah rief an, als sie ihren Anschluß hatte – zwei Wochen später als versprochen, und sie war noch immer nicht zu Besuch nach Hause gekommen, da sie der Meinung war, es sei zu früh. Ihre Telefonate waren knapp und von Bitterkeit gefärbt. Fast schien sie die Kinder zu fürchten, als brächte sie es nicht über sich, ihnen Trost und Mut zuzusprechen. Noch immer klammerte sie sich an die Vorstellung, eines Tages klüger, gebildeter und erfolgreich zur Familie zurückzukehren. Aber Ollie wußte es besser. Über Nacht war die Ehe, die er achtzehn Jahre lang hochgehalten hatte, in Scherben zerbrochen. Und dies beeinflußte ihn in allem – im Umgang mit den Kindern, mit Freunden und sogar mit seinen Kunden in der Firma. Er war wütend auf alle, speziell auf Sarah, und ebenso auf sich, weil er insgeheim wie Mel überzeugt war, daß er etwas falsch gemacht hatte und alles seine Schuld sei.

Die alten Bekannten riefen immer wieder an und luden Oliver ein. Die Neuigkeit hatte allmählich die Runde gemacht, sobald Aggie Sarahs Stelle in der Fahrgemeinschaft einnahm. Aber er wollte niemanden sehen. Alle waren neugierig, klatschsüchtig und schlicht aufdringlich. Und in diesen turbulenten Zeiten rief George Tag und Nacht an und lieferte gräßliche Zustandsberichte von Phyllis' Verfall. Sie wurde täglich vergeßlicher und war in gewisser Weise eine Gefahr für sich selbst. Der verzweifelte George klammerte sich trostsuchend an seinen Sohn, aber Ollie war kaum imstande, sein eigenes Lebensschiff zu steuern. Es fiel ihm schon schwer genug, mit den Kindern fertig zu werden, so daß er erwog, mit allen zu einem Psychiater zu gehen. Er rief Sams Lehrerin an und sprach mit ihr darüber, aber sie versicherte ihm, daß Sam ganz normal auf die Veränderung reagieren würde. Es sei verständlich, daß er schwierig, streitsüchtig und wehleidig geworden sei. Seine Noten waren entsprechend abgesunken und die von Mel ebenso. Es war klar, daß sie noch immer ihrem Vater die Schuld an der Abwesenheit ihrer Mutter gab. Die Schulpsychologin behauptete, daß auch eine solche Reaktion gesund und normal sei. Das Mädchen brauche jemanden, dem es alle Schuld zuschieben könne, und ihr Vater sei der passendste Sündenbock.

Ebenso normal sei es, daß Benjamin bei seinen Freunden Zuflucht suchte, um dem Zuhause zu entfliehen, das ohne seine Mutter nun so verändert war. Mit der Zeit würde sich das alles geben, urteilten die Fachleute, und alle würden sich den veränderten Gegebenheiten anpassen. Dennoch gab es Augenblicke, in denen Ollie daran zweifelte, ob er alles überleben würde.

Jeden Abend kam er erschöpft und ausgelaugt von der täglichen Arbeit nach Hause und fand das Haus in Unordnung, die Kinder unglücklich und zerstritten vor. Die Abendmahlzeiten waren ungenießbar, in Alufolie gewickelt und zu lange im Rohr warm gehalten. Und wenn Sarah anrief, hätte er am liebsten den Apparat gegen die Wand geschleudert und sie angebrüllt. Er wollte nichts mehr von ihren Vorlesungen oder ihren Ausflüchten, warum sie wieder nicht kommen konnte, hören. Er wollte, daß sie zurückkam und mit ihm schlief, ihn liebte, für ihn kochte und sich um die Kinder kümmerte. Aggie war großartig, aber sie konnte den Kindern die Mutter niemals ersetzen.

Eines Nachmittags saß Ollie in seinem Büro, starrte aus dem Fenster in den für New York Ende Januar typischen Schneeregen und fragte sich, ob Sarah je zurückkommen würde. Im Moment hätte er sich mit einem Wochenende zufriedengegeben. Inzwischen war sie einen Monat fort, und er war so einsam, daß er glaubte, es nicht länger aushalten zu können.

»Was für ein Gesicht... darf ich reinkommen?« fragte Daphne Hutchinson, die stellvertretende Vizepräsidentin der Firma. Er kannte sie seit vier Jahren, und sie arbeiteten im Moment an einer Präsentation für einen neuen Kunden zusammen. Daphne war eine gutaussehende Frau, die ihr dunkles Haar zu einem straffen Nackenknoten zusammengefaßt trug und sich auffallend elegant kleidete. Alles an ihr wirkte sehr dezent und dabei modisch – das große dekorative Halstuch, die teuren Schuhe oder ihr schlichter, geschmackvoller Schmuck. Oliver schätzte sie ungemein, da sie tüchtig, klug, diskret und fleißig war. Sie war mit achtunddreißig noch ledig, aus welchem Grund auch immer, und ihre Freundschaft mit Oliver hatte den Bereich des Platonischen nie überschritten. Von allem Anfang an hatte sie in der Firma ganz allgemein signalisiert, daß Büroaffären nicht ihrem Stil entsprachen. Trotz einiger hartnäckiger Attacken hatte sie ihre Haltung nie aufgegeben, und auch dafür zollte Oliver ihr Hochachtung. Zudem war sie dank ihrer Arbeit unentbehrlich. »Ich habe ein paar Entwürfe für die nächste Woche.« Daphne, die mit ihrer großen Mappe unter dem Arm in der Tür stand, schien zu zögern. »Sie sind wohl nicht in der richtigen Stimmung. Soll ich später kommen?« Ihr war zu Ohren gekommen, daß Sarah ausgezogen war, und sie hatte schon seit Wochen in Olivers Miene die Anspannung gelesen, ohne darüber ein Wort zu verlieren.

»Schon gut, Daph, kommen Sie ruhig rein. Jetzt oder später – was macht das schon aus?«

Ihre Besorgnis erwachte jäh, als sie ihn genauer betrachtete. Oliver schien abgemagert, sein Gesicht war bleich, alles in allem machte er einen sehr unglücklichen Eindruck. Sie setzte sich und zeigte ihm ihre Entwürfe, aber er konnte sich nicht konzentrieren. Schließlich gab sie auf und bot ihm eine Tasse Kaffee an. »Kann ich etwas für Sie tun? Man sieht es mir nicht an, aber ich verfüge über breite Schultern«, sagte sie mit einem Lächeln, aus dem freundschaftliche Anteilnahme sprach.

Oliver lächelte auch. Daphne hatte so viel Format und Stil, daß man geneigt war zu vergessen, wie klein und zierlich sie war. Ja, sie war eine großartige Frau, und wieder stellte er sich die Frage, wieso sie wohl nie geheiratet hatte. Vielleicht war sie immer zu beschäftigt gewesen, zu sehr in ihre Arbeit vertieft. Das erging vielen so, die dann mit vierzig in Panik gerieten. Daphne aber machte nicht den Eindruck, als litte sie unter Torschlußpanik. Sie wirkte vielmehr zufrieden und in sich ruhend, und ihr Blick war teilnahmsvoll, als er sich seufzend zurücklehnte und den Kopf schüttelte. »Ich weiß nicht, Daphne... sicher haben Sie davon gehört...« Aus seinem Blick sprach so viel Schmerz, daß sie ihn am liebsten tröstend in die Arme genommen hätte. »Sarah ist letzten Monat aus dem Haus gegangen, um in Boston zu studieren...«

»Das ist doch kein Weltuntergang. Ich dachte, es sei viel schlimmer.« Sie hatte Gerüchte gehört, daß eine Scheidung bevorstünde, aber das sagte sie Ollie nicht.

»Sehr wahrscheinlich ist es schlimmer, als es aussieht. Sarah hat nur nicht den Mut, es sich einzugestehen. Seit fünf Wochen haben wir sie nicht mehr zu Gesicht bekommen. Die Kinder sind außer Rand und Band, und ich werde langsam, aber sicher verrückt. Abend für Abend bin ich dem Wahnsinn nahe, wenn ich versuche, hier pünktlich wegzukommen. Vor acht bin ich nie zu Hause, und dann klappt nichts mehr. Mein Abendessen ist zu Pappe geworden, wir schreien uns an, die Kinder heulen, und am nächsten Morgen fängt alles von neuem an.«

»Das klingt nicht sehr amüsant. Warum nehmen Sie sich nicht vorübergehend eine Wohnung in New York? Dann hätten Sie es nicht so weit ins Büro, und die Abwechslung täte den Kindern gut.« Daran hatte er noch nicht gedacht, aber er konnte auch jetzt nicht einsehen, welchen Sinn das haben sollte – ein Wechsel von Schule und Freunden hätte für die Kinder einen neuen Schock bedeutet. Er wußte, daß sie die vertraute Umgebung brauchten, als Trost sozusagen.

»Ich schaffe es ja kaum, mit den täglichen Problemen fertig zu werden, ganz zu schweigen von den Umständen, die ein Umzug mit sich bringt.« Er erzählte ihr nun von Mels Trotz, von Benjamins ständiger Abwesenheit und von Sams Bettnässen und seiner Gewohnheit, bei ihm zu schlafen.

»Sie brauchen Abwechslung, mein Lieber. Warum fahren Sie mit den Kindern nicht irgendwohin? Eine Woche Karibik oder Hawaii, in eine warme und sonnige Gegend, wo Sie abschalten und sich ein wenig amüsieren können?«

Gab es denn einen solchen Ort? Würden sie jemals wieder zusammen glücklich sein können? Das erschien ihm unwahrscheinlich, zudem war es ihm ein wenig peinlich, daß er seine Sorgen und Kümmernisse so ungeniert vor Daphne ausbreitete, aber sie schien nichts dabei zu finden.

»Irgendwie hoffe ich noch immer, daß Sarah zurückkommt und wir die Uhr zurückdrehen können, wenn wir uns nur nicht vom Fleck rühren.«

»Meist kommt es aber anders.«

»Ja.« Er fuhr sich durchs Haar. »Das ist mir nicht entgangen. Sie müssen entschuldigen, daß ich Sie mit diesem Kram behellige. Manchmal setzt mir das alles ziemlich zu, so daß ich mich schwer auf meine Arbeit konzentrieren kann. Andererseits bin ich froh, wenn ich aus dem Haus komme und ins Büro fahren kann. Die Abende sind so bedrückend, und die Wochenenden sind noch schlimmer. Es ist, als hätte man uns alle so auseinandergerissen, daß wir nicht mehr zueinanderfinden. Vorher war alles anders...« Mittlerweile konnte er sich kaum mehr erinnern, wie es gewesen war. Ihm kam vor, als durchlitten sie den Trennungsschmerz schon ein ganzes Lebensalter.

»Kann ich etwas für Sie tun?« Sie kannte seine Kinder nicht und hätte sie gern kennengelernt. An den Wochenenden stand ihr viel freie Zeit zur Verfügung. »Ich würde mich sehr freuen, Ihre Kinder kennenzulernen. Vielleicht täte es ihnen ganz gut – oder glauben Sie, daß die drei dann das Gefühl hätten, ich würde mich in die Familie drängen?«

»Ich bin gar nicht sicher, ob sie überhaupt Notiz davon nehmen würden.« Beide wußten, daß das nicht ausgeschlossen war. Er lächelte ihr zu, dankbar für ihre Anteilnahme. »Vielleicht könnten Sie uns einmal einen Tag besuchen. Das wäre für uns alle eine Abwechslung, wenn sich die Dinge ein wenig beruhigt haben – falls es je dazu kommt. Meine Mutter ist seit einiger Zeit erkrankt, müssen Sie wissen. Ein Unglück kommt eben selten allein, wie es so schön heißt. Ist Ihnen das auch schon aufgefallen?« Er lächelte sein jungenhaftes Lächeln, das die Frauenherzen zum Schmelzen brachte, und Daphne lachte.

»Sie machen mir Spaß! Es ist die Geschichte meines Lebens. Was macht der Hund?«

»Der Hund?« Oliver war erstaunt über diese Frage. »Es geht ihm gut. Warum?«

»Geben Sie gut acht auf den Burschen. Es könnte sein, daß er verrückt spielt und vierzehn Nachbarn beißt.« Beide lachten, aber dann seufzte Oliver wieder.

»Daph, ich hätte nie geglaubt, daß uns so etwas zustoßen könnte. Sarah hat mich buchstäblich überrumpelt. Ich war gar nicht darauf vorbereitet, ebensowenig wie die Kinder. Immer war ich der Meinung, daß unser Leben vollkommen ist.«

»Tja, hin und wieder passiert so etwas. Menschen erkranken und sterben, die Dinge ändern sich, man verliebt sich auf einmal in einen anderen oder tut irgend etwas Verrücktes. Das alles ist nicht fair, aber so ist es nun einmal, und man muß das Beste daraus machen. Eines Tages werden Sie zurückblicken und dann vielleicht begreifen können, was eigentlich geschehen ist.«

»Es war vermutlich meine Schuld.« Das glaubte er noch immer. »Vielleicht fühlte Sarah sich vernachlässigt oder einsam, oder sie hatte das Gefühl, daß ich sie als Selbstverständlichkeit hinnehme.«

»Oder sie glaubte zu ersticken, langweilte sich oder war gar nicht der wunderbare Mensch, den Sie in ihr sahen.«

Daphne war der Wahrheit näher gekommen, als sie ahnte. Oliver war aber noch nicht bereit, es sich einzugestehen.

»Vielleicht wollte sie auch nur zur Abwechslung ihr eigenes Leben führen. Die Beweggründe anderer sind oft schwer nachvollziehbar. Für die Kinder muß es noch schwieriger sein.«

Daphne verfügte über viel Lebensklugheit, und Oliver dachte unwillkürlich daran, wie sehr sie ihm immer gefallen hatte – nicht als Flirt, sondern weil sie alle gesunden, köstlichen Werte anzubieten hatte, die eine echte Freundschaft ausmachten. Es war Jahre her, seitdem er mit einer Frau befreundet gewesen war – nicht mehr seit er Sarah geheiratet hatte.

»Wenn ich es nicht begreife, dann ist es nicht weiter verwunderlich, daß auch die Kinder ratlos sind. Und Sarah macht's uns schwer, indem sie einfach fortbleibt, obwohl sie ursprünglich versprochen hat, jedes Wochenende zu kommen.«

»Es ist hart, aber vielleicht für alle besser. Bis sie wirklich kommt, haben sich alle ein wenig beruhigt.«

Das ließ ihn verbittert auflachen. Eine Möglichkeit, die nicht viel Wahrscheinlichkeit besaß. »Davon kann in unserem Haus keine Rede mehr sein. Schon beim Frühstück fängt das allgemeine Gejammer an, und wenn ich nach Hause komme, hat es nicht aufgehört, oder aber die Kinder sind gar nicht da, was noch schlimmer ist. Mir war nie bewußt, daß die Kinder so viel Energie und Aufmerksamkeit in Anspruch nehmen. Mir kamen sie immer so unkompliziert und gut vor, so gut geraten und glücklich. Und jetzt... ich erkenne sie kaum wieder, wenn ich abends heimkomme... das ständige Gemaule, die sauren Mienen, die Streitigkeiten, das Gezeter. Ich kann es kaum erwarten, wieder ins Büro zu kommen.« Und saß er erst an seinem Schreibtisch, hielt er es da auch nicht aus. Vielleicht hatte Daphne recht, wenn sie ihm vorschlug, Urlaub zu nehmen.

»Lassen Sie nicht zu, daß Ihr Leben auf diese Weise weitergeht«, sagte sie mit einem bedeutungsvollen Blick. »Auch Sie bezahlen jetzt einen Preis. Geben Sie Sarah eine Chance, falls sie zurückkommt – was großartig wäre. Wenn nicht, dann ändern Sie die Situation. Bauen Sie sich ein zufriedenstellendes Leben anstatt dieses Wirrwarrs auf. Das ist kein Ersatz für einen richtigen, lebendigen Menschen. Ich spreche aus Erfahrung, glauben Sie mir.«

»Haben Sie deshalb nie geheiratet?« Unter den gegebenen Umständen erschien es ihm nicht mehr zu dreist, diese Frage zu stellen.

»Mehr oder weniger. Aus diesem Grund und ein paar anderen Komplikationen. Ich habe mir geschworen, bis zum dreißigsten Lebensjahr Karriere zu machen, und danach passierten einige andere Dinge, die mich in Anspruch genommen haben, und ich habe mich wieder in meine Arbeit geflüchtet. Und dann ... nun, das ist eine lange Geschichte. Es genügt, wenn ich sage, das war's wohl für mich. Mir ist es sehr recht so, und es klappt. Aber für die meisten Menschen wäre es zuwenig. Und Sie haben Kinder, Oliver, aber Sie brauchen dennoch mehr als das. Eines Tages werden die Kinder aus dem Haus sein, und dieser Schreibtisch stellt nach Mitternacht eine höchst unzulängliche Gesellschaft dar.« Alle wußten, daß Daphne manchmal bis zehn Uhr im Büro blieb. Das war auch der Grund, weshalb ihre Entwürfe die besten waren. Sie arbeitete wie eine Besessene und brillierte in ihrem Fach.

»Sie sind eine kluge Frau.« Mit einem Lächeln sah er auf die Uhr. »Sollten wir es noch mal mit dem Zeug versuchen, das Sie mir zeigen wollten?« Es war kurz vor fünf, und er mußte eigentlich an die Heimfahrt denken.

»Warum gehen Sie nicht mal zur Abwechslung früher nach Hause? Es würde Ihren Kindern und Ihnen selbst guttun. Gehen Sie irgendwohin mit ihnen essen.«

Der Vorschlag schien ihn zu erstaunen, er hatte selbst nie daran gedacht, weil er sich so krampfhaft an die alten Gewohnheiten geklammert hatte. »Eine großartige Idee! Danke. Es macht Ihnen doch nichts aus, wenn wir uns Ihre Entwürfe morgen ansehen?«

»Ach was, dann kann ich Ihnen noch mehr zeigen.« Sie stand auf und ging zur Tür, um ihm noch einen Blick über die Schulter zuzuwerfen. »Kopf hoch, Oliver. Das Unwetter hat zwar tüchtig zugeschlagen, aber es dauert nicht ewig.«

»Soll das ein Versprechen sein?«

Sie hob lächelnd zwei Finger. »Bei meiner Pfadfinderehre.«

Damit ging sie, und er rief zu Hause an. Agnes hob ab. »Hallo, Aggie.« Oliver fühlte sich glücklicher als seit Tagen. »Heute brauchen Sie nicht zu kochen. Ich dachte, ich könnte mit den Kindern essen gehen.« Daphnes Idee war großartig, sie war eben auch eine großartige Frau.

»Ach so.« Agnes hörte sich an, als hätte er sie überrumpelt.

»Ist etwas?« Die Realität hatte ihn wieder. Einfach war jetzt nichts mehr. Nicht einmal ein Restaurantbesuch mit den Kindern.

»Melissa hat wieder Probe, Benjamin Basketballtraining, und Sam liegt mit Fieber im Bett.«

»Ach du lieber Gott... tut mir leid... na schön, macht nichts. Aufgeschoben ist nicht aufgehoben.« Stirnrunzelnd fragte er: »Geht es Sam einigermaßen?«

»Keine große Sache. Nur eine Erkältung und ein Anflug von Grippe. Schon gestern hatte ich den Verdacht, daß etwas mit ihm nicht stimmte, und heute kam ein Anruf von der Schule, ich sollte ihn sofort abholen.« Und sie hatte ihn nicht angerufen. Sein Kind war krank, und er wußte nichts davon. Armer Sam.

»Wo ist er?«

»In Ihrem Bett, Mr. Watson. In sein eigenes wollte er nicht, und ich dachte, Sie hätten nichts dagegen.«

»Sehr schön.« Er und ein krankes Kind gemeinsam in einem Bett. Das war meilenweit von dem Leben entfernt, das er gewohnt war, aber damit war es ohnehin vorbei. Er legte mit finsterer Miene auf, als Daphne wieder hereinkam.

»Ach, wieder schlechte Nachrichten, etwa der Hund?«

Ollie lachte. Sie heiterte ihn auf, fast wie eine Lieblingsschwester. »Noch nicht. Sam hat Fieber. Die anderen sind nicht zu Hause. Mit dem Dinner wird es wohl heute nichts.« Da kam ihm eine Idee. »Hören Sie, würden Sie uns am Sonntag besuchen? Dann könnten wir die Kinder gemeinsam ausführen.«

»Sind Sie sicher, daß es den Kindern nichts ausmacht?«

»Ganz sicher. Sie werden begeistert sein. Wir können in einem kleinen italienischen Lokal essen, das die Kinder über alles lieben. Dort gibt es herrlichen Fisch und eine einmalige Pasta. Na, wie hört sich das an?«

»Hört sich gut an. Aber verbleiben wir doch so: Falls Sarah übers Wochenende unerwartet kommen sollte, wird das Unternehmen abgeblasen, ganz problemlos. Klar?«

»Miß Hutchinson, mit Ihnen kommt man wirklich wunderbar aus.«

»Das ist mein Gütesiegel. Wie hätte ich sonst so weit kommen können? Mein Aussehen hilft mir nicht weiter.« Sie war so bescheiden wie klug und verfügte über viel Humor.

»Unsinn.«

Sie winkte ihm zu und lief davon, und ehe er das Büro verließ, fragte er sich, warum er sich nicht körperlich zu ihr hingezogen fühlte. Daphne sah gut aus und hatte eine tolle Figur; sie war klein und verbarg ihre Formen geschickt unter sachlichen Kostümen und schlichten Kleidern. Vielleicht war er noch nicht bereit dafür, denn immerhin war er noch mit Sarah verheiratet. Aber das war nicht der entscheidende Punkt. Daphne trug ein Banner vor sich her, auf dem stand: ›Ich will gern allzeit deine Freundin sein, aber komm mir ja nicht zu nahe. Faß mich nicht an.‹ Oliver hätte gern gewußt, was dahintersteckte, falls es einen Grund gab, oder ob es nur ihre Taktik am Arbeitsplatz war. Vielleicht ergab sich eines Tages die Gelegenheit, mit ihr darüber zu sprechen.

Um Viertel nach sieben war er zu Hause. Sam schlief mit fieberheißem Kopf in seinem Bett. Die beiden Älteren waren ausgeflogen. Ollie ging in die Küche, um sich Spiegeleier zu braten. Diesmal wartete kein Abendessen auf ihn. Aggie hatte für Sam Hühnersuppe und dazu französischen Toast gemacht. Sie war der Meinung, daß sich Ollie selbst versorgen könnte. Das tat er dann auch und wartete auf Ben und Mel. Es wurde eine lange Wartezeit. Melissa kam glücklich und gut gelaunt um zehn, begeistert von dem Stück, in dem sie eine größere Rolle hatte, aber kaum sah sie Oliver, setzte sie ihre verschlossene Miene auf und lief wortlos auf ihr Zimmer. Mitternacht war vorüber, als Benjamin nach Hause kam. Oliver saß im Arbeitszimmer, aber als er die Haustür hörte, ging er rasch hinaus... mit einem Gesichtsausdruck, der alles sagte. Benjamin sah große Schwierigkeiten voraus.

»Wo warst du?«

»Am Dienstag habe ich Basketballtraining.« Sein Blick verriet nichts. Gesund und kräftig, wie er war, rief alles an ihm nach Unabhängigkeit.

»Bis Mitternacht?« Ollie war nicht gewillt, ihm die Geschichte so einfach abzunehmen.

»Anschließend hab' ich mir noch einen Hamburger genehmigt – keine große Sache.«

»Nein, ist es nicht. Ich weiß zwar nicht, was mit dir los ist, aber du scheinst der Meinung zu sein, du könntest tun, was du möchtest, seit deine Mutter nicht mehr da ist. Nun, das ist nicht der Fall. An den Regeln hat sich nichts geändert. Hier hat sich gar nichts geändert, bis auf den Umstand, daß sie fort ist. Ich erwarte noch immer, daß du nach Hause kommst und an Wochentagen die Abende zu Hause verbringst, deine Arbeit tust und mit dem Rest der Familie Kontakt hast und zur Stelle bist, wenn ich nach Hause komme. Ist das klar?«

»Ja, sicher. Aber was bringt das schon?« Benjamin war außer sich.

»Wir sind noch immer eine Familie. Mit deiner Mutter oder ohne sie. Und Sam und Mel brauchen dich... und ich auch...«

»Das ist Unsinn, Dad. Sam braucht Mom. Mel hängt ohnehin den halben Tag am Telefon, und die andere Hälfte schließt sie sich in ihrem Zimmer ein. Du kommst nicht vor neun heim und bist dann zu müde, um mit uns auch nur ein Wort zu reden. Warum also soll ich zu Hause herumhocken und meine Zeit vertun?«

Man sah Oliver an, wie gekränkt er war. »Weil du hier wohnst. Und ich komme nicht erst um neun. Ich schaffe es spätestens bis acht und erwarte, daß du zur Stelle bist. Benjamin, noch einmal sage ich dir das nicht. Jetzt geht das schon einen Monat so. Abend für Abend bist du weg. Wenn du nicht damit aufhörst, gebe ich dir einen Monat Hausarrest.«

»Den Teufel wirst du!« Benjamin ließ seiner Wut freien Lauf, Und Oliver war schockiert. So hatte sein Sohn ihm noch nie zu antworten gewagt. Plötzlich bot er ihm offen die Stirn.

»Das wär's dann, junger Mann. Du hast es geschafft. Ab jetzt gilt Ausgehverbot.«

»So eine Scheiße!« Benjamin sah aus, als wolle er auf ihn losgehen.

»Keine Widerrede!« Sie waren immer lauter geworden. Keiner hatte bemerkt, daß Mel leise die Treppe heruntergekommen war und sie nun von der Küchentür aus beobachtete. »Deine Mutter ist nicht mehr da, und jetzt setze ich die Regeln durch.«

»Wer sagt das?« Als hinter ihnen eine erzürnte Stimme diese Worte äußerte, fuhren beide überrascht herum. »Was gibt dir das Recht, uns so herumzuschubsen? Du bist ohnehin nie zu Hause und kümmerst dich einen Dreck um uns. Wäre es anders, hättest du Mom nicht aus dem Haus getrieben. Es ist allein deine Schuld, daß sie weg ist, und jetzt verlangst du, daß wir alle Scherben aufklauben.«

Am liebsten hätte Ollie losgebrüllt, als er seine Kinder so reden hörte. Sie begriffen gar nichts. Aber wie hätten sie seine Situation auch verstehen sollen? »Hört gut zu, ich möchte, daß euch eines klar ist.« Tränen standen in seinen Augen, als er sie ansah. »Ich hätte alles getan, um eure Mutter zu halten, vielleicht habe ich etwas getan, was sie zu diesem Verhalten getrieben hat. Andererseits vermute ich, daß sie so etwas immer schon beabsichtigte, daß sie immer schon weiterstudieren und ihr eigenes Leben ohne uns führen wollte. Aber ob es nun meine Schuld ist oder nicht, ich habe euch sehr lieb.« Seine Stimmte bebte schmerzlich, so daß er kaum weitersprechen konnte. »Und eure Mom liebe ich auch. Wir dürfen nicht zulassen, daß die Familie auseinanderbricht – das wäre ein zu hoher Preis... und ich brauche euch...« Als er in Tränen ausbrach, machte Mel ein entsetztes Gesicht. »Ich brauche euch sehr... und ich habe euch lieb...« Oliver wandte sich ab, und plötzlich spürte er Benjamins Hand auf der Schulter, im nächsten Moment war Melissa an seiner Seite, die ihn umarmte.

»Dad, wir haben dich auch lieb«, flüsterte sie mit belegter Stimme. Benjamin sagte nichts, er stand nur hilflos da. »Es tut mir leid, daß wir uns so abscheulich aufgeführt haben.« Mel warf einen Blick auf ihren älteren Bruder, dem jetzt auch Tränen in den Augen standen. So leid ihm sein Vater auch tat, er führte sein eigenes Leben und hatte seine eigenen Probleme.

»Es tut mir leid.« Es dauerte eine Weile, bis Oliver wieder ein Wort herausbrachte. »Es ist für uns alle schwer. Für eure Mutter vermutlich auch.« Er wollte Sarah Gerechtigkeit widerfahren lassen und die Kinder nicht gegen sie aufhetzen.

»Und warum ist sie nicht gekommen wie versprochen? Warum ruft sie uns nie an?« fragte Melissa anklagend, als sie zu dritt in die Küche gingen. Seit sie nach Boston gezogen war, hatte sich Sarah sehr selten gemeldet.

»Ich weiß es nicht, mein Schatz. Vermutlich hat sie mehr Arbeit, als sie zunächst glaubte. Das habe ich von Anfang an befürchtet.« Allerdings hatte er nicht erwartet, daß sie sich gleich fünf Wochen nicht blicken lassen würde. Das war besonders Sam gegenüber grausam, es war grausam für alle, und das hatte er ihr auch wiederholt am Telefon zu verstehen gegeben. Sarah aber hatte behauptet, sie sei noch nicht bereit für einen Besuch. Nachdem der Bruch, so schmerzlich er auch sein mochte, vollzogen worden war, flog sie nun ohne Netz dahin, auch wenn die anderen darunter litten. »Sie wird sicher bald kommen.«

Melissa ließ sich mit nachdenklichem Nicken am Küchentisch nieder. »Es wird nie mehr so wie früher, oder?«

»Mag sein. Aber es könnte ja sein, daß das gar nicht so übel ist, auch wenn sich einiges ändert. Wenn wir unsere Probleme eines schönen Tages bewältigt haben, sind wir vielleicht sogar besser dran als früher.«

»Aber vorher war alles so gut.« Sie blickte zu ihm auf, und er nickte. Wenigstens hatten sie wieder zueinandergefunden, wenigstens war jetzt etwas in Ordnung gebracht. Nun wandte er sich an seinen Sohn. »Was ist mit dir los, Benjamin?« Oliver spürte, daß einiges im Gange war, aber offensichtlich wollte sein Sohn ihm das nicht anvertrauen. Und auch das war neu für ihn, denn Benjamin war immer sehr offen und umgänglich gewesen.

»Nicht viel.« Verlegen setzte er hinzu: »Ich muß jetzt zu Bett.« Als er sich zum Gehen wandte, erwachte in Oliver jäh der Wunsch, ihn festzuhalten.

»Benjamin...« Der Junge blieb stehen. Oliver ahnte etwas. »Möchtest du mich vor dem Zubettgehen noch unter vier Augen sprechen?«

Benjamin zögerte erst und schüttelte dann den Kopf. »Nein, danke, Dad, bei mir läuft alles gut.« Ängstlich hängte er die Frage an: »Gilt noch immer das Ausgehverbot?«

Oliver zögerte keine Sekunde. Allen mußte klargemacht werden, daß er jetzt hier das Sagen hatte. Das war ungeheuer wichtig, andernfalls würden alle über die Stränge schlagen. Ihnen zuliebe durfte er das nicht zulassen. »Ja, du hast Hausarrest, mein Sohn. Du mußt jeden Abend zum Essen zu Hause sein, auch an den Wochenenden. Einen ganzen Monat lang. Ich habe dich gewarnt.« Er blieb unbeugsam, während sein Blick Benjamin zu verstehen gab, daß er es nur tat, weil er ihn liebte.

Benjamin nickte und ging hinaus. Keiner der Anwesenden ahnte, wie verzweifelt Benjamin über Olivers Entscheidung war.

Ben mußte abends bei Sandra sein... er mußte... sie brauchte ihn. Und er brauchte sie. Er wußte gar nicht, wie sie beide diesen Monat überleben sollten.

Oliver sah Melissa an, nachdem Benjamin gegangen war.

Langsam ging er zu ihr und beugte sich über sie, um ihr einen Kuß zu geben. »Ich habe dich sehr lieb, mein Schatz. Wirklich. Ich glaube, wir alle müssen jetzt Geduld zeigen. Es wird sich mit der Zeit alles zum Besseren wenden.«

Sie nickte nachdenklich. Melissa wußte mehr von Benjamin, als sie zu sagen bereit war. Sie hatte ihn unzählige Male mit Sandra gesehen, und sie wußte auch, daß er den Unterricht oft schwänzte. Das sprach sich auf ihrer Schule schnell herum. Daß Benjamin es mit dem Mädchen sehr ernst meinte, merkte sie daran, daß er sich seinem Vater widersetzte.

Sam rührte sich die ganze Nacht über nicht, und am Morgen war er fieberfrei. Alle schienen ruhiger zu sein, als Oliver leichteren Herzens zur Arbeit fuhr. Es tat ihm leid, daß er Benjamin zu Hause festnagelte, aber es war zu seinem Besten. Er hatte den Eindruck, daß Benjamin dafür Verständnis hatte. Der Durchbruch bei Mel war die Trauer am Abend wert gewesen, und als er im Büro eine Nachricht auf dem Schreibtisch vorfand, fiel ihm ein, daß er Daphne für den Sonntag eingeladen hatte. Zum ersten Mal seit einem Monat regte sich bei ihm Freude auf ein Wochenende.

7. Kapitel

Daphne kam am Sonntag mit der Bahn nach Purchase, Oliver holte sie ab und erzählte ihr auf der Fahrt nach Hause von den Kindern. Mel war die ganze Woche über zugänglicher gewesen, Sam hatte seine Erkältung noch nicht ganz überwunden, und Benjamin hatte kaum ein Wort mit ihm gewechselt, seitdem das Ausgehverbot ausgesprochen worden war. Immerhin hielt er sich an die Regeln und war allabendlich zum Essen zu Hause. Nach Tisch verschwand er sofort in seinem Zimmer.

»Daphne, ich muß Sie darauf aufmerksam machen, daß die drei nicht ganz einfach sind, aber es sind im Grunde liebe Kinder.« Er lächelte ihr zu, glücklich über ihr Kommen. Sarah hatte seit Tagen nicht mehr angerufen, und dieses Schweigen lastete spürbar auf allen, besonders auf Ollie.

»Ich werde ihnen zu verstehen geben, daß ich keine Bedrohung darstelle.« Wieder lächelte Daphne ihm zu. Sie trug eine fabelhaft geschnittene schwarze Hose aus Leder und eine Pelzjacke.

»Warum sagen Sie das?« Sicher war er seiner Sache nicht, aber sie schien ihm andeuten zu wollen, daß sie keinerlei romantisches Interesse an ihm hatte.

»Ich sage es, weil ich gern aufrichtig und geradeheraus bin.«

»Gibt es einen Grund für Ihr Desinteresse an Männern?« fragte er obenhin und deutete damit an, daß er in dieser Hinsicht noch kein Interesse an ihr hatte... aber eines Tages wäre es vielleicht ganz nett, mit ihr auszugehen. Sie hatte einem Mann viel zu bieten – Verstand, Aussehen, Charme, Geist. Daphne gefiel ihm sehr. »Ich weiß, daß Sie sich niemals mit Kollegen verabreden.«

»Ja, weil ich vor langer Zeit meine Lektion gelernt habe. Auf die harte Tour.« Sie entschloß sich zur Offenheit. Sie wollte es so, vielleicht weil sie Oliver anziehend fand. »Nach drei Jahren in meinem ersten Job habe ich mich in den Chef der Werbeagentur, für die ich arbeitete, verliebt.« Sie lächelte andeutungsweise, als er einen Pfiff ausstieß.

»Sie gehen wohl aufs Ganze, wie?«

»Er war einer der aufregendsten Typen der Branche – er ist es noch immer. Damals war er sechsundvierzig. Verheiratet, zwei Kinder. Er lebte in Greenwich, und er war katholisch.«

»Also keine Scheidung.«

»Sehr gut. Sie bekommen den Preis: zweihundert Dollar.« Das klang gar nicht verbittert, sondern nur sachlich. Sie wollte, daß Oliver davon erfuhr, obwohl sie sich noch keiner Menschenseele anvertraut hatte. »Seiner Familie gehört die Firma. Er ist ein einmaliger Mann. Und ich habe mich Hals über Kopf in ihn verliebt und mir eingeredet, daß es keine Rolle spielt, ob er verheiratet ist oder nicht.« Sie schwieg eine Weile und betrachtete die Landschaft, als hänge sie Erinnerungen nach, aber Oliver drängte sie weiterzusprechen. Er wollte alles wissen und erfahren, was der Kerl ihr angetan hatte, weil sie so männerscheu geworden war. Es erschien ihm bedauernswert, daß sie ihr Leben allein verbrachte, obschon sie gar nicht unglücklich wirkte.

»Wie lange hat die Sache gedauert? Was ist passiert?«

»Wir haben eine herrliche Zeit verlebt, Reisen unternommen und die Dienstag- und Donnerstagnächte zusammen in seiner Stadtwohnung verbracht. Es klingt nicht sehr nett, aber man könnte sagen, daß ich seine Geliebte wurde. Und schließlich hat er mir den Laufpaß gegeben.«

»Wie charmant.«

»Er befürchtete, jemand könnte dahinterkommen. Natürlich haben einige Leute davon gewußt – gottlob nur vereinzelt. Wir waren immer sehr diskret. Und er war zu mir immer aufrichtig. Er liebte seine Frau und seine Kinder, die damals noch sehr klein waren. Seine Frau war nur wenig älter als ich. Aber er liebte auch mich. Und ich ihn. Und ich war gewillt, mich mit dem wenigen zu begnügen, das er mir geben konnte.« Sie machte keinen verbitterten Eindruck, als sie das sagte, und Ollie war erstaunt, wie gelassen sie alles hinnahm.

»Wie lange ist es her, seit Sie ihn zuletzt gesehen haben?«

Lachend blickte sie ihn an. »Drei Tage. Er verschaffte mir einen anderen Job, wir haben eine gemeinsame Wohnung. Jetzt verbringen wir drei Nächte in der Woche zusammen, und das wird auch immer so bleiben. Im März werden es dreizehn Jahre. Es mag sich verrückt anhören, aber ich bin glücklich und liebe ihn.«

Sie wirkte tatsächlich völlig zufrieden – eine Tatsache, die Oliver verblüffte. Sie hatte eine Beziehung zu einem verheirateten Mann und wirkte zufrieden und glücklich.

»Im Ernst? Es macht Ihnen nichts aus?«

»Natürlich macht es mir etwas aus. Seine Kinder sind jetzt auf dem College. Und seine Frau ist mit dem Gartenklub und mit über einem Dutzend wohltätiger Organisationen vollauf beschäftigt. Ich nehme an, es muß etwas in ihrem gemeinsamen Leben geben, das er sehr schätzt, weil er nie auch nur einen Augenblick schwankend wurde. Ich weiß, daß er sie nie verlassen wird.«

»Für Sie ist das ein miserabler Handel. Sie verdienen etwas Besseres.«

»Wer sagt das? Wenn ich einen anderen heirate, könnte ich unglücklich werden, oder aber es könnte zu einer Scheidung kommen. Es gibt keine Garantien. Früher wollte ich unbedingt Kinder haben, vor fünf Jahren aber hatte ich gesundheitliche Probleme, und jetzt kann ich keine mehr bekommen. Ich glaube, das reicht. Vielleicht bin ich ein Sonderling oder nicht ganz normal, aber es klappt. Und das, lieber Freund, ist meine Geschichte. Ich dachte, das sollten Sie wissen.« Sie lächelte wieder. »Da ich Sie sehr mag.«

»Ich Sie auch.« Er lächelte ein wenig verlegen. »Ich glaube sogar, Sie haben mir gerade das Herz gebrochen...« In gewisser Hinsicht war er erleichtert. Damit war der Druck von ihm genommen, und sie konnten richtige Freunde sein. »Glauben Sie, daß er seine Frau jemals verlassen wird?«

»Das bezweifle ich sehr. Ich bin nicht mal sicher, ob ich ihn heiraten würde, wenn er es täte. Wir fühlen uns in unserer gegenwärtigen Situation sehr wohl. Ich führe ein eigenes Leben, habe einen Beruf und Freunde und ihn. An Feiertagen und übers Wochenende kann es schon einsam werden. Vielleicht ist uns das, was wir gemeinsam haben, um so wichtiger, weil wir unsere Grenzen kennen.«

Sie war noch viel klüger, als er gedacht hatte, und er bewunderte sie für ihre Aufrichtigkeit und für alles andere.

»Ich wünschte, ich könnte alles von der philosophischen Seite sehen wie Sie.«

»Das kommt eines Tages vielleicht noch.«

Er fragte sich, ob er sich begnügen könnte, mit Sarah nur zwei Tage wöchentlich zu verbringen. Es erschien ihm unglaublich. Er wünschte sich so viel mehr als das. Er wollte das, was er zuvor mit ihr gehabt hatte, aber es sah nicht danach aus, daß er es je wieder bekommen würde.

Vor dem Haus angekommen, blieb er stehen und sah Daphne an. »Danke, daß Sie so offen waren.« Er meinte es aufrichtig.

»Ich vertraue Ihnen.« Das war ihre Art, ihn zu bitten, ihr Geheimnis nicht weiterzugeben, doch sie wußte ohnehin, daß er es nie tun würde. »Ich war der Meinung, daß Sie es wissen sollten. Die Kinder sollen sich meinetwegen keine unnötigen Sorgen machen.«

»Großartig.« Er schmunzelte. »Was soll ich ihnen dann bei der Vorstellung sagen? Kinder, alles ist klar, sie hat ein Verhältnis mit einem verheirateten Mann, den sie liebt?« Er wurde wieder ernst, und aus seinem Blick sprach Wärme. »Sie sind eine tolle Frau, Daph. Falls Sie je einen Freund brauchen, der etwas für Sie tun kann, dann rufen Sie mich...«

»Keine Angst, mach' ich. Hin und wieder kann es sehr einsam sein. Aber man lernt, sich durchzubeißen und in der Nacht nicht nach dem Hörer zu greifen, um ihn anzurufen, wenn man glaubt, man hätte eine Blinddarmentzündung. Man ruft Freunde an, und man lernt, selbständig zu handeln. Ich glaube, das alles war für mich sehr gut.«

Er schüttelte den Kopf. »Ich kann mir nicht denken, daß ich selbst jemals so werde.« Mit seinen vierundvierzig Jahren erwartete er noch immer, daß sich Sarah um ihn kümmerte, wenn er Kopfweh hatte.

»Machen Sie sich deshalb keine Gedanken. Ich bin vielleicht verrückt. Meine Eltern halten mich sowieso für verdreht.«

»Ach, sie wissen alles?« Er staunte nicht schlecht. Das mußten sehr liberale Eltern sein.

»Ich habe sie schon vor Jahren darüber aufgeklärt. Meine Mutter vergoß monatelang Tränen, aber inzwischen konnten sich beide damit abfinden. Gottlob hat mein Bruder sechs Kinder in die Welt gesetzt. Damit bin ich aus dem Schneider.« Beide lachten und stiegen aus, und Andy sprang sofort an Daphs eleganter Hose hoch, was ihr nichts auszumachen schien.

Als sie ins Haus kamen, saß Sam vor dem Fernseher, und Mel machte sich bei Agnes in der Küche nützlich. Oliver bat Daphne einzutreten und machte sie mit Sam bekannt. Sie benahm sich locker und gelassen und ließ sich von Sam ausgiebig begutachten.

»Sie arbeiten mit meinem Dad zusammen?«

»Ja, genau. Und ich habe einen Neffen in deinem Alter, der sich auch gern die Ringer im Fernsehen ansieht.« Sie schien zu wissen, wofür sich Kinder interessierten, und Sam nickte beifällig. Die Person war in Ordnung.

»Mein Dad hat mich mal zu einem Kampf mitgenommen. Das war toll.«

»Ich hab' mir mit Sean auch mal einen Ringkampf angeschaut. Er war begeistert – ich fand es gräßlich.« Da lachte Sam, und Melissa kam aus der Küche, Oliver stellte sie vor.

»Daphne Hutchinson, meine Tochter Melissa.« Sie wechselten einen artigen Händedruck, und Agnes verschwand unauffällig, nicht ohne sich zu fragen, ob sich Oliver schon für andere Frauen interessierte. Hier hatte sich allerhand geändert, aber nach allem, was Mrs. Watson getan hatte, konnte man es ihm nicht verübeln. Er brauchte eine Frau, und wenn Sarah so töricht war, eine gute Sache aufzugeben, dann war es nur recht und billig, wenn eine andere mit beiden Händen danach griff.

Mel und Daphne plauderten unbefangen miteinander, und Oliver beobachtete, daß seine Tochter den Gast einer genauen Musterung unterzog. Die elegante Hose aus schwarzem Leder, das schimmernde Haar, die Pelzjacke und die schwarze Hermès-Tasche, die Daphne lässig über der Schulter trug, erregten eindeutig Mels Beifall. Daphne verfügte über ganz speziellen Chic, und jetzt war Oliver auch klar, warum. Sie war von der Aura einer Frau umgeben, die von einem älteren Mann beschenkt wird und durch ihn die edleren Dinge des Lebens kennenlernt. Sogar ihr Schmuck wäre für die meisten alleinstehenden Frauen zu kostspielig gewesen. Die Geschichte, die Daphne ihm anvertraut hatte, ließ ihn nicht los. Eine sehr interessante Geschichte. Melissa ahnte offensichtlich, daß diese Frau keine Bedrohung darstellte und daß zwischen ihr und ihrem Vater nur Freundschaft bestand. Zunächst hatte sie Daphne eingehend taxiert, und die Signale, die sie setzte, bekundeten Freundschaft und kein sexuelles Interesse.

»Wo steckt Benjamin?« fragte Oliver schließlich.

»Ausgegangen, vermutlich«, antwortete Mel. »Was hast du denn erwartet?« Mit einem Achselzucken lächelte sie Daphne zu.

»Ich habe auch einen älteren Bruder, den ich achtzehn Jahre lang gehaßt habe. Mit den Jahren hat er sich sehr gebessert.« Jetzt war ihr Bruder im gleichen Alter wie Oliver.

Zu viert saßen sie im gemütlichen Wohnzimmer beisammen und plauderten stundenlang, bis sie schließlich mit Andy einen Spaziergang unternahmen. Kurz bevor es Zeit fürs Abendessen wurde, tauchte Benjamin auf, zerzaust und zerstreut. Angeblich hatte er mit Freunden Football gespielt, in Wahrheit war er wie immer bei Sandra gewesen. Ihre Eltern hatten sich auch getrennt – ein Umstand, der ihnen das Zusammensein erleichterte. Sandras Mutter war nie zu Hause, und ihr Vater war nach Philadelphia gezogen.

Benjamin begegnete Daphne völlig cool und sprach auf dem Weg zum Restaurant kaum ein Wort. Sie gingen zu dem Italiener, von dem Oliver Daph erzählt hatte, und es wurde ein netter Abend, an dem viel gelacht, geschwatzt und Witziges erzählt wurde.

Schließlich taute auch Benjamin auf, wenngleich er seinen Vater und Daphne immer wieder mit fragenden Blicken bedachte.

Das Dessert aßen sie zu Hause, da Agnes ihnen etwas Besonderes versprochen hatte. Andy lag vor dem Kamin, während sie einen köstlichen Apfelauflauf und selbstgebackene Plätzchen verspeisten. Es war ein vollkommener Tag, der erste seit langem, und alle schienen glücklich zu sein.

Das Telefon läutete, während sie gespannt Sam zuhörten, der Gespenstergeschichten zum besten gab. Oliver ging an den Apparat. Es war sein Vater. Die anderen bekamen nur die Hälfte des Gespräches mit.

»Ja... schon gut, Dad... jetzt mal langsam... wo ist sie? Ist bei dir alles in Ordnung...? Ich komme sofort... Bleib, wo du bist. Ich hole dich ab. Du sollst nicht allein nach Hause fahren. Du kannst den Wagen dort lassen und ihn morgen holen.« Er legte sichtlich nervös auf, und die Kinder waren so erschrocken, daß er sich beeilte, sie zu beruhigen, obwohl seine Hände zitterten. »Schon gut, Kinder. Es geht um Grandma. Sie hatte einen kleinen Unfall. Sie ist allein mit dem Wagen gefahren und hat einen Nachbarn angefahren. Keinem ist viel passiert. Sie ist nur ziemlich durcheinander, so daß sie die Nacht über zur Beobachtung im Krankenhaus bleiben muß. Grandpa hat sich auch sehr aufgeregt. Zum Glück hat das Unfallopfer rasch reagiert und ist auf die Motorhaube gesprungen. Trotzdem hat er sich den Knöchel gebrochen. Es hätte für beide viel schlimmer ausgehen können.«

»Und ich dachte, sie dürfte gar nicht mehr allein fahren«, sagte Melissa, noch immer besorgt.

»Darf sie auch nicht. Grandpa war in der Garage und hat sein Werkzeug aufgeräumt, als sie sich entschloß, ein paar Erledigungen zu machen.« Er verschwieg ihnen, daß sie dem Arzt gesagt hatte, sie hätte ihren Sohn von der Schule abholen wollen. Oliver sagte auch nicht, daß sein Vater am Telefon geweint hatte. Die Ärzte hatten ihm eben eröffnet, daß Phyllis in einem Heim untergebracht werden mußte, wo sie ständig unter Aufsicht war. Mit einem Blick auf Daphne sagte er: »So ungern ich jetzt gehe, aber ich muß nach meinem Vater sehen. Ich habe den Eindruck, daß ihn dieser Zwischenfall härter trifft als meine Mutter. Soll ich Sie unterwegs am Bahnhof absetzen?« Der Zug fuhr zwar erst in einer Stunde ab, aber er wollte sie nicht einfach so zurücklassen.

»Ach, ich nehme ein Taxi. Fahren Sie nur.« Sie sah die drei Kinder an. »Wenn es die Kinder wollen, kann ich bei ihnen bleiben.« Mel und Sam schienen begeistert, Benjamin sagte kein Wort.

»Das wäre großartig.« Ollie lächelte ihr zu und gab Mel Anweisungen, um Viertel nach neun ein Taxi zu rufen. Daphne konnte dann bequem den Zug um halb zehn erreichen. »Benjamin könnte Sie auch fahren.«

»Ein Taxi ist mir lieber. Sicher weiß Benjamin mit seiner Zeit etwas Besseres anzufangen, als alte Damen zum Bahnhof zu kutschieren.« Ihr war seine Zurückhaltung nicht entgangen, und sie wollte ihm nicht zur Last fallen. Gleich darauf verabschiedete Oliver sich, und Benjamin verschwand in seinem Zimmer und ließ Daphne mit den beiden anderen allein.

Sam ging in die Küche, um sich noch eine Portion vom Dessert zu holen, und Mel lief hinauf, da sie Daphne ihren Rollentext zeigen wollte. Agnes war, ihrer Gewohnheit folgend, zu Bett gegangen, nachdem sie die Küche aufgeräumt hatte. Daphne saß also allein im Wohnzimmer, als das Telefon läutete und läutete und nicht aufhören wollte. Erst warf sie nervöse Blicke um sich, bis sie sich schließlich entschloß abzuheben, weil sie befürchtete, es könnte Ollie sein, der sich Sorgen machen würde, wenn sich niemand meldete. Gut möglich, daß er etwas vergessen hatte. Sie nahm den Hörer ab, und am anderen Ende der Leitung war es lange still, bevor eine Frauenstimme Oliver verlangte.

»Tut mir leid, er ist nicht da. Soll ich etwas ausrichten?« bot Daphne geschäftsmäßig an, denn ihr Instinkt sagte ihr, daß es Sarah war. Sie irrte sich nicht.

»Sind die Kinder da?« fragte Sarah ärgerlich.

»Gewiß. Soll ich sie holen?«

»Ich... ja...« Und dann fragte sie: »Entschuldigen Sie, aber mit wem spreche ich?«

Daphne zögerte keinen Augenblick, obwohl Mel das Zimmer gerade betrat. »Die Babysitterin«, sagte sie. »Ich übergebe an Melissa.« Sie reichte dem Mädchen den Hörer und ging in die Küche, um zu sehen, was Sam trieb. Er war dabei, den Auflauf zu vertilgen und sich mit Riesenbissen vollzustopfen und trotzdem eine Portion für Daphne auf einen Teller zu balancieren.

»Ich glaube, deine Mom ist am Apparat. Sie spricht mit Mel«, verkündete Daphne.

»Wie?« Sam erschrak, ließ alles fallen und lief ins Wohnzimmer. Es dauerte zehn Minuten, bis die Kinder in die Küche kamen. Sie waren sichtlich bekümmert, und Daphne hatte Mitleid mit ihnen. In ihren Blicken las sie, wie sehr ihnen die Mutter fehlte. Sam wischte sich mit dem Ärmel über die Augen.

Er mußte geweint haben. Melissa hingegen wirkte ernüchtert von dem Gespräch.

»Noch eine Portion Nachtisch für jemanden?« Daphne wollte sie ablenken, war aber nicht sicher, wie sie Mels fragendem Blick ausweichen sollte.

»Warum haben Sie gesagt, daß Sie der Babysitter sind?«

Daphne blickte sie offen an. Sie wollte zu Mel aufrichtig sein, so wie sie zu Ollie aufrichtig gewesen war. »Weil ich deine Mutter nicht aufregen wollte. Dein Dad und ich sind nur Freunde. Es gibt jemanden in meinem Leben, den ich sehr liebe. Dein Dad und ich werden daher nie mehr als Freunde sein. Es wäre sinnlos gewesen, deine Mutter aufzuregen oder ein Mißverständnis zwischen deinen Eltern zu provozieren. Für euch ist ohnehin schon alles schwer genug, ohne daß ich noch zusätzlich für Ärger sorge.«

Insgeheim dankbar, nickte ihr Mel zu. »Mom sagte, sie könnte nächstes Wochenende nicht kommen, weil sie eine Arbeit schreiben müßte.«

Sam weinte leise. Spontan zog Daphne ihn an sich und hielt ihn fest. Mögliche Befürchtungen der Kinder hatte sie durch die Bemerkung über den Mann in ihrem Leben ausgeräumt, und sie war sehr erleichtert. Noch erleichterter war sie, daß sie sich Ollie anvertraut hatte. Dies waren Menschen, die man, anstatt ihnen Kränkungen zuzufügen, lieben und verwöhnen sollte. Das Wissen, daß Sarah diese wunderbare Familie verlassen hatte, erregte Daphnes Zorn.

»Vielleicht ist es im Moment zu schmerzlich für sie herzukommen.« Sie versuchte, gerecht zu sein. Mel aber ließ sich davon nicht beruhigen.

»Warum können wir nicht hinfahren und sie besuchen?« fragte Sam.

»Ich weiß es nicht, Sam.« Daphne wischte ihm die Tränen von den Wangen. Zu dritt saßen sie nun um den Küchentisch versammelt. Der Appetit war ihnen vergangen, und der Nachtisch war vergessen.

»Mom sagt, daß ihre Wohnung noch nicht fertig ist und daß sie für uns keinen Platz zum Schlafen hat, aber das ist dummes Zeug.« Sams Schluchzen verstummte. Sie saßen da und redeten, und ohne daß sie es merkten, wurde es Viertel nach neun.

»Ach, du meine Güte!« rief Daphne, als sie auf die Uhr sah. »Gibt es noch einen späteren Zug?« Im Notfall konnte sie immer noch ein Taxi bis nach New York nehmen.

Melissa nickte. »Um elf.«

»Ich glaube, den nehme ich.«

»Gut.« Sam umklammerte ihre Hand. Beide Kinder machten plötzlich einen erschöpften Eindruck, so daß Daphne Sam zu Bett brachte und mit Mel noch bis kurz nach zehn plauderte. Dann schlug sie dem Mädchen vor, ebenfalls zu Bett zu gehen. Sie konnte sich die nächste halbe Stunde allein die Zeit vertreiben, bis sie ein Taxi bestellen mußte. Schließlich ließ Mel sich bewegen hinaufzugehen, tief in Gedanken versunken. Als Ollie um halb elf kam, war er sehr erstaunt, Daphne, in eine Lektüre vertieft, noch anzutreffen.

»Wie geht es Ihrem Vater?«

»Ganz gut, denke ich.« Ollie wirkte sehr abgespannt. Er hatte seinen Vater wie ein Kind zu Bett bringen müssen und ihm versprochen, am nächsten Tag zu kommen und ihm bei der Entscheidung zu helfen, was nun mit seiner Mutter geschehen sollte. »Eine schlimme Situation. Meine Mutter leidet an der Alzheimerschen Krankheit, und das wird meinen Vater noch ins Grab bringen.«

»O Gott, schrecklich.« Daphne war froh, daß ihre eigenen Eltern noch rüstig waren, obwohl sie siebzig und fünfundsiebzig Jahre alt waren. Da fiel ihr Sarahs Anruf ein. »Ihre Frau hat angerufen.«

»Allmächtiger...« Ollie fuhr sich durchs Haar. Ob die Kinder ihr gesagt hatten, daß Daphne da war? Sie las die Frage in seinem Blick und beruhigte ihn. »Was haben die Kinder erzählt?«

»Ich weiß nicht, ich war nicht dabei, als sie mit ihr gesprochen haben. Da niemand zur Stelle war, als es läutete, hab' ich abgenommen und behauptet, ich wäre der Babysitter.« Daphne lächelte, und Oliver schmunzelte zufrieden.

»Danke.« Mit neuerwachter Sorge fragte er sodann: »Wie waren die Kinder nach dem Gespräch?«

»Irgendwie aufgewühlt. Ich glaube, sie hat ihnen eröffnet, daß sie nächstes Wochenende nicht kommt und daß sie die Kinder auch nicht bei sich beherbergen kann. Sam hat geweint, aber als ich ihn zu Bett gebracht habe, war alles wieder in Ordnung.«

»Sie sind wirklich eine erstaunliche Frau.« Ollie sah bedauernd auf die Uhr. »Ich tue es nur ungern, aber jetzt muß ich Sie zur Bahn bringen. Wir schaffen es gerade noch.«

»Oliver, es war ein herrlicher Tag«, bedankte sie sich auf der Fahrt zum Bahnhof.

»Für mich auch. Es tut mir leid, daß ich wegmußte.«

»Machen Sie sich darüber keine Gedanken. Sie können sich über Mangel an Arbeit wirklich nicht beklagen. Aber warten Sie nur – mit der Zeit werden sich die Wogen glätten.«

»Falls ich es überlebe.« Er lächelte matt.

Er wartete gemeinsam mit ihr auf den Zug und verabschiedete

sich mit einer freundschaftlichen Umarmung. Am nächsten Tag würden sie sich im Büro wieder begegnen. Sie winkte, als der Zug sich in Bewegung setzte, und Ollie fuhr langsam nach Hause, voller Bedauern, daß die Dinge nicht anders waren. Vielleicht, wenn Daphne frei gewesen wäre... aber er wußte gleichzeitig, daß es eine Lüge war. Gleichgültig was mit Daphne auch los war – sein Sinnen und Trachten galt allein Sarah. Zu Hause wählte er ihre Nummer, aber sie hob nicht ab.

8. Kapitel

In der darauffolgenden Woche brachte George Watson seine Frau in einem Pflegeheim unter. Es war eine Anstalt für Patienten, die an der Alzheimerschen Krankheit oder ähnlichen Symptomen litten. Rein äußerlich war es ein anheimelndes und geradezu fröhlich wirkendes Haus, doch ein Blick auf die Insassen genügte, um bei Oliver Depressionen hervorzurufen, als er seine Mutter besuchte. Diesmal erkannte sie ihn nicht und hielt George für ihren Sohn.

Beim Weggehen wischte sich der alte Herr verstohlen über die Augen, und Oliver faßte nach seinem Arm, als sie draußen im Wind standen. Ollie brachte seinen Vater nach Hause und hatte das Gefühl, ihn im Stich zu lassen, weil er kurz darauf zu seinen Kindern fuhr.

Merkwürdig, daß er und sein Vater gleichzeitig ihre Frauen verloren, wenn auch auf verschiedene Weise. Es war für beide ein schwerer Schlag. Oliver hatte wenigstens die Kinder, die ihn beschäftigten, und seine Arbeit, die ihn ablenkte. Sein Vater aber hatte außer seiner Einsamkeit, seinen Erinnerungen und den täglichen, sehr schmerzlichen Besuchen bei Phyllis gar nichts.

Und dann kam der große Tag. Sarah meldete sich am Valentinstag und kündigte an, daß sie die Kinder am folgenden Wochenende sehen wollte – in Boston.

»Warum kommst du nicht her?« Sie war nun sieben Wochen fort, und Oliver hatte wie die Kinder Sehnsucht nach ihr und wollte zu Hause mit ihr zusammensein.

»Sie sollen sehen, wie ich jetzt lebe.«

Ollie wollte etwas einwenden, unterließ es aber. Statt dessen zeigte er sich einverstanden und rief zurück, nachdem er ungefähr angeben konnte, wann sie in Boston eintreffen würden.

»Wir müßten so um elf am Samstagmorgen dasein, wenn wir die Maschine um neun nehmen.« Er wäre gern schon Freitagabend geflogen, aber das ließ sich mit Schule und Arbeit schwer vereinbaren, zudem hatte Sarah den Samstag vorgeschlagen. »Hast du denn auch Platz für uns alle?« Es war seit Wochen das erste Mal, daß er lächelte. Auf seine Frage hin wurde es am anderen Ende sonderbar still.

»Nein... ich dachte, Mel und Benjamin könnten auf zwei alten Sofas in meinem Wohnzimmer schlafen – und Sam... bei mir.« Irgendwie blieb der Satz in der Luft hängen, während Oliver wie versteinert zuhörte und die Worte in seinem Kopf widerhallten. Sam kann bei mir schlafen, hatte sie gesagt... nicht bei uns.

»Und wo bleiben wir, oder sollte ich eher sagen ich?« Er entschloß sich zur Offenheit. Er wollte ein für allemal wissen, woran er war. Die Qual der Ungewißheit war unerträglich.

»Ich dachte, vielleicht...« Sarahs Stimme war kaum mehr als ein Flüstern. »...daß du vielleicht in einem Hotel übernachten könntest. Es... es ist einfacher, Ollie«, meinte Sarah mit tränenerstickter Stimme, und Ollies Herz wurde bleischwer.

»Leichter für wen? Du warst diejenige, die vor gar nicht langer Zeit versprochen hat, daß sich nichts ändert. Du hast gesagt, es wäre nur vorübergehend. Oder hast du das vergessen?«

»Nein, habe ich nicht. Es ist nur so, daß die Dinge anders liegen, wenn man fortgeht und einen anderen Blickwinkel gewinnt.«

Warum hatte er dann immer noch die gleichen Gefühle? Warum sehnte er sich noch immer so nach ihr? Am liebsten hätte er sie geschüttelt, bis ihre Zähne aufeinanderschlugen, und dann wollte er sie küssen, bis sie ihn anflehte, sie zu lieben. Aber das würde sie nie wieder tun. Niemals.

»Du gibst mir damit also zu verstehen, daß es aus ist. So ist es doch, Sarah?« Seine Stimme war zu laut, und sein Herz hämmerte.«

»Ollie, ich bitte dich nur, in einem Hotel zu übernachten... dieses eine Mal...«

»Hör auf! Hör auf, mit mir zu spielen, verdammt noch mal!« Sie hatte eine grausame Seite, von deren Vorhandensein er nichts geahnt hatte.

»Es tut mir leid... ich bin genauso durcheinander wie du«, gestand Sarah und meinte es in diesem Moment sogar aufrichtig.

»Den Teufel bist du, Sarah. Du weißt ganz genau, was du tust. Du wußtest es schon an dem Tag, als du von hier fortgingst.«

»Ich möchte nur mit den Kindern das Wochenende allein verbringen.«

»Sehr schön.« Sein Ton war eisig. »Ich setze sie um elf bei dir ab.« Damit beendete er das Gespräch, damit sie ihn nicht länger quälen konnte. Es würde für ihn ein einsames Wochenende werden, während Sarah mit den Kindern ein glückliches Wiedersehen feierte.

Er hätte die drei allein fliegen lassen können, wollte es aber nicht. Er wollte bei ihnen sein – besonders auf dem Rückflug. Im tiefsten Herzen wußte er aber auch, daß er in Sarahs Nähe sein wollte. Seine Besorgnis galt in erster Linie Sam, um die anderen machte er sich weniger Gedanken. Benjamin war von diesem Ausflug gar nicht begeistert, weil er ein Spiel versäumen würde, aber Oliver machte ihm klar, daß er sich nicht drücken konnte. Mel freute sich sehr, und Sam war aus dem Häuschen. Oliver hatte große Bedenken, wie sich die Kinder am Sonntagabend fühlen würden, nachdem sie ihre Mutter wiedergesehen hatten.

Auf dem Flug nach Boston, den Oliver auf der anderen Seite des Mittelganges sitzend verbrachte, herrschte bereits Hochstimmung. Während der Fahrt zu Sarahs Wohnung in der Brattle Street wurde Ollie nervös. Er hatte angekündigt, daß er die Kinder absetzen wollte, aber als Sarah die Tür öffnete, stockte ihm der Atem. Sarah sah so reizvoll aus wie immer – nein, noch viel reizvoller. Ihr Haar trug sie nun länger und offen, und ihre Jeans saßen so perfekt, daß Ollie den Anblick kaum ertrug, aber er versuchte vor den Kindern Haltung zu bewahren. Sie gab ihm einen leichten Kuß auf die Wange, umarmte die Kinder und führte sie hinein zu dem Lunch, den sie vorbereitet hatte, während Oliver im Taxi davonfuhr. Er verzehrte sich mit jeder Faser seines Körpers nach ihr.

Sarah bewohnte eine kleine Wohnung mit einem hübschen Wohnzimmer, einem winzigen Schlafraum und einem verwilderten Garten dahinter. Die Kinder, die beim Essen tüchtig zulangten und kaum den Blick von ihrer Mutter wandten, redeten ungeniert durcheinander, erleichtert, endlich lange aufgestauten Ängsten und Gefühlen Luft machen zu können. Sam klebte an Sarah, und sogar Benjamin wirkte lockerer als seit langem. Alle waren glücklich – bis auf Oliver, der allein in seinem Hotelzimmer saß.

Es war also doch so weit gekommen, sie hatte ihn abgeschoben. Sarah liebte ihn nicht mehr, diese Erkenntnis brachte ihn fast um den Verstand. Tief bekümmert wanderte er stundenlang auf dem Campus von Harvard umher und dachte an die Vergangenheit. Er suchte alle Plätze auf, die ihm vor Jahren vertraut gewesen waren, und auf dem Rückweg ins Hotel merkte er, daß er weinte.

Er konnte es nicht fassen. Sarah hatte doch behauptet, daß sich zwischen ihnen nichts ändern würde, und doch hatte sie ihn jetzt aus ihrem Leben ausgeschlossen. Es war alles aus, sie waren Fremde geworden. Wie ein verlassenes Kind kam er sich vor. Allein im Hotelzimmer sitzend, faßte er sich ein Herz und rief Sarah an.

Er hörte laute Musik, Stimmen und Gelächter im Hintergrund und fühlte sich sofort noch einsamer. »Entschuldige, Sarah, ich wollte dein Zusammensein mit den Kindern nicht stören.«

»Schon gut. Sie fabrizieren in der Küche Popcorn. Kann ich später zurückrufen?« Sie meldete sich erst nach Mitternacht.

»Was ist nur mit uns passiert?« fragte Oliver – er mußte Klarheit haben. Nach zwei Monaten konnte er an nichts anderes denken als an Sarah, und er sehnte sich mehr denn je nach ihr. Falls sie nicht mehr zu ihm zurückwollte, mußte er es wissen. »Ich begreife es nicht. Als du uns allein gelassen hast, wolltest du jedes Wochenende zu Besuch kommen. Jetzt, nach fast zwei Monaten, hältst du mich auf Distanz und tust ganz so, als wären wir geschiedene Leute.«

»Ollie... ich weiß auch nicht...« Sarahs Stimme war weich, eine vertraute Liebkosung, die Ollie vergessen wollte und nicht konnte. »Kaum war ich hier, hat sich für mich alles geändert. Mir wurde klar, wie sehr ich mir dies alles gewünscht hatte und daß ich nicht mehr zurückkann. Vielleicht schaffe ich es eines Tages... dann müßte aber alles ganz anders sein.«

»Wie denn? Sag es mir... ich muß es wissen...« Er haßte sich wegen seiner Tränen. An diesem Wochenende war etwas Schreckliches passiert. Er wußte jetzt, daß er mit seiner Sehnsucht und seinen Wünschen an Sarah gefesselt war und nichts daran ändern konnte. Aber er würde sie nie mehr dazu bringen, zu ihm zurückzukehren.

»Ich kenne die Antworten auch nicht. Ich weiß nur, daß ich hierbleiben muß.«

»Und was ist mit uns? Warum tust du das alles? Warum durfte ich nicht bei dir bleiben?« Er war ohne Scham, ohne Stolz. Er liebte sie zu sehr und begehrte sie zu heftig.

»Ich denke, ich hatte vor dem Wiedersehen Angst.«

»Aber das ist Wahnsinn! Warum?«

»Ich weiß es nicht. Vielleicht verlangst du zuviel von mir, Oliver. Es ist jetzt fast so, als wäre ich eine andere geworden. Jemand, der ich ganz früher einmal war und der ich immer sein wollte. Jemand, der all die Jahre geschlafen hat, in die Ecke gestellt, vergessen. Jetzt bin ich wieder zum Leben erwacht, und das möchte ich nicht aufgeben. Nicht mal für dich.«

»Und was ist mit uns? Hast du die schöne Zeit so schnell vergessen?« Sie war erst sieben Wochen fort, aber sie hörte sich an, als wäre inzwischen eine Ewigkeit vergangen.

»Ich bin nicht mehr derselbe Mensch. Ich bin nicht sicher, ob ich es je wieder sein könnte. Deshalb fürchte ich ein Wiedersehen mit dir, glaube ich. Ich möchte dich nicht enttäuschen, Ollie. Vielleicht war ich schon sehr lange nicht mehr die Frau, die du dir wünschst, und wußte es nur nicht.«

Sein Atem stockte, doch er mußte die Frage stellen. »Gibt es einen anderen?« Schon? So rasch? Möglich war es. Sarah hatte toll ausgesehen, als er ihr die Kinder gebracht hatte. Die Jahre schienen von ihr abgefallen zu sein, obwohl sie auch vorher ungemein reizvoll gewesen war. Jetzt aber war sie es noch viel mehr.

»Nein, es gibt niemanden.« Sie schien zu zögern. »Noch nicht. Ich möchte aber frei sein für andere Menschen.« Herrgott ... er konnte seinen Ohren nicht trauen. Und doch sprach sie es aus. Es war vorbei.

»Ich glaube, das sagt alles. Willst du die Scheidung einreichen?« Seine Hand, die den Hörer umklammert hielt, zitterte.

»Noch nicht. Ich bin nicht sicher, was ich möchte.«

Noch nicht! Am liebsten hätte Ollie laut geschrien, obwohl es ohnehin klar war, daß sie an eine Scheidung dachte. Ebenso klar war es, daß ihr gemeinsames Leben ein Ende gefunden hatte.

»Laß es mich wissen, wenn du dich entschieden hast. Ich bin jedenfalls der Meinung, daß du eine verdammte Närrin bist, Sarah. Wir haben achtzehn wundervolle Jahre miteinander erlebt, und du wirfst alles einfach weg«, sagte Oliver verbittert und traurig. Er hatte Angst und war gleichzeitig wütend.

»Ollie ...« Es hörte sich an, als sei sie den Tränen nahe. »Ich liebe dich noch immer.«

»Ich will es nicht hören.« Es war jetzt zu schmerzlich, zu belastend für ihn. »Morgen um vier hole ich die Kinder ab. Schick sie einfach hinunter. Ich warte im Taxi.« Plötzlich wollte er eine Begegnung vermeiden. Als er den Apparat neben das Bett stellte, tat er es so vorsichtig, als würde er sein Herz damit abstellen. Die Frau, die er als Sarah Watson gekannt und geliebt hatte, gab es nicht mehr. Sie hatte zu existieren aufgehört. Falls sie überhaupt jemals existiert hatte.

9. Kapitel

Am Nachmittag, als Oliver die Kinder abholte, hatte er Herzklopfen. Er ließ das Taxi warten, stieg aus, klingelte und stieg wieder ein. Er konnte es kaum erwarten, die Kinder wiederzusehen, sie bei sich zu haben, nur um nicht mehr allein sein zu müssen. Der allein in Boston verbrachte Sonntag hatte ihn sehr deprimiert. Dieses Wochenende würde er nie vergessen.

Melissa kam als erste aus dem Haus. Selbstsicher, erwachsen und sehr hübsch. Sie winkte ihrem Vater zu, und er war erleichtert, daß sie guter Laune war. Das Wiedersehen mit ihrer Mutter hatte ihr sichtlich gutgetan. Benjamin kam als nächster. Er wirkte ernst und verschlossen wie so häufig in letzter Zeit. In den zwei Monaten seit Sarahs Neuanfang hatte er sich grundlegend verändert – vielleicht weil er erwachsen wurde. Oliver war sich dessen nicht sicher und machte sich seinetwegen große Sorgen. Und dann kam Sam schleppenden Schrittes, ein großes, ungeschickt zusammengeschnürtes Bündel in den Armen. Sarah hatte ihm einen Teddybären geschenkt, voller Zweifel, ob ihm das Geschenk zusagen würde, aber er hatte die ganze Nacht mit dem Stofftier geschlafen und drückte es jetzt wie eine Kostbarkeit an sich.

Benjamin setzte sich vorne hin, und Mel war bereits eingestiegen, als Sam mit großen traurigen Augen neben seinem Vater auf den Sitz sank. Man sah ihm an, daß er geweint hatte.

»Na, mein Großer, was hast du da?«

»Mom hat mir einen Teddy geschenkt. Als Glücksbringer... weißt du?« Es war ihm peinlich einzugestehen, wie begeistert er war. Sarah hatte mit sicherem Instinkt das für ihn Geeignete ausgesucht. Sie kannte ihre Kinder sehr gut. Oliver roch noch ihr Parfum an dem Jungen, als er ihn umarmte. Allein dieser Duft machte ihn traurig. Und als Sam über ihn hinwegkletterte, blickte Oliver auf und sah Sarah im Eingang stehen. Sie winkte zum Abschied, und er wäre am liebsten aus dem Taxi gesprungen und zu ihr gelaufen, um sie festzuhalten und mitzunehmen. Vielleicht würde es ihm doch noch gelingen, sie zur Vernunft zu bringen, und wenn nicht, dann hätte er sie wenigstens einmal berührt, sie gespürt und ihren Duft eingesogen. Doch er zwang sich, den Blick abzuwenden, und wies den Taxifahrer mit heiserer Stimme an, zum Flughafen zu fahren. Unwillkürlich warf er einen Blick zurück. Hübsch und jung sah sie aus, und während er sie noch betrachtete, spürte er, daß Melissa ihm etwas in die Hand drückte. Es war ein kleiner weißer Beutel, und als Oliver ihn öffnete, sah er darin den Smaragdring, den er Sarah zu Weihnachten geschenkt hatte. Auf einem beigelegten Zettel stand die Bitte, er solle ihn für Melissa aufbewahren. Das war eine sehr aussagekräftige Mitteilung. Ja, für ihn war es ein hartes Wochenende gewesen. Wortlos ließ er den Beutel in seine Tasche gleiten und preßte die Lippen zusammen. Sein Blick war kalt, als er nun aus dem Fenster sah.

Oliver hörte dem Geplapper der Kinder zu. Sie sprachen über das Essen, das Sarah gekocht hatte, das Popcorn und darüber, wie sehr ihnen die Wohnung gefallen hatte. Sam hatte von dem Besuch am meisten profitiert. Man sah ihm an, wie gut ihm das Wiedersehen mit seiner Mutter getan hatte. Sie alle waren wie aus dem Ei gepellt, und Sam war akkurat so gekämmt, wie es Oliver am besten gefiel. Es war für ihn schmerzlich, die Kinder so zu sehen, so unmittelbar aus ihren Händen entlassen, wie neugeboren und ihr eben erst entschlüpft. Plötzlich wollte er kein Wort mehr von diesem Wochenende hören – wie wundervoll es gewesen war, wie toll Sarah ausgesehen hatte, wie hübsch der Garten war und wie schwierig ihre Kurse waren. Er wollte nur hören, wie verzweifelt ihr die Familie fehlte, er vor allem, und daß sie bald zurückkommen würde, wie sehr sie Boston haßte und daß es ein Fehler gewesen war, dorthin zu gehen. Und doch wußte er jetzt, daß er das nie zu hören bekommen würde.

Der Rückflug nach New York war ziemlich turbulent, doch die Kinder nahmen kaum Notiz davon. Um acht Uhr waren sie zu Hause. Aggie erwartete sie schon und bot an, rasch ein Abendessen zu kochen. Die Kinder erzählten Aggie alles von Boston, was ihre Mom gemacht und gesagt hatte, was sie dachte und alles, was sie vorhatte, bis Ollie es nicht mehr bei Tisch aushielt. Er stand auf und warf seine Serviette vor den erstaunten Kindern auf den Tisch.

»Ich habe es satt, mir das alles anzuhören! Es freut mich, daß es für euch schön war, aber könnt ihr nicht mal von etwas anderem reden?« Zerknirscht sahen sie ihn an, so daß er vor Verlegenheit weder aus noch ein wußte. »Tut mir leid... ich... ach, einerlei...« Er ließ sie allein und ging hinauf, um die Tür seines Zimmers hinter sich zu schließen, in der Dunkelheit dazusitzen und in den Mondschein zu starren. Es war so schmerzlich, ständig von Sarah zu hören. Die Kinder hatten Sarah wiedergefunden, aber er hatte sie verloren. Es gab kein Zurück, keinen Ausweg mehr. Sie liebte ihn nicht mehr, mochte sie am Telefon auch das Gegenteil behauptet haben. Es war aus zwischen ihnen. Unwiderruflich.

Er saß in der Dunkelheit auf seinem Bett, sehr lange, wie es ihm vorkam, dann legte er sich hin und starrte auf die Zimmerdecke. Noch mehr Zeit verging, bis endlich an seine Tür geklopft wurde. Mel öffnete die Tür einen Spaltbreit, und zunächst konnte sie ihn gar nicht sehen. »Dad?« Sie kam herein und entdeckte ihn erst jetzt auf dem Bett. »Es tut mir leid... wir wollten dich nicht ärgern... es ist nur...«

»Ich weiß, Kleines, ich weiß. Es ist euer gutes Recht, euch zu freuen. Sie ist eure Mutter. Ich habe die Fassung verloren. Auch Väter drehen hin und wieder durch.« Lächelnd setzte er sich auf und machte Licht. Es war ihm peinlich, daß sie ihn in der Finsternis beim Trübsalblasen ertappt hatte. »Sie fehlt mir sehr... so wie euch.«

»Sie sagt, daß sie dich noch immer liebhat, Dad.« Er tat Mel unbeschreiblich leid, und sein Blick war abgrundtief traurig.

»Das ist nett, mein Schatz. Ich habe sie auch lieb. Man kann es oft nur schwer begreifen, wenn sich die Dinge ändern... wenn man einen geliebten Menschen verliert... wenn man das Gefühl hat, das ganze Leben sei vorüber... Ich werde mich daran gewöhnen.«

Melissa nickte. Ihrer Mutter hatte sie versprochen, alles zu tun, um Ollie eine Hilfe zu sein, und das war auch ihre feste Absicht. An jenem Abend brachte sie Sam samt Teddy zu Bett und überredete ihn, Daddy zur Abwechslung in Ruhe zu lassen und in seinem eigenen Bett zu schlafen.

»Ist Dad krank? Er war so komisch«, fragte Sam ängstlich.

Mel schüttelte den Kopf. »Nur aufgewühlt, das ist alles. Ich glaube, das Wiedersehen mit Mom war für ihn nicht leicht.«

»Es war toll.« Sam lächelte selig, umarmte den Bären und Mel, die sich tausend Jahre älter fühlte. Sie lächelte ihm zu.

»Finde ich auch. Aber für die beiden ist es sicher schwieriger.«

Sam nickte, als würde er alles verstehen, während er in Wahrheit gar nichts begriff. Und dann fragte er seine Schwester, was er weder Vater noch Mutter zu fragen wagte: »Mel, glaubst du, sie wird zurückkommen...? Ich meine, so wie früher... zu Dad und uns allen...«

Seine Schwester überlegte lange, aber wie ihr Vater kannte sie die Antwort. »Ich weiß nicht... aber ich glaube eigentlich nicht.«

Wieder nickte Sam, der nun besser imstande war, damit fertig zu werden, seit er Sarah besucht hatte und ihm versprochen worden war, daß er in wenigen Wochen wiederkommen durfte. »Glaubst du, Dad ist sauer auf sie?«

Mel schüttelte den Kopf. »Nein, ich glaube, er ist nur sehr traurig. Deshalb war er heute so zornig.«

Sam nickte und legte sich zurück. »Gute Nacht, Mel... ich hab' dich lieb.« Sie beugte sich über ihn, um ihm einen Kuß zu geben, und strich ihm liebevoll übers Haar, wie Sarah es in Boston getan hatte.

»Ich hab' dich auch lieb, auch wenn du manchmal eine Landplage bist.« Beide mußten lachen, und Mel löschte das Licht und schloß die Tür, und als sie in ihrem Zimmer war, beobachtete sie, daß Benjamin aus dem Fenster kletterte, verhielt sich aber still. Sie zog nur die Jalousie herunter und legte sich aufs Bett. Es gab viel, worüber sie nachdenken mußte. An diesem Abend hatten alle viel Stoff zum Nachdenken, und alle lagen lange wach und dachten an Sarah. Wohin Benjamin sich auch schleichen mochte, es war allein seine Sache, fand Mel, obwohl sie ahnte, wohin er wollte. Trotz des noch bestehenden Ausgehverbotes machte er einen Besuch bei Sandra.

10. Kapitel

Am nächsten Morgen kam Daphne kurz nach zehn in Olivers Büro. Im ersten Moment dachte sie, daß alles in Ordnung war, denn sie wußte, daß Ollie die Kinder übers Wochenende zu Sarah nach Boston gebracht hatte.

»Na, wie war's?« Kaum waren die Worte ausgesprochen, las sie die Antwort in seinen Augen. Er sah sie an, als hätte ihn der Blitz getroffen.

»Fragen Sie bloß nicht weiter.«

»Tut mir leid.« Es tat ihr wirklich leid, um seinet- und der Kinder willen.

»Mir auch. Haben Sie die Dia-Serie schon bekommen?« Daphne nickte, und beide sprachen nicht mehr über das Wochenende, während sie bis vier Uhr durcharbeiteten. Wieder einmal brachte die Arbeit Oliver Ablenkung. Es war wunderbar, nicht an Sarah oder die Kinder denken zu müssen.

Abends kam er um neun nach Hause, und von da an wurde es jeden Abend so spät, weil ein wichtiger Kunde dem Büro einen großen Auftrag erteilt hatte. Und zur Abwechslung schien mit den Kindern alles glattzulaufen. Drei Wochen nach dem ersten Besuch lud Sarah die Kinder wieder nach Boston ein, diesmal aber begleitete Oliver sie nicht. Mel und Sam flogen zu Sarah, aber Benjamin hatte sich mit Freunden zum Skilaufen verabredet, und er wollte seine Pläne nicht mehr ändern.

Am Freitagabend, als Ollie spät nach Hause kam, war das Haus still und dunkel. Sogar Aggie hatte sich ein paar Tage freigenommen und war zu ihrer Schwester nach New Jersey gefahren. Es war sonderbar, allein zu sein, andererseits auch eine Erleichterung. Seit Sarahs Abschied waren drei Monate vergangen, ein Vierteljahr voller Tränen und Sorgen um die Kinder – eine Zeit der Verantwortung. Oliver war den ganzen Tag über vollauf beschäftigt gewesen, während er zwischen Purchase und seiner Firma hin- und herraste. Manchmal mußte er zugeben, daß Daphne recht hatte – es wäre tatsächlich einfacher gewesen, nach New York zu ziehen, aber er konnte sich nicht vorstellen, daß die Kinder dafür schon bereit wären. Vielleicht in einem oder zwei Jahren... merkwürdig, daß er jetzt schon so weit vorausdachte, ohne Sarah miteinzubeziehen. Sein Leben erschien ihm öde und leer.

Am Samstag aß er mit seinem Vater zu Abend, und am Sonntagnachmittag besuchte er seine Mutter, die einen mitleiderregenden Anblick bot und in einem fort davon redete, daß sie nach

Hause und im Garten arbeiten wolle. Sie hatte noch nicht ganz begriffen, wo sie sich befand, aber sie hatte auch helle Momente.

»Und dir geht es gut, Dad?« fragte Oliver eines Abends beim Essen im Restaurant.

»Mehr oder weniger.« Der Alte lächelte. »Ohne Phyllis fühle ich mich entsetzlich einsam.«

Ollie seufzte und lächelte mitfühlend. »Dad, ich weiß, was du meinst.« Noch immer erschien es ihm als Ironie des Schicksals, daß sie beide ihre Frauen zur gleichen Zeit verloren hatten. Es war seltsam, tragisch und unendlich schmerzlich.

»Du hast wenigstens die Kinder, die dir Gesellschaft leisten.«

»Du solltest häufiger zu uns kommen und sie besuchen. Sam würde sich riesig freuen.«

»Vielleicht morgen am Nachmittag.«

Aber Ollie erzählte ihm, daß sie in Boston bei Sarah waren.

Auch diesmal kamen sie hochgestimmt und bester Dinge zurück. Mel hatte Sam klargemacht, daß er seinem Vater nicht zuviel erzählen sollte, und ihm vor allem eingehämmert, Jean-Pierre nicht zu erwähnen. Das war ein Freund ihrer Mutter, der Samstagabend zu Besuch gekommen war, um die Kinder kennenzulernen. Mel war sicher, daß er in ihre Mutter verschossen war. Er war fünfundzwanzig, französischer Austauschstudent, der mit seinen Witzen alle zum Lachen brachte und eine herrliche Pizza aus Resten zauberte. In Sams Augen war Jean-Pierre ein Superbursche, aber Melissa machte ihm klar, daß Oliver bestimmt nicht gern über ihn sprechen wollte.

»Glaubst du, Jean-Pierre geht mit Mom aus?« Sams Neugierde kannte keine Grenzen, zumal er sicher war, daß sich die beiden in der Küche geküßt hatten.

Mel beeilte sich, ihn von seinen Theorien abzubringen. »Sei nicht albern.«

Beide waren voller Vorfreude, weil Sarah versprochen hatte, in den Semesterferien mit ihnen zu verreisen. »Wohin wird sie mit uns fahren?« fragte Sam.

»Keine Ahnung, wir werden sehen.«

Schließlich entschied sich Sarah für eine Woche Frühjahrsskilauf in Massachusetts, und sogar Benjamin wollte mitkommen. Erst fünf Tage vor Ferienbeginn erreichte Oliver der Anruf von Benjamins Schule im Büro. Der Junge schwänzte schon seit Monaten den Unterricht und stand kurz vor dem Schulverweis. Der Direktor teilte Oliver mit, daß Benjamin noch eine kurze Bewährungsfrist hatte.

»Benjamin?« Oliver war wie vor den Kopf geschlagen. Er kam gerade von einer Besprechung und hatte schon das Schlimmste befürchtet, als die Schule sich meldete. »Das kann ich nicht glauben. Er war doch immer einer der Besten.«

»Jetzt nicht mehr, Mr. Watson. Seit Januar haben wir ihn im Unterricht kaum zu Gesicht bekommen. Dieses Trimester hat er in nahezu allen Fächern ungenügende Zensuren.«

»Und warum erfahre ich erst jetzt davon? Warum haben Sie so lange gewartet?« Oliver war schockiert und wütend, auf den Jungen, auf sich, auf die Schule und besonders auf Sarah, weil sie die eigentliche Verursacherin aller Schwierigkeiten war. Er hatte das Gefühl, daß seine Probleme niemals enden würden.

»Seit einem Vierteljahr schicken wir Ihnen Benachrichtigungen und haben nie eine Antwort bekommen.«

»Dieser Dreckskerl...« Oliver ahnte, was passiert war. Benjamin mußte die Benachrichtigungen abgefangen haben, um zu verhindern, daß Oliver etwas von der drohenden Katastrophe erfuhr. »Und was wird aus seinen College-Bewerbungen?«

»Das kann ich Ihnen nicht sagen. Natürlich müssen wir die Anstalten, die er angeschrieben hat, benachrichtigen, aber bis vor kurzem war er ja immer ein guter Schüler. Uns ist klar, daß er mildernde Umstände beanspruchen kann. Wenn er sich bereit erklärt, Sommerkurse zu belegen... natürlich hängt auch einiges von den Zensuren ab, die er von jetzt an erbringt. Das letzte Trimester wird für ihn sehr, sehr wichtig.«

»Ich verstehe.« Oliver schloß die Augen, bemüht, diese Neuigkeit zu verarbeiten. »Gibt es noch ein Problem in der Schule, von dem ich wissen müßte?« Er spürte, daß es noch andere Schrekkensnachrichten gab, und fürchtete sich fast davor, sie zu hören.

»Nun, es gibt da einiges, was nicht in unseren Aufgabenbereich fällt...«

»Was soll das heißen?«

»Ich meine damit die kleine Carter. Wir sind der Meinung, daß sie einen Teil von Benjamins Problem darstellt. Sie hatte in diesem Jahr genug eigene Probleme – ihre Eltern haben sich getrennt –, und sie ist nicht... nun, sie hat nie die Leistungen erbracht, die Benjamin bringen konnte, außerdem stellt ihre Beziehung eine zu große Ablenkung dar. Ihr droht übrigens auch der Schulverweis, und wir haben ihrer Mutter schon mitgeteilt, daß sie dieses Jahr das Klassenziel nicht erreicht...« Verdammt... Oliver hatte dem Jungen Hausarrest gegeben und ihm befohlen, jeden Tag zum Abendessen zu Hause zu sein, dafür hatte Benjamin den Unterricht geschwänzt, um sich mit einer dummen Gans abzugeben, die schon fast von der Schule geflogen wäre.

»Ich werde mich um die Sache kümmern, und ich wäre Ihnen sehr dankbar, wenn wir uns soweit einigen könnten, daß Benjamins College-Bewerbungen nicht beeinträchtigt werden.« Täglich konnten die Antwortschreiben eintreffen... von Harvard, Princeton, Yale – und jetzt drohte dem Jungen der Ausschluß!

»Vielleicht könnten Sie mehr Zeit zu Hause mit den Kindern verbringen. Uns ist natürlich klar, wie schwierig das ist, seit Mrs. Watson nicht mehr im Haus ist...« Die Worte trafen ihn ins Mark. Er tat alles Menschenmögliche, um mit den Kindern zusammenzusein, und doch klangen ihm Benjamins Worte in den Ohren: Du kommst doch nie vor neun Uhr heim...

»Ich werde tun, was ich kann. Noch heute nehme ich mir Benjamin vor.«

»Sehr schön. Wir halten Sie über seine Leistungen auf dem laufenden.«

»Rufen Sie mich bitte wieder im Büro an.«

»Geht in Ordnung.«

Oliver legte auf und saß einen Augenblick mit gesenktem Kopf da. Fast hatte er das Gefühl, keine Luft mehr zu bekommen. Und dann wählte er Sarahs Nummer in Boston. Er wußte nicht, was er sonst hätte tun sollen. Zum Glück war sie nicht da. Zudem war es nicht ihr Problem. Sie hatte die Familie verlassen, und er trug jetzt die volle Verantwortung für die Kinder.

An diesem Tag verließ er das Büro um vier Uhr und traf vor sechs zu Hause ein. Er wartete schon, als Benjamin, offensichtlich zufrieden mit sich, nach Hause kam. Mit einem stählernen Blick hielt sein Vater ihn auf.

»Komm ins Arbeitszimmer, Benjamin.«

»Ist etwas passiert?« Die Miene seines Vaters verriet Ben, daß etwas nicht in Ordnung sein mußte, aber auf das, was nun kam, war er nicht im geringsten gefaßt. Kaum war er eingetreten, versetzte ihm Oliver eine heftige Ohrfeige. Es war das erste Mal, daß er eines seiner Kinder schlug, wenn man von der Tracht Prügel absah, die er Benjamin verabreicht hatte, als er mit vier Jahren eine Gabel in eine Steckdose gesteckt hatte. Damals hatte er ein Zeichen setzen wollen – ebenso wie jetzt. Mehr aber entsprang die Ohrfeige seiner Enttäuschung und dem Schuldgefühl, unter dem er litt. Benjamin geriet unter dem Schlag ins Wanken und lief hochrot an, als er sich wortlos setzte. Oliver schloß die Tür. Jetzt wußte Benjamin, daß sein Vater hinter sein Geheimnis gekommen war oder zumindest von einigen Dingen wußte. Ben ahnte, was jetzt kommen würde.

»Entschuldige... das wollte ich nicht. Aber ich habe das Gefühl, hintergangen worden zu sein. Heute hat mich dein Schuldirektor angerufen... was, zum Teufel, hast du dir dabei gedacht?«

»Ich... es tut mir leid. Dad...« Ben starrte zu Boden und richtete dann den Blick wieder auf Oliver. »Ich konnte einfach nicht... ach, ich weiß nicht.«

»Weißt du, daß dir der Hinauswurf droht?« Benjamin nickte.

»Ist dir auch klar, daß dich danach vielleicht kein renommiertes College mehr nehmen wird? Daß du womöglich ein ganzes Jahr dranhängen oder zumindest Sommerkurse belegen mußt? Und was, zum Teufel, ist mit den Benachrichtigungen passiert, die man mir angeblich geschickt hat?«

»Die habe ich weggeworfen«, gestand Ben wahrheitsgemäß. Er sah jetzt aus wie ein Zehnjähriger, als er seinen Vater unglücklich anschaute. »Ich dachte, ich könnte alles wieder in den Griff kriegen und du würdest nie etwas davon erfahren.«

Oliver durchmaß nervös den Raum, um unvermittelt stehenzubleiben und seinen Sohn anzustarren. »Und was hat das Mädchen damit zu tun? Ich glaube, sie heißt Carter.« In Wahrheit war der Name deutlich in Olivers Bewußtsein eingraviert, und er argwöhnte schon lange, daß Benjamins Romanze außer Kontrolle geraten war, aber hätte nie im Traum daran gedacht, daß es so weit gekommen war. »Ich nehme an, du schläfst mit ihr? Wie lange läuft die Sache schon?«

Benjamin, der betreten auf den Boden schaute, gab keine Antwort.

»Antworte mir, verdammt! Was geht da vor? Der Direktor hat mir eröffnet, daß das Mädchen von der Schule fliegt. Was für ein Mädchen ist sie, und wieso kenne ich sie nicht?«

»Sandra ist ein nettes Mädchen, Dad.« Benjamin blickte trotzig zu ihm auf. »Ich liebe sie, und sie braucht mich.« Auf die zweite Frage seines Vaters ging er lieber nicht ein.

»Wie schön. Braucht sie einen Leidensgenossen, der ebenfalls von der Schule fliegt?«

»Sie fliegt nicht... noch nicht... sie hat eine schwere Zeit hinter sich... ihr Vater hat ihre Mutter verlassen und... na, egal. Das ist eine lange Geschichte.«

»Rührend. Und deine Mutter hat dich im Stich gelassen, deshalb wandert ihr beide Hand in Hand in der Weltgeschichte herum und schwänzt die Schule. Und was dann? Willst du den Rest deines Lebens an der Zapfsäule stehen, während sie in einer

Kneipe kellnert? Das ist weder das, was ich von dir erwarte, noch ist es das, was du für dich selbst möchtest. Du verdienst etwas Besseres, und sie vermutlich auch. Um Himmels willen, Benjamin, so nimm endlich Vernunft an!« Oliver funkelte seinen Sohn so wütend an wie noch nie. Die letzten dreieinhalb Monate hatten ihren Preis gefordert, und das sah man ihm jetzt an. »Ich verbiete dir, das Mädchen noch einmal zu treffen. Hörst du mich? Wenn du nicht gehorchst, schicke ich dich, wenn es sein muß, auf eine Militärschule. Ich werde nicht zulassen, daß du dein Leben wegwirfst, nur weil du aus dem Tritt geraten bist und wir alle es nicht leicht hatten. Das Leben verläuft nicht immer in geraden Bahnen, mein Sohn. Man wächst oder zerbricht an der Art, wie man Hindernisse bewältigt.«

Benjamin schaute ihn ganz ruhig und fest an. »Dad, ich bringe meine Zensuren in Ordnung, und ich schwänze nicht mehr, aber ich werde mich weiter mit Sandra treffen.«

»Den Teufel wirst du tun, wenn ich es dir verbiete. Verstanden?«

Benjamin stand auf. Seine blauen Augen blitzten kampflustig. »Ich werde mich weiterhin mit ihr treffen, das sage ich dir offen und ehrlich. Du kannst es mir nicht verbieten. Ich werde ausziehen.«

»Ist das dein letztes Wort in dieser Sache?«

Benjamin nickte nur.

»Gut. Du hast Hausarrest bis zum Ende des Schuljahres, bis deine Zensuren sich wieder gebessert haben, bis ich von der Schule erfahre, daß du nicht mal fünf Minuten den Unterricht versäumt hast, bis du dein Abgangszeugnis hast und ein College besuchst, das deinem Niveau entspricht. Dann können wir über Sandra weitersprechen.« Die beiden musterten sich mit stählernem Blick, keiner gab nach. »Jetzt geh auf dein Zimmer. Ich warne dich, Benjamin Watson, ich kontrolliere dich Tag und Nacht, also laß dir keine Dummheiten mehr einfallen. Wenn es sein muß, nehme ich mit der Mutter des Mädchens Kontakt auf.«

»Das kannst du dir sparen. Sie ist nie zu Hause.«

Oliver nickte unglücklich. Er war entsetzt, daß sein Sohn unbeirrt an dem Mädchen festhielt. »Das hört sich ja sehr nett an.«

»Darf ich jetzt gehen?«

»Bitte ...« Als Benjamin an der Tür stand, sagte Oliver in milderem Ton: »Es tut mir leid wegen der Ohrfeige. Ich fürchte, ich bin auch an meine Grenzen gestoßen. Der Unsinn, den du im Moment treibst, erleichtert die Situation nicht.«

Benjamin nickte und ging hinaus. Er schloß die Tür hinter sich, als Oliver sich, am ganzen Leib zitternd, in einen Sessel fallen ließ.

Nach gründlichem Nachdenken wurde ihm in der darauffolgenden Woche klar, was er tun mußte, oder vielmehr, was er tun konnte, um das Familienleben wenigstens einigermaßen zu verbessern. Er suchte den Direktor der Schule auf und bat ihn um eine Unterredung. Nach anfänglichem Zögern wurde ihm zugesagt, daß man auf seinen Vorschlag eingehen würde, falls Oliver Benjamin auf einer vergleichbaren Schule unterbringen konnte. Es war die einzige Möglichkeit, die ihm geblieben war. Für die Kinder würde es anfangs sehr hart sein, aber es könnte sich für sie alle als Patentrezept erweisen. Über die Ferien schickte Oliver die Kinder zu Sarah. Benjamin wehrte sich dagegen, und Oliver drohte ihm mit allen möglichen Strafen, bis der Junge sich schließlich doch entschloß mitzufahren. Während der Woche, die er allein war, nahm Oliver mit vier verschiedenen Schulen Kontakt auf und fand eine, die gewillt war, Benjamin aufzunehmen. Ollie wollte mit der ganzen Familie schleunigst nach New York ziehen, sich eine Mietwohnung suchen und die Kinder auf neue Schulen schicken. Damit war gesichert, daß Benjamin von dem Mädchen und eventuellen Freunden, die eine Ablenkung bedeuteten, getrennt wurde, und es bedeutete außerdem, daß Oliver jeden Abend schon um sechs zu Hause sein konnte. Es war genau das, was Daphne ihm vor zwei Monaten geraten hatte. Damals hatte er den Vorschlag von sich gewiesen, zumindest für die nächste Zeit, nun aber erschien ihm diese Idee als einzige Lösung.

Die Schule in Purchase war sogar gewillt, Benjamin ein Abgangszeugnis zu geben, wenn er die restlichen zwei Monate des Schuljahres in New York anständig hinter sich brächte und die Sommerkurse in Purchase belegte. Einfach ideal. Mel wurde ohne weitere Umstände von einer exklusiven Schule an der Upper East Side aufgenommen, und Sams Schulwechsel bereitete ohnehin keine Probleme. Es war ein glänzender, wenngleich übereilt durchgeführter Schachzug. In den letzten zwei Tagen vor der Rückkehr der Kinder liefen sich Oliver und Daphne die Sohlen ab, bis er eine schöne Wohnung gefunden hatte. Ein Bankkaufmann, der mit Frau und Kindern ein Jahr in Paris verbringen wollte, überließ sie ihm. Sie umfaßte vier geräumige Schlafzimmer, hatte einen hübschen Ausblick und eine große Traumküche, hinter der ein geräumiges Zimmer für Agnes lag. Die Miete war ziemlich hoch, aber nach Olivers Ansicht lohnte sich die Investition. In zehn Tagen hatte Ollie alles geschafft, was er sich vorgenommen hatte. Blieb nur noch, den Kindern die Neuigkeit beizubringen, sobald sie aus den Ferien heimkamen.

Daphne saß mit Oliver im Wohnzimmer, nachdem er den Vertrag unterschrieben hatte, und sie musterte ihn besorgt. Für einen Mann, der sich noch vor zwei Monaten geweigert hatte, seine Lebensumstände zu ändern, hatte er nun sehr überstürzt gehandelt. Seit ihm klargeworden war, daß Sarah nicht mehr zurückkehren würde, hatte sich seine Einstellung geändert.

»Ich glaube, der Ortswechsel wird uns allen guttun.« Unwillkürlich verteidigte er seine Entscheidung, obwohl er Daphne keine Rechtfertigung schuldete.

»Das glaube ich auch, aber was werden die Kinder dazu sagen?«

»Was können sie schon sagen? Ich habe keine Möglichkeit, Benjamin im Auge zu behalten, wenn ich täglich pendle. Und wenn er sich bis Juni nicht aus dem Schlamassel befreit hat, können wir immer noch zurück nach Purchase. Die Kinder würden im Herbst wieder von ihren alten Schulen aufgenommen. Vielleicht hätte ich von allem Anfang an nach New York ziehen sollen.«

Daphne nickte. Er hatte recht. Es war ja keine endgültige Entscheidung, und zumindest war es ein Versuch, die Flut abzuwehren, die Benjamin in Purchase zu verschlingen drohte. »Meinen Sie nicht, daß die Veränderung zu radikal ist?« fragte Daphne vorsichtig.

»Möchten Sie mir damit zu verstehen geben, daß ich verrückt geworden bin?« Das Lächeln, das Oliver ihr schenkte, ließ Nervosität erkennen, weil er sich dieselbe Frage selbst stellte. Zugleich aber staunte er nicht schlecht, was er geschafft hatte, während die Kinder mit ihrer Mutter in den Ferien waren. Einerseits hatte er Angst, mit ihnen darüber zu sprechen, andererseits freute er sich darauf. Es würde ein aufregendes neues Leben für alle werden, ungeachtet der Gründe, die zu dieser Veränderung geführt hatten. Nach wie vor erschien es ihm als die beste Lösung für Benjamins Probleme.

»Ich glaube, Sie haben richtig gehandelt, falls Ihnen das eine Hilfe ist. Ich glaube nur, daß diese große Veränderung den Kindern zunächst sehr zu schaffen machen wird.«

»Vielleicht ist es diesmal eine Veränderung zum Guten.« Oliver wanderte im Wohnzimmer auf und ab. Es war eine hübsche Wohnung, die den Kindern, besonders Melissa, gefallen würde. Ihr neues Zuhause lag an der East 84th Street, einer baumgesäumten Straße, zwei Blocks vom Central Park entfernt. Es war genau das, was Oliver gesucht hatte. »Daph, halten Sie mich wirklich für verrückt?« Plötzlich hatte er Angst vor der Aussprache mit den Kindern. Was sollte er tun, wenn sie sich ihm widersetzten? Bis jetzt war er sicher gewesen, die richtige Entscheidung getroffen zu haben, aber nun kamen ihm Zweifel.

»Nein, ich halte Sie nicht für verrückt, und ich glaube, daß sich der Umzug günstig auf alles auswirken wird. Sie sollten bloß nicht erwarten, daß Ihre Kinder vor Freude Luftsprünge machen und Ihre großartige Idee bejubeln. Zuerst werden sie tüchtig erschrecken, auch wenn Sie ihnen alles noch so verlockend schildern. Lassen Sie ihnen Zeit, sich an den Gedanken zu gewöhnen.«

»Genau das hatte ich mir vorgenommen.«

Auf die Heftigkeit ihrer Reaktionen war Oliver jedoch nicht im mindesten gefaßt. Er holte sie vom Flughafen ab und fuhr mit ihnen in die Stadt. Blendend gelaunt, erzählten die Kinder ihm zuerst alles, was sie getrieben und gesehen hatten und wie herrlich das Skilaufen mit ihrer Mutter gewesen war. Diesmal blieb Oliver ruhig, weil er an das dachte, was er ihnen in New York zeigen würde.

»Werden wir Daphne treffen, Dad?« wollte Melissa wissen.

Ollie schüttelte den Kopf und fuhr weiter. Agnes hatte er schon am Morgen eingeweiht, und sie war, nachdem sie sich vom ersten Schreck erholt hatte, einverstanden gewesen mitzukommen. Der Umzug nach New York war für sie nicht so tragisch, wenn sie nur mit den Kindern zusammenleben konnte.

Oliver fand vor dem Haus einen Parkplatz und komplimentierte die verwundert um sich blickenden Kinder hinein.

»Dad, wer wohnt hier?« wollte Sam wissen. Ollie schüttelte nur den Kopf, betrat den Aufzug und sagte: »Siebenter Stock.«

»Jawohl, Sir.« Der Liftboy lächelte zuvorkommend. Auch der Portier hatte den neuen Mieter sofort erkannt, als er sie eingelassen hatte.

Oliver drückte auf die Klingel, und als niemand die Wohnungstür öffnete, machte er sich mit einem Achselzucken daran, einen Schlüssel aus der Tasche zu ziehen. Er öffnete die Tür für seine Kinder, die ihm aus aufgerissenen großen Augen zusahen und an seinem Verstand zweifelten.

»Hereinspaziert, Herrschaften.«

»Wessen Wohnung ist das?« flüsterte Mel, die zögernd eintrat, während Sam ungeniert hereinspazierte und neugierig um sich blickte. Es war niemand zu Hause. Er gab den anderen ein Zeichen einzutreten.

Als Benjamin plötzlich ein Licht aufging, verfinsterte sich seine Miene, während Mel lautstark ihr Entzücken über die schönen alten Möbel äußerte.

»Schön, daß es dir gefällt, mein Schatz«, sagte Ollie lächelnd. »Das ist unser New Yorker Quartier. Na, wie gefällt es euch?«

»Wumm!« Mel war hingerissen. »Wann werden wir hier wohnen, Daddy?« Eine Wohnung in New York hatte nie zur Debatte gestanden, und plötzlich erwachte Sams Argwohn.

»Kommst du übers Wochenende nicht mehr nach Hause, Dad?«

»Natürlich komme ich. Und noch dazu viel früher als bis jetzt. Wir werden alle bis zum Ende des Schuljahres hier wohnen.« Oliver war bemüht, den Umzug wie ein Abenteuer zu schildern, aber die Kinder hatten begriffen, was auf sie zukam, und waren sehr betroffen.

»Du meinst, wir alle ziehen hierher?« Mel war entsetzt. »Und was wird aus unseren Freunden?«

»Die könnt ihr an den Wochenenden und im Sommer sehen. Und wenn es uns gar nicht gefällt, bleiben wir nächstes Jahr wieder in Purchase. Aber einen Versuch ist es wert.«

»Wir sollen alle die Schule wechseln?« Mel konnte nicht fassen, was sie hörte. Oliver nickte und ließ den Blick von einem zum anderen wandern. Sam war wie vor den Kopf geschlagen. Mel ließ sich auf einen Stuhl fallen und fing zu weinen an. Benjamin schwieg, aber sein Blick war eisig. Er wußte, daß dies hauptsächlich seine Schuld war, aber dieser Gedanke milderte seine Wut keineswegs. Sein Vater hatte kein Recht, ihnen das anzutun, überhaupt kein Recht. Es war schon schlimm genug, daß ihre Mutter fort war, jetzt sollten sie auch noch die Schule wechseln und nach New York ziehen! Plötzlich würde alles, einfach alles anders werden. Und genau das strebte Oliver an. Besonders für Benjamin, wie dieser genau spürte.

»Kommt, Leute, es wird ein Riesenspaß. Alles ist neu und aufregend.«

»Und was ist mit Aggie?« Sams Sorge wuchs. Er wollte niemanden mehr verlieren, an dem er hing, und sein Vater beeilte sich, ihn zu beruhigen.

»Sie wohnt auch hier.«

»Und Andy?«

»Der bleibt auch bei uns, solange er sich benimmt. Wenn er die Möbel anknabbert, müssen wir ihn zu Grandpa bringen und ihn an den Wochenenden holen.«

»Er wird artig sein, das schwöre ich.« Sams Augen waren angstvoll geweitet, aber wenigstens weinte er nicht. »Kann ich mein Zimmer sehen?«

»Aber sicher.« Ollie war angenehm überrascht. Zumindest Sam war bemüht, sich zu freuen, auch wenn seine Geschwister fassungslos waren. Melissa war untröstlich, und Benjamin starrte finster aus dem Fenster. »Im Moment ist es noch nicht richtig gemütlich, aber wenn wir eure Sachen herbringen, wird es sicher großartig sein.« Zum Glück hatte auch der Wohnungsbesitzer zwei Söhne und eine Tochter, es gab also zwei Zimmer für Jungen, und eines war ganz in Rosa. Melissa weigerte sich, auch nur einen Blick hineinzuwerfen. Das Zimmer war doppelt so groß wie ihres zu Hause und sehr viel schicker eingerichtet. Sam erstattete Bericht, als er wieder ins Wohnzimmer zurückkam.

»Alles in Ordnung, Mel. Es ist rosa, es wird dir gefallen...«

»Mir einerlei. Ich ziehe nicht um. Ich bleibe bei Carole oder Debbie.«

»Nein, das wirst du nicht«, sagte Oliver leise und mit Nachdruck. »Du wirst mit uns hier wohnen. Ich habe dich auf einer erstklassigen Schule angemeldet. Ich weiß, daß die Veränderung nicht einfach ist, im Moment ist das aber die beste Lösung, wirklich, Mel, glaube mir.«

Plötzlich drehte sich Benjamin wie der Blitz zu ihnen um. »Damit will er sagen, daß er mich aus nächster Nähe im Auge behalten möchte und mich von Sandra fernhalten will. Was ist mit den Wochenenden, Dad? Darf ich sie dann auch nicht sehen?« Er war zornig und verbittert.

»So lange nicht, bis deine Leistungen sich bessern. Das habe ich dir schon einmal gesagt, und es war mein Ernst. Deine Pläne, auf ein anständiges College zu kommen, kannst du sonst in den Wind schreiben.«

»Das ist mir einerlei. Mir bedeutet das nichts mehr.«

»Das war aber ganz anders, als du deine Bewerbungen abgeschickt hast, oder hast du das schon vergessen?«

»Seit damals hat sich vieles geändert«, murmelte der Junge finster und nahm seinen Platz am Fenster wieder ein.

»Na, hat jetzt jeder genug gesehen?« Oliver schaffte es trotz allem, einen munteren Ton anzuschlagen, aber nur Sam war gewillt, darauf einzugehen.

»Gibt es einen Hof zum Spielen?«

Oliver lächelte. »Nein, aber der Central Park ist ganz in der Nähe. Das müßte reichen.« Sam nickte zustimmend. »Sollen wir gehen?«

Melissa lief zur Tür, und Benjamin folgte langsam und mit nachdenklicher Miene. Es wurde eine stille Fahrt nach Purchase, da alle ihren Gedanken nachhingen. Nur Sam stellte hin und wieder eine Frage.

Agnes wartete mit dem Essen, und Sam erstattete genau Bericht über die neue Wohnung. »Ich kann im Central Park Ball spielen ... und ich habe ein schön großes Zimmer ... und wenn Schulschluß ist, kommen wir hierher zurück für den ganzen Sommer. Wie heißt meine Schule, Dad?«

»Collegiate.«

»Collegiate«, wiederholte er vor Aggie, die, obwohl ganz Ohr, die zwei anderen Kinder genau im Auge behielt. Weder Benjamin noch Mel hatten ein Wort von sich gegeben, seit sie bei Tisch saßen. »Wann ziehen wir um?«

»Nächstes Wochenende.« Kaum waren die Worte ausgesprochen, brach Melissa in eine wahre Flut von Tränen aus, und wenig später stand Benjamin abrupt auf. Unauffällig nahm er die Autoschlüssel vom Dielentisch und fuhr gleich darauf, von Oliver beobachtet, davon.

An jenem Abend kam Melissa nicht mehr aus ihrem Zimmer, und als Oliver ihre Tür öffnen wollte, war sie verschlossen. Nur Sam freute sich auf den Umzug. Für ihn war es etwas Neues und Aufregendes. Nachdem er den Jungen zu Bett gebracht hatte, ging Oliver wieder hinunter, um auf Benjamin zu warten. Er wollte ernsthaft mit ihm über seine Trotzreaktion reden.

Benjamin kam erst um zwei Uhr morgens, und Ollie wartete noch immer, von ständig wachsender Besorgnis erfüllt. Schließlich hörte man das Knirschen von Kies auf der Auffahrt und ein Motorengeräusch. Leise wurde die Tür geöffnet. Oliver ging in den Flur, um seinen Sohn zu empfangen.

»Möchtest du in die Küche kommen und mit mir reden?« Eine rein rhetorische Frage.

»Es gibt nichts zu besprechen«, erwiderte Benjamin.

»Ich bin andrer Meinung. Jedenfalls gibt es genug Gesprächsstoff, daß du bis zwei Uhr morgens wegbleibst, oder handelt es sich dabei um eine andere Art von Unterhaltung?« Ohne eine Antwort abzuwarten, ging Oliver in die Küche voraus und rückte zwei Stühle zurecht, doch dauerte es eine Sekunde, ehe Benjamin sich setzte. Es war ihm anzusehen, daß er es widerwillig tat. »Benjamin, was ist los mit dir?«

»Nichts, was ich mit dir besprechen möchte.« Schlagartig waren sie zu Gegnern geworden – fast über Nacht, das machte es nicht weniger enttäuschend oder schmerzlich.

»Warum bist du gegen mich eingestellt? Ist es wegen Mom? Gibst du mir immer noch die ganze Schuld?«

»Ach was, das ist eure Sache. Und was ich treibe, die meine. Ich mag es nicht, wenn man mich gängelt. Dazu bin ich zu alt.«

»Du bist siebzehn, noch nicht ganz erwachsen, auch wenn du es gern wärest. Und du kannst dich nicht einfach über alle Regeln hinwegsetzen, sonst wirst du früher oder später einen höllischen Preis dafür bezahlen. Im Leben sind ständig Regeln zu beachten, ob dir dies nun zusagt oder nicht. Im Moment ist sogar deine Aufnahme in ein College gefährdet.«

»Scheißcollege!«

Diese Äußerung erschreckte Ollie. »Was soll das heißen?«

»Ich habe jetzt an wichtigere Dinge zu denken.« In diesem Augenblick fragte sich Oliver, ob der Junge betrunken war, aber er sah eigentlich nicht danach aus. Nein, das konnte nicht der Grund sein.

»Woran beispielsweise? An das Mädchen...? An Sandra Carter? In deinem Alter ist das eine Sache ohne Bestand. Und falls nicht, wirst du sehr lange warten müssen, bis es eine feste Beziehung wird. Erst mußt du die Schule abschließen, mußt aufs College gehen, dir Arbeit suchen, den Unterhalt für Frau und Kinder verdienen. Vor dir liegt ein langer Weg, und du tust gut daran, dich jetzt an die Spur zu halten, sonst landest du, ehe du dich versiehst, bis zur Halskrause im Dreck...«

Benjamin sank in sich zusammen, als er das hörte. Bedrückt blickte er zu seinem Vater auf. »Ich ziehe nicht mit nach New York. Das kommt für mich nicht in Frage.«

»Es bleibt dir nichts anderes übrig. Das Haus hier wird, von den Wochenenden abgesehen, zugesperrt. Allein lasse ich dich hier nicht wohnen. Und wenn du die Wahrheit wissen willst – unser Umzug findet auch deinetwegen statt. Du sollst deine Angelegenheiten in Ordnung bringen, bevor es zu spät ist, und ich möchte an den Abenden mehr Zeit für euch alle haben.«

»Dafür ist es schon zu spät. Und ich gehe nicht mit.«

»Warum nicht?« Das nun eintretende Schweigen schien endlos. Oliver wartete.

Schließlich bequemte sich Ben zu einer Antwort. »Ich kann Sandra nicht verlassen.«

»Warum nicht? Auch nicht, wenn ich dir erlaube, sie an den Wochenenden zu treffen?«

»Ihre Mutter zieht nach Kalifornien. Sie hat kein Dach mehr über dem Kopf.« Das Bild, das Benjamin zeichnete, entlockte Oliver fast einen Seufzer.

»Geht Sandra nicht mit?«

»Die beiden verstehen sich nicht, und Sandra haßt ihren Vater. Sie denkt nicht daran, zu ihm nach Philadelphia zu ziehen.«

»Was hat sie dann vor?«

»Sie will die Schule sausen lassen, sich einen Job suchen und hierbleiben. Ich lasse sie nicht allein.«

»Wie edel. Aber mir scheint diese Sandra sehr selbständig zu sein.«

»Das ist sie nicht. Sie braucht mich.« Es war das erste Mal seit langem, daß Benjamin ein wenig aus sich herausging und von ihr sprach. Oliver war gerührt und entsetzt zugleich von dem, was er zu hören bekam. Sandra schien seinem Gefühl nach eher zu den Mädchen zu gehören, von denen man lieber die Finger ließ, weil man sich mit ihnen viel Ärger einhandelte. »Dad, ich kann sie nicht verlassen«, wiederholte Ben.

»Im Herbst, wenn du aufs College kommst, wirst du sie so oder so allein lassen müssen. Dann kannst du es jetzt gleich hinter dich bringen, bevor noch größere Probleme entstehen.«

Die Ironie dieser Worte entlockte Benjamin ein Lächeln. »Ich kann nicht fort.« Seine Antwort sorgte bei Oliver für Verwirrung.

»Nicht aufs College oder nicht nach New York?« Das war eine völlig neue Situation.

»Beides nicht.« In Benjamins Eigensinn mischte sich Verzweiflung.

»Aber warum nicht?« Wieder trat bedrückendes Schweigen ein, bis Benjamin aufblickte und sich entschloß, endlich mit der Wahrheit herauszurücken. Er hatte seine Probleme lange genug für sich behalten, und wenn sein Vater unbedingt alles wissen wollte, na bitte.

»Weil sie schwanger ist.«

»Mein Gott... mein Gott... warum, zum Teufel, hast du mir das nicht eher gesagt?«

»Ich weiß nicht... ich dachte, du würdest es nicht wissen wollen... und außerdem ist es mein Problem.« Benjamin ließ den Kopf hängen. Es war eine Bürde, die ihn seit Monaten schon drückte.

»Ist das der Grund, weshalb ihre Mutter sie allein läßt und nach Kalifornien übersiedelt?«

»Zum Teil. Dazu kommt aber, daß sie sich nicht vertragen und daß ihre Mutter einen neuen Freund hat.«

»Und was hält sie von der Schwangerschaft ihrer Tochter?«

»Sie ist der Meinung, daß das Sandras Problem ist und nicht das ihre. Sie hat ihr zu einem Abbruch geraten.«

»Und? ... Hat Sandra sich dazu entschlossen?«

Benjamin schüttelte den Kopf. Als er wieder zu seinem Vater aufblickte, erkannte Oliver in seinen Augen alles das, woran er selbst glaubte. »Das lasse ich nicht zu.«

»Um Himmels willen, Benjamin...« Oliver stand auf und fing an, in der Küche auf und ab zu laufen. »Du läßt es nicht zu? Warum nicht? Was um alles in der Welt soll eine Siebzehnjährige mit einem Baby anfangen? Oder will sie es zur Adoption freigeben?«

Wieder schüttelte Benjamin den Kopf. »Sie sagt, daß sie es behalten möchte.«

»Benjamin, bitte, so nimm doch Vernunft an! Du richtest drei Leben zugrunde, nicht nur eines. Bring das Mädchen dazu, daß sie einem Abbruch zustimmt.«

»Das kann sie nicht.«

»Warum nicht?«

»Sie ist im vierten Monat.«

Oliver ließ sich mit dumpfem Aufprall auf einen Stuhl fallen. »In was für einen Schlamassel hast du dich da hineinmanövriert! Kein Wunder, daß du die Schule geschwänzt und nichts gelernt hast – aber eines laß dir gesagt sein: Wir werden dieses Tief gemeinsam durchstehen. Du kommst nächste Woche mit mir nach New York, und dann werden wir weitersehen.«

»Dad, ich habe dir schon einmal gesagt, daß ich Sandra nicht allein lasse.« Benjamin stand ungeduldig auf. »Sie ist allein und schwanger, und es ist mein Kind, das sie erwartet. Sie und das Kind bedeuten mir sehr viel.« Plötzlich standen Benjamins Augen voller Tränen, er war müde und ausgelaugt und wollte nicht mehr streiten. Es war für ihn schon alles schwer genug, ohne daß er sich gegen seinen Vater zur Wehr setzen mußte. »Daddy, ich liebe sie... bitte, halte dich aus der Sache heraus!« Benjamin verschwieg, daß er angeboten hatte, Sandra zu heiraten. Aber Sandra hatte nichts für die Ehe übrig und keine Lust, wie ihre Eltern auf eine Scheidung zuzusteuern.

Oliver ging zu ihm und legte den Arm um ihn. »Sei vernünftig... du mußt jetzt das Richtige tun... für euch beide. Wenn du dein Leben wegwirfst, ist niemandem geholfen. Wo wohnt sie im Moment?« Tausend Gedanken jagten durch Ollies Kopf – er dachte sogar an die Möglichkeit, Sandra den Aufenthalt in einem Heim für ledige Mütter zu bezahlen.

»Zu Hause, aber sie zieht bald in eine Wohnung in Port Chester um. Ich habe ihr geholfen, die Miete zu bezahlen.«

»Sehr großzügig von dir, aber sehr bald wird sie mehr als das brauchen. Hast du eine Ahnung, was ein Baby kostet? Wieviel es kostet, eines in die Welt zu setzen?«

»Was schlägst du vor, Dad?« fragte Ben verbittert. »Sollen wir das Kind abtreiben, weil es billiger ist? Sie trägt mein Kind in sich. Ich liebe das Kleine, und ich liebe sie, und ich gebe die beiden nicht auf, verstehst du das denn nicht? Und ich ziehe nicht nach New York. Ich mache hier die Schule zu Ende, damit ich bei ihr sein kann.«

»Ich weiß gar nicht, was ich sagen soll. Bist du sicher, daß sie im vierten Monat ist?«

Benjamin nickte, und die Erkenntnis, daß der kleine ›Unfall‹ zeitmäßig mit Sarahs Auszug zusammenfiel, war für Oliver bedrückend. Sie alle hatten eine Zeitlang verrückt gespielt, aber Benjamins Verrücktheit würde ihn ein ganzes Leben lang belasten.

»Wird sie das Kind austragen?« fragte Ollie.

Benjamin nickte. »Natürlich, Dad. Komisch, ich dachte, du wärest immer gegen Abtreibungen.« Das saß. Er war derjenige, der dreimal mit Sarah einen Kampf ausgefochten hatte, um seine Kinder zu retten, und jetzt verlangte er, daß Benjamins Kind abgetrieben wurde. Aber dieser Fall lag völlig anders.

»In den meisten Fällen bin ich dagegen. Aber du zerstörst damit dein Leben, und du bist mir wichtiger als das Kind.«

»Das Kind ist ein Teil von mir und ein Teil von dir und Mom und von Sandra. Ich lasse nicht zu, daß es getötet wird.«

»Und wie willst du für das Kind sorgen?«

»Wenn es sein muß, kann ich nach der Schule arbeiten. Und auch Sandra wird arbeiten. Sie ist ja nicht schwanger geworden, um mich unter Druck zu setzen. Es ist einfach passiert, und jetzt wollen wir die Lage meistern, so gut es geht.« Und das würde sehr schwer werden, wie er genau wußte.

»Wie lange weißt du es schon?« Damit war erklärt, weshalb Benjamin in den letzten Monaten so wortkarg gewesen war, weshalb er sich zu Hause so rar gemacht und ständig auf alles mit Trotz reagiert hatte.

»Ach, schon eine ganze Weile. Zwei Monate, glaube ich. Zuerst war Sandra nicht sicher, weil sie keine regelmäßige Periode hat, aber dann habe ich sie zum Arzt geschickt.«

»Na, das war wenigstens etwas Vernünftiges. Und jetzt? Wird sie entsprechend betreut?«

»Ich gehe einmal im Monat mit ihr zum Arzt.« Unglaublich – sein Junge, sein Erstgeborener wurde Vater. »Das reicht doch, oder?« fragte Ben ängstlich.

»Im Moment schon. Glaubst du, sie würde in ein Heim für ledige Mütter gehen? Dort könnte man sich um sie kümmern und nachher auch für das Kind Arrangements treffen.«

»Was für Arrangements?« Benjamins Argwohn erwachte jäh.
»Das hängt von ihr und von dir ab ... aber es wäre eine anständige Unterbringung, gemeinsam mit Mädchen, die in derselben Lage sind.«
Benjamin nickte. Vielleicht war das keine schlechte Idee. »Ich werde sie fragen.«
»Und wann soll das Baby kommen?«
»Ende September.«
»Dann wirst du auf dem College sein.«
»Möglich.« Aber das gehörte erst zur nächsten Kampfrunde.
Beide waren jetzt zu erschöpft. Kein Wunder, es war vier Uhr vorbei, und das Wortgefecht hatte Kraft gekostet.
»Geh zu Bett. Morgen reden wir weiter.« Ollie berührte sanft Benjamins Schulter. »Es tut mir leid, mein Sohn. Es tut mir leid, daß euch beiden das passieren mußte. Aber wir werden schon einen Ausweg finden.«
»Danke, Dad.«
Aber keiner schien überzeugt, als sie ins Obergeschoß gingen, in ihre eigenen Gedanken und Sorgen versunken. Leise schlossen sich die Türen hinter ihnen.

11. Kapitel

Die ganze Woche über führten sie Gespräche bis tief in die Nacht und kamen doch zu keinem Ergebnis. Eines Abends suchte Oliver sogar Sandra auf. Es war eine Begegnung, die ihn erschütterte. Sandra war hübsch, nicht sonderlich intelligent, dazu verängstigt und einsam, als käme sie aus einer anderen Welt. Sie klammerte sich an Benjamin, als ob er ihre einzige Rettung wäre. Und in einem Punkt zeigte sie sich ebenso unbeugsam wie Benjamin: Sie wollte das Kind behalten.

Diese Hartnäckigkeit brachte Oliver zur Verzweiflung, und er rief Sarah an, um mit ihr darüber zu sprechen.

»Weißt du überhaupt, was im Leben deines Ältesten vor sich geht?« Das hörte sich sogar in seinen Ohren reichlich dramatisch an, aber man mußte unbedingt etwas unternehmen. Benjamin konnte nicht den Rest seines Lebens mit diesem Mädchen und dem Baby verbringen.

»Er hat mich gestern angerufen. Ich glaube, du solltest dich nicht einmischen«, erwiderte Sarah.

»Bist du wahnsinnig?« Am liebsten hätte er sie mit der Telefonschnur erdrosselt. »Begreifst du denn nicht, was das für sein Leben bedeutet?«

»Was sollte er deiner Meinung nach tun? Das Mädchen umbringen?«

»Rede keinen Unsinn, ich bitte dich.« Nie hätte er gedacht, so etwas von ihr zu hören zu bekommen. »Sie könnte es abtreiben lassen oder das Kind wenigstens zur Adoption freigeben. Und Benjamin sollte endlich Vernunft annehmen.«

»Das hört sich aber nicht so an wie der Oliver, den ich kannte... seit wann hast du dich zu einem Verfechter der Abtreibung entwickelt?«

»Seit mein siebzehnjähriger Sohn seine siebzehnjährige Freundin geschwängert hat und beabsichtigt, ihrer beider Leben durch seinen Edelmut zu ruinieren.«

»Du hast kein Recht, Ben zu verbieten, das zu tun, was er für richtig hält.«

»Unglaublich, das aus deinem Mund zu hören. Was ist denn los mit dir? Liegt dir denn nichts mehr daran, daß er eine Ausbildung bekommt? Ist dir denn nicht klar, daß er die Schule aufgibt und ans College keinen Gedanken mehr verschwendet?«

»Er wird schon zur Vernunft kommen. Warte ab, bis das Baby Tag und Nacht brüllt wie er selbst seinerzeit. Dann wird er dich um Hilfe anflehen, aber bis dahin muß er tun, was er für richtig hält.«

»Du kannst es an Verrücktheit mit ihm aufnehmen. Das muß wohl erblich sein. War das der Rat, den du ihm gegeben hast?«

»Ja. Ich habe ihm gesagt, daß er tun muß, was er für richtig hält.«

»Das ist blanker Unsinn.«

»Was würdest du ihm denn raten?«

»Er muß sich zusammenreißen, seine Zensuren verbessern, wieder zur Schule gehen, das Mädchen in einem Heim für ledige Mütter unterbringen und das Kind zur Adoption freigeben.«

»Eine nette und saubere Lösung. Zu schade, daß er nicht deiner Meinung ist.«

»Das ist auch nicht nötig, Sarah. Er ist noch minderjährig. Er muß tun, was wir wollen.«

»Er wird dir sagen, daß du dich zum Teufel scheren sollst, wenn du ihm zu heftig zusetzt.«

»So wie du?« Er war wütend auf sie. Sarah spielte mit Benjamins Leben, wenn sie zuließ, daß er sich unglücklich machte.

»Wir sprechen nicht von uns, sondern von ihm.«

»Wir sprechen von einem unserer Kinder, das im Begriff steht, sein Leben kaputtzumachen, und du redest Unsinn.«

»Oliver, sieh doch den Tatsachen ins Auge. Es ist sein Kind und sein Leben, und er wird genau das tun, was er möchte, ob es dir gefällt oder nicht, also spar dir die Magengeschwüre.« Es war hoffnungslos mit ihr, deshalb beendete Oliver das Gespräch noch ratloser als zuvor.

Am Samstagmorgen tauchte Benjamin bei seinem Vater auf, gerade als der Wagen der Spedition in der Auffahrt erschien. Sie mußten ein paar Sachen nach New York mitnehmen.

»Na, bist du reisefertig, mein Sohn?« Oliver schlug einen unbefangenen, munteren Ton an, als könnte dies eine Sinnesänderung herbeiführen. Aber Benjamin blieb in sich gekehrt und unbeugsam.

»Ich wollte mich nur verabschieden, Dad.« Nun trat scheinbar nicht enden wollendes Schweigen zwischen ihnen ein.

»Du mußt mitkommen. Dir selbst zuliebe und vielleicht sogar Sandra zuliebe.«

»Kommt nicht in Frage. Ich bleibe hier. Mein Entschluß steht fest. Und mit der Schule ist ab sofort Schluß. Ich habe Arbeit in einer Kneipe gefunden und kann bei Sandra wohnen.«

In gewisser Weise hatte Oliver ihn mit dem Umzug zu diesem Schritt gezwungen, und das bedauerte er jetzt sehr.

»Und wenn ich dich im Haus wohnen lasse? Würdest du in diesem Fall weiter zur Schule gehen?«

»Ich habe die Schule satt. Ich muß Sandra helfen.«

»Benjamin, bitte... mit einer guten Ausbildung kannst du mehr für sie tun.«

»Später kann ich mich immer noch weiterbilden.«

»Weiß man auf der Schule schon Bescheid?«

Benjamins Blick machte die letzten Hoffnungen seines Vaters zunichte.

»Ja, gestern habe ich mich abgemeldet.«

»Und... was haben sie gesagt?«

»Alle haben uns Glück gewünscht. Sandra hat ihrer Klassenlehrerin von dem Baby erzählt.«

»Ich kann noch immer nicht glauben, daß es so weit kommen konnte.«

»Ich möchte bei ihr sein... und bei meinem Kind. Dad, du hättest nicht anders gehandelt.«

»Schon möglich, aber bestimmt hätte ich mich um eine Lösung bemüht. Du tust das Richtige, aber auf falsche Weise und aus den falschen Gründen.«

»Ich tue mein Bestes.«

»Das weiß ich. Du könntest einen High-School-Test für Externe machen, dir jetzt etwas Zeit nehmen und im Herbst doch noch aufs College gehen. Das wäre immerhin eine Möglichkeit.«

»Ja, aber das möchte ich nicht. Ich will endlich raus in die richtige Welt. Ich habe jetzt Verantwortung zu tragen und eine Frau, die ich liebe... und im September ein Baby.« Es war lächerlich, wenn man sich das vorstellte, und doch war es so. Oliver hätte am liebsten losgeheult, während er den Umzugsmännern zusah, die nach Aggies Anweisungen Kartons ins Haus und wieder heraus schleppten. Der reinste Irrsinn. Innerhalb von vier Monaten hatte Sarah ihr Leben zerstört. So wie früher würde es nie wieder sein. Plötzlich drängte sich ihm die Frage auf, wieso er überhaupt nach New York zog, wenn Benjamin gar nicht mitkam. Dennoch gab es einige Aspekte an dem Plan, die ihm noch immer gefielen. Er würde abends früher nach Hause kommen und konnte sich um Mel und Sam besser kümmern. Mel hatte sich in der letzten Woche beruhigt, da sie wußte, daß sie nur für zwei Monate umziehen und die Wochenenden und die Ferien wieder in Purchase verbringen würden. Und was die Sache noch interessanter machte, war der Umstand, daß ihre Freundinnen sich überaus beeindruckt gezeigt hatten und es kaum erwarten konnten, sie in New York zu besuchen. »Dad, ich muß gehen. Um zwei Uhr fange ich mit der Arbeit an, und Sandra erwartet mich in der Wohnung.«

»Wirst du mich anrufen?«

»Sicher. Komm und besuch uns, wenn du in die Gegend kommst.«

»Benjamin, ich hab' dich lieb, wirklich.« Er schlang die Arme um den Jungen und drückte ihn an sich. Beide konnten die Tränen nicht zurückhalten.

»Danke, Dad. Alles wird gut werden...«

Oliver nickte, obgleich er diese Meinung nicht teilte. Nichts würde jemals wieder gut werden, zumindest für sehr lange Zeit nicht.

Oliver sah dem davonfahrenden Benjamin nach und winkte. Als der Wagen außer Sicht war, ging er ins Haus. Er hatte den ganzen verdammten Schlamassel satt. Benjamin war jetzt ein Schulversager, der in einer Kneipe arbeitete und mit einer kleinen Schlampe zusammenlebte, aber vielleicht würde eines Tages doch noch alles gut... eines fernen, ganz fernen Tages...

Im Haus herrschte totales Chaos. Überall waren die Männer vom Umzugsunternehmen zugange, der Hund kläffte wie verrückt, und Sam war so aufgeregt, daß er kaum zu bändigen war. Der Junge drückte seinen Bären an sich und jagte unaufhörlich durchs Haus. Mel hing bis zum Augenblick der Abfahrt am Telefon, und Aggie bestand darauf, alles geordnet zu hinterlassen. Aber schließlich schlossen sie die Tür hinter sich und folgten nach einem letzten Blick, der dem Haus, das sie liebten, galt, dem Umzugsauto in das Abenteuer New York. In der neuen Wohnung standen eine Zimmerpflanze, Früchte und Süßigkeiten für die Kinder, dazu eine Packung Hundekuchen für Andy. – Daphne hatte ihnen einen wunderbaren Empfang bereitet, und Mel stieß einen aufgeregten Schrei aus, als sie ihr Zimmer sah. Ihr erster Griff galt auch dort dem Telefon.

Doch während sie sich häuslich einrichteten, war Oliver in Gedanken ständig bei Benjamin. Eines Tages würde der Junge bitter bereuen, daß er sich heute so entschieden hatte – falls die Reue überhaupt so lange auf sich warten ließ. Oliver hatte das Gefühl, die Menschen, die er liebte, der Reihe nach zu verlieren.

12. Kapitel

Schon nach wenigen Tagen zeigte sich, daß der Umzug nach New York eine der besten Ideen gewesen war, die Oliver je gehabt hatte. Sam war begeistert von seiner neuen Schule und schloß problemlos neue Freundschaften. Auch Mel fand ihre Schule toll. Sie war oft mit Daphne zusammen, trieb sich mit ihr häufig bei Bloomingdale herum und rief sämtliche Freundinnen in Purchase an, um über jeden neuen Schritt ihres glanzvollen Stadtlebens Bericht zu erstatten.

Und das beste war, daß Oliver jeden Abend rechtzeitig zum

Essen nach Hause kam und so viel Zeit mit den Kindern verbringen konnte, wie er beabsichtigt hatte. Mel war zwar noch immer die meiste Zeit mit Telefonieren beschäftigt, aber sie wußte, daß Oliver für sie da war. Er verbrachte viele Stunden mit Sam, sie plauderten, lasen oder spielten, und als es im Mai allmählich wärmer wurde, gingen sie ab und zu in den Park und spielten nach dem Abendessen Ball. Es war ein ideales Leben – von Benjamin abgesehen. Er fehlte allen sehr, und Oliver machte sich seinetwegen große Sorgen. Er hatte das Gefühl, zwei Menschen verloren zu haben, obwohl er größten Wert darauf legte, sich mit dem Jungen an den Wochenenden in Purchase zu treffen. Er forderte ihn jedesmal auf, zum Abendessen zu kommen, aber Benjamin arbeitete abends. Seinem Vater brach es fast das Herz, als er ihn einmal im Restaurant besuchte, wo er sich für geringen Lohn als Kellner abrackerte. Oliver machte Ben erneut das Angebot, im Haus zu wohnen, obwohl ihm die Vorstellung nicht behagte, daß der Junge dort allein hauste, und er bat ihn inständig, wieder zur Schule zu gehen. Aber Benjamin wollte Sandra jetzt auf keinen Fall im Stich lassen. Als Ollie sie einmal am Samstag nachmittag flüchtig zu sehen bekam, war er bestürzt. Sie sah aus, als sei sie über den fünften Monat längst hinaus, so daß Oliver sich fragte, ob das Baby wirklich von seinem Sohn stammte. Er sprach Benjamin bei nächster Gelegenheit darauf an, und der Junge war zutiefst gekränkt und beharrte darauf, daß Sandra sein Kind erwarte. Er sei seiner Sache ganz sicher, sagte er. Oliver wollte nicht weiter in ihn dringen.

Der ärgste Schlag aber kam, als die Antwortbriefe der Colleges ankamen. Oliver fand sie jedesmal vor, wenn er an den Wochenenden das Haus betrat, denn Benjamin wollte, daß die Post für ihn dorthin geschickt würde. Die Schule hatte die Colleges nie benachrichtigt, daß Benjamin vorzeitig abgegangen war, und mit Ausnahme des ›Duke‹ hatten alle Colleges ihn angenommen. Er hätte nach Harvard, Princeton oder Yale gehen können, statt dessen kratzte er die Speisereste anderer Leute von den Tellern und würde mit achtzehn Vater werden. Ollie war außer sich, wenn er daran dachte. Oliver beantwortete die Briefe selbst und erklärte den jeweiligen College-Behörden, daß sein Sohn wegen schwieriger familiärer Umstände momentan nicht studieren könnte, sich aber im nächsten Jahr gern erneut bewerben würde. Ollie hoffte immer noch, Ben dazu zu bringen, in New York das Schuljahr abzuschließen. Ein Jahr seines Lebens wäre verloren, aber nicht mehr. Er hütete sich, mit Benjamin noch einmal darüber zu sprechen, da es ein heikles Thema war und der Junge das Leben mit Sandra zu genießen schien.

»Wie wär's, wenn du bei Gelegenheit für ein paar Tage nach New York kämst?« Oliver hätte alles getan, um Ben dorthin zu locken, aber der Junge nahm seine Verantwortung sehr ernst und lehnte immer mit der Begründung ab, er könne Sandra nicht allein lassen, und Oliver bezog sie in die Einladung nie mit ein. Auch in Boston war Benjamin nicht gewesen, seitdem er ausgezogen war, aber er schien von Zeit zu Zeit mit Sarah zu telefonieren. Mel und Sam hatten ihre Mutter besucht, nachdem sie sich in ihrem neuen Zuhause eingelebt hatten. Diesmal wirkten sie nach der Rückkehr viel gedämpfter, und Oliver hatte den Eindruck, daß Sam aus irgendeinem Grund unglücklich war. Ollie versuchte Mel darüber auszufragen, aber sie ließ sich nicht näher aus und sagte nur, daß Sarah mit dem Studium sehr beschäftigt sei. Oliver spürte aber, daß es da noch etwas anderes geben mußte, und es kam eines Abends auch heraus, während er mit Sam Karten spielte. Es war ein stiller Abend, den sie allein verbrachten, denn Mel hatte sich in ihr Zimmer zurückgezogen, um zu lernen.

»Dad, was hältst du von Leuten aus Frankreich?« Eine sonderbare Frage, die Oliver überrascht aufblicken ließ.

»Franzosen? Ach, die sind in Ordnung. Wieso?«

»Nur so. Ich wollte nur mal wissen...« Ollie spürte, daß mehr dahintersteckte und daß Sam sein Herz ausschütten wollte, sich aber nicht recht traute.

»Gibt es einen Jungen aus Frankreich auf eurer Schule?«

Sam schüttelte den Kopf und konzentrierte sich eine Weile auf das Spiel. Dann strich er Andy über den Kopf. Er liebte diese Abende mit seinem Vater. Langsam fing er an, ihrem neuen Leben etwas abzugewinnen, wenn ihm auch seine Mutter und Benjamin fehlten, wie ihnen allen. »Mom hat diesen Freund...« begann Sam unvermittelt und brach gleich wieder ab. Oliver fuhr sämtliche Antennen blitzartig aus. Das also war es. Sie hatte einen Freund.

»Was für einen Freund?«

Der Junge zog die Schultern hoch. »Keine Ahnung. Ich denke, er ist soweit in Ordnung.«

Mel ging zufällig an der Tür vorüber, hielt inne und versuchte Sam ein Zeichen zu geben, er aber sah sie gar nicht. Nur Oliver blickte auf und nahm wahr, was für ein Gesicht sie machte, als sie langsam auf die beiden zukam.

»Na, wer gewinnt?« Mel versuchte, sie von dem abzulenken, was Sam eben entschlüpft war. Sie wußte, daß sie darüber nicht sprechen sollten, obwohl Sarah es ihnen nicht ausdrücklich untersagt hatte. Es war sozusagen ein stillschweigendes Übereinkommen.

»Sam gewinnt. Wir haben eben ein wenig geplaudert.«

»Ja.« Mel betrachtete Sam mißbilligend. »Das habe ich gehört.«

»Deine Mutter hat einen neuen Freund? Einen Franzosen?«

»Ach, neu ist er nicht«, beeilte sich Sam zu versichern. »Er war früher auch schon da. Wir kennen ihn schon. Jean-Pierre heißt er. Jetzt wohnt er bei Mom. Er ist so eine Art Freund, weißt du, ein Franzose... fünfundzwanzig Jahre alt, und er studiert zwei Jahre lang in Boston.«

»Wie schön für ihn.« Olivers Miene verriet nichts, als er nach einer Karte griff, ohne zu sehen, was er da nahm. »Auch für Mom ist es vermutlich sehr schön. Wie ist er denn so?« Er horchte den Jungen höchst ungern aus, aber er wollte jetzt alles wissen. Sie lebte mit einem Fünfundzwanzigjährigen zusammen und setzte ihre Kinder seinem Umgang aus. Allein die Vorstellung machte ihn fast wahnsinnig.

»Dad, das war keine große Sache. Als wir da waren, hat er auf der Couch geschlafen.« Und wenn Sarah allein mit ihm ist, hätte er am liebsten gefragt, wo schläft er dann? Doch das wußten sie ohnehin alle. Sogar Sam hatte auf dem Rückflug eine diesbezügliche Bemerkung zu Mel gemacht. Er hatte wissen wollen, ob ihre Mutter in den Burschen verliebt war. Und er hatte ihr fest versprechen müssen, ihrem Vater nichts zu sagen.

»Wie schön«, wiederholte Oliver. »Ist er wenigstens nett?«

»Ja, er ist okay.« Sam schien nicht über Gebühr beeindruckt. »Er macht viel Getue um Mom. Ich glaube, das machen alle Franzosen. Er hat ihr Blumen und anderes Zeug gebracht, und er wollte, daß wir ›Croissants‹ essen. Mir schmecken Muffins besser, aber die französischen Dinger waren auch ganz gut. Weißt du, das alles war keine große Sache.«

Oliver war wie gelähmt. Er konnte es kaum erwarten, Sam zu Bett zu bringen, aber es schienen Stunden zu vergehen, bis er ihn endlich los wurde. Mel trat ihm sofort entgegen, da sie ahnte, wie ihm nach allem, was Sam gesagt hatte, zumute sein mußte.

»Er hätte dir das alles nicht sagen sollen. Es tut mir leid, Dad. Ich glaube, Jean-Pierre ist einfach einer von Moms Freunden. Es war nur ein bißchen komisch, weil er bei ihr übernachtet hat.«

»Kann ich mir denken.«

»Er hat behauptet, daß sein Mietvertrag abgelaufen wäre und Mom ihn auf der Couch schlafen läßt, bis er eine neue Wohnung gefunden hat. Zu uns war er sehr nett. Ich glaube nicht, daß es etwas Besonderes ist.« Mels Augen waren groß und traurig, und beide wußten, daß die Sache mehr Gewicht hatte, als sie ihrem Vater eingestehen wollte. Es bedeutete, daß es einen Mann in Sarahs Leben gab, einen anderen als Oliver, der seine Frau noch immer jede Nacht begehrte und sich seit ihrem Abschied von ihr mit keiner anderen Frau getroffen hatte und es auch nicht wollte.

»Mel, mach dir keine Gedanken.« Oliver bemühte sich seiner Tochter zuliebe um mehr Gleichmut, als er empfand. »Deine Mutter hat jetzt das Recht zu tun, was ihr beliebt. Sie ist frei und ungebunden. Wir beide sind es – vermutlich.«

»Aber du gehst doch nie aus, Dad, oder?« Sie sah ihn mit einem gewissen Stolz an, und er lächelte. Ein sonderbarer Grund, um auf ihn stolz zu sein.

»Dazu fehlt mir wohl die Zeit. Ich habe mit euch viel zu tun.«

»Vielleicht solltest du aber raus. Daphne meint auch, es wäre gut für dich.«

»Ach, meint sie das? Sag ihr, sie soll sich um ihre eigenen Angelegenheiten kümmern. Ich habe schon genug Chaos in meinem Leben, ich könnte zusätzliche Probleme nicht verkraften.«

Da sah seine Tochter ihn an und erkannte die Wahrheit. Und er tat ihr leid. »Du liebst Mom noch immer, nicht wahr?«

Oliver zögerte lange, weil er sich albern vorkam, es auszusprechen, doch dann nickte er. »Ja, Mel. Manchmal glaube ich, daß sich daran nie etwas ändern wird. Aber es hat wohl keinen Sinn mehr. Für uns ist alles vorbei.« Es war höchste Zeit, daß Mel Bescheid wußte, nur argwöhnte er, daß es ohnehin schon allen klar war. Seit Sarahs Auszug waren fünf Monate vergangen, und nichts war so gekommen, wie sie vorausgesagt hatte. Keine Wochenenden, keine Ferien, sie meldete sich auch kaum mehr telefonisch. Jetzt wußte Oliver auch, warum. Sie lebte mit einem fünfundzwanzigjährigen Jungen aus Frankreich namens Jean-Pierre zusammen.

»Ich dachte es mir.« Mel machte ein bekümmertes Gesicht. »Werdet ihr euch scheiden lassen?«

»Irgendwann sicher. Ich hab's nicht eilig. Mal sehen, was deine Mutter vorhat.«

Nachdem Mel zu Bett gegangen war, rief Oliver Sarah an. Er kam gleich zur Sache. Anders hätte es keinen Zweck gehabt. Er war längst darüber hinaus, Spielchen mit ihr zu spielen.

»Meinst du nicht auch, daß es reichlich geschmacklos ist, einen

Mann bei dir wohnen zu lassen, wenn die Kinder zu dir kommen?« Diesmal lag kein Zorn in seinem Ton, nur Ekel. Sarah war nicht mehr die Frau, die er kannte und liebte. Sie war eine andere geworden. Und sie gehörte zu einem Jungen namens Jean-Pierre. Aber sie war auch die Mutter seiner Kinder, und das war ein Punkt, der ihm Sorgen bereitete.

»Ach ... das! Er ist ja nur ein Freund. Und er hat auf der Couch übernachtet. Die Kinder haben mit mir in meinem Zimmer geschlafen.«

»Ich glaube nicht, daß du jemanden damit hinters Licht führen konntest. Sam und Mel wissen, was vorgeht. Zumindest weiß es Mel, das kann ich dir sagen, und ich glaube, auch Sam kommt mit seinen Ahnungen der Wahrheit sehr nahe. Stört dich das nicht? Ist es dir nicht unangenehm, einen Liebhaber bei dir wohnen zu lassen?« Das war eine Anschuldigung, und was ihn am meisten wurmte, war das Alter des Burschen. »Ich habe das Gefühl, dich nicht mehr zu kennen. Und ich bin gar nicht sicher, ob ich es noch möchte.«

»Oliver, das ist deine Sache. Wie ich lebe und mit wem, ist meine Sache. Vielleicht täte es den Kindern ganz gut, wenn dein Leben in normaleren Bahnen verliefe.«

»Was soll das heißen? Soll ich Neunzehnjährige anschleppen, nur damit ich den Kindern meine Männlichkeit beweise?«

»Ich will gar nichts beweisen. Wir sind gute Freunde. Das Alter ist unwichtig.«

»Darauf pfeife ich. Wenn meine Kinder bei dir sind, möchte ich mir etwas Anstand ausbitten. Sieh zu, daß er gewahrt wird.«

»Oliver, komm mir nicht mit Drohungen. Ich bin nicht eines deiner Kinder. Ich bin auch nicht deine Magd. Ich arbeite nicht mehr für dich. Und wenn du meinst, mich nicht mehr zu kennen, dann hast du recht. Du hast mich nie gekannt. Für dich war ich nie mehr als eine bezahlte Kraft für deine Kinder und deine Wäsche.«

»Das ist eine Gemeinheit ... wir hatten mehr als das, und das weißt du. Wir wären nicht fast zwanzig Jahre zusammengeblieben, wenn du mir nicht mehr bedeutet hättest als eine Dienstmagd.«

»Nun, vielleicht ist es uns beiden gar nicht aufgefallen.«

»Und was ist jetzt anders... mal abgesehen von dem Umstand, daß du deine Kinder verlassen hast? Was ist besser? Wer kocht? Wer macht sauber? Wer trägt den Müll raus? Jemand muß es machen. Ich habe meine Arbeit geleistet, du die deine. Und gemeinsam haben wir etwas Großartiges aufgebaut, bis du alles niedergerissen und es mit Füßen getreten hast, alles und uns auch. Es war abscheulich, was du getan hast, für uns alle, aber besonders für mich. Aber ich weiß wenigstens, was wir zusammen hatten. Wir hatten etwas Schönes, etwas Anständiges, etwas, das sich lohnte. Mach es jetzt nicht schlecht, nur weil du plötzlich alles im Stich gelassen hast.«

Sarah schwieg lange, und Oliver war nicht sicher, ob sie weinte. »Tut mir leid... vielleicht hast du recht... aber... Ollie... ich konnte das alles nicht mehr ertragen«, stammelte sie schließlich.

Er hatte etwas Dampf abgelassen, und sein Ton war gemäßigter, als er sagte: »Mir tut es leid, daß du es nicht konntest.« Das hörte sich freundlich und grollend zugleich an. »Ich habe dich so geliebt, Sarah, und als du gegangen bist, glaubte ich, es würde mich umbringen.«

Sie lächelte unter Tränen. »Du bist zu gut und zu stark, um zuzulassen, daß dich etwas umwirft. Ollie, du weißt es selbst nicht, aber du bist ein Siegertyp.«

»Was ist dann mit mir los?« Er grinste. »Ich habe nicht den Eindruck, ich hätte gesiegt. Als ich mich letztes Mal umgesehen habe, hast du in meinem Schlafzimmer gefehlt.«

»Vielleicht gewinnst du doch noch. Vielleicht bekommst du nächstes Mal etwas Besseres. Jemanden, der besser zu dir paßt und mehr deinen Erwartungen entspricht. Du hättest ein unbeschwertes, kluges Mädchen heiraten sollen, das nichts lieber getan hätte, als dir ein schönes Zuhause zu bereiten und dir viele Kinder zu schenken.«

»Genau das hatte ich mit dir.«

»Aber es war nicht echt. Ich habe es nur getan, weil ich mußte, und das war falsch. Ich wollte ein ungebundenes Bohemien-Leben ohne Pflichten führen und nur an mich denken müssen. Ich wollte frei sein. Und das bin ich jetzt.«

»Das Gemeine daran ist, daß ich nie etwas davon wußte ... daß es mir nie klar war ...«

»Lange Zeit war es mir auch nicht klar. Deswegen hast du auch nichts gemerkt.«

»Bist du jetzt glücklich?« Er mußte es um seines Seelenfriedens willen wissen. Sarah hatte ihr gemeinsames Leben auf den Kopf gestellt, aber wenn sie gefunden hatte, was sie suchte, hatte es sich vielleicht gelohnt. Vielleicht ...

»Ich denke schon. Glücklicher als vorher jedenfalls. Und ich werde noch viel glücklicher sein, wenn ich etwas erreiche, von dem ich glaube, daß es sich lohnt.«

»Das hast du schon ... du weißt es nur nicht. Du hast mir zwanzig herrliche Jahre geschenkt und drei wunderbare Kinder. Mir hat es genügt. Man darf offenbar nicht damit rechnen, daß so etwas von Bestand ist.«

»Manchmal schon. Da bin ich ganz sicher. Beim nächsten Mal wirst du wissen, was du suchst und was du nicht willst, und mir wird es ebenso gehen.«

»Und dein französischer Freund? Ist er das Richtige für dich?« Es war ihm unbegreiflich, daß ihr ein Fünfundzwanzigjähriger so viel bedeuten konnte, aber Sarah war eine merkwürdige Frau. Vielleicht war der junge Mann genau das, was sie im Moment brauchte.

»Für den Augenblick ist er für mich genau richtig. Es ist ein sehr existentielles Arrangement.«

Wieder lächelte Oliver. Diese Worte hatte er schon einmal zu hören bekommen – vor langer Zeit. »Du hörst dich an wie damals, als du in SoHo gewohnt hast. Gib nur acht, daß du vorwärts gehst und nicht zurück. Sarrie, ein Zurück gibt es nicht. Das klappt nie.«

»Ich weiß. Deswegen bin ich auch nie wieder nach Hause gekommen.« Jetzt verstand er. Es machte ihn noch immer traurig, aber er verstand sie wenigstens.

»Möchtest du die Scheidung einreichen?« Es war das erste Mal, daß er sie direkt fragte, und er war erstaunt, daß es ihm nicht das Herz brach, die Worte auszusprechen. Vielleicht war er endlich dazu bereit.

»Wenn du irgendwann Zeit hast... ich hab's nicht eilig.«

»Es tut mir leid, Liebes...« Er hatte Tränen in den Augen.

»Das soll es nicht.« Und dann sagte sie gute Nacht, und er war allein, seinen Erinnerungen und seinem Bedauern überlassen und seinen Phantasien über Jean-Pierre, diesen Glückspilz...

In jener Nacht suchte Sam wieder im Bett seines Vaters Zuflucht. Zum ersten Mal, seit sie in New York waren, und Oliver störte es nicht. Er empfand die Nähe des Jungen als ausgesprochen tröstlich.

Als sie übers Wochenende nach Purchase fuhren, gab es kein Wiedersehen mit Benjamin. Die Kinder waren mit ihren Freunden beschäftigt, und Sarahs Garten stand in voller Blüte, so daß Aggie alle Hände voll zu tun hatte, alles abzuschneiden, was sie mit in die Stadt nehmen wollte, und am Samstagmorgen lag Oliver, stillen Träumen hingegeben, im Bett, als das Telefon schrillte.

Es war George, sein Vater, und als Oliver hörte, was er zu sagen hatte, fuhr er kerzengerade im Bett auf. Viel Sinn ergab es nicht, was er hörte, er verstand nur, daß seine Mutter von einem Bus angefahren worden war und im Koma lag. Sie war jetzt wieder im Krankenhaus, und sein Vater schluchzte, als er von dem Unfall berichtete.

»Dad, ich komme gleich. Wann ist es passiert?« Es war um acht Uhr morgens passiert.

Nach einer Stunde war er im Krankenhaus, flüchtig gekämmt, in Khakihosen und dem Hemd vom Vortag, und er traf seinen gebrochenen Vater in der Eingangshalle an. Als George ihn sah, streckte er ihm die Arme wie ein verlorenes Kind entgegen.

»O Gott, Dad, was ist passiert?«

»Es ist allein meine Schuld. Seit ein paar Tagen ging es ihr besser, und ich wollte sie unbedingt übers Wochenende nach Hause nehmen.« Sie hatte ihm gefehlt, und er hatte sich nach ihrer Nähe gesehnt. Und als er den Eindruck gewann, ihr Zustand hätte sich ein wenig gebessert, hatte er sich eingeredet, es würde ihr guttun, wenn sie ein paar Tage zu Hause sein konnte. Die Ärzte waren dagegen, er aber hatte behauptet, er könnte sie genauso gut umsorgen wie das Krankenhauspersonal. »Sie muß aufgestanden sein, als ich noch schlief. Und als ich wach war, war sie fertig angezogen. Sie war etwas verwirrt und sagte, daß sie das Frühstück machen wollte. Ich dachte, es täte ihr gut, wenn sie eine vertraute Tätigkeit verrichtet, deswegen ließ ich es zu. Ich stand auf, duschte und rasierte mich, und als ich in die Küche kam, war sie verschwunden, und die Haustür stand offen. Ich hab' Phyllis überall gesucht, konnte sie aber nicht finden. Ich bin die ganze Gegend abgefahren, und dann...« Er fing an zu schluchzen. »Dann habe ich den Krankenwagen gesehen. Der Fahrer sagt, daß sie ihm direkt vor den Bus gelaufen ist. Er hat zwar gebremst, konnte aber nicht rechtzeitig anhalten. Als sie eingeliefert wurde, war sie dem Tode nahe, und man weiß nicht... Ach, Ollie, mir ist, als hätte ich sie auf dem Gewissen. Ich wünschte mir so verzweifelt, die Uhr zurückdrehen zu können. Ich habe mir vorgemacht, daß sie wieder wie früher wäre, obwohl davon nicht die Rede sein konnte, und jetzt...«

Sie lag auf der Intensivstation, und als Ollie sie sah, war er erschüttert. Seine Mutter hatte schwere Kopfverletzungen und zahlreiche Knochenbrüche davongetragen. Man sagte ihm, daß sie zum Glück sofort bewußtlos gewesen war – falls dies ein Trost war.

Die zwei Männer warteten gemeinsam in der Halle, und zu Mittag bestand Ollie darauf, seinen Vater in die Cafeteria zu bringen. Sie schauten stündlich nach Phyllis, ihr Zustand blieb unverändert. Um Mitternacht war ihnen klar, daß ihre Wache umsonst war. Die Ärzte hatten wenig Hoffnung, und im Morgengrauen erlitt sie einen schweren Schlaganfall. George war inzwischen nach Hause gegangen, während Oliver noch immer wartete. Er rief mehrmals zu Hause an und erstattete Aggie einen Lagebericht, bat sie aber, den Kindern noch nichts zu sagen. Sie hatte ihnen erklärt, daß Oliver ins Büro gerufen worden war. Im Moment wollte er ihnen Aufregung ersparen.

Als er um sechs Uhr morgens in der Halle vor sich hin döste, kam der Arzt zu einem Gespräch. Oliver hatte zwei Stunden zuvor seine Mutter zum letzten Mal gesehen. Auf der Intensivstation gab es weder Tag noch Nacht, es gab nur helles Licht, das Summen von Maschinen, das Pumpen der Beatmungsapparate und hin und wieder das Piepsen eines Computers und dazu ein paar todtraurige, einsame Stöhnlaute. Seine Mutter aber hatte sich nicht gerührt, als er sie das letzte Mal gesehen hatte.

Der Arzt berührte Oliver am Arm, und er fuhr auf. »Ja?«

»Mr. Watson... Ihre Mutter hat eine schwere Gehirnblutung erlitten.«

»O Gott! Hat sie...? Ist sie...?« Er brachte die Worte nicht über die Lippen. Trotz seiner vierundvierzig Jahre wollte er seine Mutter für sich haben. Lebendig. Für immer.

»Das Herz arbeitet noch, und wir beatmen sie. Aber die Gehirntätigkeit hat ausgesetzt – leider. Der Kampf ist ausgestanden.«

Eigentlich war sie schon tot, sie wurde nur noch künstlich am Leben erhalten. »Wir können sie maschinell nach Belieben am Leben erhalten, aber das ist sinnlos. Die Entscheidung liegt bei Ihnen«, sagte der Arzt.

Oliver fragte sich, ob sein Vater einverstanden war, daß er allein die Entscheidung traf, und wußte plötzlich, daß er es nicht tun durfte. Der Arzt erriet seine Gedanken. »Wie sollen wir weiter verfahren? Wir können warten, falls Sie sich noch mit Ihrem Vater beraten möchten.«

Oliver nickte. Die Einsamkeit durchschnitt ihn wie ein Messer. Seine Frau hatte ihn vor fünf Monaten verlassen, und jetzt war er nahe daran, seine Mutter zu verlieren. Doch er durfte jetzt nicht selbstsüchtig sein. Er mußte vielmehr an seinen Vater denken, den der Verlust seiner Frau nach siebenundvierzigjähriger Ehe noch viel härter treffen würde, obwohl sie ihn in Wahrheit schon vor Monaten verlassen hatte, als ihr Denkvermögen langsam nachgelassen hatte. Wie oft hatte sie sogar vergessen, wer sie selbst war. Und im Laufe des nächsten Jahres wäre es mit ihr rapide bergab gegangen. Vielleicht war für sie ein rasches Ende besser, wenn es auch im Moment für alle, die sie liebten, schrecklich war.

»Ich rufe ihn an.« Unterwegs zum Telefon besann er sich aber anders und ging in den würzigen Frühjahrsmorgen zu seinem Wagen. Es war wunderschön draußen, die Luft war dufterfüllt, die Sonne schien warm, und die Vögel zwitscherten. Es war nicht zu fassen, daß seine Mutter so gut wie tot war und er seinem Vater nun diese Schreckensnachricht überbringen mußte.

Er öffnete die Haustür mit dem Schlüssel, den er für alle Fälle stets bei sich hatte, und betrat lautlos das Schlafzimmer seiner Eltern. Es war, wie es immer gewesen war, nur lag sein Vater allein in dem alten Himmelbett, das Phyllis und er seit ihrer Hochzeit besaßen.

»Dad?« flüsterte Oliver, worauf sein Vater sich bewegte. Dann berührte Oliver ihn sachte. »Dad...« Er hatte Angst, ihn zu erschrecken. Sein Herz war nicht in Ordnung, die Lungen waren angegriffen, aber er besaß mit zweiundsiebzig noch immer Würde und Kraft und den Respekt seines Sohnes. Erschrocken fuhr George auf und sah Ollie an.

»Ist es soweit? Ist sie...« Seine Miene zeigte den Grad seines Schocks an.

»Sie ist noch am Leben, aber wir müssen etwas besprechen ...«

»Wieso, was ist los?« George wirkte noch immer verdattert, nachdem er aus tiefstem Schlaf gerissen worden war. »Ist was passiert?«

»Mom hatte einen Schlaganfall.« Seufzend ließ sich Ollie auf dem Bett nieder und faßte nach der Hand seines Vaters. »Man hält sie nur mit Apparaten am Leben ... man kann ihr nicht mehr helfen ...« So widerwärtig es ihm war, die Worte auszusprechen, es war die Wahrheit. »Der Gehirntod ist eingetreten.«

»Und was sollen wir jetzt tun?«

»Man kann die Apparate abschalten. Das hängt von dir ab.«

»Und dann stirbt sie?« Auf Ollies Nicken hin liefen dem alten Mann die Tränen übers Gesicht. Er ließ sich in die Kissen zurücksinken. »Sie war so wunderschön, Oliver ... so reizend, als sie jung war ... bildhübsch, als wir heirateten. Wie kann man jetzt von mir erwarten, daß ich ihrem Leben ein Ende bereiten soll? Das wäre nicht recht. Wie könnte ich ihr das antun?« Ein tieftrauriges Schluchzen folgte, und Oliver mußte gegen die eigenen Tränen ankämpfen.

»Soll ich es allein entscheiden? Ich dachte nur, du würdest es wissen wollen ... es tut mir schrecklich leid, Dad.« Beide weinten ungehemmt, von der Tatsache erschüttert, daß der Mensch, den sie beide liebten, gestorben war. Was übriggeblieben war, zählte nicht viel.

Langsam setzte George sich wieder auf und wischte sich über die Augen. »Ich möchte bei ihr sein, wenn abgeschaltet wird.«

»Nein«, wehrte sein Sohn sofort ab. »Das möchte ich nicht.«

»Das ist eine Entscheidung, die ich selbst treffen muß. Das bin ich ihr schuldig. Ich war fast fünfzig Jahre für sie da und werde sie jetzt nicht im Stich lassen.« Wieder überwältigten ihn seine Gefühle, und er schluchzte. »Oliver, ich liebe sie.«

»Dad, das weiß ich, und sie wußte es auch. Sie hat dich auch geliebt. Du brauchst dies alles jetzt aber nicht durchzumachen.«

»Es ist meine Schuld, daß es passiert ist.«

Oliver nahm die Hand des Alten und hielt sie ganz fest. »Jetzt hör mir zu. Von Mom ist nichts mehr vorhanden, nichts von dem, was wir gekannt und geliebt haben. Sie war nicht mehr anwesend, schon einige Zeit nicht mehr, und was gestern passiert ist, war nicht deine Schuld. Vielleicht ist es sogar gut, daß es so gekommen ist. Hätte sie überlebt, wäre sie dahingekümmert und schließlich auch gestorben. Sie hätte niemanden mehr erkannt, sie hätte alles vergessen, was ihr etwas bedeutet hatte, alles, was sie liebte... dich, ihre Enkel, mich, ihre Freunde, ihr Haus und ihren Garten. Sie hätte in einem Pflegeheim dahinvegetiert. Es wäre ein Leben gewesen, wie sie es im Vollbesitz ihrer geistigen Kräfte vehement abgelehnt hätte. Nun bleibt ihr das alles erspart. Nimm es als Schicksalsfügung, als göttliche Fügung, wenn du willst, und hör auf, dir die Schuld zu geben. Du hattest keinen Einfluß darauf. Was immer du jetzt tust und was auch passiert ist, es hat so sein sollen. Und wenn wir sie nun gehen lassen, wird sie frei sein.«

Der alte Mann nickte, dankbar für die Worte seines Sohnes. Vielleicht hatte er recht. Außerdem ließ sich ohnehin nichts mehr ändern.

George Watson kleidete sich sorgfältig an – einen dunklen Nadelstreifenanzug, ein gestärktes weißes Hemd, dazu den dunkelblauen Schlips, den Phyllis ihm vor zehn Jahren geschenkt hatte. Er sah sehr würdevoll aus, als sie aus dem Haus gingen und er sich ein letztes Mal umdrehte, als erwarte er, Phyllis zu sehen, dann sah er seinen Sohn traurig an.

»Merkwürdig, sich vorzustellen, daß sie gestern noch da war.«

Ollie schüttelte den Kopf. »Nein, das war sie nicht, Dad. Sie war schon sehr lange nicht mehr hier, das weißt du.«

George nickte und sagte auf der Fahrt zum Krankenhaus kein Wort mehr. Es war ein schöner Morgen... ein schöner Morgen, um zu sterben, dachte Oliver. Und dann stiegen sie die Stufen hinauf und nahmen den Lift bis ins dritte Geschoß, wo sie nach dem diensthabenden Arzt fragten. Es war derselbe, der nur zwei

Stunden zuvor mit Oliver gesprochen hatte. Mrs. Watson hatte noch mehrere kleine Schlaganfälle erlitten, was nach der Blutung zu erwarten war. Insgesamt aber hatte sich an ihrem Zustand nichts geändert. Der Gehirntod war eingetreten, und dieser Zustand konnte ewig andauern, wenn die Apparate nicht abgeschaltet wurden.

»Mein Vater wollte selbst hiersein«, erklärte Oliver.

»Ich verstehe.« Der Arzt, der noch jung war, zeigte Mitgefühl und Verständnis.

»Ich will dabeisein, wenn Sie... wenn...« Georges Stimme versagte ihm den Dienst, so daß er die Worte nicht aussprechen konnte. Der Arzt nickte. Er hatte schon Dutzende ähnlicher Fälle miterlebt, ohne daß er abgehärtet worden wäre.

Als sie eintraten, war eine Schwester bei Phyllis. Die Apparate pulsierten und piepsten, die Anzeige auf dem Monitor aber verlief in einer einzigen geraden Linie. Es war das endgültige Todesurteil, wie alle wußten. Dabei sah Phyllis so friedlich aus, als schliefe sie nur. Die Augen waren geschlossen, das Haar ordentlich, die Hände lagen locker seitlich ausgestreckt. George faßte nach einer Hand, führte sie an die Lippen und küßte die Finger.

»Phyllis, ich liebe dich... ich werde dich immer, immer lieben... und eines Tages werden wir wieder zusammensein.«

Der Arzt und Ollie mußten sich abwenden. Ollie liefen die Tränen über die Wangen. Er wünschte verzweifelt, daß alles anders gekommen wäre und seine Mutter noch sehr lange leben könnte. Er wünschte sich, daß nichts sich verändert hätte, daß sie noch erlebt hätte, wie Sam heranwuchs und selbst Kinder in die Welt setzte.

»Schlaf in Frieden, mein Liebling«, flüsterte George ein letztes Mal, um sodann mit bangem Blick den Arzt anzusehen. Ihre Hand ließ er nicht los, als der Apparat abgeschaltet wurde. Und langsam und friedlich, während ihr Mann ihr die Hand hielt, hauchte Phyllis Watson ihr Leben aus.

George schloß die Augen, dann beugte er sich über sie und

küßte sie, legte ihre Hand hin, berührte ihre Wange, sah sie lange und zärtlich an, um ihren Anblick auf ewig im Herzen zu bewahren, ehe er, geblendet von Tränen, hinausging ... siebenundvierzig Jahre ihres Lebens hatten sie geteilt, die Liebe, die sie aneinander gebunden hatte, hatte ein Ende gefunden, auf eine würdevolle und schöne Weise, so wie es dem Wesen der Beteiligten entsprach. Sogar der Arzt war gerührt, als er sie allein ließ, um den Totenschein auszustellen. Oliver drängte seinen Vater, sich kurz in der Halle auszuruhen, bevor er ihn nach Hause brachte. Bis Mittag blieb er bei ihm, dann ging er kurz nach Hause, um alle nötigen Vorbereitungen zu treffen.

Die Kinder erwarteten ihn bereits, und Mel wußte sofort, daß etwas passiert war. Ihr Vater sah abgespannt und übernächtigt aus. »Dad, was ist passiert?«

Sofort schossen ihm die Tränen in die Augen. »Grandma ist gerade gestorben, mein Schatz. Es war sehr traurig ... und zugleich irgendwie schön. Für Grandpa ist es furchtbar schwer.« Mel brach in Tränen aus, gleich darauf lief Sam, der spürte, daß etwas in der Luft lag, zu ihnen. Ollie sagte es ihm, und nun fing auch er zu weinen an. Sam hatte sehr an seiner Großmutter gehangen.

»Können wir Grandpa besuchen?«

»In einer Weile. Erst muß ich noch einiges erledigen.«

Für die Beerdigung mußte alles in die Wege geleitet werden, und im Krankenhaus waren auch noch Formalitäten zu erledigen. Am Nachmittag entschloß sich Olllie, die Kinder und Agnes per Bahn nach New York zu schicken. Vorher rief er Daphne an und bat sie, die Kinder in der Wohnung zu besuchen. Sie drückte ihm ihr Beileid aus, indem sie sagte, sie fände es ungerecht, daß dies alles ihm zustieße. Oliver war gerührt und dankbar.

Auch Benjamin rief er an und teilte ihm die traurige Nachricht mit. Er bat ihn, zu seinem Großvater zu fahren, falls es sich einrichten ließe, und versprach, ihn zu verständigen, wann die Beerdigung stattfände. Seiner Einschätzung nach würde seine Mutter am Mittwoch zur letzten Ruhe gebettet werden.

Und dann fuhr er zu seinem Vater. Als er sah, daß sich Mrs. Porter, die tatkräftige, hilfsbereite Nachbarin seiner Eltern, um seinen Vater kümmerte, empfand er große Erleichterung. In ihrer ruhigen und freundlichen Art war sie ein sehr angenehmer Mensch. Und als Oliver allein und ausgelaugt wieder zu Hause eintraf, kam ein Anruf von Sarah. Sie drückte ihm ihre Anteilnahme aus und entschuldigte sich im voraus, daß sie nicht zur Beerdigung kommen konnte, da sie Examen hätte.

»Ich werde es Dad erklären.«

»Bitte, sprich ihm mein inniges Beileid aus«, sagte Sarah mit tränenerstickter Stimme.

»Danke, Sarah.« Es war das erste Mal, daß er nichts mehr für sie empfand. Er dachte nur noch an das Gesicht seines Vaters, als dieser die Hand seiner Mutter gehalten hatte, und an den Blick voller Liebe und Zärtlichkeit. Das war es, was Ollie sich vom Leben wünschte, und er hoffte, daß er es eines Tages finden würde. Daß er es nicht gemeinsam mit Sarah finden konnte, wußte er nun.

Am Morgen ging er wieder zu seinem Vater. Inzwischen waren alle Vorbereitungen getroffen worden. Die Kinder sollten am Dienstagabend kommen, da die Beerdigung tatsächlich am Mittwoch stattfand. Es wurde eine würdige, schlichte Feier, mit Musik, wie sie seine Mutter geliebt hatte, und einer ganzen Wagenladung Blumen aus ihrem Garten. Als dann der Sarg langsam ins Grab gesenkt wurde und sie Phyllis hier zurücklassen mußten, brachte er seinen Vater nach Hause, in ein einsames Leben, das er allein und ohne die Frau, der seine ganze Hingabe gegolten hatte, beenden mußte.

13. Kapitel

Erst im Juni kamen sie alle wieder zu Atem. Das Schuljahr ging zu Ende, und den Sommer über zogen sie aufs Land. George, der müde und um Jahre gealtert war, kam gelegentlich zu Besuch. Man sah ihm an, daß er verzweifelt und einsam war – viel einsamer als damals, als Phyllis ins Pflegeheim gekommen war. Dort hatte er sie wenigstens besuchen können, während er jetzt nicht mehr tun konnte, als mit seiner Familie und seinen Bekannten von ihr zu sprechen.

Ollie hatte sich entschlossen, den Sommer über wieder zu pendeln. Jetzt war er doppelt froh, daß er die Wohnung in New York gemietet hatte. Das abendliche Nachhausekommen zu den Kindern wurde zwar wieder komplizierter, im Sommer aber erschien es ihm irgendwie erträglicher. Nach dem Essen schwammen sie noch lange im Pool, da die Kinder viel später ins Bett mußten als im Winter.

Den vierten Juli feierten sie mit ein paar Freunden bei einem Barbecue, und zwei Wochen später fuhren Mel und Sam für den Rest des Sommers zu Sarah. Sie beabsichtigte, die beiden mit nach Frankreich zu nehmen und dort einen Monat mit Jean-Pierre Urlaub zu machen. Sarah hatte Oliver telefonisch von ihrem Vorhaben unterrichtet, und er hatte sich entschieden, sie gewähren zu lassen. Die Kinder waren groß genug, um der Situation mit Verständnis zu begegnen. Mel war sechzehn und Sam fast zehn, und beide freuten sich riesig auf die bevorstehende Reise.

Auch George kam zum Barbecue und brachte Margaret Porter mit, die nette Nachbarin, die sie alle schon kannten. Margaret war eine sehr gutaussehende, grauhaarige Dame, intelligent und von angenehmer Wesensart. In jüngeren Jahren hatte sie als Krankenschwester gearbeitet, ihr Mann war Arzt gewesen. Sie schien sich sehr intensiv um George zu kümmern. So achtete sie unauffällig darauf, daß er sich hinsetzte, wenn er es nötig hatte, brachte ihm sein Essen und scherzte gutgelaunt mit ihm und den anderen Gästen. George, dem dies alles sehr behagte, sprach noch immer sehr viel von Phyllis. Ollie wußte, daß er sich an dem Unfall, dem Phyllis zum Opfer gefallen war, schuldig fühlte und sich nur langsam von dem schweren Schlag erholte. Sie alle erholten sich nun auf ihre ureigene Weise von den Schicksalsschlägen des letzten Jahres. Sogar Ollie fand wieder irgendwie zu sich selbst. Im Juni hatte er die Scheidung eingereicht und sich auf Daphnes Drängen hin mit einem Mädchen verabredet – eine glatte Katastrophe, wie sich zeigen sollte. Sie war eine Kreative aus einer anderen Werbeagentur, und am nächsten Tag hatte Oliver behauptet, mit einer Irren ausgegangen zu sein. Sie hatte ihn animieren wollen, Kokain zu probieren, und ihr Lieblingssport war Damenfreistilringen. Daphne hatte Oliver ausgiebig geneckt, aber immerhin hatte er einen Versuch unternommen.

Benjamin und Sandra kamen auch zum Grillfest. Sandra war inzwischen im siebten Monat. Ollie empfand Mitleid mit ihr, sie schien nicht sonderlich intelligent, und ihr Kindergesicht nahm sich zu ihrem umfangreichen Leibesumfang geradezu lächerlich aus. Sie redete dauernd von dem Baby, so daß Oliver schon befürchtete, es stünde eine Heirat bevor. Aber Benjamin sagte, als er ihn danach fragte, sie hätten diesbezüglich keine Pläne. Beide seien noch zu jung.

Mel versuchte einige Male, Sandra in ein Gespräch zu ziehen, sie schien jedoch nicht viel zu sagen zu haben, so daß Mel es schließlich aufgab und wieder mit ihren Freundinnen plauderte. Auch Daphne war gekommen und verbrachte die meiste Zeit mit Margaret Porter in angeregter Unterhaltung am Pool.

»Es war wunderbar«, sagte Daphne zu Ollie und küßte ihn zum Abschied. In der letzten Zeit waren sie wirklich sehr gute Freunde geworden. »Eine richtige altmodische Vierte-Juli-Feier mit guten Freunden. Mehr kann man vom Leben nicht erwarten.« Sie war bester Laune, und Oliver lächelte wehmütig in Erinnerung an vergangene Zeiten.

»Doch, man kann. Aber ich tue es nicht. Noch so eine Verabredung wie die letzte, und ich schnappe über.« Beide lachten eingedenk der Episode mit der Ringerin.

»Deinem Vater scheint es ja recht gut zu gehen. Kein Wunder, seine Bekannte ist besonders nett. Zudem eine höchst interessante Person, finde ich. Sie hat mit ihrem Mann den Fernen Osten bereist und zwei Jahre lang ein Krankenhaus in Kenia geleitet.«

»Ja, sie scheint Dad richtig gutzutun. Das ist schon wenigstens was. Ich wünschte nur, Benjamin würde endlich zur Besinnung kommen. Sandra ist ja ganz lieb, aber wenn er nichts dagegen unternimmt, wird sie noch sein Leben zerstören.«

»Gib ihm eine Chance. Er bemüht sich, das Richtige zu tun. Leider weiß er noch nicht, was das Richtige ist.«

»Man kann sich Benjamin mit einem eigenen Kind nicht vorstellen. Er ist ja selbst noch fast ein Kind, und sie sieht aus wie vierzehn. Und... ach, Daph, sie ist so schrecklich dumm.«

»Ach was, sie fühlt sich hier fremd, und du mußt zugeben, daß sie im Moment in keiner günstigen Position ist. Sie weiß genau, was ihr alle von ihr haltet und was Benjamin aufgeben mußte, um bei ihr bleiben zu können. Das ist für sie eine große Belastung.«

Ollie lächelte seiner Freundin bedauernd zu. »Sie sieht aus, als würde sie Drillinge erwarten.«

»Sei nicht so lieblos«, schalt sie ihn.

»Warum nicht? Sie zerstört das Leben meines Sohnes.«

»Vielleicht auch nicht. Könnte ja sein, daß das Baby großartig wird.«

»Mir wäre lieber, sie würde es zur Adoption freigeben.«

Daphne schüttelte den Kopf. Sie hatte mit beiden lange darüber gesprochen und wußte es besser. »Ich glaube nicht, daß Benjamin das zulassen würde. Er ist so wie du – viel zu moralisch, zu anständig, nur allzu bereit, für das einzustehen, woran er glaubt, und das Richtige für alle zu tun. Er ist ein großartiger Junge. Warte nur, es wird sich alles zum Guten wenden.«

»Warum bist du da so sicher?«

»Er ist doch dein Sohn, oder nicht?«

Und dann fuhr sie zurück nach New York, und die anderen Gäste gingen kurz darauf. Ollie half Agnes beim Aufräumen, und als er dann spätabends noch am Pool lag, fiel ihm unwillkürlich Sarah ein. Was sie wohl treiben mochte? Den vierten Juli hatten sie immer besonders begangen. Und in diesem Sommer hätten sie den neunzehnten Hochzeitstag gefeiert. Daraufhin wanderten seine Gedanken weiter – zu seinen Eltern, zu seinem Vater und zu Margaret Porter. Er fragte sich allen Ernstes, ob sein Vater sich für sie interessierte oder ob er nur dankbar für ihre Hilfe war und glücklich darüber, daß er jemanden zum Plaudern hatte. Vielleicht von allem etwas. Es war sonderbar, daß sein Vater sich mit einer fremden Frau so angeregt unterhielt.

Komisch, daß alle jemanden hatten... Sarah hatte Jean-Pierre, sein Vater hatte Margaret, was immer auch dahinterstekken mochte, und sogar sein Sohn hatte jemanden – das Mädchen, das sein Kind unter dem Herzen trug. Nur er selbst war allein und wartete darauf, daß jemand in sein Leben trat und es wieder in Ordnung brachte. Er zweifelte sehr daran, ob es je passieren würde.

»Dad?« Mels Flüstern durchdrang die Dunkelheit. Sie war auf der Suche nach ihrem Vater. »Bist du hier draußen?«

»Ich bin am Pool. Was gibt's?«

»Ach, ich wollte nur wissen, wie es dir geht.« Sie kam auf ihn zu und ließ sich neben ihm nieder.

»Mir geht es gut, mein Liebes.« Er faßte lächelnd in ihr langes blondes Haar. Melissa war ein liebes Mädchen, zwischen ihnen bestanden jetzt keine Mißverständnisse mehr. Seit dem Umzug nach New York schien sie ihr Gleichgewicht wiedergefunden zu haben, vor allem aber hatte sie zu ihm zurückgefunden. Ihr Verhältnis zu Oliver war nun enger als das zu Sarah.

»Heute war es nett, findest du nicht?«

»Ja.« Und wie als Echo auf seine eigenen Überlegungen fragte sie: »Was hältst du von Grandpas Freundin?«

»Margaret? Sie gefällt mir sehr gut.«

»Glaubst du, sie werden heiraten?« Mel konnte ihre Neugierde nicht zügeln.

Ollie lächelte. »Das bezweifle ich sehr. Er hat Grandma zu lieb gehabt. So eine Liebe findet man nur einmal im Leben.«

»So... na ja, es war ja nur eine Frage.« Und dann kam mit frisch erwachter Besorgnis die Frage: »Meinst du, daß Mom diesen Jean-Pierre heiraten wird? Er ist so viel jünger...« Ein Einwand, den sie ihrer Mutter gegenüber nie geäußert hätte.

»Ich glaube nicht. Ich meine, daß sie einfach nur eine schöne Zeit miteinander verleben.«

Melissa nickte erleichtert. »Ist die arme Sandra nicht schrecklich?«

Oliver amüsierte sich insgeheim, daß sie nach dem Aufbruch der Gäste alle durchhechelten wie ein altes Ehepaar. Plötzlich fühlte er sich weniger einsam. »Ich drehe noch durch, wenn ich mit ansehen muß, wie Benjamin sein Leben mit ihr vertut und die dreckigsten Arbeiten macht, um sie zu ernähren.«

»Und was sollen sie mit dem Baby machen?«

»Tja, weiß Gott... meiner Ansicht nach sollten sie es zur Adoption freigeben, aber Benjamin will es ja unbedingt behalten. Und was dann? Verdammt will ich sein, wenn ich einer Heirat zustimme.«

»Ich glaube, heiraten möchte er gar nicht. Er versucht einfach, gut zu ihr zu sein, obwohl er sich mit ihr ziemlich langweilt. Und sie schaut dauernd anderen Jungen nach. Ich glaube, sie weiß nicht, was sie will. O Gott, Daddy... man stelle sich vor... siebzehn Jahre und schon ein Baby.«

»Denk daran, meine Liebe, falls der Ruf der Wildnis dich je ereilen sollte!« Er hob drohend den Zeigefinger, und Mel, die laut auflachte, errötete in der Dunkelheit.

»Keine Angst, so dumm bin ich nicht.« Was das heißen sollte, wußte er nicht recht. Meinte sie damit, sie würde es nie tun, oder wollte sie damit sagen, daß sie vorsichtiger sein wollte, wenn sie es tat? Oliver nahm sich vor, Daphne zu bitten, ein offenes Wort mit Mel zu reden, bevor sie nach Frankreich abreiste.

»Schläft Sam schon?«

»Wie ein Murmeltier.«

»Vielleicht sollten wir auch zu Bett gehen.« Ollie stand auf und streckte sich. Hand in Hand gingen sie langsam ins Haus. Es war ein schöner Tag gewesen, sonnig und heiß, und am Abend hatte es sich angenehm abgekühlt. Genauso wie Oliver es mochte.

Er gab Mel vor ihrer Zimmertür einen Gutenachtkuß, und als er gleich darauf im Bett lag, dachte er wieder daran, was die letzten Monate alles passiert war. Wieviel hatte sich geändert, wie sehr hatten sie sich selbst verändert. Sarah war vor einem Jahr noch bei ihnen gewesen und auch seine Mutter. Benjamin war noch ein Kind gewesen. In diesem Jahr waren sie alle erwachsen geworden, einige zumindest, denn von Sarah wußte Oliver nichts und argwöhnte, daß sie noch immer dabei war, ihren Weg zu suchen. Er selbst hatte das Gefühl, endlich festen Boden unter den Füßen bekommen zu haben, und bevor er einschlief, wanderten seine Gedanken noch einmal zu seinem Vater und Margaret Porter.

14. Kapitel

Im Juli fuhren Mel und Sam mit Sarah und Jean-Pierre nach Frankreich, und Oliver zog wieder in die New Yorker Wohnung. Solange die Kinder fort waren, hatte es keinen Zweck, täglich hin und her zu fahren. Für ihn war es vernünftiger, länger zu arbeiten und dann die Stadtwohnung zu benutzen. Oliver und

Daphne arbeiteten nun sehr viel zusammen, die Spaghetti-Abende montags und freitags waren zur ständigen Einrichtung geworden. Die anderen drei Abende in der Woche verbrachte sie mit ihrem Freund. Hin und wieder sprach sie mit Ollie über ihn. »Warum tust du dir das an?« schalt er sie immer wieder. »In deinem Alter solltest du heiraten und mit jemandem beisammen sein, der dir mehr als nur drei Nächte in der Woche geben kann. Daph, du würdest es verdienen.«

Auf Bemerkungen wie diese pflegte sie immer mit den Achseln zu zucken und zu lachen. Sie war mit dem gegenwärtigen Stand der Dinge sehr zufrieden. Er sei ein wunderbarer Mensch, sagte sie, und sie wolle nur ihn. Ihr Freund sei intelligent, lieb und großzügig, und sie liebte ihn. Und ohne Kinder erschien ihr eine Ehe nicht sehr erstrebenswert.

»Eines schönen Tages wirst du es bereuen.«

Sie teilte Ollies Meinung nicht. Was sie hatte, war für sie genau richtig, obwohl sie sich allein fühlte, wenn ihr Freund nicht bei ihr war. »Ollie, das glaube ich nicht.«

Oliver gestand ihr, wie einsam er jetzt ohne die Kinder war. Er hatte niemanden, mit dem er abends plaudern konnte, vor allem aber vermißte er die Gemeinschaft, die er zwanzig Jahre mit Sarah gehabt hatte.

Nach Purchase fuhr er nur, wenn er Benjamin und seinen Vater besuchen wollte. Sandra wurde von Mal zu Mal umfangreicher, und zum erstenmal im Leben kam Benjamin ihm zu blaß vor. Der Junge kam ja auch kaum mehr an die Sonne, da er ständig arbeitete. Er hatte jetzt zwei Jobs, tagsüber verdingte er sich als Tankwart und abends als Kellner, da er Geld für Sandras ärztliche Betreuung und für die Miete brauchte. Außerdem wollte er etwas für die Zeit nach der Geburt des Babys sparen. Als Oliver ihm seine Hilfe anbot, lehnte Benjamin ab.

»Dad, das ist jetzt meine Verantwortung, nicht deine.«

»Lächerlich. Du bist ein Kind, solltest noch die Schulbank drücken und Unterhalt und eine Ausbildung bekommen.« Statt dessen lernte Ben jetzt andere Dinge. Er lernte, wie hart das Leben war, wenn man mit achtzehn eine Familie ernähren mußte und nicht einmal den High-School-Abschluß vorweisen konnte. Sandra hatte mit der Arbeit aufhören müssen, ihre Fesseln waren zum Umfang von Melonen aufgequollen, so daß der Arzt schon eine Schwangerschaftstoxikose befürchtete. Benjamin hastete mittags nach Hause, um für sie zu kochen, während sie auf der Couch lag und jammerte, daß sie ihn überhaupt nicht mehr zu Gesicht bekäme. Abends kam er so früh nach Hause, wie es ging, aber meist arbeitete er bis zwei Uhr morgens. Allein der Gedanke daran machte Oliver wütend. Er versuchte immer wieder, ihm Geld zuzustecken, um ihm das Leben zu erleichtern, bis er eine einfache Lösung fand. Er gab das Geld Sandra, die es immer überglücklich akzeptierte. Er drängte sie, im Haus zu wohnen oder wenigstens den Pool zu nutzen, aber Sandra wollte nirgendwohin gehen, und Benjamin hatte keine Zeit. Seine Jobs nahmen ihn zu stark in Anspruch.

Er ist seiner Mutter nicht unähnlich, dachte Oliver eines Tages, nachdem er für Sandra einen Scheck über fünfhundert Dollar ausgestellt und ihr geraten hatte, für das Baby alles Nötige zu kaufen. Seit Sarah von zu Hause weggegangen war, hatte sie von ihm keinen Penny genommen und lebte jetzt von dem Geld, das sie von ihrer Großmutter geerbt hatte. Sarah behauptete, es wäre nicht richtig, wenn Ollie ihr Unterhalt zahlen würde. Sie mußte knapp kalkulieren, und die Kinder hatten immer wieder von diesem und jenem zu berichten, das sie bei ihren Besuchen nicht unternehmen konnten, weil ›Mom es sich nicht leisten konnte‹, aber das war genau der Lebensstil, der Sarah immer vorgeschwebt hatte. Das Leben, das Oliver ihr geboten hatte, bedeutete ihr nichts mehr. Sie hatte Mel Unmengen von Klamotten geschenkt und den Rest im Haus in Purchase gelassen. Nun trug sie Jeans, T-Shirts und Sandalen. Sie und Jean-Pierre waren stolz darauf, daß sie die Europareise praktisch auf Schusters Rappen unternahmen. Oliver hatte von den Kindern schon einige Ansichtskarten bekommen, da sie aber nie angerufen hatten, wußte er nicht, wo sie sich zur Zeit aufhielten. Das machte ihn hin und wieder ziemlich nervös, denn Sarah hatte ihm nur mitgeteilt, daß sie Verwandte von Jean-Pierre in Frankreich besuchen und in den anderen Ländern, die sie bereisten, in Jugendherbergen übernachten wollten. Für die Kinder würde das alles nicht einfach sein, andererseits konnte es ihnen auch nicht schaden, und Oliver vertraute darauf, daß Sarah die beiden gut im Auge behalten würde. Sie war schließlich ihre Mutter, und er hatte sich immer auf sie verlassen können. Da jetzt aber alle ausgeflogen waren, stellte er betroffen fest, wie sehr sie ihm fehlten. Wenn er abends die leere Wohnung betrat, traf es ihn fast wie ein körperlicher Schmerz. Er hatte Aggie den Sommer über Urlaub gegeben und eine Reinigungsfirma mit dem wöchentlichen Saubermachen der Wohnung betraut. Das Haus in Purchase war zugesperrt, der Hund bei seinem Vater untergebracht. So hatte George wenigstens Gesellschaft. Und als Oliver eines Sonntags hinausfuhr, war er richtig gerührt, als er seinen Vater dabei antraf, wie er sich liebevoll um den Garten seiner verstorbenen Frau kümmerte. Gartenarbeit hatte George immer gehaßt, und nun war es für ihn lebenswichtig, die Rosen zu pflegen, die Phyllis so viel bedeutet hatten.

»Na, Dad, wie geht's?«

»Wunderbar. Es ist hier zwar ziemlich ruhig geworden, seitdem ihr alle fort seid. Hin und wieder gehen Margaret und ich zum Abendessen aus, aber ich habe ja so viel Arbeit mit der Hinterlassenschaft deiner Mutter.« Dieses Ordnen der Hinterlassenschaft hielt ihn ziemlich auf Trab, nicht zuletzt, weil sie ihm Aktien hinterlassen hatte, die er nun Ollies Kindern überschreiben wollte.

Ollie, den der mit seinem Vater verbrachte Nachmittag irgendwie bedrückt hatte, war noch auf der Rückfahrt mit der Bahn sehr nachdenklich. Seinen Wagen hatte er in der Reparatur, und es kam ihm sonderbar vor, mit der Bahn zu fahren, anstatt selbst am Steuer zu sitzen. Er setzte sich in den Salonwagen und griff zu dem Buch, das er bei sich hatte. Nach einigen Stationen setzte sich jemand neben ihn. Aufblickend gewahrte er eine junge Frau mit langem dunklem Haar und sonnengebräunter Haut. Sie hatte unauffällig auf dem Sitz neben ihm Platz genommen.

»Verzeihung«, entschuldigte sie sich, als sie mit ihrer Tasche gegen ihn stieß. Sie schien eine komplette Wochenendausrüstung mit sich zu führen, der an die Reisetasche geschnallte Tennisschläger stieß wiederholt gegen Ollies Bein, bis sie die Tasche zur Seite schob. »Ich muß mich noch mal für meinen Kram entschuldigen.«

Oliver versicherte ihr mit einem Kopfnicken, daß alles in Ordnung sei, worauf er sich weiter seinem Buch widmete, während sie etwas herauszog, das wie ein Manuskript aussah. Sie machte sich eifrig daran, Anmerkungen hineinzukritzeln. Hin und wieder spürte Ollie, wie ihn ihr Blick streifte, bis er endlich aufschaute und ihr zulächelte. Jetzt erst fiel Oliver auf, wie attraktiv sie war. Sie hatte blaue Augen und ein paar Sommersprossen im Gesicht. Er schätzte sie auf höchstens fünf- bis sechsundzwanzig. Das Haar trug sie glatt aus dem ungeschminkten Gesicht gekämmt.

»Wie gefällt Ihnen das Buch?« fragte sie ihn, als der Zug an der nächsten Station anhielt.

»Nicht übel.« Es war der Bestseller des Sommers, der ihm recht gut gefiel, obwohl er sonst von Romanen nicht viel hielt. Daphne hatte ihm das Buch gegeben und behauptet, es würde ihm sicher gefallen. »Ist das Ihr eigenes Manuskript, das sie da bearbeiten?« Ollies Neugierde war erwacht. Sie schüttelte lachend den Kopf und sah plötzlich etwas älter aus. Tatsächlich war sie dreißig, doch ihr natürliches gutes Aussehen ließ ihn glauben, eine von Mels Freundinnen vor sich zu haben. Ihre Stimme war wohltönend und kultiviert, ihre Augen klug, als sie erklärte, was und warum sie las.

»Ich arbeite in einem Verlag. Das Buch, das Sie lesen, haben wir herausgebracht. Deswegen interessiert es mich, ob es Ihnen gefällt. Leben Sie hier draußen?« Auch sie war neugierig, aufgeschlossen und umgänglich. Ihr luftiges Sommerkleid gab den Blick auf auffallend schöne Arme und Schultern frei.

»Früher habe ich hier draußen gewohnt. Jetzt lebe ich in der Stadt, die meiste Zeit jedenfalls.«

Aha, folgerte sie insgeheim. Ein Wochenendvater. »Besuchen Sie Ihre Sprößlinge?«

Er schüttelte belustigt von ihrer direkten Frage den Kopf. »Nein, meinen Vater.«

»Ich auch.« Sie lächelte. »Er und seine Frau haben vor kurzem ein Baby bekommen.« Sie erklärte ihm, daß ihr Vater dreiundsechzig und zum dritten Mal verheiratet sei. Auch ihre Mutter hatte wieder geheiratet und lebte jetzt in London.

»Das hört sich an, als hätten Sie eine interessante Familie.«

»Ja, die habe ich.« Sie lächelte spitzbübisch. »Vaters Frau ist vier Jahre jünger als ich. Daddy war nie der Typ, der viel Zeit verliert.« Sie verschwieg ihm, daß ihre Mutter mit Lord Bronsin verheiratet war und dank ihrer Schlösser und Landsitze, auf denen sie glänzende Partys veranstaltete, eine beherrschende Rolle in der europäischen Gesellschaft spielte. Sie selbst hatte sich aus diesem Getriebe lösen wollen und war deshalb nach New York gegangen, um hier zu arbeiten. Für das Jet-set-Leben ihrer Eltern brachte sie nicht viel Verständnis auf. »Und was machen Sie?«

Ganz überraschend lachte er sie an. Ein komisches Mädchen, komisch und geradeheraus. Nett und auffallend hübsch.

»Ich bin in der Werbebranche.« Zu gern hätte sie gewußt, ob er verheiratet war, ließ die Frage aber unausgesprochen.

»Mein Dad auch.« Sie schien sich zu amüsieren. »Robert Townsend, vielleicht kennen Sie ihn.«

Ach, aus dieser Ecke stammte sie also! Townsend war einer der wichtigsten Leute der Branche. »Ich habe ihn mal kennengelernt, könnte aber nicht behaupten, daß ich ihn wirklich kenne.«

Es war der passende Moment, um sich selbst vorzustellen. »Ich bin Oliver Watson.«

Sie umfaßte seine Hand mit festem Griff. »Megan Townsend.« Nun legte sie ihr Manuskript aus der Hand, und sie plauderten den Rest der Strecke bis New York. Oliver genoß die Unterhaltung so sehr, daß er sein Buch ganz vergaß, und als sie in die Grand Central Station in New York einfuhren, bot er seiner neuen Bekannten an, sie mit dem Taxi nach Hause zu bringen.

Sie wohnte Park Ecke Neunundsechzigste, nur fünfzehn Blocks von seiner Wohnung entfernt. Nachdem er sie abgesetzt hatte, stieg er aus dem Taxi und entschloß sich, das kurze Stück nach Hause zu laufen. Es war ein lauer Abend, und er liebte New York im Sommer. Die Stadt war so gut wie ausgestorben, und nur ein paar Verrückte, die nicht von ihrer Arbeit lassen konnten wie er, und eine Handvoll Touristen verbrachten den Sommer hier.

Als er zu Hause ankam, läutete das Telefon. Oliver nahm an, es sei Daphne. Niemand sonst rief ihn an, seit die Kinder fort waren, außer sein Vater, der sich ab und zu meldete. Um so mehr erschrak er, als er die Stimme der Frau erkannte, die er gerade abgesetzt hatte. Es war Megan Townsend.

»Hallo, ich habe eine Idee. Möchten Sie nicht auf einen Drink und einen Salat rüberkommen? Ich bin eine miserable Köchin, aber ein Salat liegt im Bereich meiner Möglichkeiten. Ich dachte nur...« Plötzlich schien ihre Sicherheit sie zu verlassen, denn ihr schoß der Gedanke durch den Kopf, daß er womöglich verheiratet war. In seinem Alter waren es die meisten Männer. Andererseits ging sie davon aus, daß er es ihr offen sagen würde, wenn sie sich in eine falsche Spur verrannt hatte. Er hatte einen sehr aufrichtigen Eindruck gemacht.

»Das wäre sehr nett.« Für Oliver war es eine ganze neue Erfahrung, von einer Frau angesprochen und zum Dinner am Sonntagabend eingeladen zu werden. Ihm war gar nicht der Gedanke gekommen, sie um ihre Nummer zu bitten. Plötzlich ging ihm auf, daß Daphne recht hatte. Er war total aus der Übung. »Soll ich was mitbringen?«

»Ich habe alles. Sagen wir um acht?«

»Großartig.« Und nach kurzem Zögern fügte er hinzu: »Freut mich riesig, daß Sie angerufen haben.«

»Sonst ist das nicht meine Art«, gestand sie lachend und ohne die geringste Verlegenheit, und Oliver fragte sich, ob das stimmte, »aber das Leben ist ohnehin so kurz. Auf der Fahrt haben wir so nett geplaudert.«

»Finde ich auch.«

Und dann entschloß sie sich, ihn einfach zu fragen, bevor sie zuviel Zeit verlor. Verheiratete Männer waren nicht ihr Fall, obzwar sie einer gelegentlichen Verabredung auch nicht abgeneigt war. »Ach, übrigens... sind Sie verheiratet?«

»Ich...« Er wußte nicht recht, was er sagen sollte. Er war es, aber nicht so, daß es zählte, so entschloß er sich, bei der Wahrheit zu bleiben. »Ich bin verheiratet, aber seit sieben Monaten leben wir getrennt.«

Seine Antwort schien ihr zu genügen. »Zuerst dachte ich, daß Sie Ihre Familie auf dem Land besucht haben.«

»Meine Kinder verbringen den Sommer in Europa, zwei zumindest. Der Älteste arbeitet in Chester.« Daß Benjamin achtzehn war und mit einer Schicksalsgefährtin ohne Schulabschluß zusammenlebte und auf das gemeinsame Kind wartete, ließ er unausgesprochen.

»Also, um acht.« Sie legte auf, zufrieden mit ihrem Entschluß, und auch Oliver machte einen zufriedenen Eindruck, als er eine halbe Stunde später die Park Avenue zurückschlenderte.

Megans Wohnung lag im obersten Geschoß und hatte einen ausnehmend schönen Dachgarten. Das Gebäude war klein und exklusiv, und Oliver vermutete ganz richtig, daß die Wohnung ihr gehörte. Sie war nicht irgendein berufstätiges Mädchen, und Robert Townsend besaß nicht nur eine sehr erfolgreiche Werbeagentur, sondern stammte aus einer der vornehmsten Bostoner

Familien. Diese Herkunft konnte Megan nicht verleugnen, angefangen von der Frisur und den Schuhen bis zum kultivierten Ton und der teuren weißen Seidenbluse, die ihre Jeans edel ergänzte. Das Haar trug sie jetzt lose, und Oliver gefiel, wie es ihr über den Rücken und die Schultern fiel. Sie war nicht nur hübsch, sondern schön und besaß eine besondere Ausstrahlung, die durch den Hauch Make-up, den sie aufgelegt hatte, noch betont wurde. Sie führte ihn in den geräumigen, ganz in Weiß und Chrom gehaltenen Wohnraum. Auf dem schwarzweißen Marmorboden lagen unter einem gewaltigen Glastisch zwei Zebrafelle. Eine Spiegelwand reflektierte die großartige Aussicht, der Tisch im winzigen Eßzimmer war für zwei Personen gedeckt. Eine Aura von Raffinesse und Eleganz umgab Megan, obwohl sie sich ganz lässig kleidete.

»Donnerwetter, das ist aber eine tolle Wohnung!« Oliver bewunderte die Aussicht, und Megan führte ihn, nachdem sie ihm einen Gin Tonic gereicht hatte, auf die Terrasse.

»Es ist die einzige Extravaganz, die ich mir leiste.« Ihr Vater hatte ihr zum dreißigsten Geburtstag unbedingt ein Stadthaus kaufen wollen, das sie vehement ablehnte. Sie liebte die Wohnung, die für sie völlig ausreichend war, und Oliver konnte ihr nachfühlen, warum. »Ich verbringe hier sehr viel Zeit. An den Wochenenden vergrabe ich mich hier in Manuskripten«, sagte sie lachend, und Ollie reagierte darauf mit einem Schmunzeln.

»Na, ich könnte mir ein schlimmeres Los vorstellen.« Und dann entschloß er sich, auf ihr Spiel einzugehen. Es gab sehr vieles, was er von Megan Townsend wissen wollte. »Und was ist mit Ihnen? Verheiratet? Geschieden? Ein Dutzend Kinder?« Letzteres war eher unwahrscheinlich. Alles an ihr deutete darauf hin, daß sie ungebunden und ledig war.

»Nie verheiratet gewesen. Keine Kinder. Keine Katzen, Hunde oder Vögel. Und keine verheirateten Liebhaber.« Beide lachten, und er ließ ein wehmütiges Aufseufzen folgen.

»Damit bin ich wohl von der Liste gestrichen.«

»Möchten Sie zu Ihrer Frau zurück?« wollte sie wissen, als sie sich in den weißen Liegestühlen draußen niederließen.

»Nein, diese Absicht habe ich nicht!« Er sah ihr offen in die Augen, verschwieg jedoch, daß er bis vor kurzem noch liebend gern zu Sarah zurückgekehrt wäre. »Unser beider Leben hat sich in verschiedene Richtungen entwickelt. Sie studiert jetzt in Harvard und strebt eine Karriere als Schriftstellerin an.«

»Wie sich das anhört – bewundernswert.«

»Eigentlich nicht.« Wenn er mit Fremden über Sarah sprach, stahl sich noch immer Bitterkeit in seinen Ton. »Um das zu erreichen, hat sie mich und drei Kinder sitzenlassen.«

»Das muß ein schwerer Schlag für Sie gewesen sein.«

»War es auch.«

»Noch immer?« fragte sie ganz rasch, voller Ungeduld, ihn näher kennenzulernen.

»Ab und zu schon. In letzter Zeit ist es viel besser geworden. Man kann seinen Groll nicht ewig pflegen«, sagte er mit traurigem Lächeln, »obwohl ich es sehr lange versucht habe. Sie hat immer behauptet, sie würde zurückkommen, aber dieses Verwirrspiel haben wir hinter uns, denke ich. Die Kinder sind auf dem besten Weg, sich an die neue Situation zu gewöhnen – und ich auch.« Er lächelte sie an, ehe er plötzlich unvermittelt auflachte. »Aber ich muß gestehen, daß dies für mich die erste Verabredung mit einer Frau seit zwanzig Jahren ist. Mein Benehmen mag Ihnen daher etwas antiquiert erscheinen.«

»Sie waren mit niemandem aus, seit Ihre Frau Sie verlassen hat?« Megan zeigte sich beeindruckt. Seine Frau mußte beachtliches Format gehabt haben. Sie selbst war nie länger als einen Monat ohne Mann gewesen und wollte es auch nicht anders haben. Ihr letzter Liebhaber war erst vor drei Wochen gegangen, nach einem herrlichen halben Jahr, das er zwischen ihrem Penthouse und seinem an der Fifth Avenue gelegenen Stadthaus pendelnd verbracht hatte. Ihr Freundeskreis war eine sehr freizügige flotte Clique, doch an Oliver reizte sie etwas – sein Aussehen, sein verhaltener Charme, und dann noch etwas, das erkennen ließ, wie einsam er war. »Im Ernst?«

Da fiel ihm die Ringkämpferin ein, und er lachte. »Nein, gelogen... ich hatte vor ein paar Monaten eine Verabredung. Das war die reinste Katastrophe. Fast wäre ich ein für allemal geheilt worden.«

»O Gott, Oliver«, sagte sie lachend und setzte ihr Glas ab. »Sie sind ja praktisch eine Jungfrau.«

»Ja, so könnte man es nennen.« Er stimmte in ihr Lachen ein und fragte sich flüchtig, ob es ihn diesmal erwischt hatte. Sieben Monate lang hatte er keine Frau gehabt, und plötzlich ertappte er sich bei der Frage, was passieren würde, wenn er es versuchte. Vielleicht würde es gar nicht klappen. Sieben Monate hatte er keine andere als Sarah haben wollen. Und in den zwanzig Jahren davor hatte er mit keiner anderen geschlafen. Er hatte seine Frau nie hintergangen, und dieses Mädchen erweckte irgendwie den Eindruck, als sei sie es gewöhnt, jeden Mann, den sie wollte, zu bekommen. Der kleine Junge in ihm wäre am liebsten schleunigst nach Hause gelaufen, und er kam sich ein bißchen vor wie Sam, als er aufstand und wieder ans Geländer trat, um die Aussicht zu bewundern. Megan ging in die Küche, um den versprochenen Salat zu machen.

»Ich muß Sie darauf aufmerksam machen, daß ich nicht kochen kann. Salate und Carpaccio – damit sind meine Fähigkeiten ausgeschöpft. Davon abgesehen gibt es bei mir nur Pizza oder einen Besuch beim Chinesen.«

»Ich kann es kaum erwarten. Lauter Sachen, die mir zusagen.« Und sie sagte ihm auch zu, obwohl sie ihm auch ein wenig Angst einjagte.

Sie setzten sich zu Tisch, sprachen von ihrem und seinem Beruf, und Ollies Befangenheit wich allmählich. Schließlich fragte Megan ihn nach seinen Kindern aus, und er versuchte, sie zu beschreiben.

»Als ihre Mutter ausgezogen ist, waren alle schockiert, ich natürlich auch. Aber ich denke, langsam erholen sie sich.« Alle bis auf Benjamin, der in eine Katastrophe geschlittert war.

»Und Sie? Wie fühlen Sie sich jetzt?« Nach dem guten französischen Weißwein, den sie getrunken hatten, schien Megan gelöster zu sein, und auch Oliver fühlte sich entspannter. Es war jetzt einfacher, mit ihr zu sprechen, während sie bei ihrem frugalen Abendessen über das Leben nachsannen.

»Ich weiß nicht... sehr viel denke ich darüber nicht mehr nach, die Kinder und mein Beruf halten mich auf Trab. Schon eine ganze Weile habe ich mir nicht mehr den Kopf darüber zerbrochen, wie ich mich fühle. Vielleicht ist das ein gutes Zeichen.«

»Fehlt Ihnen Ihre Frau noch?«

»Ja, aber das ist nach so vielen Jahren ganz normal. Wir waren achtzehn Jahre verheiratet, und davor waren wir vier Jahre befreundet. Das ist eine lange Zeit, für jeden Menschen. In meinem Fall ein halbes Leben.«

»Ach, Sie sind vierundvierzig?« Megan lächelte, und er nickte. »Ich habe Sie auf neununddreißig geschätzt.«

»Und ich Sie auf fünfundzwanzig.«

»Ich bin dreißig.« Beide lachten.

»Und wie fühlt man sich da? So schrecklich, wie alle behaupten? Sarah hat ihrem Dreißigsten voller Bangen entgegengesehen, weil sie glaubte, ihr ganzes Leben läge dann hinter ihr. Das war aber noch gar nichts, verglichen mit neununddreißig... und vierzig... und einundvierzig... ich glaube, deshalb hat sie auch durchgedreht. Sie hatte panische Angst, daß sie nichts mehr schaffen und alt werden würde, ohne etwas erreicht zu haben, und deshalb hat sie die Flucht ergriffen. Das Dumme war nur, daß sie sehr viel erreicht hat, zumindest in meinen Augen, aber nicht in ihren.«

»Ich belaste mich nicht mit solchen Gedanken. Vermutlich ist das einer der Gründe, warum ich nicht verheiratet bin und mich nicht von Kindern festnageln lasse. Mein Leben lang habe ich nur getan, was ich wollte. Man könnte auch sagen, daß ich durch und durch verwöhnt bin«, sagte Megan frohlockend, und Oliver lachte. Er vermutete, daß es die Wahrheit war. Ein Blick auf ihr aufwendig eingerichtetes Appartement verriet alles.

»Was ist Ihnen wichtig? Ich meine, woran liegt Ihnen wirklich etwas?«

An mir selbst, hätte sie fast laut gesagt, entschied sich aber lieber für eine Spur weniger Aufrichtigkeit. »An meiner Arbeit, denke ich. An meiner Freiheit. Daß ich mein eigenes Leben führen und genau das tun kann, was mich freut. Ich habe nicht viel Gemeinschaftssinn, und mir fällt es schwer, die Erwartungen anderer zu erfüllen. Wir alle leben nach unseren eigenen Regeln, und ich habe mir solche zurechtgelegt, die mir entsprechen. Ich sehe nicht ein, weshalb jemand das alles tun muß: heiraten, Kinder bekommen, sich gewissen Regeln beugen. Ich lebe auf meine Art, und das gefällt mir.«

»Sie sind wirklich verwöhnt«, stellte Oliver sachlich fest. Im Moment war er gar nicht sicher, ob es ihm etwas ausmachte.

»Meine Mutter hat mir immer geraten, mich nie nach den Regeln anderer zu richten, und diesen Rat habe ich beherzigt. Ich war immer imstande, darüber hinauszusehen. Das kann eine Stärke, manchmal aber auch eine schreckliche Schwäche sein. Mitunter ist es ein Handicap, weil ich nicht begreife, warum Menschen ihr Leben dermaßen komplizieren. Man sollte im Leben das tun, was man möchte, das ist das einzige, was zählt.«

»Und wenn man damit Menschen weh tut?« Sie hatte sich auf heikles Terrain vorgewagt, war aber klug genug, um es zu merken.

»Manchmal ist es der Preis, den man bezahlt. Damit muß man leben, aber man muß mit sich selbst auch leben können, und das ist eigentlich viel wichtiger.«

»Ich glaube, genau das hat Sarah empfunden. Aber ich bin damit nicht einverstanden. Manchmal schuldet man anderen Menschen mehr, als man sich selbst schuldet, und dann muß man eben zurückstecken und so handeln, wie es für die anderen gut ist, auch wenn man selbst dabei zu kurz kommt.« Das war der grundlegende Unterschied zwischen ihm und seiner Frau, möglicherweise auch der Unterschied zwischen ihm und Megan.

»Der einzige Mensch, dem ich etwas schulde, bin ich selbst, und so möchte ich es auch in Hinkunft halten. Deswegen habe ich keine Kinder und fühle auch nicht das Verlangen zu heiraten, obwohl ich dreißig bin. In gewissem Sinn gebe ich Ihnen recht. Wenn man Kinder hat, ist man ihnen und nicht nur sich selbst verpflichtet. Und wenn man eine solche Verantwortung nicht tragen will, sollte man sie gar nicht bekommen. Ich will diese Verantwortung nicht tragen, deshalb habe ich keine Kinder. Aber Ihre Frau hatte Kinder. Ich glaube, der größte Fehler, den sie gemacht hat, bestand darin, überhaupt zu heiraten und Kinder in die Welt zu setzen.« Sie war scharfsinniger, als sie ahnte, und hatte Sarahs Philosophie genau durchschaut. Oliver war darüber sehr verwundert.

»Das war vermutlich meine eigene Schuld. Ich habe ihr alles eingeredet. Und dann, zwanzig Jahre später, wurde sie wieder zu dem, was sie war, als wir uns begegnet sind, und nahm Reißaus.«

»Sie dürfen die Schuld nicht bei sich suchen. Es war ja auch ihre Verantwortung. Sie haben sie ja nicht mit vorgehaltener Waffe zur Ehe gezwungen. Sie taten das, woran Sie glaubten. Sie können doch nicht auch noch für das Verhalten anderer die Verantwortung übernehmen.« Megan war eine völlig unabhängige Frau, an nichts und niemanden gebunden, aber wenigstens war sie in diesem Punkt offen.

»Was hält Ihre Familie von Ihrer Lebensweise?« Auch das interessierte Oliver, und Megan wurde nachdenklich. »Ach, ich nehme an, meine Lebensweise stört sie. Aber sie haben mich längst aufgegeben. Mein Vater läßt die Finger nicht vom Heiraten und Kinderkriegen. Zwei hat er mit meiner Mutter, vier mit seiner zweiten Frau, und vor kurzem hat er sein siebtes Kind bekommen. Meine Mutter heiratet zwar auch ständig, das Kinderkriegen vergißt sie aber, was ein wahres Glück ist, weil Kinder eigentlich nicht ihr Fall sind. Für uns war sie eher wie eine Tante. Meine Schwester und ich verbrachten unsere Kindheit größtenteils in exklusiven Internaten.«

»Wie schrecklich.« Oliver war entsetzt. Nie wäre ihm der Gedanke gekommen, seine eigenen Kinder fortzuschicken. »Hat Sie das Internatsleben geprägt?« Kaum hatte er die Frage ausgesprochen, wurde ihm bewußt, daß es eine dumme Frage war. Die Gründe für ihre Scheu vor Bindungen lagen auf der Hand.

»Ich denke schon. Die Bildung von ›dauernden Beziehungen‹, wie die Engländer es nennen, ist nicht eben meine Stärke. Menschen kommen und gehen. Das war in meinem Leben immer so, und ich bin es gewöhnt – mit wenigen Ausnahmen.« Ihr Blick wirkte plötzlich traurig und verhangen. Sie machte sich daran, den Tisch abzuräumen.

»Haben Sie zu Ihrer Schwester ein enges Verhältnis?«

Sie sah ihn mit sonderbarem Blick an. »Ja, das hatten wir. Ein sehr enges sogar. Sie war der einzige Mensch, auf den ich mich jemals verlassen konnte. Wir waren eineiige Zwillinge, falls Sie sich darunter etwas vorstellen können. Ein doppeltes Ärgernis eigentlich. Nur war sie genau das, was ich nicht war. Gut, lieb, artig, anständig, höflich. Sie hielt sich immer an die Regeln und glaubte alles, was man ihr einredete. Mit einundzwanzig Jahren verliebte sie sich in einen verheirateten Mann und beging Selbstmord, als er seine Frau nicht verlassen wollte.« Danach hatte sich für Megan alles geändert, das las Oliver an ihren Augen ab.

»Das tut mir leid.«

»Mir auch. Eine Freundin wie sie hatte ich nie wieder. Es war, als hätte ich eine Hälfte von mir selbst verloren – die bessere Hälfte. Sie war das Gute, das Liebenswerte, was ich nie war und nie sein werde.«

»Sie gehen zu hart mit sich ins Gericht«, erwiderte Oliver sanft, und seine Sanftheit machte alles nur schmerzlicher.

»Nicht wirklich. Ich bin ehrlich. An ihrer Stelle hätte ich diesen Schweinehund umgebracht oder seine Frau erschossen. Mich selbst hätte ich nie umgebracht.« Und dann schloß sie mit schmerzlichem Blick: »Bei der Autopsie stellte sich heraus, daß sie im vierten Monat schwanger war. Das hat sie mir nie gesagt. Ich war damals hier auf der Schule. Meine Schwester lebte bei meiner Mutter in London.« Ihr Blick fiel auf Oliver. »Möchten Sie Kaffee?«

»Ja, bitte.« Eine erstaunliche Geschichte. Unglaublich, sich vorzustellen, was in einem Menschenleben alles passieren konnte, die Tragödien, der Schmerz, die Wunder, die Augenblicke, die ein ganzes Leben veränderten. Er vermutete, daß Megan vor dem Tod ihrer Schwester ganz anders gewesen war, aber das würde er nie erfahren.

Als er ihr in die Küche nachkam, sah sie mit warmem Lächeln zu ihm auf. »Oliver Watson, Sie sind ein netter Mensch. Für gewöhnlich breite ich die Geschichte meines Lebens nicht aus, schon gar nicht nach so kurzer Bekanntschaft.«

»Ich fühle mich geschmeichelt.« Das erklärte vieles an ihr.

Sie gingen wieder auf die Terrasse, um das starke Gebräu zu trinken, das Megan der Espressomaschine entlockt hatte, und sie saß dicht neben Oliver, als sie wieder den Ausblick genossen. Er spürte, daß sie etwas von ihm wollte, aber irgendwie war er noch nicht bereit, es ihr zu geben. Es war für ihn zu früh, er hatte noch immer Angst davor, eine Frau zu berühren, die nicht Sarah war.

»Möchten Sie am Wochenende mit mir essen?«

»Ja, sehr gern.« Sie lächelte. Oliver war so lieb und unschuldig, dabei aber stark und anständig und nett. Er war alles das, was sie immer gefürchtet und sich nie gewünscht hatte. »Möchten Sie mit mir hier die Nacht verbringen?« Diese unverblümte Frage überrumpelte Oliver. Er setzte abrupt die Tasse ab. Das Lächeln, mit dem er sie ansah, ließ ihn sehr attraktiv und jungenhaft aussehen.

»Hoffentlich ist Ihnen klar, daß es keine Zurückweisung ist, wenn ich nein sage... aber ich überstürze die Dinge nicht gern. Sie verdienen etwas Besseres. Wir beide verdienen es.«

»Aber ich will nicht mehr.« Aufrichtigkeit gehörte zu ihren wenigen Tugenden.

»Aber ich. Und Sie sollten es auch wollen. Wir verbringen die Nacht gemeinsam, wir amüsieren uns, wir gehen auseinander, na und? Was gibt es uns? Auch wenn wir nur eine Nacht zusammen verbringen, wäre es netter für beide, wenn es etwas bedeuten würde.«

»Ach, Sie messen all dem zuviel Bedeutung bei.«

»Wäre es einfacher zu sagen: ›Ich bin nicht bereit?‹ Oder stemple ich mich damit zum Versager?«

»Wissen Sie noch, was ich vorhin gesagt habe, Oliver? Sie müssen nach Ihren eigenen Regeln spielen. Und Ihre Regeln sehen nun mal so aus. Ich habe auch meine eigenen. Ich begnüge mich mit dem Lunch, wenn es Sie nicht zu sehr schockiert...«

Ollie lachte, weil die Befangenheit von ihm gewichen war. Alles war für sie annehmbar, sie war flexibel und anspruchslos und so sexy, daß er sich am liebsten geohrfeigt hätte, weil er auf ihr Angebot nicht sofort und auf der Stelle eingegangen war, bevor sie ihre Absicht änderte.

»Ich rufe Sie morgen an.« Er stand auf. Es war Zeit zum Gehen. Ehe er etwas tat, was er später bedauern würde. »Vielen Dank für das wundervolle Dinner.«

»Keine Ursache.« Sie schaute ihn eindringlich an, als sie zur Tür gingen, und sah ihm dann in die Augen, mit einem Blick, den nur wenige Männer zu sehen bekamen. Obwohl sie mit vielen ins Bett gegangen war, gab es nur wenige, die sie kannten. »Oliver, danke... danke für alles.«

»Ich habe ja nichts getan als gegessen, geplaudert und Ihre Gesellschaft genossen. Sie brauchen mir nicht zu danken.«

»Danke dafür, daß Sie das sind, was Sie sind... auch wenn Sie mich nie mehr anrufen.« Das war sie gewöhnt, aber meistens genoß sie vorher eine Nacht ungezügelter Leidenschaft. Sie war es gewöhnt, aber wenn sich Oliver nicht mehr meldete, würde er ihr irgendwie fehlen.

»Ich rufe an.« Und damit beugte er sich zu ihr, nahm sie in die Arme und küßte sie. Sie war die erste Frau, die er küßte, seit seine Frau ihn verlassen hatte. Ihr Mund war einladend und warm, ihr Körper kraftvoll und verlockend. Der Wunsch, sie zu lieben, war übermächtig, ebenso aber wußte er, daß er gehen mußte. Er wollte erst darüber nachdenken.

Sie war eine Frau mit zuviel Kraft, um leichtgenommen zu werden.

»Gute Nacht«, flüsterte Megan, als der Lift kam. Lächelnd registrierte sie, daß er ihr direkt in die Augen sah, als die Türen zuglitten. Sie stand noch lange da, dann ging sie langsam in ihre Wohnung und schloß die Tür. Sie setzte sich auf die Terrasse und dachte an Oliver und die Schwester, von der sie seit Jahren nicht mehr gesprochen hatte. Ohne zu wissen, warum oder um welchen der beiden, fing sie leise zu weinen an.

15. Kapitel

Wie versprochen, rief er sie gleich am Morgen an und lud sie noch für denselben Tag zum Lunch in das Four Seasons ein. Er hatte in der Nacht zuvor stundenlang dagelegen und an sie gedacht, wütend auf sich, weil er nicht geblieben war und sie geliebt hatte. Das Schicksal hatte ihm das Glück auf einem silbernen Tablett serviert, und er hatte Reißaus genommen. Er kam sich wie ein Riesentrottel vor und war felsenfest überzeugt, daß Megan seine Meinung teilte.

Sie trafen sich zu Mittag im Four Seasons. In ihrem hellroten Seidenkleid und den hochhackigen schwarzen Lacksandaletten war sie die aufregendste Frau, die er je zu Gesicht bekommen hatte, und er fühlte sich wie ein riesengroßer Trottel. Das sagte er ihr auch, als sie Platz nahmen. Der Springbrunnen in der Mitte des Raumes versprühte Düfte, überall saßen Leute aus seiner und ihrer Branche. Das Restaurant war beim besten Willen nicht als ein diskretes Plätzchen für ein Stelldichein zu bezeichnen, andererseits hatten sie nichts zu verbergen.

Megan erzählte von dem neuen Buch, das sie herauszubringen gedachte, und Oliver erklärte ihr, was einer seiner neuen Kunden von ihm erwartete. Es war drei Uhr, als sie sich erstaunt umblickten und feststellten, daß sie die einzigen Gäste waren. Megan lachte, und Oliver machte ein verlegenes Gesicht.

»Wie wär's morgen abend mit einem Dinner?« fragte er schon im Gehen.

»Können Sie kochen?«

»Nein.« Er lachte. »Aber ich kann so tun als ob. Was möchten Sie? Pizza? Chinesisches Essen? Ein Pastrami-Sandwich? Einen Cheeseburger aus dem Hamburger Heaven?«

Sie lachte. »Am besten, ich hole ein paar Sachen aus meinem Lieblingsdelikatessenladen, und wir bereiten uns gemeinsam etwas zu.«

»Klingt toll.« Ihr gefiel die Vorstellung, weil es so am gemütlichsten war, aber vor allem sagte ihm die Aussicht zu, sie wiederzusehen.

»Mögen Sie Moussaka?«

»Ich bin ganz verrückt danach.« Sein Interesse galt aber nicht so sehr dem Essen als vielmehr ihr, und er gab ihr einen flüchtigen Kuß auf die Wange, bevor er sie in ein Taxi setzte und in sein Büro lief.

»Ein neuer Kunde?« fragte Daphne ihn um vier, als sie bei ihm vorbeischaute, um ihm ein paar Texte zu zeigen.

»Wer?«

»Die Superfrau, mit der ich dich beim Lunch gesehen habe.« Sie sah ihn sichtlich belustigt an, und Oliver lief rot an, während er vorgab, sich auf die Werbetexte zu konzentrieren.

»Was treibst du denn? Spionierst du mir nach?«

»Wittere ich Frühlingsluft, oder ist das ihr Parfum?«

»Kümmere dich gefälligst um deine eigenen Angelegenheiten. Vermutlich riechst du ein Insektenspray. Heute morgen habe ich eine Küchenschabe unter dem Schreibtisch erwischt.«

»Hm, nicht sehr wahrscheinlich. Hier gehen sogar die Plastikblumen ein, ganz zu schweigen von einer hübschen gesunden Küchenschabe. Sie ist großartig. Wer ist sie?«

»Ach, ein Mädchen, das ich gestern kennengelernt habe.«

»Sehr nett. Etwas Ernstes?« Daphne war für Oliver wie eine Schwester, und Oliver schätzte sie sehr.

»Noch nicht. Wahrscheinlich nie. Sie gehört wie meine Exgattin zu den großartigen, unabhängigen Frauen. Sie glaubt an Beruf und Freiheit und an ein Leben ohne Bindungen.« Es war das erste Mal, daß er Sarah so beschrieb. Das war an sich schon ein Schritt in die richtige Richtung.

»Das klingt nach gewaltigen Kalamitäten. Amüsier dich schön, bevor sie dir das Herz bricht.«

»Ich bin dabei.«

»Gratuliere.«

»Danke. Aber jetzt zurück an die Arbeit, oder spielst du lieber Ratgeberin in Herzensangelegenheiten?«

»Ach, sei nicht so empfindlich.«

Am Abend arbeiteten sie sehr lange. Und als Oliver nach Hause kam, rief er Megan an. Sie war nicht zu Hause und hatte ihren Anrufbeantworter eingeschaltet. Er hinterließ seinen Namen und sagte nur, er hätte sich melden und die Verabredung für den nächsten Abend bestätigen wollen.

Pünktlich um acht stand sie vor seiner Tür, beladen mit Köstlichkeiten, die sie gemeinsam auspackten.

»Hübsch ist es hier«, bemerkte sie höflich, obwohl es ganz anders war als bei ihr, irgendwie kühl und ungemütlich – wie in einer fremden Wohnung eben. Nur in den Zimmern der Kinder hatte eine gewisse persönliche Note Einzug gehalten. Ollie hingegen hatte den übrigen Räumen keine besondere Sorgfalt zuteil werden lassen. Da Agnes nicht da war, fehlten sogar frische Blumen. Das war ihm zu spät eingefallen – erst, als er schon zu Hause war und eine Flasche Wein für das Abendessen entkorkte.

»Wie war der Tag?«

»Nicht so übel. Und bei Ihnen?« Megan wirkte gelöst und glücklich. Ihr weißer Seidenrock, zu dem sie eine türkisfarbene Bluse trug, die ihre honigbraune Haut noch dunkler erscheinen ließ, war fast bis zum Oberschenkel geschlitzt.

Oliver erzählte, was er den Tag über gemacht hatte, während sie das Moussaka am Küchentisch verspeisten. Es war herrlich, mit jemandem reden zu können.

»Wenn die Kinder fort sind, muß es hier für Sie ganz schön einsam sein.«

Er lächelte, insgeheim von der Frage bewegt, ob das als Einladung gemeint war, zu ihr zu gehen. »Ja, ohne Kinder ist es hier ruhig. Aber an den meisten Abenden arbeite ich ohnehin sehr lange.« Plötzlich hatte er das Gefühl, daß sich die Zeit der Überstunden dem Ende zuneigte.

Sie redeten von den verrücktesten Dingen, von Polo und Baseball, dann wieder von ihren Eltern und von ihrer Abneigung gegen Engländer. Er argwöhnte, daß diese Haltung dem Mann zuzuschreiben war, der den Grund für den Selbstmord ihrer Schwester geliefert hatte. Megan hatte sehr ausgeprägte Ansichten über alles, und als sie ihm half, den Tisch abzuräumen, fiel ihm wieder der Rockschlitz auf, und er spürte, daß eine unwiderstehliche Woge der Erregung ihn erfaßte.

Anschließend saßen sie im Wohnzimmer beim Wein und plauderten, und dann – ganz plötzlich – küßte er sie, ohne zu wissen, wie ihm geschah. Sie lagen auf der Couch, und Oliver wünschte sich verzweifelt, mit ihr intimer zu werden. Ihr Rock war hochgerutscht, ihre Schenkel entblößt, und als seine Hand über ihre seidige Haut glitt, merkte er, daß sie unter dem Rock nichts anhatte. Er stöhnte vor Begierde, als er sie spürte und fand, was er suchte. Sie wimmerte leise, und Oliver fühlte sich wieder jung – jung und verliebt und rasend vor Leidenschaft. Er zog ihr die

Bluse aus, und sie entledigte sich auf wunderbare Weise ihres Rockes, so daß sie nackt und herrlich unter seinen Händen lag. Ihr Anblick raubte ihm den Atem, so schön war sie.

»Mein Gott, Megan... mein Gott...« Und dann fing sie an, ihm gekonnt, verführerisch und lockend ein Kleidungsstück nach dem anderen auszuziehen. Schließlich lagen sie auf der Couch und liebten sich, wie Oliver es noch nie erlebt hatte. Megan tat Dinge, von denen er nie zu träumen gewagt hatte, und weckte in ihm eine so gewaltige Begierde, daß er sie fast mit Gewalt nahm und in ihr den Höhepunkt wie ein Erdbeben erlebte. Dann lag er auf ihr, spürte ihre Leidenschaft, spürte, wie sie sich wollüstig drehte und wand. Er wollte nicht glauben, daß sie mehr wollte, aber sie lenkte seine Hände zu sich zurück, drückte seinen Kopf zwischen ihre Beine, und seine Zunge liebkoste sie an ihren geheimsten Stellen. Sie stöhnte und schrie und erbebte, und gleich darauf drang er wieder in sie ein. So lagen sie stundenlang da und liebten sich immer von neuem. Megan zog ihn auf den Boden, und dann führte Oliver sie in sein Schlafzimmer. Schließlich lagen sie erschöpft Seite an Seite, und sie lachte ein tiefes kehliges Lachen und zog ihn wieder an sich.

»Allmächtiger, du wirst mich noch umbringen«, stöhnte er.

»Was für ein schöner Tod!« Beide lachten, und wenig später ließ Megan ein Bad einlaufen, und das Liebesspiel fand in der Wanne seine Fortsetzung. Es war für beide eine unvergeßliche Nacht, und als die Sonne aufging, lagen sie noch immer selig in der Wanne. Einer Frau wie ihr war Oliver noch nie begegnet. Sie gab sich ganz ihrer Leidenschaft hin und war befähigt, ihn zu den höchsten Gipfeln der Ekstase mitzureißen. Nie hätte er geglaubt, zu all dem fähig zu sein, was sie forderte, und er war hingerissen.

»Ist dir klar, daß wir seit zehn Stunden ununterbrochen Liebe machen? Es ist sieben Uhr morgens.« Oliver konnte es nicht fassen, was sie getrieben hatten. Was er erlebt hatte, war nicht mit dem zu vergleichen, was er mit Sarah geteilt hatte, und dabei war er immer der Meinung gewesen, ihr Liebesleben sei perfekt.

»Meinst du nicht, daß du es dir nach sieben Monaten redlich verdient hast?« Sie lächelte ihn an, und er lachte.

»So habe ich es eigentlich nicht gesehen. Vielleicht sollten wir es noch einmal versuchen«, scherzte er, aber Megan nahm in sofort beim Wort. Während er noch immer lachte, setzte sie sich auf ihn, und zu seiner Verwunderung war er in Sekundenschnelle wieder bereit, und sie wälzten sich prustend und spritzend wie Delphine in der Wanne, bevor er sie seitlich gegen die Wannenwand drückte und in sie eindrang. Megan stöhnte und flehte ihn an, nicht aufzuhören. Schließlich schrie sie, als beide aus den Tiefen des warmen, seifigen Wassers, ruckartig auftauchten. »O Megan... was tust du mit mir?« rief Oliver mit belegter Stimme und küßte ihren Hals. Sie öffnete die Augen, sah ihn an und streichelte sein blondes Haar. »Eine Frau wie dich habe ich noch nie gekannt«, flüsterte Oliver.

»Für mich war es auch noch nie so.« Das hatte sie noch nie zu einem Mann gesagt, und sie meinte es ehrlich. »Oliver, du bist wirklich bemerkenswert.«

»Und du bist umwerfend.« Er brachte es kaum fertig, sich anzuziehen, um ins Büro zu gehen. Kurz vor dem Gehen berührte Megan den Körperteil, der eigentlich hätte erschöpft sein sollen, es aber nicht war. »Nicht zu fassen... Megan... so kommen wir hier nie raus...« Langsam gelangte er zu der Ansicht, daß sie den Tag hier verbringen sollten.

»Vielleicht sollten wir uns krank melden«, flüsterte sie, während sie ihn auf den Boden im Flur zog, ihm in den Nacken biß, an seinem Gesicht knabberte und ihn am ganzen Körper streichelte und erregte. Wieder nahm er voller Leidenschaft von ihr Besitz, mit so viel Hitze und Kraft, die er sich nach zwölf Stunden intensiven Liebesspiels niemals zugetraut hätte.

Schließlich machten sie genau das, was Megan vorgeschlagen hatte. Sie riefen in ihren Büros an und meldeten sich krank. Dann verbrachten sie den Tag im Bett, auf dem Boden, auf der Couch und in der Wanne. Sie liebten sich sogar in der Küche, als sie den Rest Moussaka aufwärmten. Es war eine Art Wahnsinn, der beide befallen hatte. In der Nacht lagen sie aneinandergeschmiegt im Bett, und Oliver fütterte Megan mit Schokoladeplätzchen.

»Meinst du nicht, daß wir besser einen Arzt rufen sollen?« fragte er glücklich. »Vielleicht ist es eine Krankheit... oder wir stehen unter Drogeneinfluß.«

»Vielleicht sind es die Plätzchen.«

»Hm... köstlich... ich will mehr davon...« Es war fast nicht vorstellbar, daß sie sich jemals wieder trennen oder auch nur die Kleider am Leib halten konnten. Und dann drängte sich ihm plötzlich eine Frage auf, an die er schon am Tag zuvor hätte denken sollen, und er fragte sie, ob sie nicht Bedenken hätte, schwanger zu werden.

»Unsinn.« Sie wirkte völlig sicher. »Ich habe schon vor neun Jahren eine Tubenligatur vornehmen lassen.«

»Mit einundzwanzig?« Er erschrak, aber dann fiel ihm ein, daß damals ihre Schwester gestorben war – im vierten Monat.

»Ich wußte, daß ich keine Kinder wollte, und ich wollte nicht zulassen, daß irgendein Arschloch mir das antut, was Priscilla passiert ist.«

»Und du hast es nie bedauert? Was ist, wenn du eines Tages Kinder möchtest?«

»Das wird nie der Fall sein. Und wenn, dann kann ich welche adoptieren. Ich bezweifle sehr, daß es dazu kommt. Ich will mir diese Sorgen ersparen. Warum auch? Möchtest du noch Kinder?«

»Früher wollte ich viele. Aber Sarah war nicht damit einverstanden. Sie hat sich nach Sam ebenfalls eine Tubenligatur machen lassen. Ich habe es immer bedauert, sie aber nie.«

»Möchtest du jetzt noch Kinder?« Sie schien nicht besorgt, sondern nur neugierig zu sein. Es war für sie unvorstellbar, daß er noch Kinder wollte und sie sich überhaupt jemals welche wünschen könnte.

»Ich bin mir nicht sicher. Jetzt ist es schon etwas spät. Aber wenn es passierte, würde es mir nichts ausmachen.«

»Na, dann rechne aber nicht mit mir.« Sie ließ sich träge in die Kissen sinken.

Da er ihr gegenüber jede Scheu abgelegt hatte, vertraute er ihr seine Sorgen mit Benjamin an. »Mein achtzehnjähriger Sohn wird im September Vater. Das ist die reinste Katastrophe... Er jobbt als Kellner und sorgt für das Mädchen. Beide haben keinen Schulabschluß, dabei hätte man ihn in Harvard zugelassen.«

»Na, vielleicht geht er eines Tages doch noch hin.« Plötzlich tat Ollie ihr leid. Man merkte, daß sein Sohn ihm große Sorgen machte. »Werden sie das Kind behalten?«

»Sie haben die Absicht. Ich habe alles getan, um sie zu entmutigen. Es ist ein wahres Glück, daß sie nicht heiraten wollen.« Oliver war dankbar, daß Sandra sich in diesem Punkt als unbeugsam erwies.

»Vielleicht kommen sie zur Vernunft, sobald sie mit den Tatsachen konfrontiert werden. Babys sind nur in der Windelwerbung niedlich. In Wahrheit sind sie kleine Ungeheuer.«

»Und wie viele Babys haben Sie kennengelernt, Miß Townsend?«

»So wenig wie möglich, ich danke bestens.« Sie rollte sich zu ihm und spielte mit seinem Lieblingsglied. Dann zog sie die Decke zurück und spielte mit ihrer Zunge weiter. »Ich persönlich ziehe Daddys vor...«

»Was für ein Glück für mich.« Lächelnd schloß er die Augen und zog sie dann an sich, um sie ähnlich zu beglücken. Schließlich schliefen sie nach Mitternacht erschöpft ein. Hinter ihnen lag ein Marathontag, ein Tag, den Oliver nie vergessen würde.

16. Kapitel

Die Romanze loderte durch den wärmsten Monat des Jahres. Der August war sengend heiß, und ihre Leidenschaft ebenso. Sie wechselten zwischen Megans und Olivers Wohnung hin und her, und einmal verbrachten sie sogar eine Nacht im Freien und liebten sich auf ihrer Terrasse, die zum Glück höher lag als die umliegenden Häuser.

Oliver blieb kaum noch Zeit, sich mit Daphne zu treffen, die ahnte, was vor sich ging, und sich für ihn freute. In Olivers Blick lag ständig etwas Verklärtes, und dazu kam seine ständige Zerstreutheit. Sie hoffte sehr, daß er sich den Verstand aus dem Kopf bumsen würde.

Eines Tages fuhren Megan und Oliver aufs Land. Oliver wollte seinen Vater und Benjamin besuchen. Unterwegs hatte er Megan bei ihrem Vater abgesetzt und sie auf der Rückfahrt wieder abgeholt. In sein Haus brachte er sie nicht, weil es ihm widerstrebte.

Insgesamt dachte er nur selten an Sarah. Er war besessen von Megan, von ihrer Art zu lieben und von ihrem Körper. An einem sengenden Sonntagnachmittag liefen sie nackt in seiner Wohnung umher – als das Telefon klingelte.

Oliver hatte keine Ahnung, wer anrief. Wahrscheinlich war es Daphne, die sich nach seinem Befinden erkundigen wollte, obwohl sie sich nur ganz selten bei ihm meldete, um nicht zu stören.

Als er den Hörer abhob, hörte er das Knistern und Krachen einer Fernleitung, dann war die Verbindung tot. Kurze Zeit später läutete es wieder, und die Übersee-Vermittlung kündigte ein Ferngespräch aus San Remo an. Oliver konnte kaum etwas hören und sah lächelnd zu, wie Megan vor ihm hin und her stolzierte. Einen Augenblick lang war er traurig, da er daran dachte, welche Veränderungen nun bevorstanden. Die Kinder sollten nächstes Wochenende heimkommen.

»Hallo?« Er konnte von ganz fern etwas hören, etwas, das sich wie Schluchzen anhörte, aber er wußte, daß es nur Geräusche in der Leitung waren.

»Hallo?« rief er wieder, und plötzlich hörte er Mels Stimme. Sie weinte und stammelte immer wieder: »Daddy... Daddy.«

»Melissa? Melissa? So sag doch etwas!« Wieder war die Leitung gestört, gleich darauf war die Leitung wieder klar. »Was ist passiert?« schrie Oliver.

»...ein Unfall...« O Gott, nein! Sam – doch nicht Sam! Bitte, auch nicht Sarah...

»Kleines, ich kann dich nicht gut hören! Sprich lauter!« Während er wartete, wurden seine Augen feucht, und Megan sah es. In seinem verzweifelten Bemühen, seine Tochter zu verstehen, hatte er sie völlig vergessen.

»...ein Unfall... tot... Mommy...« Allmächtiger! Sarah! Oliver stand auf, als würde sich dadurch die Verbindung bessern, und brüllte ins Telefon. In Italien war es Mitternacht. »Was ist mit deiner Mutter passiert?« Megan las in seiner Miene, daß er seine Frau noch immer liebte. Nach so vielen Jahren war das allzu verständlich. Auch sie war wie erstarrt vor Angst. Die Situation erinnerte sie an den Anruf, den sie vor fast zehn Jahren bekommen hatte... von ihrer Mutter: »Liebling... o Liebling... es ist Priscilla...«

»Mom ist nichts passiert...«

Die Tränen liefen ihm über die Wangen, als er das hörte. »Und Sam? Was ist mit ihm?«

»...Sam hat sich den Arm gebrochen... Daddy, es war so schrecklich...« Und dann fing Melissa wieder zu heulen an, und er konnte nichts mehr verstehen. Aber wenn Sam am Leben war... das war er doch, oder? ...und Sarah... und Melissa...

»Ein Wagen ist mit uns zusammengestoßen... in voller Fahrt... der Fahrer kam ums Leben... und zwei Kinder... und Jean-Pierre... er war auf der Stelle tot... o Daddy... es war schrecklich...«

O Gott, der Ärmste, aber wenigstens waren die Kinder am Leben. Eine sehr egoistische Einstellung, doch Oliver empfand tiefe Dankbarkeit.

»Und du, Melissa, bist du verletzt?«

»Mir geht es gut...«

»Wo ist Mom?«

»Im Krankenhaus... sie wollte, daß ich dich anrufe... wir müssen zur Beerdigung zurück nach Frankreich... am Freitag sind wir zu Hause.«

»Und du bist in Ordnung? Sicher? Was ist Mom passiert?«

»...ein schwarzes Auge... Schnitte... sonst nichts...« Es war, als spiele man Telegraphieren, aber sie alle waren mit dem Leben davongekommen, wenn auch mit Knochenbrüchen und Schrammen. Und sie hatten mit ansehen müssen, wie der Geliebte ihrer Mutter ums Leben kam, dazu noch ein anderer Mann und zwei Kinder. Der Gedanke machte ihn schaudern.

»Soll ich zu euch rüberkommen?«

»...glaube nicht... werden bei Jean-Pierres Eltern wohnen... fahren heute zurück... Mom sagt, du hättest die Nummer.«

»Ja, hab' ich. Ich rufe euch an. Und, Kleines...« Oliver schniefte. »Ich... habe dich lieb... sag Sam, daß ich ihn liebhabe, und sag Mommy, daß es mir leid tut.«

Mel weinte wieder, und schließlich wurde die Verbindung so miserabel, daß sie auflegen mußten. Man konnte Ollie seine Erschütterung ansehen, als er auflegte und zu Megan aufblickte. Das Gespräch mit Mel hatte ihn ihre Gegenwart vergessen lassen.

»Ist ihnen etwas passiert?« Megan reichte ihm ein Glas Brandy. Sie war nackt und wunderschön.

»Nein, ich glaube nicht. Die Verbindung war sehr schlecht. Es hat einen Unfall gegeben... mit mehreren Toten, soviel ich verstehen konnte. Der Freund meiner Frau war auf der Stelle tot. Er saß am Steuer. Es passierte in San Remo.«

»O Gott, wie schrecklich!« Sie ließ sich neben ihm nieder und nahm einen Schluck Brandy. »Sind die Kinder verletzt?«

»Sam hat einen gebrochenen Arm. Melissa ist nichts passiert. Sarah hat ein paar Schnitte abgekriegt, das ist alles. Es muß entsetzlich gewesen sein.« Noch immer erschüttert, blickte er Megan an. »Als sie zu sprechen anfing, dachte ich zuerst... ich dachte, daß Sam... oder vielleicht Sarah... Es ist schrecklich, so etwas zu sagen, wenn andere Menschen ums Leben gekommen sind, aber ich bin froh, daß es nicht meine Familie getroffen hat...«

»Ich weiß.« Megan legte einen Arm um ihn und drückte ihn an sich.

Lange Zeit saßen sie nur da. Sie blieb über Nacht bei ihm, und zum ersten Mal seit einem Monat liebten sie sich nicht. Olivers Gedanken galten einzig seinen Kindern. Und allmählich brachte dieser Schock Megan zur Besinnung. Ihre wilde Romanze würde sich mit dem Eintreffen der Kinder ändern. Oliver konnte nicht mehr über Nacht wegbleiben, und sie würden in Gegenwart seiner Kinder sehr viel umsichtiger sein müssen. In gewisser Weise weckte dieser Gedanke den Wunsch, es noch wild zu treiben, solange es möglich war, andererseits hatte allein das Wissen um das Bevorstehende schon eine Änderung bewirkt.

Am Donnerstag abend waren beide nervös und bedrückt. Sie lagen die ganze Nacht wach und redeten und wünschten sich, die Dinge wären anders.

»Wir könnten eines Tages heiraten«, sagte Oliver nur halb scherzhaft, und Megan schaute ihn mit gespieltem Entsetzen an.

»Sei nicht albern. Das ist doch ziemlich übertrieben.«

»Ach, wirklich?« Eine Frau wie Megan war ihm noch nie begegnet, und er stand noch immer völlig in ihrem Bann.

»Für mich schon. Oliver, ich kann nicht heiraten. Ich bin nicht der Typ, und das weißt du.«

»Du kannst großartig Moussaka aufwärmen.«

»Dann heirate den Knaben aus dem Laden, wo sie das Zeug fabrizieren.«

»So entzückend wie du kann er nicht sein, obwohl ich ihm nie begegnet bin.«

»Mal im Ernst – was sollte ich wohl mit einem Mann und drei Kindern anfangen?«

Er tat so, als überlegte er, und sie lachte. »Ich könnte mir einiges denken...«

»Zum Glück braucht man dazu nicht verheiratet zu sein.« Sie hatten zusammen einen herrlichen Monat verlebt, und schon tat sie, als sei alles vorbei. »Mehr möchte ich gar nicht.«

»Das könnte sich eines Tages ändern.«

»Wenn das der Fall sein sollte, dann bist du der erste, der es erfährt, mein Wort darauf.«

»Im Ernst?«

»So ernst ich bei diesem Thema sein kann. Für mich ist die Ehe nichts. Und du wiederum brauchst nicht schon wieder eine Frau, die dir schreiend davonläuft. Du brauchst ein wundervolles, kluges, schönes Mädchen, das dich über alles liebt, sich deiner Kinder annimmt und dir vierzehn weitere beschert.«

»Was für ein Gedanke! Ich glaube, du verwechselst mich mit deinem Vater.«

»Nicht ganz. Ich bin jedenfalls ganz entschieden nicht das, was der Arzt dir verordnen würde, Oliver. Ich weiß, was ich bin. Manches ist ganz in Ordnung, manches wiederum nicht. Auf meine Art bin ich deiner Frau wahrscheinlich sehr ähnlich, und das ist genau das, was du nicht brauchst. Sei ehrlich.«

Er fragte sich, ob sie wirklich recht hatte und ob er in ihr nicht auf eine jüngere und kessere Version von Sarah gestoßen war. Es wäre ihm nie in den Sinn gekommen, aber möglich war es immerhin, obschon der Gedanke ihm nicht behagte.

»Was passiert jetzt?«

»Wir genießen es als das, was es ist, solange wir können, und wenn es für einen von uns zu kompliziert wird, sagen wir uns Lebwohl – mit einem Kuß, einer Umarmung und einem Dankeschön.«

»So einfach?«

»So einfach.«

»Das nehme ich dir nicht ab. Man entwickelt im Leben Bindungen. Meinst du nicht, daß zwischen uns eine Bindung besteht, nachdem wir so viel Zeit miteinander verbracht haben?«

»Sicher. Aber verwechsle großartigen Sex nicht mit Liebe. Diese beiden Gefühle gehen nicht immer Hand in Hand. Du gefällst mir, ich hänge an dir, vielleicht liebe ich dich sogar. Doch das alles wird anders, wenn deine Kinder hier sind. Vielleicht wird die Veränderung zu groß für beide, und wenn es so kommt, müssen wir es akzeptieren und weitergehen. Man kann sich wegen dieser Dinge nicht kaputtmachen. Das lohnt sich nicht.« Sie war so verdammt lässig, so nonchalant – wie damals, als sie ihn im Zug angesprochen und ihn nachher angerufen und eingeladen hatte. Solange es Spaß machte, sehr gut, wenn nicht, dann Schluß damit. Sie hatte recht. Er hatte sich eingeredet, in sie verliebt zu sein. Aber vielleicht hatte sie auch in diesem Punkt recht, und er war nur in ihren Körper verliebt.

»Vielleicht hast du recht. Ich weiß es nicht.« Und wieder liebten sie sich, aber diesmal war es anders.

Am nächsten Morgen beseitigte Megan alle Spuren, die sie im vergangenen Monat in seiner Wohnung hinterlassen hatte. Ihre Schminkutensilien, ihr Deodorant, ihre Kopfwehtabletten, das Parfum, das er ihr gekauft hatte, die elektrischen Lockenwickler, ihre Tampons und die wenigen Kleider, die sie in seinen Schrank gehängt hatte, verschwanden. Allein der Anblick des leeren Schrankraumes genügte, um in Oliver ein Gefühl der Einsamkeit hervorzurufen, und wieder wurde er an den Schmerz erinnert, den er erlitten hatte, als er Sarah verloren hatte. Warum mußte alles ein Ende haben? Warum diese ständigen Veränderungen, dieses Weiterentwickeln? Am liebsten hätte er alles für immer unverändert behalten.

Als er jedoch seine Kinder nach der Ankunft abholte und Sarah sah, bekamen diese Argumente noch mehr Gewicht. Ihr Gesichtsausdruck zeigte die Nachwirkungen des Schocks und ließ Kummer und Einsamkeit erkennen. So hatte er sie noch nie gesehen. Es war schlimmer als jeglicher Schmerz, den sie seinetwegen empfunden hatte, und ihr Blick aus dunkel umrandeten Augen traf ihn kummervoll. Ein Kinnverband verdeckte vierzehn Stiche. Auch Sam, der sich mit dem heilen Arm an seine Mutter klammerte, wirkte ziemlich erschüttert. Der andere Arm war von der Schulter bis zu den Fingerspitzen eingegipst. Und Melissa brach in Tränen aus, als sie ihren Vater sah. Schluchzend warf sie sich ihm in die Arme, und gleich darauf war Sam zur Stelle und umarmte seinen Daddy.

Und dann sah Oliver zu dem Menschen auf, der seine Frau gewesen war und es jetzt nicht mehr war. Die Erkenntnis, wie sehr sie den Jungen geliebt hatte, der in San Remo ums Leben gekommen war, traf ihn in diesem Augenblick mit voller Wucht.

»Es tut mir leid, Sarrie... es tut mir ja so leid...« Sie so gebrochen zu sehen war, als hätte er einen Teil seiner selbst verloren. »Kann ich etwas für dich tun?« Sie waren schon auf dem Weg zum Gepäckförderband, als sie den Kopf schüttelte. Melissa schilderte die Beerdigung. Jean-Pierre war das einzige Kind seiner Eltern... es war schrecklich gewesen. Oliver nickte und versuchte sie zu trösten. Dann sah er über Sams Kopf hinweg Sarah an. »Möchtest du vorübergehend im Haus in Purchase wohnen? Ich könnte mit den Kindern in der Stadt bleiben und nur zum Labor-Day-Wochenende kommen.«

Sarah schüttelte nur den Kopf und lächelte. Sie kam ihm stiller und abgeklärter, wenn auch nicht älter vor. »Das Semester beginnt am Montag. Ich muß zurück, es gibt viel zu tun.« Sie sagte ihm nicht, daß sie im Sommer endlich ihren Roman begonnen hatte. »Trotzdem vielen Dank. Die Kinder wollen mich in ein paar Wochen besuchen, und ich komme unterdessen gut zurecht.«

Doch sie hatte Angst, Jean-Pierres Sachen in der Wohnung in Cambridge auszusortieren und zu verpacken. Sie würde dabei nachvollziehen, was Oliver nach ihrem Weggang durchgemacht haben mußte. In gewisser Weise war ein Abschied dem Tod nicht unähnlich. Sie hatte Jean-Pierre wie einen Sohn, wie einen Freund, Liebhaber und Vater geliebt, und sie hatte ihm alles das geben können, was Oliver in den letzten Jahren nicht von ihr haben wollte. Jean-Pierre hatte ihr sehr viel über Geben und Lieben... und Sterben beigebracht...

Sarah flog direkt nach Boston weiter, nachdem sie die Kinder bei Oliver abgeliefert hatte.

Im Taxi, das sie in die Stadt brachte, waren Mel und Sam still, niedergeschlagen und zugleich aufgewühlt. Oliver fragte Sam besorgt, ob sein Arm schmerzte. Zur Sicherheit wollte er einen amerikanischen Arzt konsultieren und hatte um einen Termin für diesen Tag gebeten. Nach der Untersuchung beruhigte ihn der Orthopäde. Der Arm war in San Remo fachgerecht eingerichtet worden. Mel war trotz des erlebten Traumas größer, blonder und noch hübscher geworden.

Das Zusammensein mit den Kindern war so wundervoll, daß Oliver erst jetzt merkte, wie sehr er sie vermißt hatte. Plötzlich erschien ihm daneben der Wahnsinn seiner heißen Affäre mit Megan äußerst fragwürdig. Übers Wochenende wollten sie nach Purchase fahren, und für Sonntag hatte er Megan eingeladen, damit sie seine Kinder kennenlernte. Aggie würde erst am Montag zurück sein, so daß sie in der Zwischenzeit allein zurechtkommen mußten. In der Wohnung angekommen, machte er für alle Rühreier und Toast, und allmählich fingen sie an, ihm Stück für Stück zu berichten, was sie den Sommer über erlebt hatten. Es zeigte sich, daß bis zum Unfall alles wunderbar gelaufen war. Beim Zuhören wurde Oliver von neuem klar, wie sehr sich Sarah von seinem Leben entfernt hatte – so sehr, daß er gar nicht mehr sicher war, ob er für sie noch etwas empfand.

Gleich nach dem Essen gingen die Kinder zu Bett, Sam war sogar schon am Küchentisch eingenickt. Der Zeitunterschied hatte sie eingeholt, und beide waren total erschöpft.

Oliver brachte Sam zu Bett und achtete sorgfältig darauf, daß der eingegipste Arm auf ein Kissen zu liegen kam, wie der Arzt es ihnen geraten hatte, und dann sah er nach Melissa, die in ihrem Zimmer stand und mit spitzen Fingern ein rätselhaftes Objekt hochhielt. »Was ist das?« Es war eine Damenbluse mit einem darin hängengebliebenen BH, und als sie ihm das Ding vor die Nase hielt, erstarrte er. Megans Parfum! Er hatte ganz vergessen, daß er sie einmal bis in Mels Zimmer verfolgt hatte, um ihr unter Lachen die Kleider vom Leib zu reißen, bevor sie wieder in der Wanne Unfug trieben.

»Ich weiß nicht...« Er wußte wirklich nicht, was er sagen sollte, denn er konnte seiner Tochter unmöglich erklären, was sich im vergangenen Monat zugetragen hatte – nicht seiner sechzehnjährigen Tochter. »Gehört es dir?« fragte er mit Unschuldsmiene, und Mel war fast noch jung genug, um darauf hereinzufallen.

»Nein, mir nicht«, sagte sie im Ton einer scheltenden Ehefrau. Da schlug er sich mit der flachen Hand an die Stirn wie der Held einer Situationskomödie.

»Ach, jetzt weiß ich es wieder! Ich habe Daphne für ein Wochenende die Wohnung überlassen, während ich in Purchase war. Bei ihr waren die Maler.« Melissa war sichtlich erleichtert, und er zog sich mit einem Gutenachtkuß und dem Gefühl, dem Urteil »lebenslänglich« knapp entgangen zu sein, in sein Zimmer zurück.

Spätabends rief er Megan an und gestand ihr, wie sehr sie ihm fehlte. Er konnte den Sonntag kaum erwarten. Und am nächsten Morgen fuhren Oliver, Mel und Sam aufs Land. Sie schlossen das Haus auf, in dem es stickig und ungelüftet roch. Erst wurde die Klimaanlage eingeschaltet, dann gingen sie einkaufen, und nach dem Essen fuhren sie zu George, um Andy abzuholen. Sie trafen den alten Herrn, der in einer blendenden Verfassung zu sein schien, im Garten an, wo er, tatkräftig unterstützt von seiner Nachbarin Margaret Porter, arbeitete. Sie hatte sich eine neue Frisur zugelegt, er trug einen neuen hellblauen Leinenblazer, und als Ollie und die Kinder vorfuhren, standen die beiden alten

Herrschaften beisammen und lachten. Oliver war erleichtert, ihn wieder so gut gelaunt anzutreffen. Bei jedem Zusammensein hatte er im Geist zugleich das Bild vor sich gesehen, wie sein Vater die Hand der sterbenden Mutter gehalten und ihr einen Abschiedskuß gegeben hatte. Es brach ihm jedesmal das Herz, aber endlich – nach drei Monaten – war der Bann gebrochen. George lebte wieder auf.

»Willkommen daheim!« rief er den Kindern zu, und Margaret ging hinein, um Limonade und selbstgemachte Plätzchen zu holen. Es war fast wie früher, nur die Plätzchen wären besser, meinte Sam. Aber Margaret ergriff sofort die Partei ihrer verstorbenen Freundin.

»Deine Großmutter war die beste Köchin, die man sich denken kann. Sie hat den besten Zitronen-Baiser-Auflauf gemacht, den ich je kosten durfte.« Die Erinnerung entlockte George ein Lächeln, und Ollie dachte an seine Kindheit.

»Na, Dad, was hast du so getrieben?« fragte Ollie, als sie sich draußen unter einer alten Ulme niedergelassen hatten. Einen Pool hatten seine Eltern nie anlegen lassen, weil George behauptete, sie hätten nie einen gebraucht. Wenn sie schwimmen wollten, hatten sie immer die Kinder in Purchase besucht.

»Wir waren mit dem Garten sehr beschäftigt. Er macht viel Arbeit. Und letzte Woche waren wir in New York, Margaret hatte dort etwas zu erledigen. Wir haben die Gelegenheit genutzt und uns ein Off-Broadway-Stück angesehen. Ein sehr gutes Stück.« Das sagte er irgendwie verwundert, und er lächelte, als er Margaret ansah. Oliver staunte nicht schlecht, denn sein Vater war immer höchst ungern ins Theater gegangen. Dann musterte George Sam und fragte: »Na, mein Junge, was hast du so getrieben?« Sam berichtete nun von dem Unfall, und als Melissa alle Einzelheiten schilderte, waren die alten Herrschaften entsetzt und zugleich froh wie Oliver, daß sie unversehrt davongekommen waren. »So etwas führt einem vor Augen, wie kostbar das Leben ist«, meinte George zu den zwei Enkelkindern, »und wie kurz.

Euer Freund war erst fünfundzwanzig. Ein Jammer... schrecklich...« Ollie entging nicht, daß George nach Margarets Hand faßte, und er fragte sich, was das zu bedeuten hatte. Gleich darauf ging sie mit den Kindern ins Haus, um Nachschub an Limonade und Plätzchen zu holen.

»Dad, du siehst gut aus«, sagte Oliver bedeutungsvoll, nachdem die Kinder gegangen waren. Er wollte wissen, ob ein bestimmter Grund dahintersteckte. Unwillkürlich mußte er an seine tolle Zeit mit Megan denken. Vielleicht unterhielt sein Vater einen kleinen Flirt mit seiner Nachbarin, was nicht weiter schlimm gewesen wäre. Beide waren einsame alte Menschen in den Siebzigern und hatten ein Anrecht auf nette Gesellschaft. Er wußte, wie einsam sein Vater ohne seine Mutter war.

»Es geht mir gut, mein Sohn. Margaret ist rührend bemüht um mich. Sie war mal Krankenschwester, mußt du wissen. Und ihr Mann war Arzt.«

»Ja, ich weiß.«

»Wir möchten mit dir bei Gelegenheit mal essen gehen. Vielleicht in der Stadt. Margaret fährt von Zeit zu Zeit gern nach New York. Sie sagt, es erhalte sie jung. Ich weiß ja nicht, ob das der Grund ist, jedenfalls hat sie mehr Energie im Leib als manche andere, die nur halb so alt ist. Ein großartiges Mädchen!«

Oliver lächelte über den Ausdruck – eine Frau von über siebzig war bestimmt kein Mädchen mehr. Dann kam die Überraschung, die ihn fast umwarf. Sein Vater sah ihn lächelnd und mit spitzbübischem Blick an. »Oliver, wir wollen nächsten Monat heiraten. Ich weiß, daß dir das unverständlich erscheinen mag. Aber wir sind nicht mehr jung. Uns bleibt nicht viel Zeit. Und wir wollen nichts von dem vergeuden, was uns noch bleibt. Ich glaube, deine Mutter hätte dafür Verständnis.«

»Du willst was?« Oliver drehte sich halb im Sessel um und starrte seinen Vater an. »Mom ist erst ein Vierteljahr unter der Erde, und du stehst im Begriff, deine Nachbarin zu heiraten?« War der Alte übergeschnappt? War er schon senil? Was war nur los mit ihm? Wie konnte er an so etwas auch nur denken? Einfach widerwärtig! »Das kann nicht dein Ernst sein.« Oliver spürte, wie ihm heiß wurde, und das sah man ihm an.

»Es ist mein voller Ernst. Meinst du nicht auch, ich hätte ein Anrecht auf mehr, als nur im Lehnstuhl zu hocken? Oder ist dir die Vorstellung peinlich, daß Leute unseres Alters ›etwas miteinander‹ haben könnten, wie ihr Jungen das nennt? Wir hätten uns ja mit einer Affäre begnügen können, aber ich denke, daß ich Margaret aus Anstand eine Ehe schulde.«

»Du schuldest Mom den Anstand, ihr Gedächtnis in Ehren zu halten. Sie ist ja noch nicht mal kalt!« Oliver stand auf und fing an, erregt hin und her zu marschieren. George beobachtete ihn seelenruhig, während Margaret vom Küchenfenster aus mit einiger Besorgnis registrierte, was da vor sich ging. Sie hatte George eine ähnliche Reaktion vorausgesagt, und er hatte ihr entgegengehalten, sie hätten ein Recht auf ein eigenes Leben. Noch waren sie nicht tot, und George wollte die Zeit, die ihnen noch vergönnt war, nicht vertun. Obwohl es natürlich anders war als das gemeinsame Leben mit Phyllis, empfand er für Margaret eine tiefe Liebe.

»Oliver, ich denke an deine Mutter mit allergrößtem Respekt. Aber ich habe ein Recht auf mein eigenes Leben – wie du auch. Und eines Tages wirst du wahrscheinlich auch wieder heiraten. Du kannst doch nicht den Rest deines Lebens Sarah nachtrauern.«

»Danke für den Rat.« Unvorstellbar! Bis vor wenigen Wochen hatte er selbst in keuschem Zölibat gelebt, während sein Vater eine Affäre mit einer Nachbarin angefangen hatte. »Ich glaube, du solltest gründlich darüber nachdenken.«

»Das habe ich bereits getan. Wir beabsichtigen am Vierzehnten zu heiraten und hätten dich und die Kinder gern dabei, falls ihr wollt.«

»Fällt mir nicht ein. Und du – du solltest Vernunft annehmen.« Kaum hatte Oliver das ausgesprochen, kam Margaret mit

Georges Strohhut, einem kühlen Drink und den Herztabletten, die George jeden Nachmittag nehmen mußte, zu ihnen. Oliver bemerkte den liebevollen Blick, den die beiden tauschten.

Er blieb bis zum Ende des Besuches starr und unnachgiebig. Eilig verfrachtete er die Kinder in den Wagen, nachdem er sich höflich bei Margaret bedankt hatte. Auf halbem Weg nach Purchase fiel ihm dann ein, daß sie Andy vergessen hatten. Zu Hause angekommen, rief er seinen Vater an und sagte, daß er den Hund am nächsten Wochenende abholen wollte.

»Sehr schön. Wir haben ihn gern bei uns.« Und dann setzte George hinzu: »Es tut mir leid, daß ich dich verärgert habe, Oliver. Ich kann mir denken, was du empfindest. Aber versuch es doch auch von meinem Standpunkt aus zu sehen. Margaret ist eine wundervolle Frau.«

»Dad, ich freue mich für dich«, erwiderte Oliver zähneknirschend. »Aber ich bin dennoch der Meinung, daß du übereilt handelst.«

»Vielleicht, aber wir müssen tun, was wir für richtig halten. Und in unserem Alter wird die Zeit knapp. Die gute Zeit vor allem, denn man weiß ja nie, was für Kümmernisse lauern.«

»Um so mehr Grund, sich nicht in eine Ehe zu stürzen.«

»Das hängt vom Standpunkt ab. Du denkst anders darüber, wenn du in meinem Alter bist.« Als er auflegte, wurde Oliver klar, daß er vor allem die Vorstellung widerwärtig fand, daß sein Vater und Margaret intim miteinander sein könnten. Und das sagte er an jenem Abend zu Megan, als er sie anrief.

»Mach dich nicht lächerlich. Glaubst du, dein Sextrieb stirbt vor dir? Das will ich nicht hoffen. Dein Vater hat ganz recht und handelt vernünftig. Warum soll er allein bleiben? Du hast dein eigenes Leben, und deine Kinder auch. Er hat ein Recht auf mehr, als den Rest seines Lebens allein zu verbringen und ständig in Erinnerungen an deine Mutter zu schwelgen. Möchtest du, daß er das tut?« Oliver wollte es nicht, andererseits aber doch, und Megans Meinung verärgerte ihn.

»Du bist so schlimm wie er. Ihr seid übertrieben sexuell ausgerichtet.« Dann erzählte Oliver, daß Mel ihre Bluse samt BH gefunden hatte, und sie lachte nur.

»Ich kann mich an jene Nacht sehr gut erinnern«, erklärte sie spitzbübisch.

»Ich auch. O Gott, wie du mir fehlst. Ich verkümmere nahezu.«

»Dann wird morgen im Pool eine schnelle Nummer fällig.« Die Vorstellung, mit ihr Sex zu haben, wenn die Kinder in der Nähe waren, jagte ihm Schauer über den Rücken. Die Situation hatte sich tatsächlich grundlegend geändert.

»Wir werden vielleicht bis Montag warten müssen.«

»Damit rechne lieber nicht. Na, wir werden uns schon was ausdenken.« Lächelnd legte er auf und fragte sich, ob sie in bezug auf seinen Vater recht hatte. Aber darüber wollte er nicht mal nachdenken. Sich vorzustellen, daß sein Vater in seinem Alter heiratete! Allein der Gedanke war absurd.

17. Kapitel

Oliver holte Megan von der Bahn ab. Sie trug knappe Shorts und ein winziges weißes Top mit schwarzen Punkten. Am liebsten hätte er ihr alles vom Leibe gerissen und sie im Wagen geliebt, aber er hielt sich zurück, während sie lachte und ihn auf der Fahrt zwischen den Beinen streichelte.

»Hör auf... Megan Townsend, du machst mich wahnsinnig.«

»Genau darum geht's mir.« Und so als wechsle sie abrupt in einen anderen Gang, erzählte sie ihm ausführlich über die erfolgreiche Auktion vom vergangenen Freitag...

Als sie ankamen, waren die Kinder im Pool, Sam hatte einen großen Müllsack um den Arm gebunden, damit er im Wasser nicht unterging. Melissa sonnte sich in ihrem neuen, aus Südfrankreich stammenden Bikini auf einer Luftmatratze. Beide blickten voller Interesse auf, als ihr Vater und Megan eintrafen. Er machte alle bekannt und führte Megan ins Haus, damit sie sich umziehen konnte, aber als Oliver ihr das kleine Ankleidezimmer zeigte, zog sie ihn rasch mit sich hinein, faßte in seine Shorts und fing an, ihn zu liebkosen, bis er stöhnte und mit belegter Stimme stammelte: »Megan... nicht... die Kinder.«

»Pst... die merken doch nichts.« Er hatte ihr ebenso gefehlt wie sie ihm. Nach einem Monat orgiastischer Schwelgerei hatten sie drei Tage ohne einander auskommen müssen. Megan schloß die Tür ab, streifte seine Hose im nächsten Moment herunter und küßte ihn, während er ihr Top und Shorts auszog. Wie gewöhnlich hatte sie nichts darunter an. Und dann war sie auf den Knien, küßte ihn, und er drückte sie sanft nieder und liebte sie wie wahnsinnig auf dem Boden des Ankleideraumes, bis Megan bebte und stöhnte, und just in dem Moment, als Oliver mit einem Laut animalischer Wonne den Höhepunkt erlebte, hörte er Sam rufen und auf der Suche nach ihm gegen mehrere Türen hämmern, bevor er auch gegen die Tür des Ankleideraumes schlug. Oliver zuckte zusammen, den Blick schreckensstarr auf Megan gerichtet. Er legte den Finger an die Lippen und bat sie wortlos, ihn nicht zu verraten. Megan kicherte.

»Dad? Bist du hier drinnen?« Es war ein kleines Kämmerchen, und Oliver war sicher, daß der Junge seinen keuchenden Atem hören konnte. Er schüttelte den Kopf, um Megan zu verstehen zu geben, sie solle ihn verleugnen.

»Nein, er ist nicht hier. Ich komme gleich«, rief Megan vom Boden aus, während sein Vater starr vor Entsetzen über ihr war.

»Okay. Wissen Sie, wo er ist?«

»Keine Ahnung. Ich glaube, er wollte etwas holen.«

»Na gut.« Dann folgte weiteres Türenknallen, und fort war er. Ollie sprang auf, spritzte sich kaltes Wasser ins Gesicht, zog die Hosen hoch und versuchte sein Haar zu glätten.

Megan lachte. »Ich wußte doch, daß wir es irgendwie schaffen.«

»Megan, du bist verrückt!« flüsterte Oliver. Er war überzeugt, daß Sam gemerkt hatte, was los war – eine Befürchtung, die sie nicht teilte.

»Beruhige dich. Er ist zehn Jahre und hat keine Ahnung, wozu sein Vater imstande ist.«

»Da wäre ich nicht so sicher.« Er küßte sie hastig und öffnete die Tür, während Megan in aller Ruhe in ihrer Tasche nach dem Bikini suchte. »Wir sehen uns am Pool.« Ollie konnte nur hoffen, daß sich Megan dezent benahm, um Mel keinen Grund zur Empörung zu bieten. Andererseits hatte seine Tochter den Sommer mit ihrer Mutter und deren fünfundzwanzigjährigem Liebhaber verbracht. Er selbst hatte auch ein Recht auf sein eigenes Leben, oder nicht? Und gerade als ihm dieser Gedanke durch den Kopf ging, glaubte er die Worte seines Vaters zu hören... aber das war etwas ganz anderes. Oder etwa nicht?

Er traf Sam in der Küche an. Der Junge wartete auf ihn, denn er hatte ein Coke haben wollen und keines gefunden. »Wo warst du, Dad?«

»In der Garage. Ich habe einen Schraubenschlüssel gesucht.«

»Warum?«

O Gott, laß mich in Ruhe, ich weiß nicht... in Abwesenheit der Kinder war alles so einfach gewesen, und jetzt herrschte heilloses Chaos.

Oliver gab Sam ein Coke und ging an den Pool. Megan begab sich gerade in einem knappen roten Bikini ins Wasser. Mel beobachtete sie mit einem Blick, aus dem weibliche Anerkennung sprach.

Die zwei Frauen wechselten kein Wort miteinander, und Oliver kam sich vor wie ein großer junger Hund, der den Pool umkreiste, beide ständig beobachtete und sich unglaublich nervös fühlte.

»Dein Bikini gefällt mir«, bemerkte Megan obenhin zu Mel. Er war rosarot und rüschenverziert und, verglichen mit den zwei winzigen Stoffstückchen auf den Brüsten und dem Lendentuch mit Schnur, die Megan trug, verhältnismäßig züchtig. Doch Megan trug dieses Nichts mit bewundernswerter Haltung und hatte eine unglaubliche Figur.

»Den habe ich aus Frankreich.«

»War es schön dort?«

»Ja, es war soweit in Ordnung.« Sie wollte nicht mehr von dem Unfall sprechen. Daß Megan Bescheid wußte, davon hatte sie keine Ahnung. Ihr Vater hatte behauptet, sie sei eine flüchtige Bekannte. »Wir sind erst seit zwei Tagen wieder da.« Megan schwamm mit geübten Stößen an ihr vorüber, und ein paar Minuten später tauchte Mel mit einem spektakulären Sprung ins Wasser. Fast sah es aus, als stünden die beiden miteinander im Wettstreit. Die Spannung war den ganzen Nachmittag über spürbar.

Zu Mittag gab es Hot dogs, und Megan erzählte von ihrer Kindheit in England. Mel zeigte sich nicht gerade beeindruckt, und Megan gab sich um sie und Sam auch keine besondere Mühe. Oliver war gar nicht wohl, als er sie beobachtete, und er war fast erleichtert, daß er Megan abends in New York vor ihrer Wohnung absetzen konnte. Ihre Augen warfen ihm einen Kuß zu, sie verschwand mit einem Winken, während Mel erleichtert aufatmete und Sam ein verächtliches Schnauben hören ließ.

»Sie ist nett, nicht wahr?« fragte Ollie, der sich am liebsten die Zunge abgebissen hätte, kaum daß diese Worte ausgesprochen waren. Mel fuhr mit zornig funkelnden Augen wie eine Schlange zu ihm herum.

»Wie eine Hure sieht sie aus!«

»Melissa!«

»Hast du den Bikini gesehen?«

»Ja.« Sam grinste und wurde sofort wieder ernst, als ihn der vernichtende Blick seiner Schwester traf.

»Sie ist ein sehr nettes Mädchen«, verteidigte Oliver seine Freundin.

»Ich glaube, aus Kindern macht sie sich nicht viel«, gab Sam nachdenklich von sich.

»Warum glaubst du das?«

»Weiß nicht.« Sam zog die Schultern hoch. »Viel geredet hat sie jedenfalls nicht. Aber sie sieht toll aus, findest du nicht, Dad?«

»Megan ist auch sehr klug. Sie ist Lektorin in einem Verlag.«

»Na, wenn schon – das einzige, was sie wirklich interessiert, ist ihr Körper, den sie unverschämt zur Schau stellt.« Mel hatte Megans Sinnlichkeit gespürt und haßte sie dafür – anders als die männlichen Familienmitglieder, die sie die ganze Zeit über nicht aus den Augen gelassen hatten.

Oliver ließ das Thema auf sich beruhen. Nachdem Sam schon zu Bett gegangen war, kam Mel mit gerunzelter Stirn aus ihrem Zimmer. »Ich glaube, die Sachen kannst du ihr zurückgeben.« Sie übergab ihm die Bluse und den BH, die sie zwei Tage zuvor in ihrem Zimmer gefunden hatte. »Sie gehören doch Megan, oder nicht?«

»Wie kommst du darauf?« Oliver kam sich vor, als wäre er in flagranti ertappt worden oder als hätte er Mels Elternhaus entehrt, was er tatsächlich getan hatte. Und doch war es sein gutes Recht zu tun, was er wollte, oder nicht? Schließlich war er ein erwachsener Mensch. »Ich hab' dir doch schon erklärt, daß es Daphnes Sachen sind.«

»Nein, das sind sie nicht. Daphnes Busen ist viel größer. Das da gehört Megan«, rief Mel in anklagendem Ton, und Ollie spürte, wie er errötete, als er seine Tochter ansah.

»Sieh mal, Mel, es gibt gewisse Dinge, die Erwachsene tun, Dinge, die mit Kindern nichts zu tun haben und die man besser nicht erwähnt.«

»Sie ist eine Schlampe!« In Mels Augen loderte ein Feuer, und Oliver wurde wütend.

»Wie kannst du so etwas sagen? Du kennst sie ja gar nicht.«

»Nein, und ich möchte sie auch gar nicht kennenlernen. Wir

sind ihr außerdem völlig schnuppe. Sie hechelt bloß hinter dir her wie ein Hund. Ich kann sie nicht ausstehen.« Die Rivalität der beiden Frauen, die um ihn kämpften, berührte Oliver irgendwie, und er begriff nicht, warum Mel so heftig reagierte und weshalb Megan sich nicht die Mühe gemacht hatte, die Kinder für sich einzunehmen. Sie hatte sich fast nur mit ihm unterhalten und nur hin und wieder das Wort an seine Kinder gerichtet. Die Begegnung war beileibe nicht so verlaufen, wie er gehofft hatte.

»Sie ist nur eine Freundin, nicht mehr. Mel, es ist wirklich nichts dahinter. Du kannst ganz beruhigt sein.«

»Ehrlich?« Sie schien erleichtert.

»Was meinst du?«

»Du bist nicht in sie verliebt?«

»Ich weiß nicht. Ich mag sie.«

»Na, sehr viel macht sie sich nicht aus dir. Sich selbst hat sie viel lieber.«

Ollie fragte sich, ob Mel damit recht hatte. War sie eifersüchtig oder hellsichtig?

»Mach dir keine Gedanken deswegen.« Als er hinausging, fiel ihm unwillkürlich sein Vater ein. War er selbst eifersüchtig wie Mel, oder stand es ihm zu, sich gegen die Ehe mit Margaret Porter zu stellen? Und welches Recht hatte er, sich einzumischen? Hatte er etwa die Absicht, seinem Vater nachts und an den Wochenenden Gesellschaft zu leisten? Wollte er ständig für ihn dasein und ihm seine Herztabletten bringen? Oliver wollte sein eigenes Leben führen, und sein Vater hatte dasselbe Anrecht darauf, auch wenn Oliver das aus Liebe zu seiner Mutter ablehnte.

Ollie entschloß sich, seinen Vater noch an diesem Abend anzurufen, und als er es tat, hob Margaret ab. Das brachte ihn aus der Fassung, aber er hatte sich rasch wieder in der Gewalt und verlangte seinen Vater zu sprechen.

»Hallo, Dad... ich wollte dir nur sagen...« Oliver wußte nicht, wie er es formulieren sollte. »Ich habe dich sehr lieb, das ist alles. Und du sollst das tun, was für dich das Richtige ist, und alles andere vergessen. Du bist alt genug, um zu wissen, was du möchtest und was du brauchst. Und wenn Margaret dich glücklich macht«, als er dies sagte, brannten ihm Tränen in den Augen, »dann heirate sie! Meinen Segen hast du.«

George Watson schniefte, räusperte sich und sagte: »Mein Junge, sie ist eine großartige Frau... versteh mich richtig – sie ist nicht wie deine Mutter« – George hoffte inständig, daß Margaret das Gespräch nicht mithören konnte, aber er war Oliver eine solche Erklärung schuldig, schließlich war Phyllis seine Mutter gewesen – »sie ist eine gute Seele, und ich liebe sie.«

»Dann viel Glück euch beiden.«

»Kommst du zur Hochzeit?«

»Und ob!«

»Am vierzehnten September. Vergiß es nicht.«

Oliver lachte erleichtert auf. Sein Vater wirkte um Jahre jünger, und er freute sich aufrichtig für ihn. Verdammt, der alte Herr hatte ein bißchen Glück verdient! Um so besser, wenn er eine Frau gefunden hatte, die er liebte und mit der er glücklich sein konnte.

Nach dem Telefonat mit seinem Vater rief er Megan an. Sie war nicht zu Hause, und er hinterließ seinen Namen auf dem Anrufbeantworter. Dann legte er sich aufs Bett und fragte sich, ob alles nur ein irrer Traum gewesen war und Mel mit ihrer Einschätzung recht hatte. Aber Megan hatte nie vorgegeben, etwas anderes zu sein als das, was sie war. Sie wollte sich amüsieren, ohne jemandem weh zu tun. Mehr wollte sie nicht – sie wollte keine Bindungen oder einen Ehemann oder ein Haus oder Kinder. Während er dalag und an sie dachte, fragte er sich, ob seine Sommerromanze ein jähes Ende gefunden hatte. Es war eine tolle Episode gewesen, doch mit der Rückkehr der Kinder hatte sich alles geändert und war komplizierter geworden. Megan würde nicht zu Hause sitzen und auf ihn warten. Und die Kinder hatten sie nicht eben in ihr Herz geschlossen. Zuweilen konnte das Leben ziemlich schwierig sein.

18. Kapitel

Das Labor-Day-Wochenende verbrachten sie in Purchase. Sie grillten wie immer am Pool, die Kinder hatten Freunde eingeladen, und sein Vater kam mit Margaret zu Besuch. Sie brachten hausgemachtes Backwerk und andere Köstlichkeiten wie selbstgebackenes Brot mit und dazu den Hund. Bei dieser Gelegenheit gratulierte Oliver den beiden herzlich und bat seinen Vater, den Kindern die Neuigkeit zu sagen. Zunächst waren sie erstaunt, aber Oliver gab ihnen einen heimlichen Wink. Wenn Oliver es für richtig hielt, daß Großvater heiratete, mußte es wohl richtig sein. Daphne war auch gekommen und wollte sogar übers Wochenende bleiben. Megan hatte Olivers Einladung abgelehnt. Sie war nach East Hampton gefahren, und Ollie hatte sie nicht überreden können zu kommen. Sie sagte, Kinder, Hunde und Grillerei seien nicht ihr Stil und sie wolle nicht stören. In Wahrheit langweilte es sie. Oliver hatte sie die ganze Woche über nicht gesehen und war ohne sie dem Wahnsinn nahe, doch sie arbeitete abends immer sehr lange und er ebenso. Die Kinder waren wieder zu Hause, und er wollte abwarten, bis sie sich einigermaßen eingelebt hatten – eine Vorsichtsmaßnahme, die Megan für überflüssig hielt.

Auch Benjamin und Sandra waren beim Grillfest. Diesmal sah das Mädchen geradezu mitleiderregend aus. Ihr Gesicht war zu doppeltem Format aufgedunsen, und sie konnte wegen ihres gewaltigen Umfanges kaum mehr gehen. Man konnte kaum glauben, daß sie jemals hübsch gewesen sein sollte. Benjamin wirkte neben ihr dünn und bleich, die Belastung durch zwei Jobs machte sich bemerkbar, dazu kam Sandras ständiges Gejammer, und manchmal war Benjamin der Verzweiflung nahe. Sein Vater reichte ihm ein Bier, nachdem Mel Sandra ins Haus geführt hatte, damit diese sich ein wenig hinlegen konnte. Oliver musterte Benjamin eingehend und fragte sich, wann der Junge endlich zugeben würde, daß er überfordert war, oder ob er lieber in Kauf nahm, daß dieses Leben ihn ruinierte.

»Na, wie läuft es, mein Junge?«

»Ganz gut, denke ich. Ich muß mich bald nach einem anderen Job umsehen. An der Tankstelle wird in ein paar Wochen Schluß sein. Und in der Kneipe verdiene ich nicht genug. Ich habe schon ein paar Dinge in Aussicht, und sobald das Baby geboren ist, möchte Sandra auch wieder arbeiten.«

Er war um einen hoffnungsvollen Tonfall bemüht, aber Oliver erkannte klar, daß Benjamin mutlos war – und wer wäre das an seiner Stelle nicht gewesen? Mit achtzehn Jahren Vater zu werden, eine siebzehnjährige Frau zu ernähren und zwei Jobs zu bewältigen, entsprach kaum irgend jemandes Vorstellung von einem glücklichen Leben, am allerwenigsten jener seines Vaters.

»Wirst du zulassen, daß ich dir helfe, bevor wir beide verzweifeln, oder bleibst du auch weiterhin stur?«

Der Junge lächelte. Er sah älter und abgeklärter aus als zuvor. Die letzten paar Monate hatten ihn viel gelehrt, und nichts davon war leicht oder gar amüsant gewesen. Benjamin so zu sehen, belastete Oliver sehr.

»Wir werden sehen, Dad. In drei Wochen kommt das Kind auf die Welt, und danach ist alles in Ordnung.«

»Ein Baby um sich zu haben ist nicht einfach.«

»Ja, ich weiß. Wir haben einen Säuglingspflegekurs gemacht und Schwangerschaftsgymnastik. Ich möchte bei der Entbindung dabeisein und Sandra helfen.« Was er sich aufgehalst hatte, wollte er bis zuletzt durchstehen. Oliver konnte ihm seine Bewunderung nicht versagen, gleichzeitig aber wuchs seine Besorgnis.

»Rufst du mich an, wenn du Unterstützung brauchst?«

»Sicher.«

»Ehrenwort?«

Benjamin grinste wieder und sah in diesem Augenblick fast so aus wie früher. »Aber sicher, Dad. Vielen Dank.«

Danach gingen sie zu den anderen und sprachen über Grandpas Hochzeit. Benjamin versprach zu kommen, und Ollie bot an, den Brautführer zu spielen. Daphne freute sich für die Familie, und später – unter vier Augen – erkundigte sie sich nach Megan. Oliver reagierte mit einem resignierten Achselzucken und sagte, er hätte im Moment keine Ahnung, wie es ihr ging.

»Letzte Woche war sie da, um die Kinder kennenzulernen. Es war nicht das, was man einen rauschenden Erfolg nennt. Sie ist wohl nicht der Typ, und im Moment habe ich alle Hände voll zu tun. Solange die Kinder verreist waren, war alles anders. Aber jetzt... ich weiß nicht, Daph.«

»Na, sie scheint mir nicht der warmherzige, mütterliche Typ zu sein, aber dein Interesse ging ja vielleicht auch in eine andere Richtung.«

Oliver lächelte seine Freundin an, dann lachte er auf. »So könnte man es auch ausdrücken.«

»Wenigstens bist du aus deinem Schneckenhaus hervorgekommen.« Das stimmte. »Und genau das ist deinem Vater auch gelungen.«

»Ein bißchen verrückt ist es schon, meinst du nicht? Benjamin wird Vater, mein Vater heiratet, nur ich hocke allein herum.«

»Auch das wird sich ändern.« Oliver hatte es ohnehin nicht eilig. Auch wenn die Affäre mit Megan zu Ende sein sollte, bedeutete das für ihn keinen Weltuntergang. Er war nicht mal geschieden, und eine neue Verbindung überstieg im Moment sein Vorstellungsvermögen. Er war mit seinem Leben, mit den Kindern und seiner Arbeit sehr beschäftigt. Alles andere hatte noch Zeit.

Sie feierten bis spät in den Abend hinein, die Kinder sangen, und schließlich verabschiedeten sich George und Margaret, und Benjamin mußte zur Arbeit. Daphne half Oliver beim Aufräumen, obwohl Aggie nach einem erholsamen Sommer wieder bei ihnen war. Irgendwie hatte man das Gefühl, daß sie alle seit Sommeranfang einen langen Weg zurückgelegt hatten. Und es gab Oliver einen Stich, wenn er an das Jahr zuvor zurückdachte, als Sarah noch dagewesen und das Leben noch unkompliziert und in sicheren Bahnen verlaufen war. Jetzt war nichts mehr unkompliziert und gesichert auch nicht. Aber das Leben war dennoch schön, und Oliver war dankbar für das, was er hatte. Selbst wenn er nie das ganz große Glück finden sollte, war es ihm auch recht.

An dem Abend, als sie nach New York fuhren, besuchte er Megan in ihrer Wohnung. Nachdem sie sich stundenlang geliebt hatten, sprachen sie sich aus, und sie gestand, daß sie mit einem ihrer früheren Liebhaber nach East Hampton gefahren war. Oliver war verletzt, aber er hatte ohnehin etwas dergleichen geahnt.

»Es ist vorbei, nicht wahr?«

»Nicht wirklich.« Wollüstig lag sie in ihrem Bett und sah ihn an. »Ich werde mich immer sehr freuen, wenn ich dich sehe. Aber ich denke nicht daran, Mami für deine Kinder zu spielen, falls du dir das erhofft hast. Und du hast nicht mehr so viel Zeit wie im Sommer. Die Dinge entwickeln sich manchmal ganz anders als geplant, Oliver. Aber zwischen uns hat sich nichts geändert.« Sie war gleichmütig, alles war einfach und ohne Tiefe. Anfangs hatte Oliver ihr rein sexuelles Interesse gefallen, jetzt aber genügte es ihm nicht mehr. Er wollte sie nicht mit einem anderen teilen und kein Leben führen, das ihn von seinen Kindern trennte. Es war zu schwierig, mit jemandem zusammenzusein, der sich nichts aus den Kindern machte und den sie ablehnten. Er wußte jetzt auch, daß sie sich niemals um die Kinder bemühen würde. Es lag ihr einfach nicht. Das war ein Grund für ihre Bemühung, allen Beziehungen auszuweichen. Am Ende hatte Megan den Sieg davongetragen. Und doch war es ein Spiel, bei dem sie zu guter Letzt verlieren mußte.

»Es tut mir leid, daß alles so gekommen ist«, sagte Oliver aufrichtig, als er sich anzog. Diesmal kämpfte sie mit ihm nicht um jedes Kleidungsstück. Auch für sie hatte sich einiges geändert, ob sie es sich nun eingestehen wollte oder nicht.

»Es hat gar nicht anders kommen können, das habe ich dir von Anfang an gesagt. Oliver, eine Frau wie ich ist nichts für dich. Du verdienst etwas Besseres, auch etwas Besseres als Sarah, und du solltest dich nächstes Mal nicht mit weniger zufriedengeben, mein Freund. Wenn du es tust, wird man dir immer weh tun, und das wäre nicht fair.«

»Warum möchtest du nicht mehr?« Warum nicht? Warum waren sie so verschieden?

»Vermutlich bin ich nicht dazu geschaffen. Priscilla war es... ich nicht. Wahrscheinlich ist es zu schmerzlich. Ich bin nicht gewillt, ein solches Risiko auf mich zu nehmen und mein Herz und mein Leben aufs Spiel zu setzen. Ich möchte ein angenehmes Leben, das ist alles. So einfach ist es.«

Und so war es auch. Sie hatten Spaß miteinander gehabt. Viel Spaß. Sie hatten eine wilde, wundervolle Zeit verbracht. Wäre es nach Oliver gegangen, hätte es ewig so laufen können, nur wäre mit der Zeit das Moussaka schal geworden. Man brauchte mehr als das. Zumindest brauchte er mehr.

»Was sage ich jetzt zum Abschied?« fragte Ollie traurig, als er in der Diele stand und ihm klar wurde, daß er nie wieder kommen würde. »Danke?«

»Man sagt: ›Lebwohl bis zum nächsten Mal‹, ›danke für die schöne Zeit‹.«

»Danke für mehr als das... danke für etwas ganz Besonderes. Du bist einzigartig, vergiß das nicht. Und vielleicht faßt du in absehbarer Zeit mehr Mut.«

»Damit rechne lieber nicht.« Sie drückte ihm einen leichten Kuß auf die Lippen und drückte auf den Lift. Und als die Türen zuglitten, sah er sie zum letzten Mal, in einen weißen Seidenkimono gehüllt, lächelnd, die ebenholzschwarze Haarflut umrahmte das elfenbeinhelle Gesicht.

Er wußte, daß sie ihm fehlen würde. Und sie tat ihm leid, als er an jenem Abend nach Hause ging. Leid für das, was sie nie haben würde, leid für das, was sie nicht wollte, weil sie Angst hatte, danach zu greifen. Megan stand auf der Terrasse, sah ihm nach und winkte ihm heimlich zu. Dann ging sie hinein und hörte Musik.

Sie trank den Brandy aus, den Ollie zurückgelassen hatte, setzte sich auf die Couch und rief sich in Erinnerung, wie sich seine Haut angefühlt hatte.

»Er hätte dir sehr gefallen«, flüsterte sie dem Erinnerungsbild ihrer toten Zwillingsschwester zu. Für Priscilla wäre er wie geschaffen gewesen, und Megan hätte ihre Schwester weidlich geneckt wegen seiner Offenheit und Zahmheit. Megan lächelte, als sie daran dachte, und ging langsam ins Schlafzimmer. Sie hatte morgen viel zu tun. Sie zwang Oliver und Priscilla aus ihrem Herzen wie Möbelstücke, für die ihr der Platz fehlte, putzte sich die Zähne, löschte das Licht und ging zu Bett. Für eine Weile war es sehr nett gewesen, mit Oliver Watson zusammenzusein, aber jetzt war es aus. Sie vergoß keine Träne, sie trauerte nicht. Sie war es gewöhnt, mit diesen Dingen fertig zu werden, und als sie einschlief, zwang sie sich, an etwas anderes zu denken. Ihre Romanze mit Oliver war vorbei.

19. Kapitel

George Watsons Hochzeit mit Margaret Porter war genauso, wie sie sein sollte. Es war eine schlichte, herzergreifende Feier, und Daphne standen Tränen in den Augen, als das Paar das Ehegelübde tauschte. Hochzeiten wirkten unweigerlich rührend auf sie, wahrscheinlich weil sie selbst nie geheiratet hatte. Diese aber war für sie von besonderer Bedeutung, weil so liebe Menschen getraut wurden.

Die Braut, die in einem dezenten cremefarbenen Spitzenkleid und einem eleganten kleinen Hut erschien, hielt einen Strauß winziger beigefarbener Orchideen in der Hand. Oliver führte sie wie versprochen dem Bräutigam zu und nahm dann neben den Kindern Aufstellung, als die Orgel feierlich zu spielen anfing.

Nach der Zeremonie, die nicht viel Zeit beanspruchte, fuhren alle zu einem kleinen Empfang, der im Haus in Purchase stattfand. Oliver hatte es vorgeschlagen und dazu einige der engsten Freunde eingeladen. Viele waren erst ziemlich schockiert gewesen und hatten sich wie Oliver erst nach einer Weile an den Gedanken gewöhnt, daß zwei alte Leute heirateten. Weshalb aber hätte man ihnen das Glück nicht gönnen sollen, das ihnen zuteil wurde und das sie verdienten?

Es war ein sonniger Septembernachmittag. Braut und Bräutigam brachen um fünf Uhr in die Stadt auf. Sie beabsichtigten die Nacht im Plaza Hotel zu verbringen und dann für zwei Wochen nach San Francisco zu fliegen. Margaret wollte Verwandte besuchen, und außerdem hatten sie Opernkarten. Ein paar Tage in Carmel waren zusätzlich eingeplant, und anschließend würden sie von San Francisco aus wieder den Rückflug antreten. Es war eine ideale Hochzeitsreise. Margaret hatte es zwar nicht direkt ausgesprochen, aber sie wollte sich nicht weit von der Zivilisation entfernen. Weil sie Georges Probleme mit dem Herzen kannte, zog sie es vor, dorthin zu fahren, wo ärztliche Hilfe gewährleistet war. Als sie sich verabschiedeten, sah George jedoch aus, als hätte er außer ihrer liebevollen Berührung nichts nötig. Die Gäste warfen Rosenblätter, als die zwei alten Leute strahlend und winkend abfuhren.

»Es war perfekt, absolut perfekt!« rief Daphne blendend gestimmt aus, als sie sich anschließend im Wohnzimmer niederließen. »Vielleicht werde ich heiraten, wenn ich in ihr Alter komme.«

Oliver schüttelte lächelnd den Kopf. »Das sähe dir ähnlich. Vielleicht mache ich es dir nach.« Er hatte ihr gestanden, daß seine Romanze mit Megan zu Ende war. So sehr sie es seinetwegen bedauerte, so wunderte sich Daphne keineswegs darüber. Die Affäre hatte Oliver eine wunderbare Ablenkung geboten, aber jetzt war alles vorbei, und er wirkte wieder einsam wie vorher, obwohl er behauptete, glücklich zu sein.

»Du mußt einfach wieder zurück an den Ausgangspunkt.«

»Eine Zumutung!« Die Aussicht, wieder Verabredungen mit Frauen treffen zu müssen, erschreckte ihn. Er erkannte aber auch, daß der Taumel, den er mit Megan erlebt hatte, mehr als kräfteraubend und gelinde gesagt ungewöhnlich war. Eine Frau von alltäglicherem Format wäre auf längere Sicht viel problemloser.

Abends brachte er Daphne zum Bahnhof, da sie unbedingt nach New York wollte. Am nächsten Tag mußte sie an einem Geschäftsessen teilnehmen, zudem war die Frau ihres Freundes verreist, so daß sie die Nacht mit ihm verbringen konnte. Er ging niemals mit Daphne aus, weil er größten Wert darauf legte, nicht mit ihr zusammen gesehen zu werden. Daphne fügte sich auch in diesem Punkt, so wie sie sich in allem fügte.

»Ein richtiger Glückspilz«, hatte Oliver ihn mehr als einmal genannt, worauf sie nur lachte. Sie wollte nicht mehr als das, was sie mit ihm hatte. Sie liebte ihn aus ganzem Herzen und gab sich damit zufrieden, mit sämtlichen Einschränkungen zu leben, die diese Beziehung ihr auferlegte. Oliver hatte es längst aufgegeben, ihr zuzureden, sich nach einem anderen Mann umzusehen.

Später saß er noch mit Mel zusammen im Wohnzimmer und plauderte mit ihr über die Hochzeit. Das Telefon läutete, und Mel nahm ab in der Meinung, es sei eine ihrer Freundinnen. Sie hatte sich geirrt und reichte den Hörer ihrem Vater. Es war Benjamin, der Oliver verlangt hatte. Mel gab Oliver einen Kuß und ging zu Bett.

»Gute Nacht, Dad.«

»Wir sehen uns morgen, Liebling. Schlaf gut«, rief Oliver Melissa nach, ehe er seine Aufmerksamkeit seinem Ältesten zuwandte. »Was gibt's, Benjamin?« Nachmittags war er bei der Feier gewesen. Er hatte sich den Tag freigenommen und war allein gekommen. Sandra fühlte sich nicht wohl. Sie hätte die Grippe, hatte Benjamin gesagt, was angesichts ihres Zustandes nicht sehr günstig war. Das Baby wurde in zehn Tagen erwartet, und man sah Benjamin die Nervosität an. Er sah absolut verheerend aus.

»Hallo, Dad.« Das hörte sich sehr aufgeregt an. »Sandra liegt in den Wehen. Wir sind schon im Krankenhaus. Seit acht Uhr.«

»Geht alles normal?« Oliver erinnerte sich an damals, als seine Kinder zur Welt kamen, und wie nervös er gewesen war. Benjamin aber schien eher verängstigt zu sein.

»Es geht nicht so toll. Sie macht keine Fortschritte... und, Dad, sie hat große Schmerzen. Man hat ihr zwar irgend etwas gegeben, das hilft aber nicht.«

»Und die Lamaze-Methode – ihr habt es doch gelernt.«

»Sandra will sich nicht daran halten. Dad, die Ärzte glauben, daß das Baby Probleme hat.« O Gott, ein Kind mit Geburtsschäden!

»Soll ich kommen?«

»Ja... es tut mir leid, und es ist schon so spät. Würdest du kommen?«

»Das ist doch selbstverständlich.« Benjamin nannte ihm den Namen des Krankenhauses. »Ich komme gleich«, rief Ollie, legte auf und nahm im Laufen die Autoschlüssel an sich. Er war sehr erleichtert, daß Benjamin ihn angerufen hatte. Wenigstens wandte er sich in dieser schwierigen Situation an ihn, und er konnte ihm vielleicht beistehen. Natürlich war damit Sandra wenig geholfen, und sie tat ihm sehr leid. Sie hatte keine Familie, die sich um sie kümmerte, keine Mutter, die ihre Hand hielt. Aber wenigstens konnte er für Benjamin dasein, und die Ärzte würden alles übrige für Sandra tun.

Als er ankam, lief Benjamin in einem grünen Pyjama, über dem er einen weißen Kittel trug, nervös den Gang auf und ab. Auf dem Kopf hatte er eine komische grüne Duschhaube. Sein Anblick entlockte Oliver ein Lächeln. Er mußte an die Zeiten denken, als Benjamin sich zu Halloween als Arzt verkleidet hatte. Damals war er vier Jahre alt gewesen. »Du siehst aus wie der Fernsehdoktor. Wie geht's Sandra?«

»Schrecklich. Sie schreit fast ununterbrochen. Man hat mich gebeten hinauszugehen, weil man sie untersuchen wollte, und sie hat mich angefleht zu bleiben... ich weiß nicht, was ich für sie tun kann, Dad.«

»Immer mit der Ruhe, mein Sohn. Das wird schon alles. Möchtest du eine Tasse Kaffee?«

Benjamin schüttelte den Kopf, und Ollie ging zum Automaten und holte für sich eine Tasse. Er hatte auf dem Hochzeitsempfang dem Wein reichlich zugesprochen und wollte nicht schläfrig werden, wenn Benjamin ihn brauchte. Als er mit der dampfenden Tasse wieder zurückkam, sah er, daß zwei Ärzte mit seinem Sohn sprachen. Oliver blieb in einiger Entferung stehen. Er sah, daß Benjamin ergeben die Augen schloß und nickte.

»Es soll ein Kaiserschnitt gemacht werden, weil das Baby irgendwie nicht in Ordnung ist. Ich weiß, daß Sandra das nicht wollte, aber die Ärzte sagen, es wäre die einzige Möglichkeit.« Er zog die Duschhaube vom Kopf. »Man will mich nicht zu ihr lassen. Sie soll eine Vollnarkose bekommen.«

»Ach was, sie schafft das schon. Setz dich erst mal.« Oliver umfaßte Benjamins Schulter und führte ihn sanft zu einem Stuhl.

»Und wenn das Kind geschädigt zur Welt kommt?« stieß Benjamin verzweifelt hervor, als sein Vater sich neben ihn setzte.

»Damit wollen wir uns zu gegebener Zeit befassen, aber ich möchte wetten, daß das Kind gesund ist.« Er wollte ihm wieder nahelegen, das Kleine zur Adoption freizugeben, wußte aber, daß dies nicht der richtige Zeitpunkt war.

Stunden vergingen, und sie beobachteten, wie die Uhrzeiger sich quälend langsam bewegten. Nun war es schon ein Uhr vorüber. Und dann kam endlich eine Schwester und fragte nach Mr. Watson. Beide Männer standen auf, und gleich darauf fiel Oliver, der sich ziemlich dämlich vorkam, zurück auf den Stuhl. Es war klar, daß Benjamin gemeint war. Der Junge lief zur Tür.

»Mr. Watson?«

»Ja?«

»Wir haben hier jemanden, der Sie kennenlernen möchte.« Ohne ein weiteres Wort übergab man ihm, der mitten in der Nacht in seinem grünen Pyjama auf dem Gang stand, seinen Sohn. Das Neugeborene, ein winziges Bündel, fing zu brüllen an, als die Schwester ihn Benjamin in die Arme legte. Er hielt ihn sanft an seiner Brust und sah mit hingerissenem Staunen auf ihn nieder, während ihm Tränen über die Wangen liefen und er gleichzeitig grinste und sich an Oliver wandte.

»Ein Junge, Dad! Es ist ein Junge!« Oliver lief zu ihm, und als er das winzige Neugeborene ansah, spürte er, wie sein Herz einen Satz machte. Ihm war, als würde er in Benjamins Gesicht schauen – wenige Augenblicke nach seiner Geburt. Es war dasselbe Gesicht, dasselbe rote Haar, dieselben verwunderten Augen – und der Kleine hatte soviel von Sarah. Als Oliver ihn ansah, wurde ihm plötzlich etwas klar, woran er zuvor nie gedacht hatte. Das war nicht nur Benjamins und Sandras Kind, es war auch sein Enkelkind... Es war ein Teil von ihm, Teil all jener, die vor ihm gewesen waren – von seinem Vater, seiner Mutter und seinen Großeltern. Das Kind war Teil von ihnen allen, das konnte er nicht länger leugnen. Mit tränenfeuchten Augen berührte er sanft das Kind, das jetzt zu ihnen gehörte.

»Wie geht es Sandra?« fragte Benjamin ein wenig schuldbewußt, weil es ihm jetzt erst eingefallen war. »Ist alles in Ordnung?«

»Ihr geht es gut«, antwortete die Schwester. »Sie bleibt noch eine Zeitlang im Narkoseraum. Würden Sie jetzt wohl mit uns auf die Säuglingsstation kommen? Sie können das Baby halten, während wir es untersuchen.«

»Ist bei ihm auch alles in Ordnung?«

»Ganz tadellos. Er wiegt über acht Pfund, seine sonstigen Werte sind ideal. Mit einem Wort, ein strammer, kerngesunder Junge.« Sie nahm Benjamin das Baby ab und ging dem strahlenden jungen Vater voraus auf die Säuglingsstation, während Oliver blieb, wo er war. Es war ein ganz besonderer Augenblick in seinem Leben – mit fünfundvierzig war er plötzlich Großvater. Noch immer war er beeindruckt, weil sein Enkel seinem eigenen Sohn wie aus dem Gesicht geschnitten war. Da er die freudige Nachricht nicht für sich behalten wollte, ging er zu einer Telefonzelle und wählte Sarahs Nummer.

Als sie sich meldete, begrüßte er sie mit einem »Hallo, Großmama« und lächelte.

»Wer ist dran?« Sarah glaubte, daß sich jemand einen Scherz mit ihr erlaubte, und wollte schon auflegen.

»Sarah, du hast einen Enkelsohn.« Wieder standen Tränen in Olivers Augen, als er an die Kinder dachte, die sie gemeinsam in die Welt gesetzt hatten.

»O mein Gott! Ist er gesund?«

»Kerngesund. Über acht Pfund. Er sieht aus wie Benjamin kurz nach der Geburt.«

»Wie geht es Sandra?«

»Nicht besonders, glaube ich. Sie hat einen Kaiserschnitt hinter sich. Aber sie wird sich sicher bald erholen. Der Kleine ist so süß, Sarrie... warte, bis du ihn zu sehen bekommst.«

»Sie wollen ihn behalten?« Jetzt war Sarah hellwach.

»Ja«, sagte Oliver, von einem Gefühl für das Kind erfüllt, wie er es nie erwartet hatte – fast so, als sei es sein eigenes Kind. »Ich glaube, sie wollen ihn behalten.« Jetzt, da er seinen Enkel gesehen hatte, war er nicht mehr imstande, für eine Freigabe zur Adoption zu plädieren.

»Und wie hält sich Benjamin?«

»Er war sehr nervös, aber jetzt ist er ganz der stolze junge Vater. Ach, Sarah, du solltest das Baby sehen.«

Oliver war stolz und glücklich, zugleich aber auch ein wenig melancholisch.

»Oliver Watson, du bist ein alter Softie. Du solltest dir in nächster Zeit noch einige eigene Kinder zulegen.« Es war sonderbar, Sarah so etwas sagen zu hören, obwohl sie jetzt in getrennten Welten lebten.

»Du bist nicht die erste, die mir dazu rät. Wie geht es dir übrigens?«

»Mir geht es gut.«

»Und deine Augen?«

»Noch ein wenig schwarz umrandet, aber es wird besser. Richte Benjamin meine Glückwünsche aus. Ich werde ihn morgen anrufen.«

»Gib gut acht auf dich.« Das klang nun wieder traurig. Irgendwie schmerzte es immer noch, wenn er mit ihr sprach, trotzdem war er froh, daß er sich zu dem Anruf entschlossen hatte. Das Baby war auch Sarahs Enkelkind, zudem hatte er selbst mit ihr reden wollen.

»Meinen Glückwunsch.« Sie lächelte den Hörer an. »Grandpa.«

»Dir dasselbe. Plötzlich sind wir uralt, findest du nicht?«

»Na, ich weiß nicht. Mir gefällt es irgendwie.«

Oliver legte auf und wartete, daß Benjamin wieder auftauchte. Dann brachte er ihn nach Purchase. Es war das erste Mal seit einem halben Jahr, daß Benjamin in seinem alten Zimmer schlief. Der Junge war aus Trotz gegangen und kehrte als junger Vater zurück. Eine sonderbare Welt, dachte Oliver bei sich, als er in sein Zimmer ging und an das in dieser Nacht geborene Kind dachte. Er wünschte ihm ein leichteres Leben, ein leichtes Fortkommen und einen leichteren Weg ins Erwachsenenleben, als es seinem Vater beschieden war. Benjamin schlief lächelnd in seinem eigenen Bett – in Gedanken bei seinem Baby.

20. Kapitel

Oliver brachte Eltern und Kind vom Krankenhaus zu ihrer schäbigen Wohnung in Port Chester. Kein Bitten und Betteln vermochte die jungen Leute dazu zu bringen, nach Purchase zu ziehen. Er vermutete zwar, daß Sandra sehr gern zugestimmt hätte, aber Benjamin beharrte darauf, selbständig zu sein. Er wollte allein für Sandra und das Kind sorgen und hatte sich zwei Wochen Urlaub genommen. Danach, so hoffte er, würde alles leichter werden. Doch jedesmal wenn Oliver anrief, brüllte das Kind, und als er in der Woche darauf zu Besuch kam, sah Sandra entsetzlich aus. Sie war bleich und hatte dunkle Ringe unter den Augen, offensichtlich hatte sie Schmerzen. Benjamin machte einen völlig geknickten Eindruck, die Wohnung war eine totale Katastrophe.

Vier Tage später erreichte Oliver mitten in der Nacht ein Anruf von Benjamin. Sandra war wieder im Krankenhaus, die Operationsnarbe hatte sich infiziert, er mußte jetzt mit dem Kind allein zurechtkommen. Er war in Tränen aufgelöst. Oliver fuhr sofort zu ihm, holte ihn ab, packte alle Babysachen ein und nahm Vater und Sohn mit sich nach Hause.

»Agnes kann sich um Alex kümmern, und du kannst dich zur Abwechslung mal ausschlafen.« Diesmal fügte sich Benjamin, der noch nie so schlecht ausgesehen hatte. Er war erleichtert, die Initiative jetzt jemandem überlassen zu können. Am nächsten Tag, als Oliver aus dem Büro kam, setzte er sich mit Benjamin zu einer Aussprache zusammen. Das Baby schrie ununterbrochen, und Ben konnte keinen zweiten Job mehr finden und kam mit seinem Geld nicht aus. Ganz plötzlich wurde ihm alles zuviel, und er geriet in Panik. Mochte das Kleine auch noch so niedlich sein, Oliver fand es bedauerlich, daß sie es in die Welt gesetzt hatten.

»Mein Sohn, du mußt dir die Sache gründlich überlegen. Möchtest du wirklich nicht mehr in deinem Leben erreichen? Hast du wirklich das Gefühl, daß du das Kind behalten kannst? Und was noch viel wichtiger ist, was gedenkst du mit dir selbst anzufangen? Willst du dein Leben lang als Aushilfskraft arbeiten? Und was ist mit Sandra?«

Diese und ähnliche Fragen beschäftigten Benjamin seit Monaten, und jetzt hatten ihn seine Schwierigkeiten in die Knie gezwungen. Er gestand seinem Vater, daß er Sandra nicht mehr liebte und sich fragte, ob er sie je richtig geliebt hatte. Der Gedanke, den Rest seines Lebens mit ihr verbringen zu müssen, brachte ihn zur Verzweiflung. Daß er sein Söhnchen über alles liebte, machte die ganze Sache noch schwieriger.

»Dad, er ist mein Sohn. Ich kann ihn nicht verlassen. Das könnte ich ihm und mir nicht antun. Aber ich kann mir auch nicht vorstellen, noch länger mit Sandra zusammenzusein... aber wenn ich sie verlasse, müßte ich ihr Alex überlassen.« Dazu kamen seine ernsten Zweifel an Sandras mütterlichen Fähigkeiten. Ihr schienen alle jene Instinkte zu fehlen, deren Vorhandensein er als selbstverständlich vorausgesetzt hatte. Und jetzt drehte sich ihr gesamtes Sinnen und Trachten wie früher nur um sich selbst und nicht um das Kind.

»Wieso gibst du ihr nicht die Chance, wieder auf die Beine zu kommen? Vielleicht solltest du dir überlegen, ob du sie nicht nur unterstützen solltest, ohne mit ihr zusammenzuleben.«

Aber wie sollte er das schaffen? Als Tellerwäscher? Als Tankwart? »Ich werde alles tun, um dir zu helfen. Warum ruhst du dich nicht ein paar Tage aus und bringst Ordnung in deine Gedanken?« Doch als Benjamin es versuchte, meldete sich wieder sein Verantwortungsgefühl. Sandra kam aus dem Krankenhaus, und da sie ihm leid tat, ging er mit dem Baby zu ihr zurück. Aggie brach fast das Herz, weil sie den Kleinen hergeben mußte, und Oliver empfand ähnlich, als er mit ansah, wie Benjamin wieder den Weg einschlug, den er für den richtigen hielt, und sich seinen

Verpflichtungen stellte. Oliver durfte gar nicht daran denken, was für ein Leben Benjamin mit dem Baby und dem Mädchen führte. Ollie hatte ihm fünftausend Dollar gegeben, aber Benjamin hatte sich mit Händen und Füßen dagegen gewehrt und sie ihm zurückgeben wollen.

»Dann betrachte das Geld als Darlehen. Ich lasse nicht zu, daß du bei dem Versuch, deine kleine Familie zu ernähren, verhungerst. Nimm doch Vernunft an, um Himmels willen!« Und schließlich gab Benjamin nach, nicht ohne zu versprechen, das Geld so bald wie möglich zurückzuzahlen.

Es vergingen zwei Wochen, und alles wurde nur noch komplizierter. Oliver wurde zu seinem Chef gerufen, der ihn mit einem Angebot überrumpelte. Der Leiter der Filiale in Los Angeles hatte Krebs und würde noch vor Ablauf der Woche seinen Posten für immer aufgeben. Das bedeutete, daß rasch ein Ersatz gefunden werden mußte. Mehr noch – man beabsichtigte, das Büro zu erweitern und der Größe und Bedeutung des New Yorker Firmensitzes anzugleichen. Man strebte ein ›Gleichgewicht zwischen den Küsten‹ an, wie es hieß, um mit den für die Branche so wichtigen Fernsehanstalten engen Kontakt zu pflegen und an der Westküste insgesamt größere und potentere Kunden zu gewinnen. Und der Firmenvorstand hatte entschieden, daß Oliver der geeignete Mann sei, um die Niederlassung zu übernehmen.

»Um Himmels willen... das geht doch gar nicht... meine Kinder gehen hier zur Schule, ich habe hier ein Haus, ein ganzes Leben... ich kann doch nicht einfach die Familie entwurzeln und mich dreitausend Meilen entfernt niederlassen.« Und dazu kamen noch Benjamin und seine Probleme. Er konnte ihn nicht im Stich lassen, wie Sarah sie alle im Jahr zuvor im Stich gelassen hatte. »Ich muß mir erst alles gründlich überlegen.« Doch das Gehalt, das man ihm bot, die übrigen Bedingungen und eine Umsatzbeteiligung waren so, daß eine Ablehnung reiner Wahnsinn gewesen wäre, und das wußte er genau.

»Um Himmels willen, Oliver, nimm Vernunft an! Greif zu!

Eine solche Chance kommt niemals wieder. Eines schönen Tages wirst du noch Vorstandsvorsitzender.« Daphne versuchte, ihn zur Vernunft zu bringen. Sie saßen im Büro noch zusammen, nachdem alle anderen gegangen waren.

»Und meine Kinder? Mein Haus? Mein Vater?«

»Mach dich nicht lächerlich! Dein Vater führt ein eigenes Leben, er hat eine Frau, die für ihn sorgt. Und auch Benjamin ist jetzt ziemlich selbständig. Früher oder später wird er schon klarkommen, ob du nun hier bist oder nicht. Er gehört zu den Typen, die alles schaffen können. Er ist so wie du. Und Mel und Sam würde es im Westen gefallen. Bedenke, wie gut ihnen der Umzug nach New York getan hat.«

»Ich bitte dich, Daph, das ist doch etwas anderes. Nach Purchase sind es nur dreißig Meilen. Bis Kalifornien wären es dreitausend.«

»Nicht, wenn du dich drüben richtig häuslich niederläßt. Melissa hat die Schule fast hinter sich. In zwei Jahren wird sie irgendein College besuchen. Die Kinder kannst du als Ausrede nicht vorschieben. Greif zu! Es ist ein tolles Angebot!« Aber Los Angeles? Kalifornien? Oliver war hier an der Ostküste zu Hause.

»Na, ich weiß nicht recht. Ich muß es mir überlegen. Vor allem muß ich mit den Kindern darüber sprechen und abwarten, was sie dazu sagen.«

Mel und Sam waren erstaunt über die Neuigkeit, aber keineswegs so schockiert, wie Oliver es erwartet hatte. Nach einiger Überlegung schien ihnen die Idee sogar zuzusagen. Zwar behagte ihnen die Vorstellung nicht, ihre Freunde aufgeben zu müssen, und Sam hatte Angst, Sarah nicht mehr so oft sehen zu können, Ollie aber beruhigte ihn und sagte, er würde ihn und Mel regelmäßig zu ihr schicken, und in den Ferien könnten sie ohnehin mit ihr zusammensein. Für ihn selbst aber war der Gedanke an einen Umzug noch immer unvorstellbar, ja beängstigend. Und was das schlimmste war, man wollte ihn so schnell wie möglich in Kalifornien haben.

»Na, was ist, Leute?« fragte er die Kinder nach tagelangem Beratschlagen. Bis zum Wochenende mußte er eine Entscheidung getroffen haben. »Was meint ihr dazu? Sollen wir nach Kalifornien ziehen, oder bleibt ihr lieber hier?«

Mel und Sam tauschten einen langen Blick, und Ollie wünschte insgeheim, daß sie sich dagegen aussprechen würden.

»Ich meine, wir sollten es tun.« Mel setzte ihn mit ihrer Äußerung in Erstaunen, und Sam lehnte sich grinsend zurück.

»Ja, Dad. Ziehen wir hin. Dann können wir jeden Sonntag nach Disneyland.«

Oliver starrte sie verdutzt an. Es war nicht zu fassen! »Ist das euer Ernst?« Sie nickten. Kaum hatte er am nächsten Tag in der Firma seinen Entschluß kundgetan, ging alles wie im Traum. Am Sonntag flog er nach Los Angeles, suchte dort ein Haus, sah sich Schulen an und lernte seine neuen Mitarbeiter kennen. Nach zehn Tagen kehrte er nach New York zurück.

Aggie, die treue Seele, wollte die Familie nicht verlassen. Oliver hatte sich entschlossen, das Haus in Purchase nicht zu verkaufen, bis er sah, wie er an der Westküste zurechtkam. Am schlimmsten für ihn war, daß er Benjamin allein lassen mußte. Er traf mit ihm ein Abkommen, das sein Gewissen seinem Sohn gegenüber entlastete. Benjamin und Sandra waren einverstanden, mit dem Baby ins Haus in Purchase zu ziehen. Oliver hatte behauptet, daß ohnehin jemand das Haus hüten mußte. Für ihn sei es eine große Erleichterung, wenn sie ihm ›helfen‹ könnten.

»Bist du sicher, Dad? Willst du uns nicht nur einen Gefallen tun?«

»Nein, bestimmt nicht, mein Junge. Es gäbe da noch eine andere Möglichkeit.« Mit angehaltenem Atem fuhr er fort: »Du könntest Sandra und Alex hier in einer Wohnung zurücklassen und mit uns an die Westküste kommen.« Aber Benjamin schüttelte nur traurig den Kopf. Er würde die beiden nicht verlassen. Das brachte er nicht übers Herz. Sandra war der Situation nicht gewachsen, wie er jetzt klar sah, und Alex war sein Sohn.

»Nein, wir schaffen das hier schon.« Er hatte inzwischen noch einen Job gefunden, und da nun die Miete wegfiel, würden sie besser über die Runden kommen.

Alles ging nun im Eiltempo über die Bühne. Sie packten, sie fuhren, sie weinten und winkten. Und in der Woche vor Thanksgiving zogen sie nach Los Angeles und begannen in Kalifornien ein ganz neues Leben.

Als die Maschine in Los Angeles aufsetzte, sah Oliver Mel und Sam an, noch immer von Zweifeln geplagt, ob er richtig gehandelt hatte.

»Na, seid ihr bereit?« Er lächelte ihnen nervös zu und hoffte inständig, daß ihnen das Haus, das er in Bel Air gemietet hatte, zusagte. Es war ein geradezu unglaublich luxuriöses Haus, mit Sonnenterrasse, Sauna, einer Jacuzzi-Wanne in jedem Badezimmer und einem Swimmingpool, der doppelt so groß wie der in Purchase war. Das Anwesen hatte einem Schauspieler gehört, der Pleite gegangen war und es vermietete, bis er sich zu einem Verkauf entschließen konnte.

Sie holten Andy, der in einem großen Käfig den Flug überstanden hatte, an der Gepäckaufbewahrung ab, und Aggie rückte ihren Hut zurecht und lächelte.

Eine Limousine stand bereit. Die Kinder stiegen ein, während Andy freudig kläffte und wie wild mit dem Schwanz wedelnd seiner Wiedersehensfreude Ausdruck verlieh.

Oliver stellte sich zum hundersten Mal die Frage, ob er sich nicht auf etwas total Verrücktes eingelassen hatte. Falls dies der Fall war, schien es niemanden zu stören – noch nicht jedenfalls. Er lehnte sich zurück, nahm die Hände seiner Kinder und hielt sie fest.

»Leute, ich hoffe sehr, daß euch das Haus gefällt.«

»Sicher, Dad.« Sam sah lächelnd aus dem Fenster, und Mel wirkte plötzlich sehr erwachsen, während sich der Wagen durch den Verkehr in Los Angeles schlängelte. Es war eine ganz neue Welt und ein neues Lebens für sie, doch es schien ihnen nichts auszumachen. Aber als Oliver aus dem Fenster sah, hatte er wieder Bedenken, wenn er daran dachte, worauf er sich eingelassen hatte.

21. Kapitel

Das Haus war genauso, wie die Kinder es sich erträumt hatten, geradezu ideal für sie, und Oliver freute sich. Nach wenigen Wochen hatten sie sich völlig eingelebt – so sehr, daß alle drei richtig aufblühten. Sogar Agnes war begeistert von dem neuen Zuhause, nachdem sie – nach ausgedehnten Streifzügen durch die umliegenden Läden – festgestellt hatte, daß sie hier alles bekam, was sie brauchte. Mel fand die neue Schule toll, und Sam lud zwei neue Freunde über das Thanksgiving-Wochenende zum Schwimmen im Pool ein. Nur der Feiertag selbst kam ihnen fremd vor, ohne Benjamin, ohne ihren Großvater und so weit weg von ihrer Mutter. Die Weihnachtsfeiertage wollten sie bei ihr verbringen. Es kam ihnen schier unglaublich vor, daß sie schon nach einem Monat wieder ihre Koffer packen mußten, um über Weihnachten nach Boston zu fliegen.

Oliver brachte sie zum Flughafen. So sehr sie ihm während der Feiertage fehlen würden, war er doch froh, länger im Büro bleiben zu können. Er brauchte die Zeit, um sich in alle Projekte zu vertiefen, die ihn schon bei seiner Ankunft erwartet hatten. Der einzige Mensch, der ihm wirklich fehlte, war Daphne. Er vermißte ihren scharfen Verstand, ihr klares Urteil und die kreativen Lösungen mancher Probleme im Berufsalltag. So kam es, daß er des öfteren telefonisch ihren Rat suchte oder ihr per Eilpost Unterlagen schickte, um ihre Meinung zu neuen Werbestrategien oder Präsentationen zu hören. Er wünschte sich, man hätte auch Daphne nach Los Angeles versetzt, und zugleich wußte er, daß sie niemals gegangen wäre. Die Beziehung zu dem Mann in New York bedeutete ihr zuviel. Eher hätte sie ihren Job aufgegeben als den verheirateten Mann, für den sie sich vor dreizehn Jahren entschieden hatte.

Die nächsten Wochen vergingen wie im Flug, und ehe Oliver wußte, wie ihm geschah, stand Weihnachten vor der Tür. Die Kinder hatten vor ihrer Abreise den Weihnachtsbaum geschmückt und mit ihrem Vater Geschenke ausgetauscht. Als er am Tag ihres Abfluges ins Haus zurückkam, registrierte er, daß ihm sein erstes einsames Weihnachtsfest bevorstand, das erste ohne Kinder und ohne Sarah. Es würde sicher einfacher für ihn sein, wenn er das Fest vergaß und sich in die Arbeit stürzte. In den zwei Wochen des Alleinseins gab es mehr als genug davon. Am Nachmittag des nächsten Tages, als eine seiner Mitarbeiterinnen schüchtern an die Tür seines Büros klopfte, fuhr er zusammen.

»Mr. Watson, Harry Branston war der Meinung, das würde Sie vielleicht interessieren.« Die junge Frau legte eine Einladung auf seinen Schreibtisch, auf die er nur einen flüchtigen Blick warf. Oliver war so beschäftigt, daß er sie erst einige Stunden später lesen konnte. Es war die Einladung zu einer Weihnachtsparty, die eine der großen Fernsehgesellschaften alljährlich für ihre Stars, für alle Mitarbeiter, Freunde und für die wichtigsten Werbekunden veranstaltete. Diese Fernsehanstalt war einer der bedeutendsten Klienten von Olivers Firma. Das vernünftigste wäre natürlich gewesen hinzugehen, aber er wußte nicht, ob er die Zeit erübrigen konnte, zudem war er auch nicht in der richtigen Stimmung. Also legte er die Einladung beiseite. Erst wollte er sehen, wie der Tag verlief. Bis zu der Party waren es noch vier Tage, und an jenem Freitagnachmittag, als ihm die Einladung wieder in die Hände fiel, war eine Party das Allerletzte, wonach ihm der Sinn stand. Er kannte ja keine Menschenseele und konnte sich nicht denken, daß jemandem seine Abwesenheit auffallen würde. Deshalb wollte er die Einladung wieder beiseite legen, aber plötzlich war ihm, als könne er Daphnes Stimme hören, die ihn drängte hinzugehen. Es war genau das, wozu sie ihm geraten hätte, der Firma zuliebe und um sich als neuer Chef des Büros in L. A. vorzustellen. »Schon gut ... schon gut ...« murmelte er vor sich hin. »Ich geh' ja schon.« Er lächelte in Gedanken an Daphne und die Spaghetti-Abende, die ihm sehr fehlten. Es war das Schwerste an dem Umzug nach L. A. Hier hatte er keine Freunde. Und schon gar keine Freundin wie Daphne.

Er ließ die Firmenlimousine vorfahren, die er nur selten brauchte, bei Gelegenheiten wie dieser aber sehr nützlich war. Der Chauffeur würde die Adresse kennen, und er selbst hatte keine Parkplatzprobleme.

Die Party fand in einem der großen Studios statt, und als die Limousine auf das Studiogelände rollte, suchte der Pförtner am Tor in einer Liste Olivers Namen, um den Wagen dann durchzuwinken. Für Oliver war das alles immer noch ein wenig wie ein Traum oder wie eine Rolle in einem Film, den er nicht kannte.

Zwei junge Frauen wiesen ihm den Weg, und gleich darauf fand er sich inmitten Hunderter festlich gekleideter, champagnertrinkender Menschen auf einem Set, das aussah wie eine riesige Hotellobby. Ein gigantischer Christbaum überragte die Gäste, die von den Bossen der Fernsehgesellschaft begrüßt wurden. Zunächst kam Oliver sich hier so dämlich vor wie ein Kind in einer neuen Schule, doch das schien niemandem aufzufallen. Er stellte sich einigen anderen Gästen vor und war insgeheim beeindruckt, als er bekannte Gesichter sah, Stars erfolgreicher Shows in Glitzergala. Die Frauen waren schön, die Männer gutaussehend, und plötzlich tat es ihm leid, daß Mel nicht hiersein konnte. Sie wäre wie erschlagen gewesen und zugleich hellauf begeistert. Er sah sogar den Star von Sams Lieblingsshow, einen sommersprossigen Jungen, dessen flotte Sprüche Sam bis zum Überdruß zu wiederholen pflegte.

Er drehte sich um, weil er Platz machen wollte, und trat dabei unabsichtlich jemandem auf die Zehen. Mit einer Entschuldigung auf den Lippen sprang er beiseite. Neben ihm stand die schönste Frau, die er je gesehen hatte. Ihr Gesicht war makellos, die Augen grün, das Haar von der Farbe flammenden Kupfers. »Es... es tut mir leid... ich habe nicht bemerkt...« Oliver war klar, daß er sie schon gesehen hatte, nur wo – das wollte ihm nicht einfallen. Als sie ihn ansah, lächelte sie und zeigte perfekte Zähne. Trotz ihres unglaublichen Aussehens war sie ganz lässig zurechtgemacht und trug rote Hosen aus Leder und einen schlichten schwarzen Pulli. Dazu hatte sie das Lächeln eines kleinen Mädchens und nicht das eines Filmstars. Sie war erstaunlich klein, alles an ihr schien zierlich und vollkommen zu sein. »Es tut mir schrecklich leid«, wiederholte er, sie aber lachte nur und ließ den Blick über die Menge schweifen, die sich um sie drängte.

»Irre, nicht? Ich komme jedes Jahr und frage mich immer wieder, warum. Hier sieht es immer aus, als hätten die Bosse das zentrale Besetzungsbüro angerufen und gesagt: ›Hör mal, Joe, du schickst uns ein paar Typen für eine Party herauf.‹ Dann drücken sie jedem ein Glas Champagner in die Hand und raten ihm, sich gefälligst zu amüsieren.« Wieder lachte sie, ohne den Blick von der Menschenmenge zu wenden. Dann sah sie Oliver direkt in die Augen. Für ihn war dies ein ganz neuer Typ, das perfekte Gesicht, das gepflegte, herrliche Haar. Ihm kamen alle Menschen in Los Angeles so großartig vor, so ausgesucht gekleidet und so gestylt. Hier war das Aussehen lebenswichtig, und doch spürte er irgendwie, daß dieses Mädchen anders war.

»Ich weiß, daß ich eigentlich nicht fragen sollte, weil ich es vermutlich wissen müßte, aber arbeiten Sie hier?«

»So könnte man es nennen. Sie aber nicht, oder?« Wäre er hier beschäftigt gewesen, hätte er gewußt, wer sie war, aber es störte sie nicht, daß er sie nicht kannte.

»Ich bin für eine Werbeagentur tätig.« Daß er der Chef war, wollte er ihr nicht sagen. »Vor ein paar Wochen bin ich aus New York hierhergezogen. Eine große Umstellung, aber es gefällt mir hier.«

»Warten Sie eine Weile. Hier draußen geht's ziemlich verrückt zu. Ich bin zehn Jahre in dieser Stadt und komme mir immer noch vor wie Alice im Wunderland.« Das war ein Gefühl, das ihm nicht ganz unbekannt war, und plötzlich fragte er sich, wie sie ohne kunstvolle Frisur und ohne geschickt aufgetragenes Make-up aussehen mochte.

»Und wo waren Sie davor?«

»In Nebraska.« Sie lachte. »Nicht zu fassen, wie? Ich bin hierhergekommen, um an der UCLA zu studieren und ein ›Star‹ zu werden. Meine Familie hält mich noch immer für total verrückt, weil es mir hier gefällt. Hin und wieder glaube ich selbst fast, daß ich nicht ganz bei Trost bin, aber nach einer gewissen Zeit läßt einen die Branche nicht mehr los. Ich liebe diesen Beruf.« Sie wirkte ungemein lebendig, als sie dies sagte, und Oliver gefiel der Ausdruck in ihren Augen. Diese Frau war vital und lebensfroh und schien viel Humor zu haben. Und dann kam, während sie noch miteinander plauderten, jemand und bat sie um ein Autogramm. Sie kritzelte ihren Schriftzug ohne viel Getue, lächelte, bedankte sich und wandte sich wieder Ollie zu. Er machte ein ziemlich verlegenes Gesicht, weil ihm klar war, daß er sie hätte kennen müssen.

»Also gut, morgen werde ich schreckensstarr sein. Ich werde herausfinden, wer Sie sind, und mich dann wie ein Trottel fühlen. Warum sagen Sie es mir nicht gleich, damit ich es hinter mich bringe?« Auch er lächelte. »Wer sind Sie?«

»Das Rotkäppchen«, scherzte sie. »Ehrlich gesagt, ich genieße den Umstand, daß Sie mich nicht kennen. Und ich möchte nicht daran rühren.«

»Ich verspreche, daß ich es sofort vergessen werde, sobald Sie es mir sagen.«

»Also gut.« Sie reichte ihm förmlich die Hand. »In diesem Fall bin ich Charlotte Sampson.« Sie war Star einer der größten Serien der Gesellschaft, einer sehr dramatischen, zur Hauptsendezeit ausgestrahlten Serie, die wöchentlich gesendet wurde. Sie hatte einen berühmten Partner und ein Publikum von etwa achtzig Millionen.

»Meine Güte...« Jetzt kam er sich tatsächlich wie ein Narr vor. Mel würde glatt umfallen, wenn sie erfuhr, daß er mit Charlotte Sampson gesprochen hatte. »Ich kann es nicht glauben.«

»So, jetzt haben wir diesen Teil hinter uns gebracht, aber wer sind Sie?« Er hatte einen Händedruck mit ihr gewechselt und vergessen, ihr seinen Namen zu nennen. Noch immer war es für ihn unfaßbar, daß er sie nicht erkannt hatte, aber er hätte nie gedacht, daß sie so klein war, so jung, so natürlich und ungekünstelt. Im Fernsehen war sie meist ernst und hatte eine andere Frisur. Er starrte sie wieder an und kam sich wie ein richtiger Hinterwäldler vor, als er sich schließlich vorstellte.

»Entschuldigen Sie. Aber Sie haben mich total überrumpelt. Ich bin Oliver Watson. Für uns aus New York ist das hier alles sehr – Hollywood. Leider bin ich es nicht gewöhnt, täglich Stars zu begegnen, ganz zu schweigen, ihnen auf die Füße zu treten.«

»Keine Angst, als mein Vater letztes Mal da war, marschierte er im Studio schnurstracks auf Joan Collins zu und erklärte ihr, sie sehe genauso aus wie eine Sonntagsschullehrerin, die er zu Hause in Nebraska kannte. Es war das erste Mal, daß ich sie sprachlos erlebt habe. Aber mein Vater klopfte ihr nur auf den Rücken und ging weiter.«

»Vielleicht sollte ich es auch versuchen. Aber meiner Meinung nach sehen Sie so gar nicht aus wie eine Sonntagsschullehrerin.« Vielmehr wie das Mädchen von nebenan. Aber ein ausnehmend schönes. Sie gefiel ihm ungemein, ihr flammendrotes Haar hatte es ihm besonders angetan. Der helle Teint verriet ihm, daß es ihre natürliche Haarfarbe war.

»Sie sehen aber gar nicht aus wie einer dieser Werbefritzen, sondern eher wie die Jungs in unserer Serie.« Ihr Lachen verriet ihm, daß sie gern lachte. Sie war ein völlig natürliches Mädchen ohne geziertes und affektiertes Gehabe, das man bei einem Star ihrer Größenordnung erwartet hätte.

»Leider bin ich nicht dieser Meinung.«

»Aus welchem Grund sind Sie hier in Kalifornien?« Hier wimmelte es von Leuten, die sie kannte, die ihr zuwinkten, Kußhändchen zuwarfen, ihr Zeichen gaben, aber sie schien völlig zufrieden zu sein, sich mit Ollie unterhalten zu können.

»Meine Agentur hat mich hierhergeschickt. Jemand wurde krank und mußte ersetzt werden. Ich mußte mich ziemlich kurzfristig entscheiden, und bislang hat alles gut geklappt.« Plötzlich kam er sich sehr schuldbewußt vor. »Miß Sampson, ich nehme Sie doch nicht über Gebühr in Beschlag? Ich könnte mir denken, daß Sie sich mit weitaus bedeutenderen Leuten unterhalten sollten als mit dem Werbefritzen der Fernsehgesellschaft.«

»Meine Pflichtübungen habe ich erledigt. Ich war sehr früh hier, habe ein Glas Champagner getrunken und dem obersten Boß ein Küßchen gegeben. Ich wüßte nicht, was man noch von mir erwartet. Eine kleine Steptanzeinlage etwa? Die habe ich schon im Studio geliefert. Jetzt bin ich sozusagen privat hier. Und ich unterhalte mich gern mit Ihnen. Das ist viel einfacher, als mit einem Haufen nervöser Stars zu quasseln, deren Serien in den Einschaltquoten abrutschen.« Bei ihr war das nicht der Fall, so viel stand fest. Sie war in diesem Jahr für den Emmy nominiert worden, wenn sie ihn auch nicht bekommen hatte. Diese Tatsache bewirkte, daß sich Oliver noch tölpelhafter vorkam, weil er sie nicht erkannt hatte. »Was haben Sie ins Los Angeles getrieben, seit Sie hier sind, Oliver?«

»Arbeit... Arbeit... noch mehr Arbeit... mich eingerichtet... ehrlich gesagt, habe ich außer meinem Haus und dem Büro nicht viel gesehen.«

»Das hört sich nicht sehr lustig an. Waren Sie schon mal schön essen?«

»Nur einmal mit den Kindern. Wir waren im Hard-Rock-Café, sie waren hellauf begeistert, während ich mir vorkam wie vierhundert Jahre alt und halbtaub.«

Sie lachte. Ihr gefiel es auch im Hard Rock, aber auch sie hatte dort Schwierigkeiten, weil man sich nicht unterhalten konnte. Die Einrichtung war sagenhaft, ganz besonders der alte Wagen von Elvis Presley, der so angebracht war, daß er durch die Decke durchzubrechen schien. Jedesmal wenn Charlotte es sah, erwachte das Kind in ihr. »Waren Sie schon im ›Spago‹?«

»Leider nein.«

»Na, dann müssen wir unbedingt mal hin.« Das hörte sich an wie die hier übliche Version von ›Wir müssen mal zusammen essen gehen‹, eine Äußerung, die Ollie nicht ernst nahm. Interessiert fragte sie ihn als nächstes: »Wie alt sind Ihre Kinder?«

»Meine Tochter ist sechzehn, ein Sohn ist zehn, und der andere, der an der Ostküste geblieben ist, ist achtzehn.«

»Wie schön«, meinte sie lächelnd und mit einem Anflug von Bedauern. Er gefiel ihr wirklich. »Und wie alt ist Ihre Frau?« Sie sah ihm direkt in die Augen, und er mußte lachen, weil sie ohne Umschweife zur Sache kam.

»Zweiundvierzig, wir sind geschieden.« Oder so gut wie. Die Scheidung sollte in acht Wochen rechtskräftig sein. In seinem Herzen war das Band endlich zerrissen. Charlotte Sampson begrüßte seine Antwort mit breitem Lächeln.

»Ach, was für eine gute Nachricht! Ich habe es schon mit der Angst zu tun bekommen!« Ihre Worte schmeichelten ihm, und auch die Aufmerksamkeit, die sie ihm zuteil werden ließ, tat ihm gut. Eigentlich hatte er das Gefühl, das gar nicht zu verdienen. Vielleicht war sie nur schüchtern und haßte große Partys. »Sind Ihre Kinder über die Feiertage hier?«

»Nein, sie sind vor ein paar Tagen an die Ostküste geflogen und verbringen die Feiertage bei ihrer Mutter in Boston.«

»Sagten Sie nicht, daß Sie in New York gelebt haben?« Plötzlich war sie verwirrt. »Und warum bleiben die Kinder nicht über Weihnachten bei Ihnen?«

»Weil sie das ganze Jahr bei mir leben. Und wir wohnten tatsächlich in New York. Meine Frau ist vor einem Jahr nach Boston gezogen, um zu studieren...« Er sah sie an. Hollywood oder nicht, er wollte ihr die Wahrheit sagen, obwohl er gar nicht sicher war, ob es sie interessierte. Immerhin tat sie so, als ob sie alles wissen wollte, und sie schien ein nettes Mädchen zu sein. »Sie hat uns verlassen... mich und die Kinder... deshalb leben sie jetzt bei mir.«

Mit einemmal wurde sie ganz ernst, als sie das lange rote Haar von den Schultern strich. »Das klingt ja wie eine lange und sehr schmerzliche Geschichte.«

»Das war es auch. Eine Weile jedenfalls. Jetzt ist es nur eine kurze Geschichte. Sie ist glücklich. Uns geht es gut. Wenn es sein muß, gewöhnt man sich an alles.«

»Auch die Kinder?«

Er nickte. »Ja, denen geht es auch gut. Mittlerweile sind sie hart im Nehmen. Eine prima Bande.«

»Und Sie sind ganz der stolze Vater.«

»Vielen Dank, Madam.« Er vollführte eine knappe Verbeugung, und beide lachten, als einer der Gastgeber auf sie zukam, um sie zu begrüßen. Der Fernsehboß küßte Charlotte auf beide Wangen, wechselte mit Oliver einen Händedruck und sagte ihm, er hätte die ganze letzte Stunde nach ihm Ausschau gehalten.

»Ich möchte Sie mit ein paar Freunden bekannt machen, aber wie ich sehe, haben Sie meinen Lieblingsstar bereits kennengelernt.«

»Als ich durch die Tür kam, habe ich versucht, sie niederzutrampeln, und sie war so liebenswürdig, mich nicht hinauswerfen zu lassen oder anzuzeigen. Vermutlich hinkt sie oder kann sich nicht rühren, deswegen stehen wir hier und plaudern, und ich langweile sie mit Geschichten über meine Kinder.«

»Oliver, ich unterhalte mich sehr gerne mit Ihnen.« Fast wirkte sie gekränkt, als der andere lachte. Dann wandte sie sich schmollend an ihren Boß: »Vermutlich entführen Sie ihn mir jetzt.«

»Ich muß. Aber wenn Sie wollen, bringe ich ihn wieder zurück.« Und dann wandte er sich mit einer Warnung an Oliver:

»Hüten Sie sich vor ihr, sie haßt Filmstars, liebt Kinder und Hunde und vergißt nie ihren Text. Bei solchen Frauen ist höchste Vorsicht geboten, finden Sie nicht auch? Und dazu dieses Aussehen... Sie sollten Charlotte um vier Uhr morgens sehen, nicht auszuhalten, keine Spur Make-up und ein Gesicht wie ein Engel!«

»Ach, komm, Howie, spar dir das Süßholzraspeln! Du weißt genau, wie ich am Morgen aussehe!« Sie lachte, und Oliver amüsierte sich königlich. Sie kam ihm vor wie ein richtiger Kumpel, und er hätte sie zu gern um vier Uhr morgens gesehen – mit oder ohne Make-up. »Er erzählt Lügen, lauter Lügen, denn ich hasse Kinder und Hunde.« Diesen Eindruck hatte er während ihres Gesprächs nicht gehabt.

»Okay, Charlie, geh und spiel schön, während ich Oliver herumführe. In einer Weile bringe ich ihn wieder.« Doch als sie Charlotte, sehr zu Olivers Bedauern, allein ließen, machte Howie ihn mit jedem Menschen von einiger Bedeutung bekannt, so daß eine Stunde verging, bis sie wieder zu der Stelle kamen, an der sie Charlotte zurückgelassen hatten. Natürlich war sie fort. Oliver hatte nicht erwartet, daß sie nach ihm Ausschau halten würde... nicht wirklich... nur wäre er überglücklich gewesen, wenn... Unauffällig verließ er die Szene und machte sich auf die Suche nach seiner Limousine, und dann sah er Charlotte zu seiner großen Überraschung in einen roten Mercedes einsteigen. Sie hatte das Haar zu zwei Rattenschwänzchen zusammengefaßt, trug kein Make-up mehr und hatte einen alten schwarzen Ledermantel übergezogen. Er winkte ihr zu, sie bemerkte ihn, winkte zurück und zögerte dann, als erwarte sie, daß er näher kam. Er ging zu ihr, um ihr zu sagen, wie sehr ihn die Begegnung gefreut habe, und sie lächelte.

»Sie wollen schon nach Hause?« Sie nickte auf seine Frage und blickte wie ein Kind zu ihm auf. Ein sehr hübsches Kind.

»Ich habe zwei Wochen frei bis nach den Feiertagen. Heute haben wir eine Fortsetzungsstaffel zu Ende gedreht. Und Sie? Haben Sie Ihre Verpflichtungen hinter sich gebracht?« Sie lächelte ihm unbefangen zu, und er nickte. Am liebsten hätte er sie eingeladen, wagte es aber nicht, aber nach einem kurzen Augenblick schickte er alle Bedenken zum Teufel. Mehr als ablehnen konnte sie nicht, auch wenn sie Charlotte Sampson war.

»Haben Sie schon gegessen?«

Sie schüttelte den Kopf, dann erhellte sich ihre Miene. »Möchten Sie auf eine Pizza ins ›Spago‹ gehen? Es ist zwar nicht sicher, daß wir Platz bekommen, aber ein Versuch kann nicht schaden. Meistens ist es dort ziemlich voll.« Es war die Untertreibung des Jahres. Die Leute standen dicht an dicht, um auf die von Wolfgang Puck komponierten Köstlichkeiten zu warten und einen Blick auf die zahllosen Stars zu erhaschen, die dort speisten.

»Sehr gern.« Oliver war erfreut und warf einen Blick über die Schulter auf seine Limousine. »Soll ich Sie mitnehmen? Oder soll ich Ihnen nachfahren?«

»Warum steigen Sie nicht bei mir ein?«

»Macht es Ihnen auch nichts aus?« So war es am unkompliziertesten.

Wieder ließ sie ihr herzliches Lächeln sehen. Ihr gefielen sein Aussehen und seine Redeweise. Auch seine lockere Art sagte ihr zu, zudem hatte er auch etwas Stilles und Vertrauenerweckendes an sich. Er machte den Eindruck eines Menschen, dem man vertrauen konnte. »Natürlich nicht.«

Oliver beeilte sich, den Fahrer fortzuschicken, als befürchte er, sie könnte ihre Absicht ändern. Dann stieg er neben ihr ein. Und plötzlich wandte sie sich ihm zu. »Ich wüßte noch etwas Besseres. Im ›Spago‹ kann es hin und wieder sehr laut zugehen. Ich kenne einen Italiener am Melrose, ›Chianti‹ heißt das Restaurant. Dort ist nicht so viel los, niemand wird uns da sehen. Wir rufen an und fragen, ob ein Tisch frei ist.« Sie deutete auf ein kleines rotes Telefon am Armaturenbrett und bediente es mit einer Hand, während sie mit der anderen den Wagen startete. Er sah es mit einiger Belustigung. »Ist etwas?« fragte sie.

»Nein, ich bin nur beeindruckt.«

»Tja, von Lincoln, Nebraska, ist es ein langer Weg«, meinte sie vergnügt.

Im Restaurant wurde nach dem ersten Klingelton abgehoben. Selbstverständlich, man sei überglücklich, für Miß Sampson einen Tisch zu reservieren. Es war die ideale Entscheidung. Das ›Chianti‹ war klein, in schummriges Halbdunkel getaucht und sehr intim. Es hatte nichts Hochgestochenes an sich und sah aus wie jedes andere italienische Restaurant, und die Speisenkarte weckte köstliche Erwartungen. Nachdem der Ober ihre Bestellung aufgenommen hatte, lehnten sie sich aufatmend in ihrer Nische zurück. Oliver war bemüht, die neuen Eindrücke zu verarbeiten. Nicht zu fassen, er saß hier mit Charlotte Sampson beim Dinner. Aber man war schließlich in Hollywood, nicht? Und einen Sekundenbruchteil dachte er an Megan in New York. Wie anders es hier war. Dort war alles so raffiniert und ein wenig dekadent gewesen, und hier kam ihm alles so simpel vor, nicht zuletzt, weil Charlotte einen realitätsnahen und normalen Eindruck machte.

»Wirklich, eine großartige Idee«, lobte er ihren Einfall, und beide stürzten sich auf das Brot, da sie am Verhungern waren.

»Herrlich, wenn man weiß, daß man nicht am nächsten Morgen um vier zur Arbeit muß. Das Frühaufstehen kann einem die ganze Geselligkeit verderben. Meistens bin ich viel zu müde, um abends noch auszugehen, also fahre ich nach Hause und lege mich hin. Zuvor bade ich, um mich dann mit dem Text für den nächsten Tag ins Bett zu verkriechen, und um neun schlafe ich ein.«

»Und was ist mit den berühmten Hollywood-Partys?«

»Ach, die sind für schräge Vögel. Ausgenommen die Pflichtpartys wie heute. Alle übrigen können Sie vergessen. Aber einen gesellschaftlichen Anlaß wie den heutigen zu schwänzen ist nicht ganz ungefährlich. Man will ja niemanden in den oberen Etagen verärgern.«

»Ja, das habe ich schon gehört. Geht es hier wirklich so streng zu?«

»Manchmal schon, besonders wenn man keine guten Einschaltquoten aufweisen kann. Ein lausiges Geschäft, wirklich.« Dann lachte sie wieder. »Aber ich liebe es. Ich liebe die Aufregung, die harte Arbeit, die Herausforderung, die schwierige Drehbücher darstellen. Es gibt Dinge, die ich noch lieber machen würde, aber die Arbeit hier ist schon eine tolle Erfahrung.« Sie spielte jetzt schon zwei Jahre bei dieser Serie mit.

»Was würden Sie lieber machen?«

»Beruflich?« Eine interessante Frage. »Wahrscheinlich Shakespeare. Auf dem College habe ich viele verschiedene Stücke gespielt, anschließend oft Sommertheater, wenn ich keine andere Arbeit hatte. Ich liebe die Bühne, den ständigen Druck, die Notwendigkeit, den Text parat zu haben, Abend für Abend präsent zu sein. Ich glaube, für mich wäre ein Broadway-Stück der absolute Gipfel.«

Oliver nickte, denn er konnte es ihr nachfühlen. Das Theater mochte tatsächlich der Gipfel für einen Schauspieler sein, aber auch das, was sie im Moment tat, hatte einen gewissen Wert. Und es war schwieriger, als es gemeinhin den Anschein hatte.

»Haben Sie schon Filme gedreht?«

»Einen.« Charlotte lachte. »Eine Katastrophe! Der einzige Mensch, dem der Film gefiel, war meine Großmutter in Nebraska.«

Beide lachten, und dann kam das Essen, während sie endlos plauderten, über ihre Arbeit, seine Kinder, über ihren und seinen Berufsstreß und was es für ihn bedeutet hatte, praktisch über Nacht das Büro in L. A. übernehmen zu müssen. »Die Werbebranche soll beinhart sein. Einmal Mist gebaut, und der Kunde ist weg, stimmt das?« Horrorgeschichten dieser Art hatte Charlotte schon oft gehört, aber Oliver wirkte erstaunlich ruhig, wenn man den Druck in Betracht zog, unter dem er arbeiten mußte.

»Es ist nicht viel anders als das, was Sie machen. Bei Ihnen ist der Spielraum für Fehler auch nicht sehr groß.«

»Deswegen braucht man daneben noch etwas anderes, damit man sein Herz nicht zu sehr an den Beruf hängt. Es muß noch etwas anderes geben, was zählt.«

»Zum Beispiel?«

Ohne zu zögern, sagte sie: »Einen Mann, eine Ehe, Kinder. Menschen, die man liebt, eine andere Begabung. Eines schönen Tages haben die Arbeit, die Autogramme und der ganze Rummel ein Ende, und man muß zusehen, wie man sich beschäftigt.« Es war eine sehr vernünftige Einschätzung ihres Berufes, mit der sie seine Achtung gewann, aber ihre Worte hatten auch seine Neugierde auf den Plan gerufen.

»Miß Sampson, verschweigen Sie mir nicht etwas? Wird womöglich in Kürze Ihr Ehemann durch die Tür hereinstürmen und mir eins auf die Nase geben?«

Sie lachte und machte sich kopfschüttelnd über ihre Pasta her. »Leider, diese Möglichkeit besteht nicht. Ich war mit einundzwanzig einmal verheiratet, aber das ist schon lange her. Die Ehe hat meine Collegezeit um etwa zehn Minuten überlebt.«

Was ist passiert?«

»Ganz einfach. Er war Schauspieler. Ende. Und ich begegnete nie wieder jemandem, den ich hätte heiraten mögen. In meiner Branche lernt man nur selten Menschen kennen, mit denen man den Rest seines Lebens verbringen möchte.« Sie war einige Jahre mit einem Produzenten ausgegangen, aber daraus war nichts geworden. Und danach hatte sie über längere Zeitabschnitte hinweg allein gelebt oder nur Umgang mit Leuten gehabt, die nicht aus der Branche kamen. »Ich bin wohl zu wählerisch. Meine Mutter sagt immer, ich wäre schon jetzt nicht mehr anzubringen.« Sie sah ihn ernst an, nur in ihren Augen blitzte es spitzbübisch auf. »Demnächst werde ich vierunddreißig. Für eine Ehe etwas zu reif.«

Ihre Bemerkung brachte ihn zum Lachen, denn sie sah nicht

älter aus als zwanzig. »Nun, das würde ich so nicht sagen, oder sieht man die Sache hier so?«

»Über fünfundzwanzig ist man praktisch tot. Mit dreißig läßt man sein Gesicht das erste Mal liften. Mit fünfunddreißig hat man zwei größere Schönheitsoperationen hinter sich und dazu mindestens einmal die Augen liften lassen. Vielleicht auch zweimal. Mit vierzig ist ohnehin alles aus. Sie sehen also, was ich meine, wenn ich sage, daß man im Leben noch etwas anderes haben muß.« Sie sagte es, als sei es ihr voller Ernst.

»Und wenn kein Mann und Kinder in Sicht sind, was dann?«

»Etwas, das den Verstand in Anspruch nimmt. Ich habe früher viel mit behinderten Kindern gearbeitet. In letzter Zeit war ich beruflich zu eingespannt.«

»Na, dann borge ich Ihnen meine Sprößlinge.«

»Wie sind sie?« Ihr aufrichtiges Interesse rührte ihn. Unglaublich, daß Erfolg und Ruhm ihrer Warmherzigkeit und Natürlichkeit nichts hatten anhaben können. Das vor allem gefiel ihm an ihr. Alles, was er bis jetzt von ihr kannte, gefiel ihm. Plötzlich erschien ihm ihre Schönheit vergleichsweise unwichtig. Auch ihr Wesen war schön, und das bedeutete ihm noch viel mehr. Und während ihm das alles durch den Kopf ging, versuchte er ihre Fragen nach seinen Kindern zu beantworten.

»Mel ist verantwortungsbewußt und intelligent und wünscht sich sehnlichst, Schauspielerin zu werden. Zumindest bildet sie sich das im Moment ein. Gott weiß, was sie später einmal werden möchte. Auf dem College will sie jedenfalls die Schauspielfächer belegen. In zwei Jahren hat sie die High-School hinter sich. Sie ist groß und blond, ein nettes Mädchen. Ich glaube, sie würde Ihnen gefallen.« Auf einmal ging er davon aus, daß Charlotte seine Kinder kennenlernen würde, und fragte sich sogleich, ob er nicht zuviel verlangte, aber Charlotte zuckte nicht mit der Wimper, als sie es hörte. »Sam ist ein lieber Kerl, er ist erst zehn und ein kleines Temperamentsbündel. Alle Welt liebt ihn.« Und dann erzählte er ihr von Benjamin und Sandra und dem Baby.

»Na, da hat er sich etwas aufgehalst. Muß schwer für ihn sein.«

»Ja, er ist entschlossen, das Richtige zu tun, auch wenn es ihn umbringt. Aus dem Mädchen scheint er sich nicht mehr viel zu machen, aber nach dem Baby ist er ganz verrückt.«

»Dann sind Sie also schon Großvater.« Wieder sah sie ihn spitzbübisch an. Ihre Augen waren so grün wie seine, obwohl es ihnen beiden nicht aufgefallen war. »Das haben Sie mir verschwiegen.« Ihr Tonfall brachte Ollie zum Lachen.

»Macht das viel aus?«

»Und wie. Warten Sie, bis ich meinen Leuten erzähle, daß ich mit einem Großvater ausgegangen bin. Die werden sich fragen, was plötzlich in mich gefahren ist.« Das hörte sich an, als hätte sie ein enges Verhältnis zu ihrer Familie, und auch das berührte ihn angenehm. Er erzählte ihr sogar von seinem Vater und Margaret.

»Sie wollen im Januar kommen und die Kinder besuchen. Margaret ist das Beste, was ihm passieren konnte, obwohl ich anfangs nicht dieser Meinung war. Im Gegenteil, für mich war es ein richtiger Schock, daß er so rasch nach dem Tod meiner Mutter wieder heiraten wollte.«

»Komisch, unabhängig vom Alter ist man, was die Eltern betrifft, immer Kind. Meinen Sie nicht auch?«

»Genau. Zuerst stand ich Margaret total ablehnend gegenüber. Aber mein Vater hat ein Recht auf ein bißchen Glück in seinen letzten Jahren.«

»Nun, er könnte uralt werden.« Sie lächelte.

»Das hoffe ich sehr.«

»Und ich hoffe, ich werde die beiden kennenlernen«, erwiderte sie leise.

Unterdessen hatten sie fertig gegessen und plauderten noch eine Weile beim Kaffee, bevor sie gingen. Auf dem Weg zu ihrem Wagen wurde Charlotte aufgehalten und um Autogramme gebeten, was sie nicht zu stören schien. Sie blieb unverändert freundlich und nett, fast dankbar. Oliver machte eine Bemerkung darüber, als sie im Wagen saßen, und sie sah ihn ernst an.

»Dieser Beruf läßt einen nicht vergessen, daß diese Menschen einen zu dem machen, was man ist. Ohne sie ist man gar nichts. Das vergesse ich niemals.« Das Schöne war, daß ihr Erfolg ihr nicht zu Kopf gestiegen war. Sie war erstaunlich bescheiden, fast demütig.

»Ich danke Ihnen, daß wir zusammen essen waren.«

»Oliver, es war herrlich.« So wie sie es sagte, klang es ganz aufrichtig.

Sie fuhr ihn zurück zu seinem Haus in Bel Air. Vor dem Haus angekommen, schien er zu zögern, ob er sie hereinbitten sollte oder nicht, und tat es schließlich, aber sie entschuldigte sich mit Müdigkeit. Da fiel ihr plötzlich etwas ein.

»Was haben Sie eigentlich während der Feiertage vor, wenn Ihre Kinder nicht da sind?«

»Nicht viel. Ich wollte aufarbeiten, was im Büro liegengeblieben ist. Es ist mein erstes Weihnachten ohne Kinder.«

»Ich bin gewöhnlich auch nach Hause gefahren. Dieses Jahr aber ging es nicht. Nächste Woche drehe ich einen Werbefilm, und außerdem wollte ich die nächsten Drehbücher durcharbeiten. Wir haben jetzt nämlich einen neuen Autor. Möchten Sie am Sonntag etwas unternehmen?« Das war der Heilige Abend, und er hatte schon Angst davor. Ihr Angebot war sehr verlockend.

»Sehr gern. Wir könnten bei uns essen.« Agnes war da, obwohl die Kinder weggefahren waren, aber Charlotte hatte einen besseren Einfall.

»Wie wär's, wenn ich den traditionellen Truthahn brate? Was meinen Sie?«

»Wunderbar!«

»Anschließend könnten wir in die Kirche gehen. Am Christtag besuche ich meistens Freunde. Möchten Sie mitkommen?«

»Charlotte, sehr gern. Sind Sie denn sicher, daß Sie sich nicht lieber mit etwas anderem beschäftigen würden? Ich möchte mich nicht aufdrängen, denn ich komme auch allein tadellos zurecht.« Tadellos, aber einsam.

»Nein«, sagte sie mit weichem Lächeln. »Wenn Sie nicht kommen, bin ich echt enttäuscht. Weihnachten ist für mich sehr wichtig, und ich verbringe es gern mit Menschen, die ich mag. Ich bin ein Gegner von unechten, silbrig angesprayten Weihnachtsbäumen und dem ganzen dazugehörigen Klimbim. Das typische Hollywood-Weihnachten, meine ich.«

»Dann komme ich gern. Wann?«

»Kommen Sie um fünf. Wir können um sieben essen und um Mitternacht zur Mette gehen.« Sie kritzelte ihre Adresse auf einen Zettel, und er stieg wie benommen aus, während sie sich noch einmal bedankte und winkend davonfuhr. Noch lange stand er da und sah dem roten Wagen nach, der den Hügel hinunterfuhr. Dabei fragte er sich noch immer, was eigentlich passiert war. Alles war für ihn wie ein Traum. Aber der Heilige Abend mit Charlotte würde noch traumhafter sein.

Sie erwartete ihn am Weihnachtsabend in einem weißen Hauskleid in ihrem wunderschön eingerichteten Haus, das in den Hügeln von Hollywood am Spring Oak Drive lag und so anheimelnd aussah wie eine alte Farm. Gutgelaunt erklärte Charlotte, es erinnere sie irgendwie an ihre Heimat Nebraska. Der Boden bestand aus blanken Dielenbrettern, die Decke wurde von dicken Balken gestützt, es gab zwei riesige offene Kamine, und vor den Kaminen standen große, vor Kissen überquellende Couches. Die Küche war fast so groß wie das Wohnzimmer. Auch hier gab es einen Kamin, dazu einen gemütlichen Tisch, der für zwei Personen gedeckt war. In der Ecke funkelte hell ein großer Weihnachtsbaum.

Im Obergeschoß lagen zwei hübsche Schlafräume, der in Rosarot und geblümtem Chintz gehaltene mußte der ihre sein, während der in fröhlichem Gelb prangende von ihren Eltern bewohnt wurde, wenn sie zu Besuch kamen, was allerdings nicht oft der Fall war, wie Charlotte sagte. Das Haus war nicht annähernd so raffiniert wie Megans Wohnung in New York, dafür aber strahlte es zehnmal mehr Wärme aus. Oliver fühlte sich sofort heimisch.

Charlotte hatte eine Flasche Weißwein kalt gestellt, der Truthahn brutzelte verlockend im Rohr. Dazu gab es Kastanienpüree, Kartoffelbrei, Yamwurzelgemüse, Erbsen, Preiselbeergelee und eine herrliche Füllung. Das Mahl erinnerte Oliver auf behagliche Art an die Feste, die er mit Sarah und lange davor mit seinen Eltern gefeiert hatte. Und er hatte damit gerechnet, am Heiligen Abend ein Pastrami-Sandwich in seinem Büro oder auf der Heimfahrt bei einem Hamburger-Imbiß einzunehmen. Diese Einladung war völlig unerwartet gekommen, ebenso unerwartet wie die Begegnung mit Charlotte Sampson. Es war, als sei sie ihm wie ein Geschenk des Himmels in die Arme gefallen. Und als er sich zu Tisch setzte, legte er ein kleines Päckchen zu ihrem Gedeck. Ihre Einladung hatte ihn so sehr gerührt, daß er ihr unbedingt etwas Nettes zu Weihnachten hatte schenken wollen. Deshalb war er am Tag zuvor zu Cartier gegangen, um ihr einen einfachen Goldanhänger zu kaufen. Sie war zutiefst gerührt und verlegen, weil sie kein Geschenk für ihn hatte.

»Aber das hier ist doch mein Weihnachtsgeschenk, dummes Mädchen. Ein Weihnachtsdinner wie aus einem Märchen.« Sie freute sich, daß es ihm soviel bedeutete, und sie lachten und plauderten angeregt. Nach dem Essen rief Oliver unter Zuhilfenahme seiner Kreditkarte die Kinder bei Sarah an. Es war höchst sonderbar, mit ihnen zu sprechen, sie aber nicht bei sich zu haben, aber er hatte den Eindruck, daß sie einen vergnügten Weihnachtsabend verbrachten. Es wurde gelacht, durcheinander geredet und das Telefon weitergereicht. Und als er mit Sarah redete, war es ihm nicht mal peinlich. Er wünschte ihr frohe Weihnachten und beendete dann das Gespräch, um anschließend auch seinen Vater anzurufen, der auf ihn ausgeglichen wirkte – ausgeglichener als seit langem. Oliver fand es erstaunlich, als ihm einfiel, daß Sarah vor genau einem Jahr das Haus verlassen hatte. Er sprach davon ganz beiläufig zu Charlotte, da er das Gefühl hatte, mit ihr über alles reden zu können. Sie waren beim Dessert angelangt, das aus Apfelauflauf mit Sahne bestand.

»Fehlt sie Ihnen noch immer, Oliver?« fragte Charlotte.

Oliver schüttelte den Kopf und sagte ganz aufrichtig: »Jetzt nicht mehr. Rückblickend erscheint es mir sogar merkwürdig, jemals mit ihr verheiratet gewesen zu sein. Sie kommt mir vor wie eine Fremde – die sie vermutlich mittlerweile auch ist. Anfangs war es hart. Ich dachte wirklich, ich könnte es nicht überstehen. Der Kinder wegen mußte ich weitermachen. Sie haben mich funktionstüchtig erhalten.« Charlotte nickte, das konnte sie ihm nachfühlen. Ein wahres Glück, daß er seine Kinder hatte. »Ich glaube, wir hatten niemals dieselben Wünsche und Ziele. Ich versuchte dies all die Jahre hindurch zu ignorieren, während Sarah nie aus den Augen verlor, was sie wollte.«

»Komisch... mitunter kann diese Standhaftigkeit eine Tugend sein und in anderen Fällen wiederum eine Sünde...«

»Für Sarah war die Ehe nichts weiter als ein großer Irrtum, aber ich bin froh, daß wir geheiratet haben, andernfalls hätten wir nicht die Kinder bekommen.«

»Sie bedeuten Ihnen wohl alles?«

»Ja«, gestand er, »vielleicht zuviel. Im letzten Jahr habe ich mich fast ausschließlich mit ihnen befaßt.« Nur Megan hatte eine vorübergehende Verwirrung dargestellt und ihm einen Monat totalen und köstlichen Wahnsinns beschert.

»Vielleicht brauchten Sie die Zeit, um sich darüber klarzuwerden, was Sie jetzt wollen.«

»Ja, so war es wohl. Ich bin zwar nicht sicher, jetzt die Antwort darauf zu haben. Vielleicht ist es im Moment auch nicht nötig.« Oliver lächelte ihr zu, als sie ihm eine Tasse köstlich duftenden Tees eingoß. Oliver hatte das Gefühl, platzen zu müssen, und der eigentliche Zweck aller Weihnachtsessen war wohl damit erfüllt. Trotzdem war er sehr glücklich und zufrieden, weil er das Zusammensein mit dieser Frau ungemein genoß. Er war überzeugt, daß Charlotte wie für ihn geschaffen war.

»Und was ist mit Ihnen?« wechselte er das Thema. »Wissen Sie, was Sie wollen, Charlotte?«

Sie lächelte. »Mir wäre lieber, Sie würden mich Charlie nennen. Wie alle guten Freunde.« Er fand es erstaunlich, daß sie ihn schon zu ihren Freunden zählte, doch er mußte zugeben, daß ihm die Vorstellung gefiel. »Diese Gedanken kommen mir immer zum Jahreswechsel... wohin ich steuere... wo ich nächstes Jahr sein möchte und was ich tun möchte. Dasselbe vermutlich, solange es klappt.« Beide wußten, daß damit ihre Serie gemeint war. »Und was den Rest betrifft, nun, wie es kommt, soll es mir recht sein. Wie alle anderen habe auch ich meine Träume, von denen allerdings schon viele wahr geworden sind.« Sie schien mit ihrem Leben rundherum zufrieden zu sein. Ihr Trachten und Streben ging nicht viel über das Erreichte hinaus. »Ich würde gern heiraten und Kinder haben, aber wenn es das Schicksal für mich nicht vorgesehen hat, dann war es mir eben nie bestimmt. Man soll sich wegen dieser Dinge nicht verrückt machen. Sie passieren ja nur, wenn sie einem bestimmt sind.« Das klang sehr philosophisch und gelassen.

Oliver half seiner Gastgeberin beim Aufräumen, dann tranken sie noch eine Tasse Kaffee, bevor sie kurz vor Mitternacht nach Beverly Hills zur Kirche vom guten Hirten fuhren. Während der Mette saßen sie ganz eng beieinander. Es war genauso, wie es sein sollte, und zum Schluß wurden inmitten dieser lichterseligen, weihrauchduftenden Atmosphäre Weihnachtslieder gesungen. Es war halb zwei, als sie die Kirche verließen. Oliver fuhr Charlotte in gemächlichem Tempo nach Hause, glücklich, wohlig warm und von einem so intensiven Gefühl der Vollkommenheit erfüllt, daß ihm die Kinder in diesem Augenblick fast gar nicht fehlten.

Als er Charlotte vor ihrem Haus absetzen wollte, sah sie ihn mit einem sonderbaren Blick an.

»Oliver, ich weiß, das mag sich jetzt komisch anhören, aber es ist schrecklich, wenn man am Weihnachtsabend allein ist. Möchten Sie nicht in meinem Gästezimmer übernachten?« Ihre Bekanntschaft war erst zwei Tage alt, er hatte gerade den Weihnachtsabend mit ihr verbracht, und jetzt lud sie ihn für die Nacht in ihr Haus ein – nicht mit jener Sinnlichkeit, die Megan an den Tag gelegt hatte, sondern voller Güte, Wärme und Zartgefühl. Plötzlich verspürte Oliver den Wunsch, bei ihr zu bleiben. Er wollte mit ihr zusammensein, heute nacht, eine Woche, eine Jahr, vielleicht ein ganzes Leben.

»Ja, sehr gern, Charlie.« Er beugte sich zu ihr und küßte sie. Es war ein keuscher, sanfter Kuß. Hand in Hand gingen sie ins Haus, die Treppe hinauf, ins Gästezimmer, wo Charlotte das Bett abdeckte. An das Zimmer schloß sich ein eigenes Bad an. Charlotte hatte auch Nachtzeug und einen Bademantel für Freunde parat, die eventuell über Nacht blieben. Sie war sehr um Olivers Wohl bemüht, ehe sie ihn schließlich mit einem warmherzigen Lächeln und einem ›Fröhliche Weihnachten‹ allein ließ. Oliver lag noch sehr lange wach im Bett ihres Gästezimmers, dachte an Charlotte und wünschte sich, zu ihr zu gehen. Er wußte jedoch, daß es unfair gewesen wäre, ihre Gastfreundschaft auszunutzen. Also lag er da wie ein Kind, das sich wünschte, zu seiner Mutter ins Bett zu kriechen, aber nicht den Mut aufbrachte.

Als er am nächsten Tag erwachte, stieg ihm der Duft von Pfannkuchen, Würstchen und Kaffee in die Nase. Er putzte sich mit der neuen Zahnbürste, die Charlotte für ihn bereitgelegt hatte, die Zähne, rasierte sich, um dann, in den Bademantel gehüllt, hinunterzugehen und nachzusehen, was sie trieb.

»Fröhliche Weihnachten, Oliver!« rief sie, als er die Küche betrat. Lächelnd sah er ihr bei der Arbeit zu, bis wenige Minuten später ein üppiges Frühstück auf dem Tisch stand. Es gab alles, was er gerochen hatte, und noch mehr: Schinken, Eier, frisch ausgepreßten Orangensaft und Kaffee.

»Fröhliche Weihnachten, Charlie. Wenn Sie mich so verwöhnen, werden Sie mich nie wieder los. Sie führen ja ein richtiges Hotel.«

Charlie lachte beglückt auf. »Freut mich, daß es Ihnen gefällt, Sir.«

Und dann beugte er sich ohne Vorwarnung über sie und küßte sie. Diesmal fiel der Kuß glutvoller aus als am Abend zuvor. Und als sie sich endlich losmachte, waren beide ziemlich atemlos. »Meine Güte, Oliver. Der Morgen fängt ja gut an.«

»Er entspricht der Qualität des Frühstücks.« Er aß zwei Bissen von den Eiern, griff dann wieder nach ihr, nicht mehr imstande, sich zurückzuhalten. Charlotte war zu gut, um wahr zu sein, und er fürchtete schon, sie würde sich vor seinen Augen in nichts auflösen, wenn er sie nicht festhielt.

»Sei ein braver Junge, Oliver«, schalt sie ihn lächelnd, »und iß schön dein Frühstück auf.«

»Ich weiß nicht, was ich lieber möchte.« Er grinste wie ein Kind zu Weihnachten in einem Spielzeugladen. »Dieses Frühstück oder dich.« Er blickte mit breitem Lächeln zu ihr auf. »Im Moment gewinnst du die Oberhand.«

»Sei brav, sonst bringt dir der Weihnachtsmann nichts. Iß schön auf.«

»Sehr wohl, Gnädigste.« Oliver war überzeugt, daß ihm der Weihnachtsmann Charlie in den Strumpf gesteckt hatte, und er sah jetzt, daß der Studioboß ganz recht gehabt hatte, denn ungeschminkt, mit glatt zurückgestrichenen Haaren, frisch und sauber, sah sie am Morgen absolut hinreißend aus.

Nach dem Frühstück verschwand Charlotte und kam mit einem kleinen blauen Samtetui wieder, das sie vor Oliver auf den Tisch legte. Es war ihr spät in der Nacht nach der Kirche eingefallen, und jetzt sah sie mit Freude zu, wie er es öffnete. Es war eine schöne alte Taschenuhr mit glattem, elegantem Zifferblatt mit römischen Zahlen. Entgeistert starrte Oliver die Uhr an.

»Ollie, sie hat meinem Großvater gehört... gefällt sie dir?«

»Sie ist einmalig! Aber du kannst mir doch nicht so etwas schenken!« Er kannte sie kaum. Was, wenn er ein Betrüger und Tunichtgut gewesen wäre und sie ihn nie wieder zu Gesicht bekommen hätte? Es kam ihm nicht richtig vor, aber als er versuchte, sie ihr zurückzugeben, wollte sie nichts davon wissen.

»Du sollst die Uhr haben. Du bist ein ganz besonderer Mensch, und für mich waren dies ganz besondere Weihnachten. Ich sagte schon, daß ich jedes Jahr nach Hause fahre und es diesmal nicht geschafft habe. In meinem großen Bekanntenkreis gab es niemanden, mit dem ich Weihnachten verbringen wollte, von dir abgesehen. Das sagt sehr viel, also gehört die Uhr dir. Behalte sie, und denk immer an dieses Weihnachtsfest.«

Als er aufblickte, um ihr zu danken, standen Tränen in seinen Augen. Anstatt eines Dankeschöns zog er sie an sich und küßte sie unendlich zärtlich. Ihre Lippen schmeckten nach Orangensaft, Pfannkuchen und Würstchen, und sie roch nach Lavendel und Veilchen. Er hätte sie zu gern auf Lebenszeit festgehalten.

»Charlie, ich bin verrückt nach dir«, flüsterte er. »Ergibt das nach drei Tagen für dich einen Sinn? ... entschuldige, heute sind es vier.« Am Donnerstag waren sie sich zum erstenmal begegnet, nun war es Montag.

»Nein«, flüsterte sie als Antwort, »und es erschreckt mich zu Tode, aber ich teile deine Gefühle, und das gefällt mir.«

»Was werden wir nun tun? Uns wie zwei ausgelassene Kinder benehmen? Ich kenne dich kaum und verliebe mich in dich. Und du, ein berühmter Fernsehstar, was fängst du mit mir an? Was soll das alles?«

»Ich weiß es nicht.« Sie wirkte nachdenklich, fast traurig. »Aber meine Arbeit beim Fernsehen hat damit nichts zu tun. So viel weiß ich. Ich glaube, wir sind einfach zwei Menschen, die sich zur rechten Zeit begegnet sind. Wir hatten einfach Glück.«

»Ist es das?« Oder war es mehr? War es eine Fügung des Schicksals? War es Bestimmung? War es Lust oder Einsamkeit? Was auch immer – es war wunderbar, ein Geheimnis, das sie miteinander verband.

»Möchtest du mit zu mir nach Hause kommen, damit ich frische Sachen anziehen kann?« fragte er lächelnd.

Sie nickte beglückt. Es war Christtag, und nachher wollte sie ihn mit zu ihren Freunden nehmen. Anschließend würde sie wieder für ihn kochen. Sie wünschte, daß es immer so bleiben könnte und dieser Zauber nie aufhörte, und Ollie ging es ebenso. Er wollte nur mit ihr zusammensein. Er wartete, bis sie sich angezogen hatte, dann fuhr er sie zu seinem Haus in Bel Air. Da Agnes nun doch freigenommen hatte, konnte er Charlie ungehindert herumführen. Er zeigte ihr die Zimmer der Kinder und die unzähligen Fotos, die sie aus New York mitgebracht hatten.

Wie zwei Kinder saßen sie stundenlang beisammen und betrachteten die Bilder, während Oliver Erklärungen zu den Aufnahmen abgab.

»Die Kinder sind bildhübsch, Oliver.«

»Du auch«, flüsterte er heiser und küßte sie wieder. Er wußte nicht, wie lange seine Zurückhaltung noch andauern konnte, denn er begehrte sie sehr. Sie war zu verlockend, wie sie neben ihm auf der Couch saß. »Möchtest du dich eine Weile an den Pool setzen?« Es war ein schöner Tag, sonnig und warm. Vielleicht konnte er das Äußerste verhindern, wenn sie ins Freie gingen. Er wollte sich zurückhalten, wollte warten, bis sie beide sicher waren, daß der richtige Zeitpunkt gekommen war. Seite an Seite lagen sie in der Sonne und redeten, ohne zu merken, wie die Zeit verging. Es gab so viel zu sagen, so viel zu erfahren, so viel zu erklären, um einander zu verstehen.

An jenem Nachmittag rief Oliver Benjamin an, und Charlotte hörte mit verständnisvollem Lächeln, was er mit seinem Sohn zu besprechen hatte. Dem Baby gehe es gut, Sandra sei ausgegangen. Das Haus sei herrlich. Und sie hofften, ihn bald zu sehen, nein, nichts sei passiert. Wieder lächelte sie, als er auflegte. »Du hängst wohl sehr an dem Jungen.«

»Ja«, gestand er. »Ich wünschte nur, er würde aus diesem Schlamassel bald herauskommen und zu uns ziehen, damit ich ihn im Auge behalten und dazu bringen kann, einen Schulabschluß zu machen. Er vergeudet sein Leben an dieses Mädchen, in seinem Alter ist so etwas eine richtige Sünde.«

»Gib ihm eine Chance. Mit der Zeit wird er selbst alles einsehen, das geht uns allen so.« Und dann fiel ihr ein: »Heiraten werden sie wohl nicht, oder?«

»Nein, das glaube ich nicht.« Seufzend legte Oliver den Arm um sie, und wenig später fuhren sie zu Charlies Freunden. Beide waren Regisseure, die sich mit interessanten Produktionen einen Namen gemacht hatten und über einen großen Bekanntenkreis verfügten. Etliche Prominente waren gekommen, aber auch ganz unbekannte Menschen. Alle benahmen sich ungekünstelt und offen. Niemand schien erstaunt, Charlotte mit Oliver zusammen zu sehen, so daß er sich auf Anhieb wie zu Hause fühlte und sich sehr gut unterhielt. Sie blieben länger als geplant, so daß sie erst um neun zurück nach Bel Air fuhren. Spontan faßten sie den Entschluß, noch im Pool zu schwimmen. An Eßbarem war nichts im Hause, sie waren aber noch satt vom Frühstück, vom Lunch und den Häppchen, die man ihnen im Haus ihrer Freunde serviert hatte.

Oliver borgte Charlotte einen von Mels Badeanzügen und ging dann ins Haus, um sich umzuziehen. Als er zurückkam, war sie bereits im Wasser und schwamm gemächlich eine Länge, ehe sie an seinem Ende anhielt.

»Du schwimmst sehr gut. Gibt es etwas, was du nicht kannst?«

»Ja, sehr viel.« Sie lächelte ihn an. »Ich schwimme sehr viel, es hält mich in Form.« Und das stimmte. Die Figur, die er zu sehen bekam, als sie aus dem Wasser stieg, um vom Sprungbrett zu springen, raubte ihm den Atem. Die Proportionen waren perfekt, ihre Gliedmaßen von vollendetem Ebenmaß. Sie war ein unglaublich schönes Mädchen, naß oder trocken, morgens oder abends, zu jeder Tageszeit, jederzeit und überall. Er wollte sie jetzt, hier in diesem Pool, und zugleich wußte er, daß er ihr so etwas nicht zumuten konnte. Sie hatten sich gerade erst kennengelernt, und in gewisser Hinsicht schien sie ein altmodisches Mädchen zu sein. Sie tauchte ganz in seiner Nähe ein und kam neben ihm an die Oberfläche, um Luft zu holen. »Schwimmen wir um die Wette?« Daß sie mit ihm spielen wollte, entlockte ihm ein Lächeln. Vor langer Zeit war er Kapitän des Schwimmteams seiner Schule gewesen, sie hatte gegen ihn also nicht die geringste Chance. Er hielt ihre Hände fest, drückte Charlotte gegen die Wand des Pools und küßte sie. »Du bist nicht schlecht.«

»Auf welche Fertigkeit spielst du an, meine Liebe?« neckte er sie.

»Auf beide, ehrlich gesagt.« Und dann tauchte sie an ihm vorbei und schwamm unter Wasser wie ein Fisch zur anderen Seite. Das Verlangen überwältigte ihn, und er hielt es nicht länger aus. Er schwamm ihr nach, umspannte ihre Mitte mit beiden Händen, bevor beide langsam auftauchten. So hielt er sie fest, und sie legte die Arme um seinen Hals und küßte ihn.

»Ehrlich gesagt, ich bin nicht sicher, ob ich noch für mein Benehmen garantieren kann.« Er wollte von Anbeginn an bei der Wahrheit bleiben.

»Und ich bin gar nicht sicher, ob ich das möchte, Ollie.« Und dann küßte sie ihn heftig, und die Leidenschaft übermannte ihn, als er ihr den Badeanzug langsam abstreifte und seine Hände über ihre samtweiche Haut gleiten ließ. Im nächsten Moment atmeten und bewegten sie sich, als wären sie eins, sie streifte seine Schwimmhose ab und umfaßte ihn mit beiden Händen.

»O Baby«, stöhnte Oliver unter ihrer Berührung auf. »Charlotte... ich liebe dich...« Es war ihm peinlich, diese Worte auszusprechen, und doch tat er es. Er liebte die Art, wie sie dachte und empfand und wie sie sich anfühlte. Seine Finger berührten sie sacht an der Innenseite ihrer Schenkel, und dann schwammen sie langsam zur Treppe, vor Begehren ausgehungert. Er legte sie behutsam zurück, und als sie ihn küßte, drang er in sie ein. Sie wölbte sich ihm entgegen und bewegte sich mit ihm im Gleichklang, umgeben vom lauen Wasser. So ging es endlos weiter, sanft und schön, als wären sie zwei Menschen, die, von Zeit und Raum zusammengeführt, hier in der Schwebe waren, solange sie es aushalten konnten, und schließlich verlor Oliver die Beherrschung, ein Schauer überlief ihn, während sich Charlie an ihn klammerte und im gleichen Augenblick kam. Sie öffnete die Augen, blickte zu ihm auf, küßte ihn und sagte alles das, was er vom Augenblick ihrer ersten Begegnung an hatte hören wollen. So verrückt es auch sein mochte, er wußte, daß es für beide die Wahrheit war.

»Ollie«, flüsterte sie in der weichen Nachtluft. »Ich liebe dich.« Er führte sie sanft fort vom Pool, wickelte sie in Badetücher und brachte sie in sein Zimmer. Und sie lagen auf seinem Bett, flüsterten bis tief in die Nacht und kicherten wie zwei Kinder, die Geheimnisse und Träume miteinander teilen. Und als sie sich wieder liebten, wußten beide, daß es richtig war. Zum erstenmal im Leben waren beide dort, wo sie sein wollten – mit dem richtigen Menschen zur richtigen Zeit, genauso wie sie es wollten.

»Es ist wie ein Traum, nicht?« flüsterte Charlie, ehe sie wie zwei glückliche Kinder einschliefen.

»Fröhliche Weihnachten, Charlie«, murmelte er und schlang den Arm fest um ihre Taille. Es war das einzige, das sie je ersehnen würden. Und falls es ein Traum war, hoffte er, nie daraus zu erwachen.

22. Kapitel

Nach zwei Wochen in Boston kamen die Kinder wieder heim, und Oliver holte sie ab, glücklich und locker und von seiner Liebe zu Charlotte innerlich erwärmt. Die Kinder hatten ihm so gefehlt wie immer, wenn sie nicht bei ihm waren, diesmal aber hatte er während ihrer Abwesenheit ein eigenes Leben geführt. Die Tage waren wie im Flug vergangen. Zugleich war er nervös wegen ihrer Rückkehr, da er befürchtete, die Kinder würden die Veränderung an ihm wahrnehmen. Gleichzeitig hoffte er sehr, daß sie für Charlotte Sympathie entwickeln konnten. Schon einmal war eine Romanze in die Brüche gegangen, weil die Dame seines Herzens und seine Kinder nicht miteinander ausgekommen waren. Er empfand noch immer großes Unbehagen, wenn er daran zurückdachte, wie die Begegnung mit Megan verlaufen war. Doch was er nun mit Charlotte gemeinsam hatte, war etwas ganz anderes. Sie war sanft und warmherzig, dabei sehr umgänglich und heiter. Sie interessierte sich für sein Fühlen und Denken, und anders als Megan konnte sie es kaum erwarten, seine Kinder kennenzulernen und mit ihnen Freundschaft zu schließen.

Sam fiel Oliver um den Hals, dicht gefolgt von der knackigbraunen, lächelnden Mel. Sarah war mit ihnen über das Neujahrswochenende für ein paar Tage nach New Hampshire zum Skilaufen gefahren.

»Donnerwetter, ihr beide seht ja großartig aus!« Sie hatten sich blendend erholt, und auf der Heimfahrt erwähnte Mel beiläufig, daß ihre Mutter allmählich über den Verlust Jean-Pierres hinwegkäme. Sarah hatte sich in die Arbeit an ihrem Roman gestürzt, den sie Jean-Pierre widmen wollte. Oliver fragte nicht, ob es bereits einen anderen Mann in ihrem Leben gab. Er wollte es gar nicht wissen, da er das Gefühl hatte, es sei Sarahs Sache und gehe ihn nichts mehr an.

»Na, Dad, haben wir dir gefehlt?« Sam rückte im Wagen näher an ihn heran.

»Das soll wohl ein Scherz sein? Das Haus war ohne euch so still wie eine Gruft.« Aber nicht immer, dachte er mit geheimem Lächeln, denn es hatte Charlotte gegeben... »Es war schrecklich einsam ohne euch.« Er lächelte über Sams Kopf hinweg Mel zu. Dabei fiel ihm auf, wie erwachsen sie geworden war. In den letzten Monaten war sie zur Frau erblüht, was ihm jetzt, nach zwei Wochen Trennung, um so deutlicher ins Auge sprang.

»Wie geht es Andy?« erkundigte sich Sam nach dem Hund.

»Er ist unartig wie immer«, erklärte sein Vater lächelnd. »Unlängst lag er auf der weißen Couch, nachdem er sich im Pool naßgemacht hatte. Aggie ging wutentbrannt mit dem Besen auf ihn los. Wer den Sieg davontrug, weiß ich nicht mehr. Hinterher zerkaute Andy jedenfalls die Gardinen.« Alle lachten über seine Schilderung, und Oliver war um besondere Lässigkeit bemüht, als er seine nächsten Worte sorgfältig formulierte: »Heute kommt eine Freundin zum Dinner, eigentlich nur eine Bekannte.«

So kühl er es auch sagte, so hatte er doch seine Zweifel, ob er seine aufgeweckten Sprößlinge hinters Licht zu führen vermochte. »Ich dachte, ihr würdet sie gern kennenlernen.«

»Jemand Besonderer, Dad?« Mel ließ ein neugieriges Lächeln sehen, wobei sie eine Braue hochzog. Auch das war eine Veränderung. Noch vor einem halben Jahr wäre sie entschlossen gewesen, jede Frau zu hassen, die auch nur annähernd Interesse an ihrem Vater erkennen ließ. Aber plötzlich war alles anders. Mit ihren bald siebzehn Jahren war sie so gut wie erwachsen. In der Schule gab es einen Jungen, für den sie schwärmte, und nach dem mit ihrer Mutter und Jean-Pierre verbrachten Sommer war ihr klargeworden, daß ihre Eltern niemals wieder zusammenleben würden. Für Sam war es härter, dies zu akzeptieren, aber er war noch unschuldiger und schien den Unterton in der Bemerkung seines Vaters zu überhören, der Mel nicht entgangen war.

»Nur eine Bekannte.«

Mel ließ nicht locker. »Wer ist sie?«

»Sie heißt Charlie... eigentlich Charlotte... und sie stammt aus Nebraska.« Etwas anderes fiel ihm nicht ein, da er nicht damit angeben wollte, daß sie in einer erfolgreichen TV-Serie mitwirkte. Das würden sie ohnehin bald selbst entdecken. Genau wie Aggie dahintergekommen war. Als sie Charlie das erste Mal gesehen hatte, war ihr der Mund buchstäblich vor Staunen offengeblieben. Die beiden hatten sich aber schnell angefreundet, und auf Aggies Bitte hin brachte Charlie ihr ein mit einem Autogramm versehenes Foto und ein paar Andenken an die Serie mit, die Aggie an Freunde verschicken konnte... Inzwischen hatte Charlotte Aggies totale Billigung erlangt.

Als sie auf die Zufahrt fuhren, wartete Aggie schon, um die beiden in die Arme zu schließen. Diverse von ihr selbst zubereitete Köstlichkeiten standen bereit, und Andy raste vor Wiedersehensfreude. Bis zum Essen waren noch zwei Stunden Zeit, und Sam konnte es kaum erwarten, in den Pool zu kommen und das milde kalifornische Klima auszukosten, nachdem er zwei Wochen im eisigen Osten verbracht hatte. So wie in Boston hätte er noch nie im Leben gefroren, behauptete er.

Noch bevor sich Mel daranmachte, ihre Sachen auszupacken, steuerte sie aufs Telefon zu, um ihre Freundinnen anzurufen. Sie mußte wissen, wer was mit wem gemacht hatte und was ihr während der Ferien entgangen war. Beide waren sichtlich froh, wieder zurück zu sein, für Oliver ein Grund zur Freude. Leid tat ihm nur, daß keiner der beiden Zeit gehabt hatte, Benjamin zu besuchen, der wieder zwei Jobs hatte. Er und Sandra waren mit dem Baby ziemlich unbeweglich. Es sah so aus, als hätte sich an der Situation nicht viel geändert. Als Oliver Mel noch im Wagen danach fragte, sagte sie, er hätte sehr niedergeschlagen geklungen, aber vielleicht war es nur die Müdigkeit gewesen. Sandra war bis nach Mitternacht aus gewesen, und Benjamin hatte beide Male, als Mel anrief, Babysitter gespielt.

Pünktlich um sieben, während Oliver voller Nervosität in seinem Arbeitszimmer wartete und die vertrauten Geräusche der Kinder von oben hörte, sah er den roten Mercedes vorfahren. Das Herz hüpfte ihm in der Brust, am liebsten wäre er hinausgelaufen und hätte Charlotte zur Begrüßung geküßt, doch er hielt sich zurück und beobachtete, wie sie ausstieg. Dann erst ging er gemessenen Schrittes zur Haustür, um sie einzulassen.

»Hallo, Kleines«, flüsterte er, als er ihr flüchtig einen Kuß auf die Wange drückte. »Du hast mir gefehlt.« Ihm war zumute, als wären Tage seit ihrem letzten Beisammensein vergangen, in Wahrheit waren sie noch am Morgen zusammengewesen.

»Du hast mir auch gefehlt«, flüsterte sie im Verschwörerton. »Wie geht es den Kindern?«

»Großartig. Die Ferien müssen herrlich gewesen sein, trotzdem sind sie froh, wieder zurück zu sein.« Es war schlimmer, als wenn man ein Mädchen seiner zukünftigen Schwiegermutter vorstellte, und er wußte, wie grausam Kinder sein konnten und seine eigenen ganz besonders. Auch Charlotte schien wegen der bevorstehenden Begegnung etwas nervös zu sein. Wie zwei verlegene Kinder sahen sie aus, als Oliver Charlotte ins Arbeitszimmer führte und sie sich in Polstersessel setzten, die durch die gesamte Länge des Raumes voneinander getrennt waren, doch damit konnten sie niemanden hinters Licht führen. Der Blick, der zwischen ihnen gewechselt wurde, war Ausdruck reinster Anbetung. Ihnen war in den letzten zwei Wochen etwas Besonderes widerfahren, und das wußten beide. Charlotte war zudem bewußt, daß das etwas war, das man nicht für sich allein behalten durfte, sondern teilen mußte.

Plötzlich sprang Ollie auf und lief hinauf, um die Kinder zu rufen, während Charlie im Raum auf und ab wanderte, ins Leere starrte und dann wieder die Bilder betrachtete, ohne etwas wahrzunehmen. Was, wenn die Kinder sie verabscheuten? Wenn seine Tochter sich als Biest entpuppte und sein geliebter Sam als kleines Monstrum? Aber noch ehe sie Reißaus nehmen konnte, stürmte der Hund herein, dicht gefolgt von Sam und Mel und Oliver. Es war ein Überraschungsangriff, und plötzlich schien der Raum voller Lärm, Stimmengewirr und Gelächter, bevor unvermittelt totale Stille eintrat, als die Kinder Charlotte sahen.

Oliver trat vor und machte sie bekannt. Mel drückte ihr die Hand, während sie sie unverhohlen abschätzte und zu billigen schien, was sie sah. Tatsächlich war sie tief beeindruckt. Und Sam starrte den Gast aus zusammengekniffenen Augen an, als versuche er, sich an etwas zu erinnern, ohne zu wissen, woran. Charlotte war unleugbar bildhübsch. Dem Anlaß entsprechend hatte sie einen dezenten dunkelblauen Rock gewählt, dunkelblaue gemusterte Strümpfe und farblich darauf abgestimmte Pumps, einen weißen Rollkragenpulli und einen Blazer. Sie war dezenter geschminkt als Mel, und ihr Haar war zu einem langen schimmernden Pferdeschwanz zurückgekämmt. Ihr Haar hatte genau denselben Farbton wie das von Benjamin – das fiel Mel sofort auf.

»Nett, euch kennenzulernen«, sagte Charlotte lächelnd. »Von eurem Vater habe ich schon viel über euch zu hören bekommen.«

»Ja? Was denn?« Sam grinste sie entzückt an. Sie war so hübsch, daß er Sympathie seinerseits nicht für ausgeschlossen hielt. »Hat er Ihnen von meinem wissenschaftlichen Experiment erzählt?« Darauf war er besonders stolz, und Mel stöhnte.

»Nein, nicht, bitte...« Sie ahnte ganz richtig, was nun kam.

»Möchten Sie es sehen?« bot Sam mit breitem Lächeln an, und als Charlotte nicken wollte, wehrte Mel mit einer Handbewegung ab.

»Hören Sie auf meinen Rat, und lassen Sie sich nicht darauf ein. Er hat eine Würmerfarm angelegt. Einfach widerlich.« Sie und Aggie hatten Sam gezwungen, damit in die Garage auszuwandern, und er lechzte jetzt danach, die Würmer der Freundin seines Vaters zu zeigen, teils um anzugeben, teils um sie zu testen.

»So etwas habe ich nur einmal versucht.« Charlotte lächelte dem Jungen zu. »Dann hat meine Mutter die Würmer hinausgeworfen. Ich hatte Schlangen und weiße Mäuse... und ein Meerschweinchen. Sam, hast du jemals ein Meerschweinchen gehabt?« Sichtlich beeindruckt schüttelte er den Kopf. Die war richtig. »Meerschweinchen sind ganz toll. Ich hatte ein langhaariges. Es sah aus wie eine Kreuzung zwischen Hund und Kaninchen.«

»Mensch, das muß ja prima sein!« Er wandte sich mit großen Augen an Oliver und fragte: »Dad, kann ich eines halten?«

»Frag lieber erst Aggie. Sie wird wahrscheinlich saubermachen müssen.«

In diesem Augenblick rief Agnes sie zum Essen, und sie nahmen im Eßzimmer an dem schön gedeckten Tisch Platz. Charlotte breitete artig die gestärkte weiße Serviette auf dem Schoß aus, während sie Mels kritischen Blick auf sich spürte, der alles registrierte, vom glänzenden Haar angefangen bis zu den perfekt manikürten Nägeln.

Es gab Hamburger und Pommes Frites, Sams Lieblingsgericht, dazu grünen Salat und hausgemachte Muffins. Oliver erinnerte sich an die einfachen Mahlzeiten, die sie in den letzten zwei Wochen in Charlottes Küche zubereitet hatten. Plötzlich wurde ihm klar, wie sehr er die mit ihr allein und ungestört verbrachte Zeit vermissen würde, aber er hatte sich bereits vorgenommen, möglichst viel Zeit mit ihr zu verbringen, auch nach der Rückkehr der Kinder. Er hatte schließlich ein Recht darauf. Höchste Zeit, daß die beiden das zur Kenntnis nahmen. Und dann, ganz unvermittelt während des Essens, stieß Sam einen Schrei aus und starrte Charlotte entgeistert an. Er riß den Mund auf, und seine Augen wurden groß. Dann schüttelte er den Kopf... es konnte nicht sein... sie war es nicht... oder doch...?

»Sind Sie... haben Sie je...« Er wußte nicht mal, wie er die Frage formulieren sollte, und Charlotte lachte verständnisvoll. Natürlich hatte sie sich gefragt, ob man sie erkennen würde, und sie war der Meinung gewesen, daß Mel als erste draufkam – ein Irrtum, wie sie jetzt sah.

»Ich glaube, ich bin es«, sagte sie bescheiden und mit spitzbübischem Lächeln. »Falls du mich das fragen möchtest.«

»Sie sind beim Fernsehen. Mensch... Sie sind es wirklich? Ich meine...«

»Ja, ja... ganz recht.« Sie sah beide Kinder entschuldigungheischend an. Ein wenig peinlich war ihr diese Situation schon.

»Warum haben Sie kein Wort davon gesagt?« Sam schien gekränkt zu sein, und Mel war verwirrt. Charlotte war ihr zwar irgendwie bekannt vorgekommen, sie wußte aber immer noch nicht, weshalb, und wagte nicht, danach zu fragen, weil sie es offenbar hätte wissen müssen. Jetzt kam sie sich richtig dämlich vor.

»Sam, es erschien mir nicht so wichtig.« Und das Schöne daran war, daß sie es aufrichtig meinte.

»Sie haben gesagt, Sie hätten ein Meerschweinchen gehabt! Warum haben Sie kein Wort von der Fernsehserie verraten?«

Alle lachten über diese Folgerung, und Charlotte schüttelte den Kopf. »Das ist ja nun wirklich etwas anderes.«

Plötzlich ging auch Mel ein Licht auf, und sie machte große Augen. »Mein Gott... Sie sind ja Charlotte Sampson!«

»Ja, die bin ich.« Sie sagte es leise, als Aggie wieder ein gehäuft volles Körbchen der köstlichen Muffins herumreichte und sie voller Stolz ansah, als wären sie und Charlotte alte Freundinnen. Charlotte warf ihr einen dankbaren Blick zu und flüsterte: »Danke, Aggie«, als sie sich noch ein Muffin aus dem Körbchen nahm.

»Warum haben Sie das nicht gleich gesagt?« wollte nun auch Mel wissen, und Charlotte sah sie ernst an.

»Hättet ihr mich dann netter gefunden? Das wäre falsch. Diese Fernsehgeschichten sind ja ganz hübsch, aber nicht wirklich wichtig.«

»Ich weiß, aber...« Mel konnte es kaum erwarten, ihren Freundinnen von dieser Sensation zu erzählen: Sie hatte mit Charlotte Sampson zu Abend gegessen! Hier kannten viele Mitschüler bekannte Schauspieler oder waren sogar verwandt mit ihnen, aber sie selbst hatte bislang niemanden aus der Filmbranche kennengelernt, und als sie Charlotte noch einmal einer Betrachtung unterzog – diesmal noch eingehender –, gelangte sie zu der Ansicht, daß sie großartig war. Derselben Meinung war ihr Vater. Ihm gefiel es, wie sie mit seinen Kindern umging, was sie sagte und wie sie aussah, und er schätzte ihre Vorzüge, die sie zu dem machten, was sie war, nämlich nicht nur eine beliebige Schauspielerin, die es zu einiger Berühmtheit gebracht hatte. »Wumm, das ist ja richtig aufregend!« gab Mel in aller Offenheit von sich, und Charlotte lachte. Es war ein Kompliment, das sie zu schätzen wußte, da es von Ollies Tochter kam.

»Danke, Mel. Für mich ist es auch sehr aufregend. Bevor ich zu euch kam, war ich so nervös, daß ich mich mindestens zehnmal umgezogen habe!«

Ollie war gerührt, und Mel staunte nicht schlecht. »Sie? Nervös, weil Sie uns kennenlernen sollten? Wieso das? Wie ist es, wenn man beim Fernsehen ist?« Und jetzt schossen Sam und Mel wie auf Kommando Hunderte von Fragen auf Charlotte ab, wen sie kannte, wen sie schon gesehen hatte, mit wem sie arbeitete, wie es war, wenn man Schauspielerin war, wie man Texte erarbeitete, ob sie nie Angst hätte, ob der Beruf ihr gefiel...

»Mal langsam, Leute«, warf Oliver schließlich ein, »gebt Charlie eine Chance, wenigstens aufzuessen.« Seit sie dahintergekommen waren, wen sie zu Gast hatten, waren sie nicht mehr zu bremsen, und plötzlich stellte Mel in die Stille hinein eine einzige Frage.

»Wie haben Sie unseren Dad kennengelernt?« Es war eine neugierige und gar nicht mehr kritische Frage, die Charlie ein zärtliches Lächeln entlockte.

»Es war ein glücklicher Zufall – vor ein paar Wochen auf der Weihnachtsparty meiner Fernsehgesellschaft.«

Und dann entschloß sich Oliver, die Wahrzeit zu erzählen, oder zumindest teilweise, denn er war der Meinung, daß die beiden reif dafür waren. »Charlie war so lieb, mich am Heiligen Abend zum Essen einzuladen.« Ungesagt blieb, daß er die Nacht in ihrem Haus verbracht, daß sie sich am Christtag im Pool leidenschaftlich geliebt hatten und daß es vom ersten Moment an zwischen ihnen gefunkt hatte, aber Mel spürte es, und sogar Sam vermutete, daß es etwas Ernstes war. Oliver und Charlie sahen sich oft so seltsam an, mehr noch als Mom und Jean-Pierre. Aber ihm sollte es recht sein, denn Charlotte Sampson war seiner Meinung nach eine Wucht.

Kaum hatten sie den Nachtisch hinter sich, als Sam sie wieder einlud, mit ihm in der Garage die Würmerfarm zu besichtigen. Zu Mels Entsetzen war Charlotte einverstanden, die anschließend verkündete, die Wurmfarm sei viel großartiger als ihre seinerzeit. Als Sam stolz erklärte, er habe dafür den Wissenschaftspreis gewonnen, beschimpfte ihn seine Schwester.

Um neun ging Sam zu Bett, aber Mel blieb noch unten und unterhielt sich mit Charlotte über Drehbücher, Agenten und über die Schauspielerei. Charlotte gestand ihr, daß es immer schon ihr größter Wunsch gewesen sei, in einem Broadway-Stück mitzuwirken. Schließlich sah sie mit Bedauern auf die Uhr und sagte, daß sie am nächsten Tag um vier Uhr morgens im Studio erwartet würde. Es ging um eine schwierige Szene, die sie zu Hause noch probieren wollte. »Es steckt viel harte Arbeit dahinter, Mel, falls es dir damit ernst sein sollte. Aber ich muß zugeben, daß ich meinen Beruf liebe.«

»Könnte ich mal kommen und bei den Dreharbeiten zusehen?« wagte Mel einen Vorstoß, verwundert über ihren eigenen Mut, aber Charlie gab sich so unbefangen, daß es ihr vorkam, wie mit einer alten Freundin zu plaudern. Charlie nickte.

»Aber sicher, wenn dein Dad nichts dagegen hat. Vor ein paar Tagen hat er mir bei den Aufnahmen zu einem Werbefilm zugesehen. Ich fand es sehr nett.« Sie lächelte schüchtern, und Ollie berührte ihre Hand, so daß Mel es nicht sehen konnte. Das Mädchen war ohnehin viel zu beeindruckt, um das Knistern zwischen ihnen zu bemerken.

»Donnerwetter, Dad, und wie war es?«

»Interessant und ermüdend.« Er sah Charlie mitfühlend in die Augen. »Wie oft wurde die eine Szene gedreht?«

»Zweiunddreißigmal, glaube ich, vielleicht auch öfter. Ich weiß es nicht mehr.«

»Ihr Partner vergaß ständig seinen Text, so daß immer wieder von neuem gedreht werden mußte«, erklärte Oliver. »Trotzdem hat das Zusehen Spaß gemacht. Unglaublich, wie viele Menschen an solchen Aufnahmen beteiligt sind.«

»Du solltest sehen, was los ist, wenn wir an der Serie arbeiten, was mich wieder daran erinnert...« Langsam ging Charlie zur

Tür und winkte Mel zum Abschied zu. Mel raste sofort die Treppe hinauf, um ihre Freundin anzurufen und damit zu prahlen, wen sie gerade kennengelernt hatte. Oliver brachte Charlie zu ihrem Wagen, von immer wachsender Bewunderung erfüllt.

»Weißt du, daß du unglaublich bist? Würmerfarm... Geduld mit Teenagern... gibt es sonst noch etwas, das ich wissen sollte?«

»Ja.« Beglückt sah sie zu ihm auf. Es war ein wunderbarer Abend gewesen, an dem alle ihre Befürchtungen zerstreut worden waren. Sie hoffte sehr, bei den Kindern Anklang gefunden zu haben. »Ich liebe dich sehr, Oliver Watson.«

»Ich dich auch, Charlie«, flüsterte er, als er sie küßte. Von seinem Fenster aus beobachtete Sam verdutzt die Szene und wandte sich sodann an Aggie, die die Bettdecke zurückschlug.

»Menschenskind, Aggie, Dad hat Charlotte Sampson geküßt!« Das war wirklich sensationell, aber Aggie ließ ein mahnendes Zungenschnalzen hören.

»Junger Mann, kümmere dich um deine eigenen Angelegenheiten und putz dir die Zähne!«

»Glaubst du, sie mag ihn?«

»Ich denke schon. Dein Vater ist ein netter Mensch, wem würde er nicht gefallen?«

»Aber sie ist ein Filmstar, Aggie... oder Fernsehstar, oder... na, du weißt schon...«

»Was macht das schon aus?« Während er, noch immer kopfschüttelnd, ans Zähneputzen ging, dachte Aggie bei sich, daß sowohl Oliver als auch Charlotte sich glücklich schätzen konnten. Und nach allem, was sie heute mitbekommen hatte, auch die Kinder.

23. Kapitel

Am Wochenende fuhr Charlotte vor, stieg aus und klingelte feierlich. Und als Sam öffnete, entzückt, sie wiederzusehen, überreichte sie ihm einen seltsam geformten, mit einer hellblauen Decke abgedeckten Käfig, aus dem sonderbare Quietschtöne hervordrangen, dazu ein strenger Geruch, der Sam aber nicht störte. Und als er die Decke entfernte, stieß er einen Freudenschrei aus. Es war ein langhaariges Meerschweinchen. Und Charlie hatte recht gehabt, es sah aus wie eine Kreuzung zwischen einem Hündchen und einem Kaninchen.

»Mensch... sieh dir das an, Dad!« rief er seinem Vater zu, der frisch rasiert und geduscht die Treppe herunterkam. »Darf ich es behalten?« Sein Blick wanderte von Charlotte zu Ollie. Und Charlotte sah Watson senior flehentlich an.

»Ja dann... also behalte es.« Er schenkte Charlotte ein Lächeln voller Liebe. Sie hatte die Gabe, alle glücklich zu machen.

»Darf ich es im Zimmer halten?«

»Wenn dich der Geruch nicht stört, dann schon.« Die beiden Erwachsenen lachten, und Sam nahm Charlie den Käfig aus der Hand und lief die Treppe hinauf, bevor einer der beiden es sich anders überlegen konnte.

Nachmittags fuhren sie nach Malibu und tollten am Strand herum. Abends sahen sie sich auf Mels Drängen einen Film an, eine lächerliche Teenagerstory, die Charlie an einen ihrer ersten Filme erinnerte, und dann gingen sie ins Hard-Rock-Café, wo ihr diesmal der Lärm gar nicht so arg vorkam. In der Woche darauf machten sie einen Besuch in Disneyland. Das Leben mit Charlotte war wie ständige Ferien. Sie dachte sich himmlische Vergnügungen aus, fand aufregende Veranstaltungen, die man sich ansehen konnte, und lud die Kinder sogar zu sich nach Hause ein und kochte für sie. Hinterher mußte Sam zwar widerstrebend zugeben, daß Agnes die bessere Köchin war, in jeder anderen Hinsicht zog er aber Charlie vor. Das Meerschweinchen wurde sogar nach ihr benannt, nämlich Charles oder Charlie. Und Mel hatte schon in ihrem gesamten Bekanntenkreis damit renommiert, daß ihr Vater mit Charlotte Sampson ausging.

Keines der Kinder hatte etwas gegen sie einzuwenden, und sie schienen es auch nicht übelzunehmen, wenn Oliver ankündigte, daß er abends ausging, was an Wochentagen nicht oft vorkam, da Charlotte hart arbeitete und immer im Morgengrauen auf dem Set sein mußte. Zweimal war sie übers Wochenende bei ihnen geblieben und hatte das Gästezimmer bewohnt. Charlie lag sehr daran, den Anstand zu wahren und die Kinder nicht in Verlegenheit zu bringen, die nicht ahnten, daß ihr Vater zu später Stunde auf Zehenspitzen den Gang entlangschlich und mit glücklichem Lächeln zu Charlie ins Bett stieg, während sie ihn kichernd ermahnte, leise zu sein. Es war für alle ein perfektes Arrangement.

George und Margaret kamen einen Monat nach der Heimkehr der Kinder zu Besuch, und auch ihnen gefiel Charlotte auf Anhieb. Natürlich waren sie erst ungemein beeindruckt, sie kennenzulernen, vergaßen aber sehr rasch, daß sie einen Star vor sich hatten. Sie war so wenig eingebildet, so diskret, was ihren Erfolg betraf, so warmherzig zu denen, die sie liebte, und freundlich zu jedermann, daß sich alle in die junge Frau verliebten und nicht in den TV-Star. Wie sie schon Mel bei der ersten Begegnung erklärt hatte, war der Erfolg für sie sehr schön, aber nicht das Wichtigste in ihrem Leben. Wichtig waren für sie die Menschen, die sie liebte.

Dennoch wurden sie immer wieder an ihren Ruhm erinnert, denn wo immer sie sich mit ihr zeigten, wurden sie von Autogrammjägern belagert, oder es kamen Neugierige auf sie zu und fragten, ob sie wirklich Charlotte Sampson sei, und gestanden ihr, wie sehr ihnen die Serie gefiel. Manche wollten sogar wissen, wer Sam und Mel waren. Manchmal waren diese Störungen richtig ärgerlich, so daß es Oliver oft schwerfiel, ihrem Beruf mit

Nonchalance zu begegnen. Aber Charlie war zu ihren Fans immer äußerst liebenswürdig, geduldig und verständnisvoll. Sie benahm sich, als hätte sie den ganzen Tag nur darauf gewartet, ausgiebig mit ihnen zu schwatzen, ja, es schien sie richtig zu freuen, wenn die Leute auf sie zukamen. Manchmal fragte Mel sie, wie sie das alles aushielt, ohne die Ruhe zu verlieren.

»Das gehört zu meinem Beruf, Kleines. Man muß es akzeptieren, wenn man sich für dieses Leben entschieden hat, andernfalls wird man nicht viel erreichen. Man tut es fürs Publikum ebenso wie für sich selbst. Und wenn einem die Fans gleichgültig werden, gelingen einem auch keine guten Auftritte mehr...«

Besonders Olivers Vater hatte es Charlie angetan. Er war begeistert von ihr und hielt sie für das schönste Mädchen, das er je gesehen hatte. Insgeheim betete er darum, sie würde seinen Sohn heiraten. Vor der Abreise erkundigte er sich bei Oliver, ob er sie schon gefragt hätte.

»Ach komm, Dad, wir kennen uns nicht mal zwei Monate, also dräng mich nicht. Außerdem hat sie einen Beruf, der sie sehr in Anspruch nimmt. Ich weiß gar nicht, ob sie sich mit einem gewöhnlichen Sterblichen und einer Kinderschar belasten möchte.«

Sie behauptete zwar immer, daß sie sich eine Familie wünschte, aber in Wahrheit hatte Ollie Angst, sie zu fragen.

»Ich denke schon. Ihre Ansichten sind ziemlich konservativ und bürgerlich.«

»Ich weiß, aber sie könnte in Hollywood buchstäblich jeden bekommen. Also laß uns ein wenig Zeit.« Oliver konnte sein Glück noch immer nicht fassen, und Charlie war ebensosehr erstaunt.

Eines Abends, als sie wieder allein waren und gemütlich beisammensaßen und plauderten, läutete das Telefon. Benjamin schluchzte so heftig, daß Ollie ihn kaum verstand.

»Jetzt mal ganz ruhig, mein Junge... ist ja gut... tief Atem holen...« Er warf Charlie einen besorgten Blick zu, weil er befürchtete, daß es einen Unfall gegeben hatte. Seit Wochen hatte er nichts von Benjamin gehört, und nie hatte jemand abgehoben, wenn er anrief. Oliver hatte seinen Vater gebeten, im Haus in Purchase nach dem Rechten zu sehen. »Benjamin, so sag schon, was los ist.« Noch immer brachte der Junge kein Wort heraus.

»Ich ertrage es nicht mehr, Dad... ich ertrage es nicht... ich hasse sie...«

»Was ist passiert?«

»Ach, nichts. Ich bin nur so erledigt... ich tue nichts außer schuften und für sie und das Kind bezahlen... sie hat ihren Job aufgegeben, und sie glaubte schon, sie wäre wieder schwanger, es war aber ein Irrtum.« Diesmal wäre das Kind nicht von ihm gewesen, er hatte sie seit zwei Monaten nicht angefaßt. »Sie ist mit Billy Webb und Johnny Pierson unterwegs gewesen... ich weiß nicht, Dad... sie streunt ständig herum. Manchmal muß ich den Kleinen sogar mit zur Arbeit nehmen... Ich habe Alex lieb, ich will ihn nicht verlassen, aber ich kann nicht mehr...« Wieder brach er in Tränen aus. »Ich schaffe es nicht mehr... ich kann nicht. Letzte Woche wollte ich mich umbringen. Eine Stunde lang hockte ich in der Garage und versuchte, meinen ganzen Mut zusammenzunehmen und den Motor anzulassen, aber ich konnte es nicht. Immer mußte ich an Alex denken und daran, was aus ihm werden würde, wenn er ihr allein ausgeliefert wäre. Dad, sie kümmert sich überhaupt nicht um ihn. Es kommt vor, daß sie den ganzen Tag über vergißt, ihn zu füttern, so daß er sich die Lungen aus dem Leib brüllt, wenn ich nach Hause komme. Letzte Woche wäre er beinahe in den Pool gefallen, als ich ihn zehn Minuten mit Sandra allein gelassen habe. Dad... hilf mir, bitte... hol mich da raus...« Das abgehackte Schluchzen schien nicht enden zu wollen, aber als Oliver seinem Sohn vorschlug, schleunigst nach Kalifornien zu kommen, wandte dieser ein, daß er das Kind nicht im Stich lassen könnte. Er hatte seinen Sohn zu lieb, und Sandra würde ihn völlig vernachlässigen.

»Warum bringst du ihn nicht mit?«

»Sie sagt, daß sie das nicht zulassen würde. Letzte Woche drohte ich ihr, ihr das Kind wegzunehmen. Da sagte sie, sie würde die Polizei holen, falls ich es versuchte. Sie meint, ich hätte kein Recht auf ihn, sie sei seine Mutter. Und wenn ich ihr Alex nähme, würden alle ihre Freunde denken, sie hätte wirklich etwas Schlechtes getan, und sie würde schlecht dastehen. Aber andererseits will sie sich auch nicht um ihn kümmern.«

»Was ist mit Sandras Mutter? Meinst du, sie könnte einspringen?«

»Ich weiß es nicht. Ihr Freund hat sie verlassen, und sie ist von L. A. nach Bakersfield gezogen.«

»Hast du ihre Nummer?«

»Ja. Sandra hat sie an die Küchenwand gepinnt.« Endlich hatte sich Ben gefaßt. Er war erst achtzehn und unter seiner großen Belastung ins Taumeln geraten. »Seit gestern morgen war Sandra nicht mehr zu Hause. Gleich nach Alex' Geburt hat sie angefangen, mit anderen Jungs zu schlafen.« Der Kleine war fünfeinhalb Monate alt. »Dad, ich habe wirklich alles versucht, aber es geht nicht, ich kann nicht mehr mit ihr zusammenleben.« In einem Ton, der verriet, wie sehr er sich schämte, setzte er hinzu: »Manchmal hasse ich sie.« Oliver konnte es ihm nicht verdenken. An seiner Stelle hätte er sie vermutlich umgebracht, oder aber er hätte sie längst verlassen. Oliver war unendlich dankbar, daß der Junge sie nicht geheiratet hatte. In diesem Punkt waren wenigstens keine Komplikationen zu erwarten.

»Jetzt beruhige dich. Warum gehst du übers Wochenende nicht zu Grandpa?«

»Und was wird aus Alex?« Das hörte sich so ratlos an, als wäre Ben ein verlassenes Kind. Nach einem knappen Jahr, in dem er in zwei Jobs geackert und ein Mädchen erhalten hatte, das nicht seine Frau war, und nach einem halben Jahr der Fürsorge für sein Kind war der Junge so ausgelaugt, daß er kaum mehr einen klaren Gedanken fassen konnte.

»Nimm ihn mit. Margaret wird dir helfen, sie war Krankenpflegerin. Pack dein Zeug und verschwinde. Ich rufe Grandpa an und sage ihm Bescheid. Und jetzt gib mir die Nummer von Sandras Mutter.« Benjamin nannte ihm die Nummer und legte auf, nachdem er versprochen hatte, für sich und das Baby eine Tasche zu packen und noch am selben Abend zu seinem Großvater zu ziehen.

Anschließend rief Oliver seinen Vater an und erklärte ihm die Situation. George wiederholte alles für Margaret und versicherte seinem Sohn, er würde alles tun, um Benjamin zu helfen.

»Oliver, du mußt ihn aus diesem Elend befreien.«

»Ich werde alles tun, was in meiner Macht steht, Dad.« Daß Benjamin praktisch vor dem Selbstmord gestanden hatte, erzählte Oliver nicht, er war deswegen selbst noch zu erschüttert. Aber er sprach mit Charlotte darüber, nachdem er aufgelegt hatte, und sie war entsetzt.

»O Gott, Ollie, hol ihn das schleunigst heraus. Warum fliegst du nicht hin und holst ihn?«

»Erst möchte ich mit der Mutter des Mädchens reden und feststellen, ob sie gewillt ist, Sandra und das Kind aufzunehmen.« Er wählte die Nummer in Bakersfield. Die Frau hob schon beim ersten Läuten ab. Sie schien nicht ganz nüchtern und von beschränktem Verstand zu sein, doch sie wußte, wer Oliver war, sie wußte auch über Sandra, Benjamin und das Kind Bescheid. Oliver erklärte ihr nun geduldig, daß er und Benjamin das Gefühl hätten, es sei der Zeitpunkt für eine andere Regelung gekommen. Oliver fragte sie, ob sie willens sei, ihre Tochter und das Kind bei sich aufzunehmen. Nach einigem Zögern und Herumreden stellte sie schließlich Oliver die einzige Frage, die sie wirklich interessierte.

»Und wenn ich es täte, würden Sie für das Kind zahlen? Und für Sandra?«

»Möglich.« Um Benjamin von Sandra zu befreien, hätte Oliver alles getan, aber das wollte er ihr nicht verraten, um ihre Habgier nicht noch anzuheizen. »Es hängt davon ab, wieviel Sie sich vorstellen. Ich gehe davon aus, daß Sandra sich selbst erhält, es sei denn, sie ginge wieder zur Schule.«

Die Frau schien an einem Schulabschluß ihrer Tochter nicht besonders interessiert zu sein.

»Na, was haben Sie sich vorgestellt?« fragte Sandras Mutter.

»Sagen wir mal, fünfhundert monatlich für Sandra und das Kind.« Ein Vermögen war es nicht, aber es war ausreichend, schon gar, wenn Sandra bei ihrer Mutter wohnte.

»Hm, ich schätze, das haut hin.« Sie wollte zugreifen, bevor er es sich überlegte. Für das Kleine brauchte man kaum Geld, dachte sie, es aß ja nur das bißchen Babynahrung, so daß sie und Sandra das restliche Geld verpulvern konnten.

»Würden Sie es mir schriftlich geben, daß Sie mit diesem Betrag einverstanden sind?«

»Aber sicher.«

»Und wie bald könnten Sie Ihre Tochter aufnehmen?«

»Mensch, keine Ahnung. Im Moment arbeite ich nicht. Ich könnte ihr mit dem Kleinen helfen...« Sie ließ den Satz unvollendet in der Luft hängen, denn die Vorstellung, mit einem brüllenden Balg und mit Sandra zusammenleben zu müssen, war nicht ganz nach ihrem Geschmack, andererseits konnte sie das Geld gut brauchen – falls sich nicht noch mehr herausschlagen ließe. »Wenn ich es recht bedenke, wären siebenhundert auch nicht übel.«

»Sechshundert.« Oliver war angewidert. Er fand es scheußlich, mit ihr herumfeilschen zu müssen. Allein ihre Stimme war ihm zuwider und der Gedanke, daß Benjamin mit ihrer Tochter zusammengelebt hatte...

»Geht in Ordnung. Ich nehme es.«

»Die beiden kommen morgen mit dem Flugzeug an.«

Nach diesem Gespräch setzte sich Ollie wieder mit Margaret in Verbindung und bat sie, zum Haus in Purchase zu fahren und das Mädchen und das Baby in die Maschine nach Los Angeles zu setzen. Außerdem sollte sie Benjamin übers Wochenende bei sich behalten. Er mußte sich ein wenig beruhigen, zudem wollte er es ihm ersparen, mit Sandra und dem kleinen Alex den ganzen langen Flug nach L. A. machen zu müssen.

Margaret, die in seinen Augen zu einem wahren Engel der Barmherzigkeit aufgerückt war, zeigte sich sofort hilfsbereit. Sie war weder aufgeregt noch verwirrt, sondern völlig ruhig und bereit, alles in ihren Kräften Stehende zu tun, um Benjamin zu helfen, ohne Olivers Vater über Gebühr aufzuregen. Oliver dankte ihr aus tiefstem Herzen, und Margaret versprach ihm, daß sie das Haus in Purchase zusperren, die Alarmanlage einschalten und es auch weiterhin im Auge behalten würde. Ehe nicht feststand, daß er für immer in Kalifornien bleiben wollte, war an einen Verkauf des Hauses nicht zu denken. Es war Ollies Rückversicherung, der Grund dafür, weshalb er in Kalifornien zur Miete wohnte.

Und dann rief Oliver Benjamin an, der sich anhörte, als hätte er neben dem Apparat auf der Lauer gelegen. »Mein Junge, alles ist geregelt. Ich habe mit Sandras Mutter gesprochen. Sie freut sich, sie aufzunehmen.« Er schilderte ihm das Gespräch in einem günstigeren Licht, als es in Wahrheit gewesen war, und erklärte, daß sie sich den Unterhalt für das Kind teilen würden, so daß Benjamin sich deswegen keine Sorgen zu machen brauchte. »Ich werde veranlassen, daß morgen ein bezahltes Ticket für Sandra am Flughafen bereit ist. Margaret wird Sandra beim Packen helfen und dich zu Grandpa bringen. Ich dachte, du könntest anschließend ein, zwei Tage bei ihnen verbringen und dann zu uns kommen.« Dann würde Benjamin endlich wieder zu Hause sein. Nach all diesen Monaten kehrte er ins Nest heim, begann ein neues Leben oder knüpfte an sein altes Leben wieder an. Oliver wußte, daß es zwar nie so werden würde wie früher, denn Benjamin konnte das Geschehene nicht ausradieren oder das Kind vergessen, aber er hatte ein Recht, seinen eigenen Weg weiterzugehen und sich nicht mit einem Mädchen, das er nicht liebte, und mit einem Kind, das er nie wirklich gewollt hatte, zu belasten. Er hatte lange genug Verantwortungsbewußtsein bewiesen. Jetzt, da die Tür wieder offenstand, wollte Oliver ihn schleunigst aus dem Schlamassel ziehen, bevor Benjamin es sich anders überlegte. Erst widersetzte Benjamin sich dem Plan, Sandra das Kind zu überlassen, doch er war zu erschöpft und abgekämpft, um länger zu debattieren. Zudem beteuerte sein Vater immer wieder, daß sich Sandras Mutter um Alex kümmern würde. Wie benommen erklärte sich Benjamin mit allem einverstanden und dann, nach längerem Schweigen, bedankte er sich geknickt bei seinem Vater.

»Alex wird mir sehr fehlen. Er ist so niedlich. Und jetzt krabbelt er schon. Ich weiß nicht...« Wieder schien er zu zögern. »Vielleicht ist es doch nicht die richtige Lösung.« Doch ein Teil seiner selbst strebte nach Erlösung von dieser Verantwortung. Die vergangenen Monate kamen ihm jetzt wie ein Alptraum vor.

»Du tust das Richtige«, beruhigte Oliver ihn. »Du kannst ihn ja in Bakersfield besuchen, dorthin sind es nur zwei Stunden von hier. Etwas Besseres hätte euch gar nicht passieren können. Für dich, Sandra und für das Kind. Du kannst ja nicht ewig so weiterwursteln. Bislang hast du dich tapfer geschlagen, und ich bin stolz auf dich. Aber du mußt auch an dich denken. In deinem Alter kannst du dem Kleinen nichts bieten, zumal du ja nicht mal einen High-School-Abschluß hast.«

»Ich weiß.« In besorgtem Ton fragte Benjamin sodann: »Hat Sandras Mutter wirklich gesagt, daß sie auf Alex achtet? Ich traue Sandra nämlich nicht zu, daß sie es allein schafft.«

»Sie sagte, sie würde es tun, da sie im Moment keinen Job hat. Also, leg dich schlafen.« Und während Oliver dies sagte, konnte er von weitem den Kleinen schreien hören. Benjamin entschloß sich, im Haus auf Sandra zu warten, und Margaret wollte am Morgen kommen. »Morgen abend rufe ich dich bei Grandpa an.« Aber als sich Oliver am nächsten Tag bei seinem Vater meldete, erfuhr er von Margaret, daß Benjamin schlief. Ihm sei fast das Herz gebrochen, als Sandra und das Baby fortgefahren waren. Er hatte darauf bestanden, das Haus in Purchase selbst in Ordnung zu bringen, und als er dann bei seinem Großvater eintraf, war er vor Müdigkeit und Trennungsschock fast zusammengebrochen. Die Trennung von Sandra mußte erbittert und lautstark über die Bühne gegangen sein. Margaret hatte ihn wie ein Kind zu Bett gebracht. Seine Energie hatte nicht einmal ausgereicht, um zu Abend zu essen. Sie schlug vor, daß sich Benjamin einige Tage bei ihnen erholte, aber Oliver bestand darauf, daß er nach Kalifornien kommen sollte, sobald er reisefähig war. Der Junge hatte einen Tapetenwechsel dringend nötig, um zwischen sich und den Alptraum des vergangenen Jahres eine größtmögliche Distanz zu legen.

»Oliver, du kannst sehr stolz auf ihn sein. Bis zum Schluß hat er wie ein Mann gekämpft. Und als er sich von seinem Kind trennen mußte, ist er fast zusammengebrochen.«

»Ich weiß.« Nie hatte er erwartet, daß Benjamin eine so intensive Beziehung zu dem Kleinen entwickeln würde. Das war eine unvorhersehbare Komplikation, aber mit der Zeit würde sich vielleicht alles ändern. Vielleicht war dann die Bindung nicht mehr so groß, oder aber Sandra verzichtete eines Tages auf ihre Rechte und ließ es zu, daß Benjamin Alex adoptierte. Oliver hatte in dieser Sache bereits einen Anwalt konsultiert, der ihm versicherte, daß es keine Möglichkeit gab, ihr das Kind wegzunehmen, wenn sie nicht gewillt war, es freiwillig aufzugeben. Es war richtig gewesen, ihr das Kind zu überlassen, daher war es nur recht und billig, daß Benjamin Alex besuchen durfte. »Nochmals vielen Dank, Margaret, daß du dich um alles gekümmert hast«, sagte Oliver. »Du mußt entschuldigen, daß ich dir dies alles aufgehalst habe. Aber ich wußte nicht, an wen ich mich sonst hätte wenden können.« Er hatte erwogen, Daphne in New York anzurufen. Aber sie hatte es zu weit nach Purchase und war mit ihrem Beruf ausgelastet. Margaret hatte sich bei der Lösung des Problems als wahres Geschenk des Himmels erwiesen, deshalb war Oliver ihr zu großem Dank verpflichtet. Sein Vater hatte recht. Sie war wirklich eine tolle Frau.

»Dein Vater sagt, Benjamin sei dir sehr ähnlich. Stark, gütig und eigensinnig.« Sonderbar, dies zu hören, denn Oliver war immer der Meinung gewesen, Benjamin sei nach Sarah geraten. »Er wird seinen Weg machen, keine Angst. Morgen oder übermorgen setze ich ihn in die Maschine nach L. A.«

Oliver bedankte sich nochmals und legte auf, um gleich darauf Sandras Mutter in Bakersfield anzurufen und sich zu vergewissern, daß Sandra und der Kleine wohlbehalten angekommen waren. Sie bejahte und wollte sofort wissen, wann der erste Scheck zu erwarten sei.

»Ich habe ihn gestern abgeschickt, Mrs. Carter«, antwortete Oliver reserviert. »Geht es dem Kleinen gut?«

»Ein niedliches Kerlchen«, sagte sie, mehr, um ihm einen Gefallen zu tun, als aus echter Zuneigung zu ihrem Enkel. Und dann kam Oliver endlich zur Ruhe, als er sich neben Charlotte, die alles mit ihm durchgestanden hatte, auf der Couch niederließ.

Die Prüfung war so gut wie vorüber.

Mit mattem Lächeln wandte er sich ihr zu, als sie ihm sacht übers Haar strich. »Charlie, für den Jungen war das letzte Jahr die reinste Hölle. Gottlob ist er ihr jetzt entkommen.« Doch auch Oliver empfand Bedauern, daß der kleine Alex jetzt für sie nicht mehr so leicht zu erreichen war.

»Es muß ihn viel Überwindung gekostet haben, dich anzurufen. Man muß es ihm hoch anrechnen, daß er das Handtuch geworfen hat, solange er dazu noch imstande war.«

»Das tue ich. Ich habe große Achtung vor ihm. Mir tut nur leid, daß er dies alles durchmachen mußte.« An jenem Abend genossen sie ein stilles Abendessen, nachdem Mel und Sam hinaufgegangen waren. Inzwischen hatte sich Benjamin gemeldet, und sie wußten, daß ihr Bruder am nächsten Tag eintreffen würde. Oliver hatte ihnen erklärt, daß schwere Zeiten hinter ihm lagen, und Mel hatte sofort versprochen, alles zu tun, um ihm die Situation zu erleichtern. Alle waren neugierig, was Benjamin nun vorhatte, denn er hatte nichts darüber verlauten lassen.

Spätabends brachte Ollie Charlotte nach Hause und blieb nur auf einen raschen Drink bei ihr. Sie sprachen ausschließlich von Benjamin, so daß die Zeit nur für ein paar Küsse in der Küche langte. Diese Beziehung war Welten entfernt von seiner wilden, ungezügelten Episode mit Megan. Oliver sah Charlotte mit bedauerndem Lächeln an, ehe er ging, und entschuldigte sich für den Wirbel.

»Meine Liebe, du wirst leider selbst entdecken müssen, daß es bei Kindern nie so wie geplant läuft. Im Laufe der Jahre habe ich mich wohl daran gewöhnt, aber für dich ist es sicher nicht sehr lustig. In den letzten Tagen war ich kein angenehmer Zeitgenosse.«

»Ach, du warst wunderbar. Ich hätte ein anderes Verhalten von dir gar nicht erwartet.«

Dann kam ihr ein Gedanke. Sie war so gern mit ihm und seinen Kindern zusammen, daß sie den Jungen, den sie noch gar nicht kannte, schon in ihr Herz geschlossen hatte. »Soll ich dich morgen zum Flughafen begleiten, oder möchtest du lieber mit Benjamin allein sein?« Immer war sie bedacht, ihm ausreichend gemeinsame Zeit mit den Kindern einzuräumen, und auch dies wußte er zu schätzen. Es schien nichts zu geben, wofür sie nicht Verständnis aufbrachte, nichts, wobei sie nicht Hilfsbereitschaft an den Tag gelegt hätte.

»Zu Hause haben wir noch genug Zeit, um uns auszusprechen. Mir wäre es sehr lieb, wenn du mitkämest, Charlie.« Ollie lächelte und küßte sie wieder, um sich nach ein paar Minuten total erschöpft zu verabschieden.

Wie Benjamin sich nach allem, was er hinter sich hatte, fühlen mochte, konnte er sich nicht annähernd vorstellen. Und doch war er nicht im entferntesten auf den hageren, bleichen, verängstigt wirkenden Jungen gefaßt, den er am nächsten Abend vom Flughafen abholte. Er konnte nur die Arme um ihn legen, während Benjamin weinte und Charlotte in diskretem Abstand wartete. Schließlich wischte sich Benjamin über die Augen und blickte seinen Vater an wie einen längst verloren geglaubten

Freund. Charlotte wandte sich ab, damit man ihre Tränen nicht sehen konnte, als die beiden langsam auf sie zukamen.

»Charlotte, ich möchte dich mit meinem Sohn Benjamin bekannt machen«, sagte Oliver leise. Es war ein ernster Anlaß, und sie hatte Verständnis dafür. Der Junge unternahm tapfer den Versuch, etwas weniger verzweifelt auszusehen, und schüttelte ihr mit einem Lächeln die Hand.

»Meine Schwester hat mir schon viel von Ihnen erzählt, und ich kenne Ihre Fernsehserie. Von Sam bin ich über das Meerschweinchen informiert worden. Bei meiner Familie haben Sie richtig eingeschlagen, Miß Sampson.« Charlie war geschmeichelt und gab ihm sanft einen Kuß auf die Wange. Oliver fiel dabei auf, wie sehr sich die beiden ähnelten, so sehr, daß man sie mit ihrem hellroten Haar, der hellen Haut und den Sommersprossen für nahe Verwandte hätte halten können.

»Benjamin, ich fühle mich geschmeichelt. Aber es wäre mir lieber, wenn du mich Charlie nennst. Wie war der Flug?«

»Ganz gut, denke ich. Ich habe die meiste Zeit geschlafen.« Er war seelisch noch immer ausgelaugt und körperlich erschöpft. An jenem Tag hatte er bis Mittag geschlafen, dann hatte Margaret ihn wie versprochen zum Flughafen gebracht. Jetzt wandte er sich besorgt an seinen Vater und fragte halblaut: »Hast du gestern mit Sandra gesprochen? Geht es dem Kleinen gut?«

»Beiden geht es gut.« Oliver führte Ben zum Gepäckschalter, bedrückt, daß sein Sohn sich solche Sorgen um die beiden machte. Noch immer galt Alex sein erster Gedanke. Es schmerzte zu sehen, wie sehr er an dem Kleinen hing. Das sagte er auch zu Charlotte, als sie eine Minute allein waren, während sie Benjamins Gepäck auf sein Zimmer brachten.

»Er wird ihn nicht vergessen, Ollie.«

»Nein, das ist mir klar. Aber es wird Zeit, daß er wieder an sich selbst denkt.«

»Das kommt schon, gönne ihm etwas Ruhe. Er steht noch unter Schock. Vergiß nicht, was er alles durchmachen mußte.«

Dann gingen sie wieder hinunter zu den anderen. Alle Kinder, so auch Benjamin, waren in der Küche versammelt, und als Oliver und Charlotte eintraten, vertilgte Benjamin eben ein Klubsandwich und Nußschokoplätzchen, die Aggie für ihn gemacht hatte. Mel redete aufgeregt auf ihn ein, und Sam hielt ihm ständig das Meerschweinchen unter die Nase, um ihm dessen Schönheit vorzuführen. Benjamin hörte sich alles lächelnd an. Es war schön, wieder zu Hause zu sein, schöner, als seine jüngeren Geschwister ahnten. Er wurde das Gefühl nicht los, ein Jahr lang auf einem fremden Planeten zugebracht zu haben.

»Und wie läuft es in der Schule?« fragte er Mel.

»Einfach irre. Es wird dir gefallen.« Gleich darauf hätte sie sich am liebsten die Zunge abgebissen, aber ihr Bruder bemerkte ihren Blick und lächelte.

»Mach dir nicht ins Hemd, Kleines. So empfindlich bin ich nicht. Ich weiß noch gar nicht, was ich anfangen werde. Erst möchte ich nach Bakersfield und nach Alex sehen, dann werde ich mich mal informieren, wie es mit einem externen High-School-Abschluß aussieht. Wenn ich den schaffe, könnte ich versuchen, an der UCLA aufgenommen zu werden.« Dahin war der Traum von Princeton, von Yale und Harvard, aber die UCLA war eine gute Universität, die es ihm ermöglichte, in der Nähe der Familie zu bleiben. Das war jetzt sein einziges Bestreben.

Dasselbe sagte er zu Oliver, nachdem die anderen zu Bett gegangen waren, und Charlie eröffnete ihm, daß auch sie an der UCLA studiert hätte. Sie bot sogar an, eine Empfehlung zu schreiben, falls es für ihn eine Hilfe wäre.

»Ja, das wäre großartig.« Benjamin bedankte sich bei ihr und versuchte den Eindruck zu verwischen, daß er sie ununterbrochen anstarrte. Den ganzen Abend war er schon beeindruckt, wie nett, wie hübsch und wie verliebt in seinen Vater sie war. Sie bestand darauf, allein nach Hause zu fahren, denn sie wollte, daß die beiden Männer Zeit für sich hatten. Nachdem sie gegangen war, hatte Benjamin nur Gutes über sie zu sagen.

»Sieht aus, als hättest du gewaltig Glück gehabt, Dad. Sie ist einmalig.«

»Ja, das glaube ich auch«, sagte Ollie lächelnd, um sofort wieder ernst zu werden, als er seinen Sohn musterte. Es war ihm nichts anzusehen, bis auf seine Augen, die um hundert Jahre gealtert schienen. »Geht es dir gut? Ich meine, wirklich gut?«

»Ja. Könntest du mir einen Wagen borgen, Dad? Morgen möchte ich Alex in Bakersfield besuchen.«

»Glaubst du wirklich, daß das empfehlenswert wäre? So bald, meine ich. Vielleicht ist es für Sandra eine unnötige Härte. Ihr solltet euch voneinander erholen und Abstand gewinnen.«

Benjamin lehnte sich seufzend in der weichen Couch zurück und streckte erleichtert die Beine aus. »Ich wäre heilfroh, wenn ich sie nie wiedersehen müßte. Aber ich möchte nach dem Baby sehen.«

»Du hängst sehr an ihm, nicht?« Oliver wußte noch, was er für seine eigenen Kinder empfunden hatte, als sie auf die Welt gekommen waren. Irgendwie hatte er erwartet, daß Benjamin anders reagieren würde, aber er hatte sich geirrt.

»Dad, er ist mein Sohn. Du kannst doch nicht erwarten, daß ich nichts für ihn empfinde, oder?« Seine Verwunderung war unüberhörbar. Für ihn spielte es keine Rolle, ob das Kind ehelich war oder nicht. Er liebte seinen Sohn.

»Du hast recht. Ich habe seinerzeit ähnlich für dich empfunden.« Nie hätte er es fertiggebracht, seinen Sohn im Stich zu lassen oder ihn in der Obhut einer Person zu wissen, der er mißtraute. Schlagartig ging Ollie auf, wie Benjamin zumute sein mußte. »Wenn du willst, dann nimm den Kombi. Sag bloß Aggie Bescheid, falls sie ihn braucht, um einzukaufen oder Sam abzuholen.«

»Danke. Ich verspreche dir, daß ich mich um die Schule kümmern werde, sobald mit Alex alles geregelt ist. Und wenn ich lange auf die Aufnahme an der UCLA warten muß, suche ich mir eine Arbeit. Ich werde mir nicht den Hintern plattsitzen. Dad, ich möchte mich für alles, was du für mich getan hast, erkenntlich zeigen.« Diese Worte trieben Oliver die Tränen in die Augen. Liebevoll tätschelte er Benjamins Knie, als er aufstand, selbst völlig übermüdet und sehr erleichtert, seinen Sohn wieder unter seinem Dach zu wissen.

»Benjamin, sieh zu, daß du dir jetzt ein gutes Leben machst. Denn eines Tages wirst du das alles wieder haben. Eine gute Frau, so viele Kinder, wie du haben willst, zur richtigen Zeit, auf die richtige Weise und mit der richtigen Frau... mit etwas Glück.«

Benjamin lächelte, als er diesen Rat hörte. Er blickte neugierig zu Oliver auf. »Dad, wirst du sie heiraten? Charlie, meine ich.«

»Wer sollte sonst wohl gemeint sein?« Der Ältere lächelte. Er wollte aufrichtig sein, denn Benjamin war kein Kind mehr. »Ich würde ja gern, aber wir hatten noch nicht viel Zeit, darüber zu sprechen.« Den ganzen letzten Monat war er diesem Thema ausgewichen. Er wußte, wie wichtig Charlie ihr Beruf war, und fürchtete einen Korb. Er wollte nichts verderben, indem er sie zu früh fragte, doch er hatte von allem Anfang an gewußt, daß sie die Richtige war. Es war nur eine Frage der Zeit, bis er ihr einen Antrag machen würde. Ihre Beziehung war anders als alles, was er bislang erlebt hatte, und was er für sie empfand, hatte er nicht einmal für Sarah empfunden. Jetzt erst war ihm bewußt, wie schwierig alles mit ihr gewesen war, weil sie einfach nicht zusammengepaßt hatten. Mit Charlie war alles perfekt. Sie verkörperte all das, wovon er geträumt hatte.

»Charlie ist eine großartige Frau. Sie gefällt mir wirklich.«

»Mir auch«, sagte Ollie lächelnd, als er Benjamin in sein Zimmer brachte. Dann ging er langsam in sein eigenes, erleichtert, daß sie alle wieder unter einem Dach vereint waren. Seine drei Küken wuchsen sehr rasch heran, sogar Sam, der jetzt keinerlei Neigung mehr zeigte, zu seinem Vater ins Bett zu kriechen. Er fühlte sich in seinem eigenen Zimmer wohl – mit dem Meerschweinchen.

24. Kapitel

Am Tag nach seiner Ankunft fuhr Benjamin nach Bakersfield. Was ihn dort erwartete, war nicht dazu angetan, seine Stimmung zu heben, aber dem Baby ging es gut. Sandra war zur Stelle, und ihre Mutter schien alles im Griff zu haben. Mehr war nicht zu erwarten. Der Zustand des heruntergekommenen Hauses störte ihn zwar gewaltig, ebenso der Umstand, daß Alex im Wohnzimmer in einem Bettchen neben dem lautstark laufenden Fernsehapparat schlief. Das Baby kreischte vor Freude, als es erwachte und Benjamin sah. Um so schlimmer war es, es wieder allein lassen zu müssen, aber Benjamin war froh, von Sandra fortzukommen.

Etwas beruhigter fuhr er wieder nach Bel Air zurück. Und in den folgenden Wochen bestand er den High-School-Abschluß für Externe, bewarb sich an der UCLA und wurde einen Monat später aufgenommen. Inzwischen hatte er im Bücherladen auf dem Campus einen Teilzeitjob ergattert, den er unbedingt behalten wollte, damit er sich an den monatlichen Zahlungen für Alex beteiligen konnte.

Wieder war er nach Bakersfield gefahren und hatte die Situation unverändert vorgefunden, wenngleich Sandra diesmal nicht zu Hause gewesen war. Ihre Mutter, die ein Bier nach dem anderen trank, war jedoch zur Stelle, und das Baby machte einen glücklichen Eindruck. Benjamin spielte eine Stunde mit ihm, bevor er die Rückfahrt antrat. Diesmal verschwieg er seinem Vater den Besuch. Er hatte das deutliche Gefühl, Oliver billige es nicht, wenn er sich zuviel mit dem Kind befaßte, doch er spürte ebenso deutlich, daß er es tun mußte. Mochte er eines Tages auch noch so viele Kinder haben, Alex würde stets sein Erstgeborener sein – ein wichtiger Teil seines Lebens. Er hatte die feste Absicht, den Kontakt nicht abreißen zu lassen. Sandras Mutter hatte nichts dagegen, nicht zuletzt der Zahlungen wegen, die pünktlich eintrafen, wie sie befriedigt registrierte. Alex war für sie ein wahrer Glücksfall. Sandra hatte genau gewußt, was sie tat, als sie sich von Benjamin Watson das Kind machen ließ. Die Watsons waren zwar nicht steinreich, sie waren aber einigermaßen betucht. Ihre kleinen Schnüffeleien drüben an der Ostküste hatten ergeben, daß der Vater des Jungen sehr anständig verdiente. Und ein paar Wochen später hatte sie in einer Klatschspalte eine Notiz entdeckt, die ihr reges Interesse auf den Plan rief. Der Alte war doch tatsächlich mit Charlotte Sampson liiert! Im Moment mochte das zwar nicht viel wert sein, aber später einmal, falls es ihnen einfallen sollte, die monatlichen Zahlungen einzustellen, konnte man mit ein wenig Erpressung vielleicht etwas nachhelfen.

Doch das war etwas, was Ollie nicht im entferntesten in den Sinn gekommen wäre, während seine Romanze blühte und gedieh und Charlie zum Entzücken seiner Kinder immer mehr Zeit mit der Familie verbrachte. Im April schließlich faßte sich Oliver ein Herz und stellte Charlie die große Frage.

Wieder einmal saßen sie bei einem ihrer trauten, intimen Abendessen im ›Chianti‹. Oliver überraschte Charlotte nicht mit einem Ring, sank vor ihr auch nicht in die Knie, sondern wartete, bis sie gegessen hatten. Dann sah er sie sichtlich nervös an, und sie kicherte. Sie ahnte, was nun kommen würde, war aber nicht ganz sicher.

»Wie war's heute im Büro?« neckte sie ihn, und er stöhnte.

»Tu mir das nicht an ... ich wollte etwas ganz Ernstes mit dir besprechen. Das möchte ich schon seit langem, aber ich war nicht sicher, wie du darüber denkst ... bei deinem Beruf und ...«

»Möchtest du mir einen Job anbieten?« Sie lächelte voller Unschuld.

»Ach, sei still. Aber eigentlich, wenn man es recht bedenkt, könnte man es so nennen. Eine Dauerstellung mit lausiger Bezahlung, verglichen mit dem, was du jetzt verdienst. Eine Verpflichtung auf Lebenszeit gegen Kost und Quartier, drei große

Handicaps, ein paar Vergünstigungen und zu guter Letzt eine Altersversorgung.«

»Wage es ja nicht, deine Kinder als Handicaps zu bezeichnen, Oliver Watson! Ich mag sie zufällig sehr gern.« Oliver hielt Charlies Hand fest, ehe er sie an die Lippen führte und ihre Finger küßte.

»Ich auch. Aber ich liebe zufällig auch dich. Was würdest du davon halten, wenn wir in absehbarer Zeit heiraten?« Sein Herz klopfte wild, denn eine Ablehnung hätte ihn nicht gewundert, aber Charlie sagte kein Wort und küßte ihn nur.

»Das ist das Netteste, was ich je gehört habe«, sagte sie schließlich. Eine richtige Antwort war das aber nicht. Das Warten wurde ihm zur Qual.

»Na, was ist?«

»Ich glaube, wir beide sollten uns das gründlich überlegen. Du mehr als ich. Ich weiß, was ich bekomme, Ollie, und ich liebe euch alle vier, aber du warst noch nie mit einer berufstätigen Frau verheiratet, das kann ziemlich hart werden, besonders in einem Beruf wie meinem. Wir hätten kaum Privatleben, sosehr wir uns auch darum bemühten, denn der Rummel um mich wird weitergehen, zumindest solange ich bei der Serie mitmache. Das kann einem manchmal richtig lästig werden.« Diese Erfahrung hatte Ollie bereits gemacht, wenn sie ausgingen – die ständigen Autogrammbitten, die Journalisten, die gutgemeinten Aufdringlichkeiten. Das alles machte ihm nichts aus, weil er stolz auf sie war. Es störte ihn nicht, hinter ihr zurückstehen zu müssen, während sie als Star im Rampenlicht stand.

»Das alles macht mir nichts aus.«

»Sicher? Eines Tages werde ich das aufgeben, aber um ehrlich zu sein – jetzt noch nicht, ich habe zu lange und zu hart gearbeitet, um Schluß zu machen, bevor ich nicht den allerletzten Tropfen Befriedigung herausgepreßt habe.«

»Das kann ich gut verstehen. Ich erwarte auch nicht, daß du alles aufgibst. Das wäre ein großer Fehler.«

»Das meine ich auch. Auch wenn ich dich noch so liebe, ich würde es bereuen. Was, glaubst du, halten die Kinder davon?« Auch dieser Punkt machte ihr Kopfzerbrechen. Sie bedeuteten ihr viel und ihm ebenso, und sie wollte, daß auch die Kinder mit ihr zusammenleben wollten. Ollie grinste nur.

»Sie haben gedroht, sich von mir scheiden zu lassen, wenn ich dich nicht frage. Und wenn du nicht einwilligst, suchen sie sich glatt einen anderen Vater.«

»Da wären sie schön dumm. Einen besseren finden sie nicht.«

»Das stimmt gar nicht. Ich mache vieles falsch.«

»Doch, es stimmt. Und ich habe noch keinen Fehler bemerkt. Du machst deine Sache fabelhaft.« Benjamin war wieder auf dem richtigen Weg. Mel brillierte in der Schule, und Sam war nie im Leben glücklicher gewesen. Es lief für alle sehr gut. Mit scheuem Lächeln sah sie zu ihm auf. »Eines Tages möchte ich eigene Kinder haben. Eines oder zwei zumindest, vielleicht sogar drei, wenn ich nicht zu spät damit anfange. Was hältst du davon? Dann wäre das Haus ganz schön voll, dazu Meerschweinchen, weiße Mäuse und eine Würmerfarm.« Beide lachten, obwohl es ein ernstes Thema war, aber Charlie tat recht, es anzuschneiden. Mit gerunzelter Stirn ließ sich Oliver die Sache durch den Kopf gehen. Ihm selbst war schon der Gedanke gekommen, er hatte sich jedoch beim besten Willen nicht vorstellen können, je wieder eigene Kinder in die Welt zu setzen. Mit fünfundvierzig war es zumindest ein interessanter Aspekt.

Wenigstens hat er noch nicht laut protestiert, dachte Charlie.

»Ich weiß nicht recht. Ich glaube, ich bin schon eine Spur zu alt und zu verbraucht, um noch mal von vorne anzufangen. Kinder sind nicht so problemlos, wie es den Anschein hat.« Das hatte er im letzten Jahr am eigenen Leib erfahren müssen, aber er wußte nun auch, wie lohnend es war, und um diesen Lohn wollte er Charlie nicht bringen. Er liebte sie zu sehr. Und sie hätte eigenen Kindern viel zu bieten – ebenso wie den seinen. Es war wert, darüber nachzudenken, wenn es bedeutete, daß er sie damit von einer gemeinsamen Zukunft überzeugen konnte. »Aber ich glaube, ich könnte mich mit der Zeit dazu überreden lassen.« Er sah ihren Blick, und sein Herz schmolz dahin, als sie lächelte. »Aber treib es nicht zu weit. Ich bin schon Großvater, wie du weißt.«

»Das zählt nicht«, meinte sie, weil er noch so jung war, aber Oliver machte ein trauriges Gesicht.

»Für Benjamin schon.«

»Ich meinte ja nur, daß du noch nicht alt genug bist, um dich so zu nennen.«

»Hin und wieder spüre ich es. Außer wenn ich mit dir zusammen bin, Charlie. Ich glaube, wir könnten zusammen wunderbare Dinge machen. Es gibt so vieles, was ich mit dir unternehmen möchte. Wir werden reisen, uns amüsieren, und ich helfe dir in deinem Beruf. Zum erstenmal im Leben habe ich das Gefühl, daß etwas richtig ist. Ich spüre es bis hinunter zu den Zehen und tief in meiner Seele. Ich habe nicht die geringsten Zweifel, was uns betrifft.« Und dazu kam bei ihm ein Gefühl tiefsten inneren Friedens.

»Komisch, ich auch nicht, denn ich weiß, wie sehr ich dich liebe, Oliver. Ich möchte nur meiner Sache ganz sicher sein.«

Sie zögerte nur lange genug, um ihn abermals zu küssen und ihm leise ins Ohr zu flüstern: »Für den Ernstfall bist du bei mir vorgemerkt. Ich möchte den Jahrestag unseres Kennenlernens abwarten, um eindeutig klarzusehen. Wir wär's mit Weihnachten?«

»Im Ernst?« Oliver war fassungslos. Seine Scheidung war seit einem Monat rechtskräftig, Sarah war seit über einem Jahr fort, und er liebte Charlotte aus ganzem Herzen, und jetzt wollte sie ihn tatsächlich heiraten. Sie nickte lächelnd und lachte plötzlich laut auf, sichtlich ebenso beglückt wie er.

»Natürlich ist es mein Ernst. Es macht dir doch nichts aus, bis Weihnachten zu warten?«

»Ein wenig schon. Andererseits gefällt mir eine altmodische Verlobung.«

»Im Juni ist Serienpause. Wir könnten im Sommer einen oder zwei Monate Urlaub machen. Ich hatte für diese Zeit zwar ein Filmangebot, ein zweitklassiges allerdings. Da fahre ich lieber mit dir und den Kindern in die Ferien, falls Sarah sie nicht irgendwohin mitnimmt.«

»Das tut sie, aber erst im August.«

Den Rest des Abends verbrachten sie mit Pläneschmieden, und als Oliver Charlie später nach Hause brachte, blieb er bei ihr, und sie liebten sich und feierten ihre Verlobung.

25. Kapitel

Am nächsten Tag wurden die Kinder eingeweiht, die vor Begeisterung kaum an sich halten konnten. Sam wollte wissen, ob er auf die Hochzeitsreise mitdürfte. Das Ansinnen entlockte Oliver ein Aufstöhnen, und Charlotte bat Mel, bei der Hochzeit Brautjungfer zu spielen. Bis dahin waren es noch acht Monate, was die Beteiligten nicht abhielt, wie aufgeregte Kinder davon zu schwärmen.

Am nächsten Tag holte Oliver Charlie vom Studio ab, und als sie ins Auto stieg, lag ein kleines viereckiges Schächtelchen auf ihrem Sitz – in türkisblaues Papier gewickelt, mit einem weißen Seidenschleifchen. Mit zitternden Händen öffnete sie es und schnappte nach Luft, als ihr ein Ring aus dem schwarzen Samtetui entgegenfunkelte. Es war ein exquisiter, wie ein Smaragd geschliffener Diamant. Charlotte standen Tränen in den Augen, als Oliver ihr den Ring über den Finger streifte.

»Ach, Ollie... er ist wundervoll!«

»Du auch.« Er küßte sie und hielt sie fest, und sie schmiegte sich an ihn, als sie nach Hause zu den Kindern fuhren.

Binnen weniger Tage bekam die Presse Wind von der Verlobung, und die Produzenten der Serie ließen sich diese publikumswirksame Gelegenheit nicht entgehen. Die PR-Leute des Studios wollten Fotos von Charlotte mit Oliver und den Kindern. Verschiedene Zeitungen und Magazine fragten nach Interviews, und die Nachricht von ihrer Verlobung erschien sowohl in ›Newsweek‹ als auch in ›Time‹. Plötzlich wurde sogar Jagd auf die Kinder gemacht – eine Unannehmlichkeit, die Charlotte erbitterte. Auch Oliver war alles andere als erfreut, als er mehrmals vor dem Haus Paparazzi entdecken mußte.

»Wie hältst du das nur aus?« fragte er Charlotte wiederholt, und als Folge davon entschlossen sie sich, die Sommerferien in aller Abgeschiedenheit in einem Haus in Trancas zu verbringen, das sie für diese Zeit mieten wollten.

Die nächsten Wochen gestalteten sich ziemlich strapaziös, aber schließlich beruhigte sich alles wieder. Sarah rief an und gratulierte Oliver. Sie hatte die Neuigkeit von Sam erfahren, war aber auch aus den Medien darüber informiert.

»Die Kinder sind ganz versessen auf sie, Ollie. Ich freue mich für dich.«

»Ich auch. Nur der Presserummel ist leider ziemlich nervtötend.«

»Daran wirst du dich gewöhnen müssen. Das ist Hollywood!« neckte sie ihn. Ihr Ton verriet, wie sehr sie sich freute. Auch Olivers Vater und Margaret waren von der Nachricht sehr angetan. Es war eine glückliche Zeit, und Oliver und Charlie steckten bis zum Hals in Arbeit, bis sie mit den Kindern nach Trancas in die Ferien fahren konnten.

Schließlich beendete Charlotte die letzte Folge dieser Saison, für die Kinder war Schulschluß, und Oliver trat seinen vierwöchigen Urlaub an. Zu fünft machten sie sich auf den Weg in ihren Ferienort, wo sie einen herrlichen Monat am Strand verbrachten, und anschließend flogen Mel und Sam an die Ostküste zu ihrer Mutter.

Charlie hatte ein paar Werbespots zu drehen, Oliver mußte

wieder ins Büro, und Benjamin sollte Ende August sein Studium an der UCLA beginnen.

Kurz vorher kam der Anruf. Benjamin war spätnachmittags nach Hause gekommen, um sich umzuziehen, weil er mit Charlie und seinem Dad zum Dinner ausgehen wollte. Als das Telefon läutete, glaubte er, daß sich sein Vater aus dem Büro meldete. Um so erstaunter war er, die Stimme von Sandras Mutter zu hören, die ihn sprechen wollte. Als er sie erkannte, blieb ihm fast das Herz stehen.

»Ist etwas passiert, Mrs. Carter? Ist Alex...«

»Dem geht's gut, glaube ich.« Das hörte sich merkwürdig an. Sie hatte lange überlegt, ob sie Benjamin anrufen sollte. Es ging ihr vor allem darum, wie sie Kapital aus der Sache schlagen konnte, schließlich aber hatte sie sich entschlossen, einfach mit ihm zu telefonieren. Er hatte ein Recht darauf, von der Sache zu erfahren, denn er war kein übler Bursche. Er schien auf den Kleinen ganz versessen zu sein, und vielleicht war es besser, man tat diesen Watsons einen Gefallen, zumindest redete sie sich das ein, als sie seine Nummer wählte. »Gestern morgen hat Sandra das Kind ins Heim gebracht. Sie gibt es zur Adoption frei. Ich dachte, Sie würden das vielleicht wissen wollen.«

»Sie hat was getan?« Benjamin schlug das Herz bis zum Hals. »Das kann sie nicht machen! Er ist auch mein Sohn. Wo ist er, Mrs. Carter? Das lasse ich nicht zu. Ich werde mich selbst um ihn kümmern. Das habe ich ihr schon gesagt, als wir noch in Purchase waren.«

»Ich dachte, daß Sie so reagieren, deshalb rufe ich an. Ich habe Sandra gebeten, mit Ihnen zu sprechen. Aber sie hat den Kleinen einfach im Heim abgeliefert und ist abgehauen. Heute morgen ist sie ab nach Hawaii.«

»Danke... danke... sagen Sie dort Bescheid, daß ich Alex auf der Stelle abhole... ich... ach, einerlei... ich rufe selbst im Heim an.« Als er in dem Fürsorgeheim anrief, das Mrs. Carter ihm genannt hatte, erfuhr er, daß sein Sohn nun Mündel des Gerichtes sei. Benjamin mußte den Nachweis seiner Vaterschaft erbringen, das Sorgerecht und die Tilgung von Sandras Rechten beantragen. Es war Aufgabe der Behörden, darüber zu entscheiden. Benjamin rief verzweifelt seinen Vater an und holte ihn sogar aus einer Besprechung mit einem neuen Kunden. Inzwischen war er der Panik nahe, und Oliver bat ihn, sich zu beruhigen und alles langsam zu erklären.

»Schon gut... schon gut... ich verstehe schon. Ich werde mich mit einem Anwalt in Verbindung setzen. Und jetzt faß dich endlich, Benjamin. Bevor ich in der Sache etwas unternehme, möchte ich, daß du dir gründlich überlegst, was du willst. Möchtest du wirklich das uneingeschränkte Sorgerecht für den Jungen? Mein Sohn, das hängt von dir ab.« Endlich hatte Benjamin die Möglichkeit, sich aus der Situation zu befreien, falls er es wollte, und Oliver war entschlossen, ihn in allem zu unterstützen. Benjamin hingegen wußte, daß es nur eine Möglichkeit gab. Er wollte seinen Sohn zurück, auch wenn das bedeutete, daß nichts aus dem Studium wurde und er jeden Job nehmen mußte, den er bekommen konnte. Er wollte seinen Sohn behalten und ihn großziehen – koste es, was es wolle. Es waren Gefühle und Überlegungen, gegen die man nichts vorbringen konnte, und Oliver wollte es auch gar nicht. Er riet ihm, sich nicht von der Stelle zu rühren, bis er ihn zurückgerufen hatte. Eine halbe Stunde später meldete er sich wieder und sagte Benjamin, er solle um vier zu einem Termin in die Anwaltspraxis von Loeb und Loeb in Century City kommen.

Benjamin war zehn Minuten zu früh dort. Der Anwalt, den sie konsultierten, war ein freundlicher Mann, der es meist mit Fällen von weit größerer Bedeutung zu tun hatte. Weil er zu den Rechtsberatern von Ollies Firma gehörte, hatte er sich bereit erklärt, Benjamin zu vertreten.

»Wenn Sie Ihren Sohn wirklich adoptieren wollen, junger Mann, ist die Sache gar nicht so kompliziert, wie sie auf den ersten Blick scheint. Ich habe heute mit allen Beteiligten gesprochen, auch mit den Behörden, und die Rechtslage ist klar. Ihre Vaterschaft wird nicht bestritten. Das Mädchen hat bereits Dokumente unterzeichnet, in denen es beurkundet, daß es das Kind aufgeben möchte. Wenn sie uns das schriftlich bestätigt – leider konnten wir noch keinen Kontakt zu ihr aufnehmen –, dann bekommen Sie das alleinige Sorgerecht für das Kind, und die Rechte der Mutter erlöschen. Benjamin, es ist eine große Verantwortung, deshalb sollten Sie sich alles gründlich überlegen, bevor Sie sich endgültig entscheiden.«

»Das habe ich bereits getan, Sir. Ich weiß, daß ich das Sorgerecht bekommen möchte. Ich liebe das Baby über alles.« Tränen stiegen ihm in die Augen. Mit seinem roten Haar und den Sommersprossen sah er selbst aus wie ein Kind. Oliver kämpfte auch mit den Tränen, als er ihn so sah. Er war entschlossen, alles zu tun, um ihm beizustehen.

»Mrs. Carter ist bereit, eine Erklärung zu unterschreiben, daß Sie sich rührend um den Jungen gekümmert und dabei großes Verantwortungsgefühl bewiesen haben. Und damit wäre die Sache eigentlich gelaufen. Sie hat mehr oder weniger deutlich durchblicken lassen, daß sie gegen ein kleines ›Geschenk‹ von Ihnen oder Ihrem Vater nichts einzuwenden hätte. Wir müssen in diesem Punkt jedoch Vorsicht walten lassen. Kinderkauf oder auch nur annähernd ähnliches gilt in diesem Staat als Verbrechen, was ich ihr auch klipp und klar gesagt habe. Sie war enttäuscht, versicherte aber, sie würde jede Erklärung unterschreiben, die wir ihr vorlegen. Nächste Woche haben wir einen Gerichtstermin in Bakersfield, und wenn alles klappt, werden Sie Ihren Sohn noch am gleichen Tag mit nach Hause nehmen können.«

»Und in der Zwischenzeit?« Benjamins Ängste kamen wieder hoch.

»Bis dahin können wir nichts machen. Er ist in guten Händen und in Sicherheit.« Benjamin war darüber nicht sehr erbaut, man konnte jedoch nichts weiter unternehmen, deshalb gab er sich mit dem Datum in der folgenden Woche zufrieden und betete darum, daß man Sandra in Maui ausfindig machen konnte und daß sie die Papiere unterschrieb, die für ihn den Weg zu Alex freimachten.

26. Kapitel

Die Fahrt nach Bakersfield stellte für Benjamin eine große Geduldsprobe dar. Oliver hatte sich den Tag freigenommen, um ihm beizustehen. Beide waren auf der Fahrt wortkarg und nervös und hingen ihren eigenen Gedanken über Alex nach und über das, was er ihnen bedeutete... Für Oliver war er das Symbol eines neuen Lebens und neuen Anfangs, ein Fingerzeig im Hinblick auf Charlies Kinderwunsch. Der kleine Alex würde ihm wieder vor Augen führen, wie es war, mit einem Baby zusammenzuleben. Teils war er entzückt, teils fürchtete er das Chaos und den Wirbel, aber Benjamin hatte versprochen, mit etwas Hilfe von Agnes alles allein zu bewältigen.

Während der Fahrt auf dem Highway 5 versuchte Oliver Benjamin in ein belangloses Gespräch zu ziehen, der Junge aber war viel zu aufgeregt. Er und Aggie hatten in seinem Zimmer ein Kinderbett aufgestellt, und sechs Packungen Windeln standen bereit. Benjamin wollte bei Mrs. Carter vorbeifahren und die Sachen für Alex abholen, Oliver hielt es aber für klüger, das auf der Rückfahrt zu erledigen. Er fürchtete immer noch, daß etwas schiefgehen könnte und Alex im Heim bleiben müßte. Sandra war auf Maui nicht ausfindig zu machen, aber der Anwalt behauptete, die Chancen, daß man das Kind Benjamin geben würde, stünden gut, da die Kindesmutter vor dem Flug nach Hawaii alle Papiere unterschrieben hatte, die eine Adoption des Kindes ermöglichten.

Das Gerichtsgebäude in Bakersfield lag an der Truxton Avenue. Ollie ließ seinen Wagen auf dem Parkplatz stehen und folgte seinem Sohn ins Innere des Gebäudes. Es war die letzte Augustwoche, das Wetter entsprechend strahlend und heiß.

Der Anwalt erwartete sie bereits, und Benjamin nahm mit beklommener Miene seinen Platz im Gerichtssaal ein. In seinem dunkelblauen Jackett, zu dem er Khakihosen, ein blaues Button-Down-Hemd und einen dunkelblauen Schulschlips trug, sah er ganz so aus wie der Student, der er in Harvard hätte sein können – adrett gekämmt und wohlerzogen. Oliver lächelte ihm ermutigend zu, als der Gerichtsdiener sie bat, sich zu erheben.

»Es wird alles gut, mein Junge.« Ollie drückte ihm die Hand, und Benjamin lächelte matt.

»Danke, Dad.« Beide wußten jedoch, daß es keine Sicherheit gab. Der Anwalt hatte sie davor gewarnt, allzu sicher zu sein. In einem Gerichtssaal gab es keine Sicherheiten, für niemanden. Der Richter betrachtete sie ernst, bevor er sie anredete.

Der Fall wurde dem Gericht vorgetragen, und Mrs. Carters schriftliche Erklärung wurde verlesen. Beide Watsons waren sehr erleichtert, der Frau hier nicht zu begegnen. Die von Sandra unterzeichneten Papiere wurden als Beweise vorgelegt, es folgte eine Schilderung der Umstände, unter denen das Kind leben sollte. Der Kleine würde in dem in Bel Air gemieteten Haus der Familie Watson zusammen mit Benjamins Vater, mit seiner Schwester und dem jüngeren Bruder leben. Eine Haushälterin, die bei der Kinderpflege half, stünde zur Verfügung, während Benjamin an der UCLA studierte. Er sollte in der kommenden Woche mit den Sommerkursen beginnen und hatte daneben noch seinen Teilzeitjob im Buchladen. Der Richter schien ziemlich beeindruckt zu sein und winkte ihren Anwalt zu sich. Es folgte eine im Flüsterton geführte Besprechung, die vom eifrigen Nicken des Richters begleitet wurde. Dann richtete er das Wort an Benjamin und bat ihn, in den Zeugenstand zu treten, damit man ihn vereidigen könne, denn er wolle ihm ein paar Fragen stellen. Benjamin erklomm mit zitternden Knien die wenigen Stufen und setzte sich, den Blick unverwandt auf seinen Vater gerichtet.

»Mr. Watson, Sie sollen wissen, daß dies kein Verhör ist, es handelt sich jedoch um eine ernste Sache, bei der über die Zukunft eines Kindes entschieden wird. Sicher haben Sie Verständnis dafür.«

Benjamin wirkte bleich, aber gefaßt, als er nickte. »Ja, Sir, selbstverständlich.«

»Das Kind, Alexander William Carter, ist Ihr Sohn? Erkennen Sie die Vaterschaft an?«

»Ja, Sir, das tue ich.«

»Leben Sie momentan mit der Mutter des Kindes zusammen?«

»Nein, Sir.«

»Haben Sie jemals mit ihr unter einem Dach gelebt?«

»Ja, ein Jahr lang.«

»Waren Sie verheiratet?«

»Nein.«

»Haben Sie je den Unterhalt für das Kind oder seine Mutter bestritten?«

»Ja, ein halbes Jahr vor Alex' Geburt und danach auch, bis wir uns im März trennten. Seit damals habe ich ... mein Vater und ich schickten jeden Monat Geld. Sechshundert Dollar.« Der Richter nickte und fuhr mit seinen Fragen fort.

»Sind Sie sich darüber im klaren, welche Pflege und Aufsicht ein Kind dieses Alters benötigt?«

»Ja, ich habe mich bis März selbst um ihn gekümmert. Sandra war ... nun, sie ging oft aus und konnte mit einem Kind eigentlich nicht viel anfangen.«

»Sie aber konnten es?« Der Richter war skeptisch, aber Benjamin war der Situation gewachsen.

»Nein, zuerst nicht. Aber ich mußte es ja lernen. Ich kümmerte mich abends nach der Arbeit um ihn, und manchmal habe ich ihn sogar mitgenommen. Ich hatte damals zwei Jobs, um für ... na, für alles aufkommen zu können ... Sandra hat die Arbeit vor der Geburt aufgegeben.«

»Sie haben das Kind zur Arbeit mitgenommen?«

»Ja, gelegentlich, wenn Sandra nicht zu Hause war. Ich hatte niemanden, bei dem ich Alex lassen konnte, und einen Babysitter konnten wir uns nicht leisten.« Die Miene des Richters verriet nichts. Egal, was nun geschehen mochte. Oliver war noch nie so stolz auf seinen Sohn gewesen wie in diesem Augenblick. Er war ein richtiger Mann und kein Junge mehr – und ein verdammt guter Vater. Er verdiente es, daß er das Sorgerecht für seinen Sohn bekam. Er hoffte sehr, daß der Richter der gleichen Ansicht war.

»Und jetzt würden Sie mit dem Kind bei Ihrem Vater leben?«

»Ja, Sir.«

»Ist ihm das zuzumuten? Hat er sich damit einverstanden erklärt?«

Oliver nickte auf diese Frage hin, und Benjamin bejahte sie laut. »Und was ist, wenn Sie sich entscheiden auszuziehen oder wenn Sie beispielsweise wieder von der Schule abgehen oder sich eine andere Freundin zulegen?«

»Dann nehme ich Alex mit. Er ist mir wichtiger als alles andere. Und wenn ich das Studium aufgebe, werde ich arbeiten und ihn erhalten wie früher auch schon.«

»Mr. Watson, Sie können den Zeugenstand verlassen. Das Gericht zieht sich zu einer kurzen Beratung zurück. In fünfzehn Minuten verhandeln wir weiter.« Er klopfte mit seinem Hammer auf den Tisch und ging hinaus, während Benjamin äußerlich ruhig, aber schweißnaß den Zeugenstand verließ.

»Sie waren großartig«, flüsterte der Anwalt ihm zu. »Weiter so.«

»Warum wurde die Sitzung unterbrochen?« wollte Oliver wissen.

»Vermutlich möchte der Richter noch mal die Dokumente durchsehen, um sich zu vergewissern, daß alles in Ordnung ist. Aber Benjamin hat sich wacker gehalten. Dem würde ich meine

Kinder anvertrauen, wenn er sie nähme.« Sein Lächeln sollte den Jungen beruhigen. Und nach einer Viertelstunde, in der sie nervös die Korridore durchmessen hatten, nahmen sie ihre Sitze wieder ein, bevor der Richter eintrat.

Er ließ den Blick durch den Raum schweifen, sah Oliver, den Anwalt und dann Benjamin an, als er wieder auf den Tisch klopfte. »Die Sitzung ist eröffnet. Bitte, behalten Sie Platz.« Dann heftete sich sein Blick auf Benjamin, und er sagte ernst: »Junger Mann, was Sie sich da aufladen, ist eine große Bürde. Eine Verantwortung, vor der man sich niemals drücken kann, die man nie vergessen und der man nie ausweichen kann. Von der Vaterschaft kann man sich keinen einzigen Tag freimachen... Man kann nicht aufgeben, es sich anders überlegen oder einfach nicht dasein. In den nächsten achtzehn Jahren, wenn nicht länger, sind Sie für das Kind allein verantwortlich, falls Ihnen das Gericht das Sorgerecht zuspricht. Mir scheint jedoch, Sie sind dieser Verantwortung geradezu bewundernswert gewachsen gewesen. Ich ermahne Sie daher, sich ernsthaft zu überlegen, was Sie auf sich nehmen. Sie dürfen keinen Augenblick vergessen, was Sie Ihrem Sohn schuldig sind.

Das Gericht bestimmt Benjamin Oliver Watson zum alleinigen Vormund von Alexander William Carter. Vom heutigen Tag, dem neunundzwanzigsten August, an übernehmen Sie das volle Sorgerecht für den Jungen. Das Gericht bestätigt, daß die Rechte der Mutter nach der gesetzlichen Frist erlöschen. Es steht Ihnen frei, dem Kind Ihren Namen zu geben, mit diesem Datum oder zu jedem anderen Zeitpunkt Ihrer Wahl.« In seinem Blick lag tiefe Güte, als er ihn lächelnd ansah. »Der Junge gehört Ihnen, Mr. Watson.« Daraufhin gab er dem Gerichtsdiener ein Zeichen. Dieser stand auf und öffnete eine Tür. Eine Sozialarbeiterin trat ein. Sie hielt das Baby, das zufrieden, wenn auch ein wenig verängstigt von der ungewohnten Umgebung, dreinsah, auf dem Arm. In den Augen seines Vaters, seines Großvaters und sogar in denen des Anwalts standen Tränen. »Sie können Alexander zu sich nach Hause nehmen«, sagte der Richter verständnisvoll, als die Frau direkt auf Benjamin zuging und den fröhlich krähenden Alexander seinem Vater übergab. Der Anwalt bekam einen Karton mit den spärlichen Habseligkeiten des Kleinen ausgehändigt. Sie beschränkten sich auf einen Schlafanzug, einen Overall und einen Teddy, den Benjamin ihm gleich nach der Geburt geschenkt hatte. Alle weinten und lachten durcheinander, und Benjamin sah den Richter verwundert an.

»Danke, Sir... vielen Dank!« Der Richter erhob sich und verließ den Richtertisch. Der Anwalt geleitete sie aus dem Gerichtssaal, während Benjamin den Jungen hielt und Oliver seinem Sohn auf die Schulter klopfte, sodann dem Anwalt die Hand schüttelte und sich bedankte. Benjamin stieg hinten ein und hielt den Kleinen an sich gedrückt, bevor er ihn in den mitgebrachten Kindersitz setzte.

Sie kamen überein, nun nicht mehr zu Alice Carter zu fahren, um den Rest von Alex' Sachen zu holen. Benjamin wollte sie nie wiedersehen. Er wollte nur seinen Sohn nach Hause bringen und ihn für immer bei sich behalten. Sogar der Gedanke, am nächsten Tag mit den Kursen an der Uni beginnen zu müssen, behagte ihm nicht sehr. Er wollte Alex keinen Augenblick mehr allein lassen.

Nach Hause ging es in gemächlichem Tempo über den Highway 99. Benjamin redete sich seine Aufregung von der Seele, während das Baby krähte. Er sprach vom Richter, dem Gericht und schließlich auch von Sandra. Die Sozialarbeiterin hatte dem Anwalt von Loeb und Loeb gesagt, Sandra habe sehr bestimmt und deutlich geäußert, daß sie der Verantwortung für das Kind nicht gewachsen wäre und es gar nicht erst versuchen wollte. Da Benjamin nicht mehr bei ihr war und sich um den Kleinen kümmerte, hatte sie sich der Situation auf diese Weise entziehen wollen. Die Wartezeit war nun eine reine Formalität, Probleme waren nicht mehr zu erwarten. Benjamins nächster Schritt würde es sein, eine Namensänderung des Kindes zu beantragen – eine Sache, die Loeb und Loeb im Gerichtsbezirk L. A. für ihn erledigen wollte.

»Na, mein Herr, was halten Sie davon?« plauderte er überglücklich mit dem Kind. »Wird es dir bei Grandpa, Mel und Sam gefallen?«

Alex deutete glucksend auf einen vorüberfahrenden Laster, und Ollie lächelte ihn voller Stolz an.

»Wenn es ihm bei uns nicht paßt, wird er in der Garage bei Sams Würmerfarm schlafen müssen.« Der Großvater spielte den Strengen, obwohl ihm anzusehen war, wie sehr er den Kleinen ins Herz geschlossen hatte.

Mel, Sam und Aggie hatten den Nachmittag atemlos vor Spannung in der Küche verbracht. Das erste, was Mel zu sehen bekam, war ihr Vater allein auf dem Vordersitz, so daß sie schon glaubte, es sei etwas schiefgegangen. Dann stieg plötzlich ihr Bruder mit dem Baby in den Armen aus, und sie stieß einen Schrei aus und lief hinaus. Alex sah ihr mit großen Augen entgegen.

»Achtung... erschreck ihn nicht... das hier ist alles neu für ihn.« Benjamin war ganz der besorgte Vater, als das Baby zu schreien anfing, aber Aggie war rasch mit einem Plätzchen zur Stelle, und Sam hielt das Meerschweinchen hoch, bis das Baby wieder lustig krähte und versuchte, die Schnauze des sich windenden Tieres zu berühren.

Aggie hatte irgendwo ein hohes Kinderstühlchen aufgetrieben und stellte es in der Küche auf, als Oliver eine Flasche Champagner für seinen Sohn entkorkte und sogar ein paar Tropfen für Sam eingoß.

»Auf Alexander Watson!« sagte er mit breitem Lächeln. Er spürte, wie die Anspannung des Nachmittags allmählich von ihm wich. »Hoch soll er leben, möglichst lange und glücklich, mit dem besten Daddy, den es je gab!«

»O nein.« Benjamin wandte sich ihm lächelnd zu. »Das bist du, Dad.«

»Ihr beide seid es«, prostete Mel ihnen glücklich zu, und alle hatten feuchte Augen, während sie lachten und beglückt das Baby betrachteten.

27. Kapitel

Am nächsten Tag fingen für Benjamin die Kurse an der UCLA an, aber er kam zweimal nach Hause, um nach Alex zu sehen, trotz Aggies Beteuerungen, daß sie keine Hilfe brauchte. Benjamin hielt offenbar eine Trennung nicht aus und mußte ihn ständig sehen. Als er abends heimkam, saß Alexander in seinem hochbeinigen Stuhl und verspeiste das Abendessen, das Aggie liebevoll für ihn zubereitet hatte.

Charlotte kam an jenem Abend und bestand darauf, Alex etwas vorzusingen, während sie ihn wiegte und Benjamin half, ihn zu Bett zu bringen. Mel, Aggie und Oliver standen als Schutzgeister daneben, und Sam legte seinen Lieblingsteddy in das Bettchen des Kleinen. Es war der Teddy, den Sarah ihm bei seinem ersten Besuch in Boston geschenkt hatte.

Alex stieß versuchsweise einen Heulton aus, als alle hinausgingen, gleich darauf aber verstummte er.

»Eine Woche, und der Bursche wird total verdorben sein«, stellte Oliver mißbilligend fest, doch Charlotte erkannte klar, daß Ollie einer der Hauptschuldigen sein würde.

»Na, wie ist es, wieder ein Baby im Haus zu haben?«

»Eine gute Übung. Heute morgen hat er uns alle um sechs Uhr geweckt. Aber ich muß gestehen, daß Benjamin großartig mit ihm umgehen kann. Besser noch als Aggie«, schloß er flüsternd.

»Du scheinst selbst nicht ungeschickt zu sein. Ich fühle mich bei Babys immer so unbeholfen.«

Oliver zog sie zärtlich an sich. Am Wochenende besuchten sie mit Alexander allein den Zoo – ohne Benjamin. Es war herrlich für sie beide, und diesmal blieben sie ungestört, denn die Autogrammjäger blieben aus.

Ein paar Leute guckten zwar neugierig, entschieden dann aber, daß dies unmöglich Charlotte Sampson sein konnte. Das war einfach ein glückliches Pärchen, das an einem Septembersonntag mit seinem Baby in den Zoo ging. Nur der große Diamant an Charlies Hand ließ vermuten, daß sie vielleicht reich oder bedeutend war, doch der fiel niemandem auf.

Dieser Ausflug stellte für Charlotte eine angenehme Erfahrung dar, da die Presse sie seit der Emmy-Nominierung im August unermüdlich gejagt hatte. Charlotte und ihre Serie waren in diesem Jahr neuerlich nominiert worden. Die Preise sollten in der folgenden Woche vergeben werden, und alle Welt wollte sich mit Storys über die Kandidaten eindecken, während Charlotte nur ihre Ruhe haben wollte. Sie befürchtete, daß zuviel Presserummel im voraus ihr die Chancen verderben würde. Sie steckte wieder mitten in den Dreharbeiten, mußte um vier Uhr morgens aufstehen und um fünf beim Friseur und Maskenbildner im Studio sein. Abends holte Oliver sie ab und führte sie irgendwohin zu einem stillen Dinner aus oder brachte sie zu sich nach Hause, wo sie mit den Kindern aßen. Alle fieberten schon der Hochzeit im Dezember entgegen, und dabei hatten sie sich noch gar nicht entschieden, wo sie die Flitterwochen verbringen wollten, auf Hawaii oder vielleicht beim Skilaufen. Sam wollte unbedingt mit, wo immer sie hinfahren würden, bislang aber war Ollie taub für seine Bitten gewesen. Er wollte keine Meerschweinchen, keine Kinder und keine Babys in den Flitterwochen sehen. Im Alltag hatten sie schon genug um die Ohren, deswegen wollte er bei aller Liebe zu den Kindern auf der Hochzeitsreise Ruhe haben.

In der Woche darauf kam Charlottes großer Augenblick, und der Presserummel erreichte seinen Höhepunkt. Täglich lauerte eine Fotografenmeute vor dem Studio, man verfolgte sie sogar bis zu ›Giogio‹, wo sie sich ein Kleid kaufte – eine gewagte pailletten- und perlenbesetzte Robe von Bob Mackie. Charlotte war später noch einmal hingegangen, um für Mel ein Kleid auszusuchen, ein bildschönes pinkfarbenes Satinkleid von Oscar de la Renta. Oliver hatte sie zwar gerügt, weil sie Mel verwöhnte, aber Charlotte hatte ihm geraten, sich um seine eigenen Angelegenheiten zu kümmern. Mel und Charlie hatten einen Riesenspaß daran, Kleider anzuprobieren und zu kichern.

Schließlich war der große Tag gekommen. Charlotte und Oliver fuhren mit Benjamin und Mel in einer großen Limousine zur Preisverleihung, während Aggie und Sam sich mit der Fernsehübertragung begnügten. Alex war noch wach, als sie losfuhren, und verschmierte glückstrahlend Schokoplätzchen über sich, die Couch und seinen Schlafanzug. Am Tag zuvor hatte er seinen ersten Geburtstag gefeiert und prompt seine ersten Schritte getan.

Sie trafen vor dem Pasadena Civic Auditorium ein, Charlotte stieg mit gespielter Ruhe aus und nahm Ollies Arm. Mel und Benjamin waren ihnen dicht auf den Fersen. Es war der aufregendste Abend ihres Lebens, der auch Oliver in eine gewisse Spannung versetzte. Charlotte hatte feuchte Hände, und als die Paparazzi sie umdrängten, spürte Oliver, daß sie leicht bebte. Kaum hatten sie ihre Plätze im Publikum eingenommen, als sich sofort die Kameras auf sie richteten. Dutzende Stars kamen und wechselten ein paar Worte mit ihnen. Schließlich nahm die Zeremonie ihren Anfang, und die übliche Zahl unbedeutenderer Preise wurde verliehen. Stunden schienen zu vergehen, bis die größeren Auszeichnungen an der Reihe waren. Unterdessen gähnte Sam zu Hause und schlief fast ein, während Alex in Aggies Armen längst eingeschlafen war. In Pasadena aber herrschte knisternde Spannung. Die Kandidaten für den Preis der besten Fernsehserie wurden aufgerufen, und Mel und Benjamin stießen einen Schrei aus, als Charlottes Serie das Rennen machte. Beide Produzenten eilten im Laufschritt den Mittelgang entlang, während ihre Frauen in Tränen ausbrachen und Charlotte sich mit strahlendem Lächeln an Ollie schmiegte. Sie freute sich riesig für ihre Produzenten und redete sich ein, daß sie gar nicht mehr brauchte, als bei einer preisgekrönten Serie mitzuwirken, bevor sie ihre Aufmerksamkeit der Preisverleihung für den besten Darsteller zuwandte.

Einer ihrer besten Freunde, der in einer konkurrierenden Serie mitwirkte, gewann den Preis. Und dann kam der große Augenblick. Endlich war sie an der Reihe. Sie konnte es kaum mehr aushalten. Ihr Leben lang hatte sie sich eingeredet, daß Ruhm nicht alles sei, und doch war er für sie wichtig. Sie hatte so schwer dafür gearbeitet, und ob sie nun gewann oder nicht, sie wußte in ihrem Herzen, daß sie den Preis verdient hatte.

Wieder richteten sich die Kameras auf Charlie, als sie nach Ollies Hand faßte und er ein Stoßgebet zum Himmel schickte. Er wollte, daß sie gewann, ihretwegen. Auch die Namen der anderen Darstellerinnen wurden vorgelesen, und dann kam eine lange, lange Pause, während jemand »den Umschlag bitte« sagte, und dann fuhr es Oliver wie ein Blitz mitten durchs Herz, als er Charlies Namen hörte. Sie starrte ihn an, legte fassungslos die Hand auf den Mund. Oliver schubste sie sanft und half ihr beim Aufstehen, dann ging sie zur Bühne. Ihr locker fallendes Haar schimmerte, und das raffinierte schwarze Kleid mit der Perlenstickerei schmiegte sich verführerisch knapp um ihre phantastische Figur. »Ich glaube es nicht!« hatte sie noch gestammelt, bevor sie aufstand, und sie konnte es noch immer nicht fassen, als sie lächelnd Kollegen und Freunde übers Mikro begrüßte und den Emmy eng an sich drückte.

»Ich ... weiß gar nicht, was ich sagen soll«, brachte sie schließlich lachend heraus. »Ich habe kein Rede vorbereitet, weil ich nie gedacht hätte, daß ich gewinne ... ich möchte den Produzenten und Regisseuren danken, den Drehbuchautoren und Kameraleuten, kurzum all jenen zauberhaften Menschen, die die Serie ermöglichten ... meinem Schauspiellehrer John Drum, der so verrückt war, mir die Rolle zu verschaffen... meiner Agentin dafür, daß sie mich dazu überredete... Annie, du hattest doch recht... und am allermeisten...« Sie sah jetzt Oliver direkt an »meiner Familie... meinem zukünftigen Mann Oliver, der mit mir so liebevoll umgeht... und unseren Kindern Benjamin, Melissa und Sam.« Nun standen Tränen in ihren Augen und auch in denen von Ollie. Sam, der die Szene im Fernsehen miterlebte, war wie gebannt. »Ich liebe euch alle und hoffe, nächstes Jahr noch bessere Arbeit zu liefern.« Dann winkte sie ihren Kollegen und Fans zu und ging zurück zu ihrem Sitz. Fanfaren ertönten, die Verleihungsshow war vorbei. Nun wurde Charlie vom Ansturm der Presseleute auf ihrem Sitz fast erdrückt, obwohl Oliver sie abschirmte und immer wieder küßte, und sie küßte ihn und Benjamin und Mel und drückte deren Hände. Später brachten sie die Kinder nach Hause und leerten mit ihnen, Aggie und Sam eine Flasche Champagner, bevor sie zu der Party, die zu Ehren der Preisträger gegeben wurde, fuhren. Es war ein Abend, den Charlie nie vergessen würde. Sie hatte es wirklich geschafft.

Ehe sie aus dem Haus gingen, läutete das Telefon. Es waren Margaret und Olivers Vater, die Charlotte gratulieren wollten. Und Aggie vergoß noch immer Freudentränen, als Charlie ihre glückliche Familie in Nebraska anrief. Es war eine richtige Zaubernacht, und Charlotte konnte es noch immer nicht glauben, als Benjamin ihr zuprostete. Sie alle redeten und lachten und waren vergnügt und sahen sich die Verleihung in den Nachrichten an.

»Nie hätte ich gedacht, daß ich gewinne«, sagte sie immer wieder zu Ollie, als sie von Bel Air zurück nach Beverly Hills fuhren.

»Ich wußte, daß du den Emmy bekommst!« Oliver war so stolz auf sie und fand es außergewöhnlich, mit ihr gemeinsam an diesem Ereignis teilgenommen zu haben. Es war vier Uhr morgens, als sie schließlich nach Hause kamen. Charlie ließ sich auf ihr Bett fallen, und Ollie legte sich neben sie. Vom Toilettentisch her starrte sie der Emmy an. Charlotte konnte sich ein zufriedenes Schmunzeln nicht verkneifen, als sie es bemerkte.

»Ein hübsches Kerlchen«, meinte Oliver lächelnd, der zu müde war, um auch nur seinen Schlips zu lockern.

»Nicht so niedlich wie du.« Sie drehte sich in ihrem exquisiten Kleid zu ihm herum und lächelte. »Du siehst meiner Meinung nach viel besser aus.« Sie war ziemlich beschwipst und von den Ereignissen des Abends überwältigt.

»Du bist verrückt, ist dir das klar? Du bist der größte Star Hollywoods – was fängst du mit mir an?«

»Ich liebe dich. Los, legen wir heute den Grundstein zu einer Schwangerschaft.«

»Benimm dich. Du stehst im Begriff, die Mutter dreier Kinder zu werden.« Dreier Kinder, die unglaublich stolz auf sie waren. »Und eines Enkels!« Die Vorstellung, sie würde Großmutter, reizte beide zum Lachen.

Charlotte strahlte. Es war ein unvergeßlicher Abend gewesen. Für alle.

Oliver küßte sie, und fünf Minuten später war sie in seinen Armen eingeschlafen, in voller Abendgala, während der Emmy sie in all seiner Herrlichkeit anstarrte. Sie sah aus wie ein Kind, als Oliver auf sie hinuntersah, beglückt, daß diese bemerkenswerte Frau bald die seine war. Er verließ sie um sechs Uhr morgens, um sich fürs Büro umzuziehen. Die Kinder schliefen noch, als er nach Hause kam, und die vorangegangene Nacht erschien ihm nun wie ein Traum. Und doch war es wirklich passiert. Es war Realität. Sie hatte den Preis gewonnen, und in drei Monaten würde sie seine Frau sein. Unglaublich, sich das vorzustellen. Er konnte es kaum erwarten. Drei Monate erschienen ihm viel zu lange... er lächelte unter der Dusche... drei Monate... dann würden er und Charlie verheiratet sein.

28. Kapitel

Die nächste Woche ging es noch sehr wild zu, denn die Presse verfolgte Charlie auf Schritt und Tritt. Sie erhielt einen dicken Bonus, und ihr Vertrag wurde für das kommende Jahr verlängert. Daneben bekam sie Dutzende anderer Angebote, für alle möglichen Specials und Mini-Serien sowie für Fernsehfilme, darunter drei Feature-Filme. Und dann kam das Angebot, auf das sie ihr Leben lang gewartet hatte. Ihre Agentin rief sie im Studio an, und Charlotte wußte zunächst gar nicht, was sie antworten sollte. Sie wünschte es sich mehr als alles auf der Welt, trotzdem sagte sie, sie müsse erst mit Oliver darüber sprechen. Er hatte ein Stimmrecht bei ihrer Entscheidung, weil sie einige Konsequenzen nach sich zog.

Sie würde bitten und betteln müssen, daß ihr Vertrag mit der TV-Serie gelöst wurde, die ihr den Emmy eingebracht hatte. Andernfalls mußte sie kontraktbrüchig werden.

Als Oliver sie an jenem Abend nach Drehschluß abholte, wirkte sie überaus nervös. Sie hatten die Absicht gehabt, einen ruhigen Abend bei Charlie zu Hause zu verbringen und ihre Hochzeitsreise zu planen. Oliver plädierte überzeugend für Bora Bora, doch noch ehe er ihr die Prospekte zeigen konnte, merkte er, daß etwas passiert sein mußte.

»Charlie, was ist los?« Er hatte mittlerweile einen guten Instinkt entwickelt, was Charlie betraf. Und es war nicht ihre Art, daß sie sich ihm gegenüber so gab. Sie zögerte auch nicht, es ihm zu sagen. Man hatte ihr eine Rolle in einem Broadway-Stück geboten, in einem seriösen Stück jener Güteklasse, die sie sich immer gewünscht hatte. Es war eine Chance, wie sie sich ihr vielleicht niemals wieder bieten würde. Die Proben sollten im Dezember beginnen. Das bedeutete, daß sie für mindestens ein Jahr nach New York ziehen mußte, vielleicht sogar für etwas länger.

Falls dem Stück eine lange Laufzeit beschieden war, dann mindestens zwei Jahre. Oliver sah sie entgeistert an und traute seinen Ohren nicht. Man sah ihr an, wie hin- und hergerissen sie war. Und er hatte das Gefühl, das Herz müßte ihm brechen. »Und was ist mit der Fernsehserie? Und was ist mit mir?« hätte er am liebsten laut herausgeschrien.

»Ich muß zusehen, wie ich aus dem Vertrag komme. Meine Agentin meint, daß wir es schaffen, wenn wir die Sache geschickt angehen.«

»Möchtest du das?«

»Ich weiß es nicht. Ich habe es mir immer gewünscht. Ich sage dir jetzt genau, wo ich stehe. Noch habe ich mich nicht entschieden. Meiner Agentin habe ich gesagt, daß ich die Sache erst mit dir besprechen muß. Aber... Ollie... ich habe mir immer ein Broadway-Stück gewünscht, besonders eines wie dieses.«

»Und was bedeutet das für unsere Beziehung? Und was soll ich die zwei Jahre über tun? Soll ich etwa hier hocken? Ich kann unser Büro nicht im Stich lassen, ich bin ja erst ein Jahr hier, und für mich ist das mein Wohnort – für sehr lange jedenfalls, falls nicht gar für immer. Meine Kinder gehen hier zur Schule. Ich kann sie nicht allein lassen oder sie schon wieder aus ihrer gewohnten Umgebung herausreißen. Das haben sie in einem Jahr bereits zweimal mitgemacht. Charlie, es geht nicht. Ich kann nicht alles stehen- und liegenlassen und wegziehen, auch wenn ich noch so gern möchte, daß du dir deinen Wunsch erfüllst.« Oliver mußte an seinen Beruf und an seine Familie denken, Charlie aber machte ein Gesicht, als ginge die Welt für sie unter. Sie wollte den Plan nicht aufgeben, nicht mal ihm zuliebe, das sah man ihr deutlich an.

»Ich könnte ja pendeln.« Als sie das sagte, zuckte Oliver zusammen wie unter einem elektrischen Schlag. Er sprang auf, um wortlos auf- und abzugehen.

»Damit komm mir nicht, Charlie«, sagte er schließlich. »Das habe ich mit einer Frau, die ich geliebt habe, schon einmal durchgemacht. Die hat mit der Fahrerei erst gar nicht angefangen.

Aber auch wenn du es versuchst – wie lange würde es wohl gehen? Übermüdet von da nach dort zu fliegen und einmal wöchentlich einen Tag gemeinsam zu verbringen? Einfach lächerlich, das klappt doch nie. Wir haben unsere Beziehung noch nicht mal gefestigt, und du willst sie schon dieser Belastung aussetzen? Da mache ich lieber gleich jetzt Schluß. Es wäre für uns beide viel weniger schmerzlich, als abzuwarten und im nächsten Jahr einen Schlußstrich zu ziehen. Vergiß es. Kein Wort von Pendeln mehr.« Er versuchte, sich zu fassen und sich ihren Standpunkt zu eigen zu machen. »Sieh mal, Charlie, du mußt tun, was du für richtig hältst.« Er liebte sie. Seine Liebe war groß genug, daß er sie gehen lassen würde ohne Rücksicht auf seine eigenen Gefühle. Er wußte, daß er nicht das Recht hatte, ihr im Weg zu stehen. Und wenn er es täte, würde er sie am Ende erst recht verlieren. Auch diese Lektion hatte er auf die harte Tour lernen müssen. »Überleg dir die Sache und tu, was du möchtest.« Er schloß die Augen für einen Moment. Er hatte die Verzweiflung des Trennungsschmerzes schon einmal überstanden und würde dies alles auch ein zweites Mal überleben. Er war entschlossen, alles auf sich zu nehmen, ihr zuliebe. »Ich glaube, du solltest zugreifen. Lehnst du ab, dann wirst du es immer bereuen, und wir müßten den Preis so oder so bezahlen. Also, greif zu, Baby... hol dir den Stern vom Himmel. Du hast ein Recht darauf. Im Moment stehst du am Gipfel deiner Karriere. Diese Gelegenheiten bieten sich nie wieder. Aber erwarte nicht, daß ich ständig über den Kontinent fliege... und glaube ja nicht, wir könnten alles haben... Es geht nicht. Ab und zu muß man im Leben Entscheidungen treffen. Triff die richtige für dich. Mehr wünsche ich mir nicht für dich.« In seinen Augen standen Tränen, und er drehte sich um, damit sie es nicht sehen konnte.

»Willst du damit sagen, daß es zwischen uns aus ist, wenn ich das Angebot annehme?« Charlotte war wie vor den Kopf geschlagen und sichtlich getroffen.

»Ja. Aber nicht deswegen, weil ich dich unter Druck setzen

möchte oder dich dazu bringen will, meinetwegen hierzubleiben. Ich will damit nur sagen, daß ich ähnliches schon einmal durchgemacht habe und es nicht noch einmal schaffe. Es geht nicht. Zu guter Letzt würden wir doch den kürzeren ziehen. Das nehme ich nicht mehr auf mich. Da wünsche ich dir lieber alles Gute und gebe dir mit Tränen im Herzen einen Abschiedskuß. Aber besser jetzt als in einem oder in zwei Jahren, dann womöglich schon mit einem Kind. Ich glaube nicht, daß meine Kinder einen Verlust dieser Art noch einmal verkraften könnten. Ich muß auch an sie denken, ich liebe dich, Charlie. Ich liebe dich so sehr, daß ich dich tun lasse, was du willst. Ich fahre jetzt heim, und du läßt dir die Sache durch den Kopf gehen. Ruf mich an, wenn alles ausgestanden ist. Ich werde Verständnis haben... ehrlich.« Seine Augen waren feucht, und sie weinte. Sie konnte nicht fassen, was er gesagt hatte, und doch verstand sie ihn sehr gut. »Aber ich möchte deine Entscheidung nicht aus der Presse erfahren müssen.« Ohne sich umzudrehen, ging er und fuhr nach Hause.

Sam war noch auf, als Oliver heimkam, und spielte in der Küche mit dem Meerschweinchen. Oliver trat mit einem Gesicht ein, als wäre er um Haaresbreite einem Unfall entgangen.

»Hallo, Dad.« Grinsend blickte Sam auf und erstarrte abrupt. Das Meerschweinchen war vergessen. »Was ist los?«

»Nichts. Im Büro war ein schrecklicher Tag. Ich gehe gleich schlafen.« Er fuhr Sam durchs Haar und ging ohne ein weiteres Wort hinauf. Sam lief daraufhin mit entsetztem Gesicht ins Zimmer seiner Schwester.

»Mit Dad stimmt was nicht!« berichtete er aufgeregt. »Sein Gesicht ist ganz grün.«

»Vielleicht ist ihm übel. Hast du ihn gefragt, was los ist?«

»Er meint, daß es im Büro wild zugegangen ist.«

»Mag ja sein. Am besten, du läßt ihn in Frieden. Morgen ist bestimmt alles wieder in Ordnung.«

Das war nicht der Fall, und es fiel allen auf. Oliver war in sich gekehrt und blaß und sagte kein Wort. Er kam erst spät herunter und rührte seine Frühstückseier nicht an. Sam warf seiner Schwester einen vielsagenden Blick zu.

»Dad, bist du krank?« fragte er beiläufig.

Ohne es zu wollen, traf Sam ins Schwarze. Sein Vater zuckte zusammen, als es der Junge aussprach. »Oder hast du dich gestern mit Charlie gezankt?«

»Nein, wo denkst du hin.« Charlie hatte nicht angerufen, nachdem er weggefahren war, und er hatte die ganze Nacht nicht schlafen können. Die Angst, sie zu verlieren, war unerträglich. Und um welchen Preis! Er liebte sie zu sehr, um auch nur den Versuch zu unternehmen, sich an etwas Unerreichbares zu klammern. Daß er Sarah nie wirklich besessen hatte, war eine Erkenntnis, die viel zu spät gekommen war.

Auf der Fahrt ins Büro fühlte er sich wie ein Scheintoter, und als ihm seine Sekretärin nachmittags meldete, daß Charlotte im Vorraum seines Büros wartete, überlief es ihn kalt. Plötzlich hatte er Angst, sie zu sehen, Angst vor dem, was sie ihm sagen würde. Er fühlte sich wie in einer Falle gefangen, als die Sekretärin sie mit bewunderndem Blick hereinbat. Aufstehen konnte er nicht, da ihm seine Beine den Dienst versagten.

»Ist dir nicht gut?« Charlie sah ihn besorgt an. Sie ging langsam auf den Schreibtisch zu, den Blick eindringlich auf ihn gerichtet. Auch sie war blaß, aber nicht bleicher als Ollie.

»Du hast dich entschieden?«

Sie nickte und ließ sich in den Sessel vor seinem Schreibtisch fallen. »Ich mußte jetzt kommen. Um sechs Uhr geht die Meldung über alle Medien. Die Produzenten des Broadway-Stücks konnten sich mit den Fernsehleuten einigen, man wird meine Rolle zu Weihnachten aus der Serie herausnehmen.« ... Weihnachten ... ihr Hochzeitstag ... beinahe.

»Und du spielst am Broadway?« Er brachte die Worte kaum heraus.

Sie nickte langsam. Ihr Blick verriet Beklommenheit. »Ich

glaube schon.« Und dann griff sie nach seinen Händen, hielt sie fest und bat ihn: »Könnten wir die Sache nicht noch einmal besprechen? Vielleicht könnten wir einen Kompromiß wenigstens versuchen. Ich liebe dich. Es hat sich zwischen uns nichts geändert.« Das hörte sich ziemlich verzweifelt an. Aber Ollie wußte es besser.

»Jetzt noch nicht, das mag ja sein. Mit der Zeit aber würde uns das alles über den Kopf wachsen. Wir würden uns fremd werden. Du führst in New York ein eigenes Leben und spielst Theater, und ich bleibe hier, mit meiner Arbeit und den Kindern. Was für ein Leben soll das sein?«

»Ein schwieriges, eines, das eine Herausforderung wäre, aber ein lohnendes Leben. Andere haben es getan und es geschafft, Ollie. Ich schwöre, daß ich die Hin- und Herfliegerei auf mich nehme.«

»Wie denn? Du hast zwei Tage frei. Einen für den Herflug, den anderen für den Rückflug. Und was bliebe uns? Eine Nacht am Flughafen? Wie lange würde das wohl gutgehen?« Er stand auf und kam hinter dem Schreibtisch hervor, um vor ihr stehenzubleiben. »Du hast die richtige Entscheidung getroffen. Du bist eine Frau mit großem Talent, Charlotte. Du hast ein Recht darauf, dieses Angebot anzunehmen.«

»Aber ich liebe dich.«

»Ich dich auch. Trotzdem schaffe ich es nicht, etwas aufrechtzuerhalten, was nicht funktionieren kann. Diese Lektion mußte ich schon einmal lernen. Auf die harte Tour.« Die Narben waren zu tief, der Schmerz zu groß, und als er die Frau, die er über alles liebte, ansah, wußte er, daß er sie bereits verloren hatte.

»Was geschieht jetzt?« Charlotte schien gebrochen zu sein, brachte jedoch keine Einwände vor.

»Wir werden eine Zeitlang leiden. Aber wir wachsen daran, und das Leben geht weiter. Du hast deine Arbeit, ich habe meine Kinder. Daraus beziehen wir Trost, und schließlich vergeht auch der Schmerz.« So wie es bei Sarah gewesen war. Nur hatte es ihn lange Zeit ständiger Qual gekostet. Und irgendwie erschien ihm die Aussicht, Charlotte zu verlieren, noch schlimmer, denn sie hatten so viel Hoffnung, Freude und Liebe geteilt und so viele Pläne für die Zukunft geschmiedet, und das alles war jetzt vorbei.

»So wie du das sagst, hört es sich furchtbar an, Ollie.« Sie sah ihn mit kummervollem Blick an, und er faßte sanft nach ihren Händen.

»Einfach wird es bestimmt nicht.«

Minuten später verließ sie ihn unter Tränen, und er goß sich an der Bar einen großen Drink ein, bevor er nach Hause fuhr. Aggie und Sam saßen vor dem laufenden Fernsehgerät, während Alex gefüttert wurde. Die Sprecherin verkündete eben ganz Los Angeles, daß Charlotte Sampson, Gerüchten zufolge, ihre Rolle in der TV-Serie aufgeben und nach New York übersiedeln wollte, um dort eine Rolle in einem Broadway-Stück zu übernehmen.

Sam lachte laut auf, während Aggie dem Baby noch ein Plätzchen zusteckte. »Dad, das ist doch Blödsinn. Charlie geht nicht nach New York. Sie bleibt hier, und wir heiraten.« Mit breitem Lächeln sah er zu seinem Vater auf und erstarrte plötzlich.

Auch Ollie sah aus wie versteinert, als er sich vom Fernsehgerät ab- und Sam zuwandte und wie betäubt den Kopf schüttelte.

»Nein, ich glaube nicht, mein Sohn. Sie hat ein sehr gutes Angebot für ein wichtiges Theaterstück bekommen. Das bedeutet für sie sehr viel, Sam.« Aggie und der Junge starrten ihn an, als Benjamin hereinkam und sofort erfaßte, daß sich hier ein Drama abspielte. Alex streckte jauchzend seinem Vater runde Ärmchen entgegen, diesmal aber erreichte er damit nichts.

»Gehen auch wir zurück nach New York, Dad?« Sams Miene verriet Angst und Hoffnung, sein Vater aber schüttelte den Kopf. Er hatte das Gefühl, an einem einzigen Tag um hundert Jahre älter geworden zu sein.

»Sam, das geht nicht. Ihr alle geht hier zur Schule. Und ich habe hier meine Arbeit. Ich kann doch nicht jedes Jahr meine Zelte abbrechen und umziehen.«

»Ja, möchtest du sie denn nicht hierbehalten?« Sam begriff nicht, was sich zugetragen hatte. Ollie ging es nicht viel anders.

»Doch, ich möchte schon. Andererseits möchte ich mich auch nicht in das Leben eines anderen einmischen. Sie muß ihr eigenes Leben leben, und wir haben das unsere.«

Nun trat Stille ein, dann nickte Sam, wobei er sich heimlich eine Träne von der Wange wischte. »So ähnlich wie bei Mom, nicht?« fragte er.

»Ja, irgendwie.«

Sam nickte wieder und sah zu, daß er hinauskam, während Benjamin sanft den Arm seines Vaters berührte und Aggie Alex aus dem hohen Stuhl hob und ihn mit sich nahm, um Sam beim Zubettgehen überwachen zu können. Es lag auf der Hand, daß nun wieder schwierige Zeiten ins Haus standen und daß es Sam besonders hart traf, weil er große Zuneigung zu Charlotte entwickelt hatte. Sein Vater nicht weniger.

»Kann ich etwas für dich tun, Dad?« fragte Benjamin leise, von dem Kummer in Olivers Blick bewegt. Doch Oliver schüttelte den Kopf, drückte den Arm seines Sohnes und begab sich in sein Zimmer. Er legte sich aufs Bett und dachte die ganze Nacht an Charlotte, um sich am Morgen so zu fühlen, als wäre er in einer Bar in eine Prügelei geraten.

Es war nicht fair, daß es ausgerechnet ihn wieder traf. Es war nicht fair, daß er sie verlor. Als er allein im Bett lag, hätte er sie gern gehaßt, aber er konnte es nicht. Er liebte sie zu sehr, und die Ironie der Situation traf ihn noch einmal mit voller Wucht, als er nach einer schlaflosen Nacht die Prospekte von Bora Bora in den Papierkorb warf. Er hatte die unheilvolle Neigung, sich in Frauen zu verlieben, die vom Leben mehr erwarteten als eine biedere Ehe. Im Moment konnte er sich gar nicht vorstellen, jemals wieder jemanden zu lieben. Und als er aus dem Fenster starrte und an Charlie dachte, konnte er die Tränen nicht zurückhalten. Er begehrte sie verzweifelt und wußte doch, daß es nie mit ihnen klappen würde. Er mußte sie gehen lassen, mochte es auch noch so schmerzhaft sein, das Band zu zerreißen, das ihn an sie gefesselt hatte.

Den ganzen Tag über verspürte er das Verlangen, sie anzurufen, aber er kämpfte tapfer dagegen an. An diesem Tag waren die Zeitungen voll von Meldungen über Charlotte, und auch die nächsten Tage wurde die Neuigkeit breitgetreten, doch auf ihren Anruf wartete Oliver vergebens. Es dauerte bis Thanksgiving, ehe er ihren Namen hören konnte, ohne daß ihm die Tränen in die Augen schossen, und er hoffte, sie würde bald nach New York gehen, damit ihn nicht mehr die Versuchung plagte, an ihrem Haus vorbeizufahren oder sie im Studio zu besuchen. In New York war sie außer Reichweite, in einem anderen, von seinem sehr entfernten Leben. Für immer.

29. Kapitel

Am Tag vor Thanksgiving kam Sarah, um Mel und Sam zu einer Fahrt nach San Francisco abzuholen, wo sie Freunde besuchen wollte. Sie war einverstanden, auch Aggie und Alex mitzunehmen, weil Benjamin zu einem frühen Skiurlaub nach Squaw Valley wollte. Sarah hatte ihr Buch einige Wochen zuvor zu Ende geschrieben und sah blendend aus, wie Oliver feststellte. Merkwürdig war nur, daß sie ihm wie eine Fremde vorkam, als er ihr einen Kuß auf die Wange gab. Er begehrte sie nicht mehr, ihr Parfum war ein Duft, der ihm nicht mehr vertraut war. Die Frau, die nun nachts seine Träume heimsuchte, war Charlie. Noch immer traf es ihn bis ins Herz, wenn er an sie dachte oder ihren Namen in der Presse las.

»Na, Ollie, wann werdet ihr heiraten?« fragte Sarah, die am Morgen der Abfahrt Alex auf den Knien wiegte. Oliver zuckte zusammen.

»Ich dachte, die Kinder hätten es dir gesagt.« Das kam leise und irgendwie gezwungen.

»Was hätten sie mir sagen sollen?« Sie war so erstaunt, daß ihr entging, daß das Baby ihre saubere Bluse ansabberte. Aggie war nach oben gegangen, um die Sachen des Kleinen zu holen, und Sarah wartete in der Küche.

»Charlotte wird am Broadway spielen und will sehr bald nach New York ziehen. Und, na ja ... wir sind zu der Einsicht gekommen, daß es für sie ein günstigerer Schritt ist als eine Ehe.« Er lächelte matt, aber Sarah ließ sich nicht täuschen. Sie kannte ihn zu gut. Und er tat ihr leid. Sie wußte, wie sehr es ihn schmerzen mußte... es war zwar anders als das, was sie mit Jean-Pierre durchgemacht hatte, aber ein Verlust – gleich welcher Art – war immer schmerzhaft. »Ich schätze, ich habe eine Schwäche für diese Art Frauen. Für die Klugen, die Ehrgeiz entwickeln.«

»Ach, Ollie, du wirst sehr bald die Richtige finden. Du verdienst es auch.« Sarah meinte es ganz aufrichtig.

»Ich bin nicht sicher, ob ich Zeit für sie hätte, wenn ich ihr begegne«, meinte er mit einem Lächeln, das seinen Kummer verbergen sollte, und sah dabei Alex an. »Dieser Bursche hält uns ständig auf Trab.« Benjamin nahm Alex auf den Arm und trug ihn hinaus, um ihn in dem Kindersitz in Sarahs gemieteten Pontiac zu setzen. Er ließ den Kleinen ungern wegfahren, aber Oliver hatte ihm klargemacht, daß das Skilaufen ihm guttun würde. Oliver selbst war froh, daß Sarah die Kinder übernahm. Der Schlag, den ihm Charlottes Entschluß versetzt hatte, schmerzte noch zu heftig, so daß bei ihm von Feiertagsstimmung keine Rede sein konnte.

Sarah und die Kinder fuhren gleich darauf los, und wenig später wurde Benjamin von seinen Freunden abgeholt. Ollie, der nun ganz allein im Haus war, machte sich über einen Stapel Post und Rechnungen her. Die Stille mutete ihn sehr merkwürdig an, und als er sich seufzend zurücklehnte, versuchte er sich darüber klarzuwerden, ob ihm das Alleinsein gefiel oder nicht. Zu rasch wanderten seine Gedanken zu Charlie und sogar zu Sarah. Er fragte sich, ob es möglicherweise, wenn er sich anders verhalten hätte, mit beiden gutgegangen wäre. Wenn wir es von Anfang an anders angepackt hätten, dann hätte Sarah sich später vielleicht nicht so aufgebäumt, dachte er bei sich. Ein törichter Gedanke, wie ihm sofort klarwurde. Nichts von allem ließ sich umgeschehen machen. Sarah war geschaffen, frei zu sein und ihre Romane zu schreiben, so wie Charlie für den Broadway geschaffen war und Megan für ihr Single-Dasein im Penthouse in New York. Sogar Daphne mit ihrem Geliebten, der nie seine Frau in Greenwich verlassen würde, war ein ähnlicher Typ.

Es verdroß ihn nur, daß Charlie den Mund so voll genommen und von Ehe und Kindern geschwärmt hatte. Sie hatte behauptet, das ›wirkliche Leben‹ sei für sie wichtiger als der Beruf. Und dann hatte sie dennoch dieselbe Entscheidung getroffen wie die anderen. Unabhängigkeit. Ihr Theaterstück. New York. Und das Versprechen, hin- und herzufahren, ein Arrangement, das zum Scheitern verurteilt war, mochten ihre Absichten auch die redlichsten gewesen sein.

Am späten Nachmittag verließ er seinen Schreibtisch und machte sich ein Sandwich zurecht. Plötzlich sah er sie neben dem Wagen in der Auffahrt. Es war Charlie, in T-Shirt und Jeans, die Haare zu Rattenschwänzchen zusammengebunden, so daß sie Mels Freundinnen ähnlicher war als der Frau, die sein Herz und ihre Verlobung gebrochen hatte. Sie stand da, sehr lange und starrte ihn durchs Fenster an, und Oliver wußte nicht, ob er die Tür öffnen sollte oder nicht. Wenn sie ihm noch einmal Lebewohl sagen wollte, war es eine unnötige Quälerei. Schließlich aber konnte er nicht widerstehen und öffnete langsam die Tür. Charlie sah es und kam befangen näher.

»Ich wußte nicht, ob du da bist oder nicht... ich wollte dir eine Nachricht einwerfen...« Er sah, daß sie einen Zettel in der Hand hielt, aber er wollte gar nicht wissen, was darauf stand. »Ich hätte lieber vorher anrufen sollen.«

»Noch einfacher wäre es gewesen, du hättest mir deine Nachricht mit der Post zugeschickt.« Er hatte ihr nichts mehr zu sagen. Es war alles gesagt, und es waren zu viele Tränen geflossen.

Sie sah an ihm vorbei in die Küche, als hoffe sie, die Kinder zu sehen. Der Raum war leer und still.

»Wie geht es allen?« Ihr Blick suchte den seinen, und er nickte, noch immer ratlos, weshalb sie gekommen war.

»Gut.«

»Sie fehlen mir so«, gestand sie mit einem Blick, aus dem schlechtes Gewissen sprach. Sie hatte es nie übers Herz gebracht, den Kindern alles zu erklären. Es wäre zu schmerzlich gewesen.

»Du fehlst ihnen auch sehr.«

»Wie geht's dem Baby?«

»Sehr gut.« Ollie lächelte. »Benjamin kommt großartig mit ihm zurecht.«

»Und wo sind sie alle?«

»Über Thanksgiving weggefahren.« Einen verrückten Moment lang wollte er sie hereinbitten, aber das hätte nichts gebracht, nur noch mehr Herzweh. Dann aber trat er mit einem unmerklichen Achselzucken zurück und bat sie dennoch ins Haus. »Möchtest du nicht kurz hereinkommen?«

Sie nickte und folgte ihm in die Küche. Wie gut er aussah! Er hatte ihr so gefehlt! Sie sah sich wehmütig um und steckte die für ihn bestimmte Nachricht in die Tasche.

»Wann geht es endgültig nach New York?« fragte er.

Sie schien zu zögern, als wäre sie nicht sicher, was sie sagen sollte, denn ihr war deutlich bewußt, wie tief sie ihn verletzt hatte. Es gab keine Möglichkeit, dies wiedergutzumachen. Und jetzt wollte sie plötzlich so viel erklären. Sie wußte nicht, wo sie beginnen sollte und ob überhaupt. »Das ist eine lange Geschichte.«

»Du freust dich sicher schon sehr.« Er war um einen gleichmütigen Ton bemüht, es mißlang ihm jedoch kläglich. Wut, Kummer und Schmerz und Liebe schwangen in seiner Stimme mit –

eine Liebe, die nicht gestorben war, mochte er sich auch noch so bemüht haben, sie zu töten.

»Es ist viel passiert«, unternahm sie den Versuch einer Erklärung. Die letzten Tage waren für sie die reinste Hölle gewesen, aber das verschwieg sie ihm lieber. Sie las in seinem Blick, daß es zu spät war. Es war dumm von ihr gewesen, zu ihm zu kommen, das wußte sie jetzt.

»Möchtest du eine Tasse Kaffee?« bot er ihr an. Teils wollte er, daß sie ging, damit er wieder mit seinem Schmerz allein sein konnte, teils wollte er, daß sie blieb. Für immer.

Sie sah ihn lange und eindringlich an, und ihre Augen verrieten, daß sie kein Mädchen, sondern eine Frau war, trotz ihrer Rattenschwänzchen. Es waren die Augen eines Menschen, der für das, was er getan hatte, einen Preis bezahlte. Und dann sagte sie ganz leise: »Ollie, ich gehe nicht an den Broadway.«

»Nein?« Er war wie vom Donner gerührt. Was, zum Teufel, sollte das wieder heißen? Sie hatte es ihm gesagt, und später hatte er es in den Nachrichten gehört und in den Zeitungen gelesen. Was hatte sich geändert? Wann und weshalb?

»Nein, ich gehe nicht. Ich mache mit der Serie weiter.«

»Hat man dich aus dem Kontrakt nicht entlassen?«

»Doch, das wäre möglich gewesen, aber...« Er wartete wie betäubt auf den Rest der Geschichte. »Ich bin zu der Einsicht gelangt, daß es falsch wäre zu gehen.«

»Für deine Karriere?« flüsterte Oliver kaum hörbar.

»Für uns. Obwohl es jetzt wohl ohnehin zu spät ist, aber es war ein Fehler, das wurde mir schnell klar. Dauernd habe ich davon geredet, wieviel mir eine Ehe und Kinder bedeuten, und dann wollte ich plötzlich alles liegen- und stehenlassen und davonlaufen, ohne Rücksicht, wieviel Schmerz ich allen zufüge, dir und mir und den Kindern.

Es war die falsche Entscheidung. Der Preis war zu hoch – einen geliebten Menschen aufzugeben, auch wenn ich mir es noch so sehr gewünscht habe, in New York zu spielen. Es war nicht richtig, und deshalb habe ich das Angebot abgelehnt. Auch wenn ich dich jetzt nicht mehr zurückbekomme, war diese Entscheidung doch richtig.« Sie lächelte traurig. »Als ich absagte, habe ich mich sofort besser gefühlt.«

Oliver sah sie fassungslos an, und dann grinste er. »Die müssen ja ganz schön wütend gewesen sein.«

»Ja, für mich ist damit der Broadway endgültig erledigt. Aber dafür liebt mich die Fernsehgesellschaft um so inniger.« Gedämpft setzte sie hinzu: »Ich hatte Hemmungen, dich anzurufen, Ollie.«

»Warum?«

»Weil ich dir so weh getan habe. Ich habe dir eröffnet, daß ich nach New York gehe, und im nächsten Moment komme ich zurück und erkläre dir, daß alles wieder in Ordnung ist. So etwas konnte ich dir nicht antun. Darum geht es auch in meiner Nachricht an dich. Ich wollte es dich wissen lassen, bevor du es in der Zeitung liest. Ich dachte, du würdest dich mit mir in Verbindung setzen, falls dir noch etwas an mir liegt – was eigentlich nicht zu erwarten ist.«

Ihre Miene verriet, daß sie es tatsächlich nicht erwartete, daß sie aber bis zum letzten Atemzug bereuen würde, was sie getan hatte. Während ihm dies alles durch den Kopf ging, sah sie sich in der Küche nach dem Meerschweinchen um und sagte, um ein wenig Humor in die Situation zu bringen: »Wie geht es übrigens meinem Namensvetter?« Das Tierchen war nirgends zu sehen. Ollie hatte das Gefühl, daß ihm ein tonnenschweres Gewicht von den Schultern genommen worden war.

»In Sams Abwesenheit wurde er in die Garage verbannt, der unruhige kleine Teufel. Mir fällt es auch ohne seine Spielgeräusche schwer, in der Nacht Schlaf zu finden.«

»Um meinen Schlaf war es auch nicht gut bestellt. Ich habe unsere Beziehung total vermasselt, nicht wahr?« sagte sie betrübt. Oliver nickte.

»Schon möglich.« Sein Lächeln kam zögernd. »Kann sein...

oder auch nicht. Der letzte Entschluß ist es aber, auf den es im Leben ankommt. Ein Stolpern unterwegs kann uns allen mal passieren.« Sie standen noch immer ein wenig verlegen in der Küche, ihr Leben stand auf der Kippe, aus ihren Augen sprachen Angst, Schmerz und Anspannung. Sie hatten so viel zu verlieren... und so viel zu gewinnen. Jetzt kam es auf Olivers Entscheidung an.

»Ollie, du hast mir so gefehlt. Wenn du mir nicht verzeihst, werde ich dich sehr lange nicht vergessen können.« Sie liebte ihn so sehr, daß sie zurückgekommen war und ihn um Vergebung bat. »Täglich wollte ich dich anrufen... wollte kommen... und dir sagen, wie leid es mir tut... wie dumm ich gewesen war... wie falsch der Gedanke war, das Broadway-Stück sei wichtiger als du. Es war eine niederträchtige Entscheidung, auch wenn ich zu guter Letzt noch zur Besinnung gekommen bin.«

»Aber es war ein ehrlicher Entschluß«, verteidigte er sie, »es war das, was du immer schon wolltest. Du hattest ein Recht darauf, Charlie.«

»Noch mehr aber wollte ich dich. Ich wußte es nur nicht sicher, bevor ich dich verloren habe. Und dann war es zu spät.« Seine Augen sagten, daß es tatsächlich zu spät war, und es tat ihr in diesem Moment leid, daß sie überhaupt gekommen war. Einen Moment später ging er mit sonderbarem Ausdruck auf sie zu.

»Wer sagt denn das?« flüsterte er, als er sie an sich zog. »Wer sagt denn, daß es zu spät ist? Und wer sagt, daß du dich geirrt hast und ich recht hatte? Wie oft habe ich mir seither gesagt, daß ich wieder nach New York hätte ziehen können, gemeinsam mit dir, daß wir das Haus in Purchase hätten bewohnen können... welches Recht hatte ich also, dir im Weg zu stehen?«

»Du hattest jedes Recht dazu... du mußtest ja auch an deine Kinder denken. Und ich dachte nur an mich.«

»Und jetzt?« Er brachte die Worte kaum über die Lippen, als er sie in den Armen hielt. Er liebte sie noch immer so sehr, daß schon allein ihre Nähe schmerzte.

»Ollie, ich liebe dich so sehr.« Diese Worte hauchte sie ihm zu, und dann küßte er sie bedächtig. Es war alles, was er hören wollte, alles, woran ihm lag und wofür er gelebt hatte, nachdem sie sich gegen ihn entschieden hatte.

»Ich liebe dich auch ... du ahnst ja nicht, wie sehr ich dich vermißt habe. Eine Zeitlang hatte ich das Gefühl, ich würde überschnappen.«

»Ich auch.« Ganz plötzlich leuchtete ihr Lächeln auf, als er sie hochhob und durchs Haus trug. Dann lachte sie laut auf. »Wohin bringst du mich?« Mit einem Schlag war das Glück wieder da. Sie lag in den Armen des Mannes, den sie liebte. Er haßte sie nicht, und er hatte ebenso gelitten wie sie. Sie war ja so dumm gewesen, aber zum Glück war sie nicht fortgegangen. »Was hast du vor?«

Er marschierte feierlich die Treppe hinauf, auf sein Schlafzimmer zu. »Ich bringe dich in mein Bett, wo du hingehörst, bis du lernst, dich zu benehmen... du gottverdammter Schauspielstar... daß du mir nie wieder einen Stunt wie diesen hinlegst!« schalt er sie. Sie schüttelte sich vor Lachen, als er sie über die Schwelle seines Zimmers trug, das sie vertraut und warm und wundervoll umfing. Sie sah ihm in die Augen.

»Ollie, es tut mir so leid...« Er hielt sie noch immer fest, als wolle er sie diesmal nie wieder loslassen.

»Sei still, ich war genauso dumm wie du«, meinte er mit einem Lächeln.

»Und jetzt?« Sie blickte zu ihm auf, nachdem er sie auf sein Bett gelegt hatte.

»Wir waren beide Dummköpfe, wir verdienen einander.«

Lächelnd streckte sie ihm die Arme entgegen. Die nächsten Tage verbrachten sie hauptsächlich im Bett. Als Sarah die Kinder am Sonntag abend auf dem Weg zum Flughafen zu Hause absetzte, trafen sie Charlotte in Jeans und in Olivers Hemd barfüßig in der Küche an. Sarah kam kurz herein, um Lebewohl zu sagen. Ihre Neugierde erwachte jäh, als sie Charlotte in der Küche sah.

»Ist das die Frau, von der ich glaube, daß sie es ist?« flüsterte

Sarah Oliver zu, der sie zum Wagen brachte. Er hatte versucht, die beiden miteinander bekannt zu machen, aber Sam und Alex hatten sich so wild gebärdet, daß man sein eigenes Wort nicht verstehen konnte, zudem schien es Charlotte peinlich zu sein, bloßfüßig in Olivers Küche ertappt zu werden.

»Sie ist es.«

»Heißt das, daß du wieder nach New York ziehst?« Sarah schien belustigt, zugleich freute sie sich für Oliver, als sie sich ans Steuer ihres Wagens setzte. Sie und die Kinder hatten ein herrliches Wochenende verlebt.

»Nein, ich ziehe nicht nach New York.« Das sagte er in einem Ton, in dem unbeabsichtigt ein Anflug von Selbstgefälligkeit mitschwang. »Charlotte bleibt hier.«

»Ach?« Sarah war beeindruckt.

Er lächelte ihr zu. »Ich hatte Glück.«

»Nein, Ollie.« Sie erwiderte sein Lächeln. Die Vergangenheit schmerzte nicht mehr. »Sie ist ein sehr kluges Kind. Euch beiden herzlichen Glückwunsch, oder bin ich voreilig?«

»Ein wenig schon.« Er grinste, und beide lachten.

»Also dann, viel Glück.« Sie winkte ihm zu und fuhr davon. Oliver ging in die Küche, noch immer ein wenig durcheinander, und betrachtete Charlotte, die einen Arm um Sam gelegt hatte, während sie Alex im anderen Arm hielt, und sich über die Köpfe der Kinder hinweg angeregt mit Mel unterhielt. Inmitten des Durcheinanders machte Aggie heiße Schokolade.

»Ich kann mein Glück nicht fassen«, flüsterte Charlie Ollie zu, als sie sich an den Küchentisch gesetzt hatten.

»Ich bin der Glückliche.«

»Wir beide.« Charlie dachte an den Ring, den sie ihm zurückgeschickt hatte, und fragte sich, was wohl aus ihm geworden war. Dabei warf sie unwillkürlich einen Blick auf ihre Hand, und als sie wieder aufblickte, lachte Oliver sie an. »Was ist so komisch?«

»Du. Und die Antwort auf deine Frage ist: Ich habe ihn weggeworfen.«

In Wahrheit hatte er nicht das Herz gehabt, ihn an den Juwelier zurückzuschicken. Jetzt lag der Ring im Schlafzimmersafe.

»Woher wußtest du, was ich dachte?«

»Weil ich klüger geworden bin und dich liebe.« Über den Kopf des Babys hinweg tauschten sie ein zärtliches Lächeln. Oliver hatte das Gefühl, daß ein Wunder geschehen war. Ein Wunder, das sie zu ihm zurückgeführt hatte, ob er es nun verdient hatte oder nicht. »Möchtest du ihn gegen einen schlichten Goldring eintauschen?«

Er wollte sie festnageln, bevor sie ihre Absicht noch einmal änderte oder sich eine andere berufliche Chance ergab. Er war nicht mal sicher, ob er noch gewillt war, die vier Wochen bis Weihnachten zu warten.

Charlie nickte als Antwort auf seine Frage, und ihr Blick sagte ihm alles, was er wissen wollte. Sie war zurückgekommen, um zu bleiben, und sie würde nun alles haben, das gemeinsame Leben mit Oliver und ihren Beruf, solange sie wollte. Diesmal wußten beide, daß sie es schaffen würde. Sie hatte ihre Entscheidung getroffen, eine Entscheidung, die bewies, daß sie ein Leben mit ihm und den Kindern wollte.

Charlotte hatte ihre Serie und einen Emmy, ein Meerschweinchen und den Mann, den sie liebte, drei prachtvolle Kinder und sogar ein Enkelkind. Und sie würde eigene Kinder bekommen, falls sie welche wollte. Oliver war bereit, ihr dies alles zu geben. Auch er hatte in ihrer Abwesenheit viel dazugelernt.

»Wann?« Aus seinen Augen sprach glühende Liebe, als er ihr Alex abnahm und Aggie übergab. Aggie nahm das Baby und führte Sam rasch hinaus, damit die beiden allein miteinander sein konnten.

»Morgen? Nächste Woche?« Charlotte lachte ihn an.

»Keinesfalls später.« Er zog sie stirnrunzelnd an sich und wollte sie küssen, als Benjamin, seinen Skisack über der Schulter, hereinkam.

»Entschuldigung, Dad«, gab er grinsend von sich, als er Charlotte bemerkte. Oliver deutete energisch über seine Schulter zur Tür, und Benjamin beeilte sich, noch immer grinsend, hinauszukommen, während Oliver einen erneuten Anlauf zu einem Kuß nahm und beide lachten.

»Nächstes Wochenende?« fragte er gutgelaunt, aber mit wachsender Verzweiflung.

»Morgen«, erwiderte Charlie ruhig und entschied damit das Datum ihrer Hochzeit, die sie beinahe verspielt hätten, wenn sie nicht zur Vernunft gekommen wäre.

»Ich liebe dich«, murmelte Oliver. Er spürte Charlottes Herzschlag fast so heftig wie seinen.

»Ich liebe dich auch«, flüsterte sie als Antwort. Von weitem hörte er die Kinder die Treppe hinaufpoltern. Sie lachten und besprachen die gute Nachricht, die am Wochenende in allen Zeitungen stehen würde. So kam es tatsächlich, aber zu diesem Zeitpunkt waren Charlotte Sampson und Oliver Watson schon ein Ehepaar und unterwegs nach Hawaii, wo sie mit Erlaubnis von Charlottes Produzenten eine Woche verbringen wollten. Wie vorauszusehen war, waren bei ihrer Rückkehr die Paparazzi zur Stelle, die am Flughafen ein wahres Blitzlichtgewitter veranstalteten.

Ein strahlender Benjamin mit Alex, der glücklich und zufrieden in den Armen seines Daddys schlummerte, holte sie ab.

»Na, hoffentlich wird unseres auch so niedlich«, flüsterte Charlie Oliver zu, als sie Benjamin zum Gepäckförderband folgten. Er legte lächelnd den Arm um seine Frau. Er selbst machte sich in diesem Punkt keine Sorgen. Er hatte jetzt alles – ein Leben, wie er es sich immer gewünscht hatte, dazu eine Frau, die es richtig lebenswert machte. Und er wußte mit absoluter Sicherheit, daß er der glücklichste Mensch der Welt war.

»Alles in Ordnung?« fragte er Benjamin, der ihm mit dem Gepäck half. Als sie langsam hinausschlenderten, steuerte eine Frau aufgeregt und gestikulierend auf sie zu.

»Sind Sie nicht ... sind Sie nicht Charlotte Sampson?« rief sie laut.

»Nein.« Charlie schüttelte liebenswürdig den Kopf. »Ich heiße Watson.«

»Ach so.« Die Frau entschuldigte sich und verschwand in der Menge. Die drei lachten laut, aber das Baby schlief unbeirrt weiter.

Oliver und Charlotte kehrten heim zu ihren Kindern.